Sherlock Holmes

5

The Adventures of
Sherlock Holmes

셜록 홈즈 전집 5
셜록 홈즈의 모험

초판 1쇄 펴냄 2012년 7월 10일
개정판 4쇄 펴냄 2020년 3월 23일

지은이 아서 코난 도일
옮긴이 바른번역
감수 박광규
펴낸이 하진석
펴낸곳 코너스톤
주소 서울시 마포구 독막로3길 51
전화 02-518-3919
ISBN 979-11-956573-5-3 04840

셜록 홈즈
전집

5

Sherlock   Holmes

셜록 홈즈의
모험

아서 코난 도일 지음
바른번역 옮김   박광규 감수

코너스톤
Cornerstone

Contents

셜록 홈즈의 모험

셜록 홈즈의 모험

The Adventures of
Sherlock Holmes

Sherlock
Holmes

1
보헤미아 스캔들

I

셜록 홈즈에게 그녀는 언제나 '그 여자'였다. 다른 이름으로
부르는 일은 좀체 없었다. 홈즈가 보기에 제아무리 멋진 여자
라도 아이린 애들러 앞에서는 빛을 잃고 무색해졌다. 그렇다
고 홈즈가 아이린 애들러에게 사랑 비슷한 감정을 느꼈다는
것은 아니다. 냉정하고 치밀하지만 감탄할 만큼 균형 잡힌 이
성을 지닌 홈즈는 감정이라면 일단 질색했는데, 사랑 앞에서
유독 정색하며 손사래를 쳤다. 추리하고 관찰하는 일이라면
세계 최고를 자부하는 홈즈였지만, 연애에는 도통 소질이 없
어 보였다. 부드럽고 달콤한 감정에 대해 이야기할 때면 항상
냉소와 조롱을 곁들였다. 관찰자에게 감정은 훌륭한 도구일
수 있다. 잘만 사용하면 인간이 쓴 베일을 벗겨 숨은 동기와
행동을 엿볼 수 있기 때문이다. 하지만 논리적 사고에 길들여
진 사람이 내면에 감정을 들여놓는 일은, 정교하게 잘 조율된

섬세한 정신세계에 파문을 일으켜 결국 자신이 추리해낸 모든 결과를 일파만파로 뒤흔들게 놔두는 셈이다. 홈즈 같은 기질을 지닌 사람에게 강렬한 감정이란 예민한 악기에 모래가 들어가거나 고성능 렌즈에 금이 간 것보다 더 곤혹스러운 사건일 것이다. 그러나 홈즈에게도 한 여자가 있었으니, 바로 여전히 의문투성이인 고故 아이린 애들러다.

최근 들어 나는 홈즈를 통 보지 못했다. 내가 결혼하면서 자연스레 발길이 뜸해진 것이다. 나는 더할 나위 없이 행복했고, 처음으로 가장이 된 여느 남자와 마찬가지로 온통 가정에 관심이 쏠려 있었다. 한편 보헤미아 기질을 타고난 홈즈는 질색하는 사교 생활을 등진 채 베이커 스트리트의 하숙방에 머물며 해묵은 책 더미에 파묻혀 지냈다. 한 주는 코카인에 빠져, 또 다른 한 주는 야망에 취해, 그러니까 약에 취한 몽환 상태와 타고난 명민함으로 열정 넘치는 상태를 오가며 하루하루를 보내고 있었다. 그 와중에도 범죄 연구에 흠뻑 빠져 있기는 여전해서 무한한 재능과 비상한 관찰력을 십분 발휘해 경찰이 포기한 사건의 단서를 추적하면서 수수께끼를 해결하고 있었다. 가끔 홈즈의 활약상에 대해서는 어렴풋이 전해 듣기도 했다. 트레포프 살인 사건 때문에 오데사에 불려갔다거나, 트링코말리에서 앳킨슨 형제에게 일어난 기묘한 비극을 해결했다거나, 마지막으로 네덜란드 왕실이 의뢰한 임무를 교묘히 성공시켰다거나 하는 이야기였다. 하지만 신문만 보면 누구나 알 수 있는 그런 소식을 제외하고는, 옛 친구이자 동료였던 홈즈의 근황에 대해 아는 것이 별로 없었다.

어느 날 밤, 그러니까 1888년 3월 21일 밤이었다. 나는 왕진을 마치고 집으로 돌아가다가 우연히 베이커 스트리트를 지나게 되었다(그 무렵 나는 다시 개업을 했다). 홈즈의 집 앞을 지나자 지금의 아내에게 구애하던 일이며,《주홍색 연구》에 얽힌 어두운 사건이 절로 떠오르는 익숙한 그 문 때문인지 문득 홈즈가 보고 싶어졌다. 내 친구가 비상한 능력을 어떻게 발휘하고 있는지도 알고 싶었다. 환하게 불이 켜진 방을 올려다보자, 커튼 뒤로 길고 곧게 뻗은 그림자가 그사이에 두 번 정도 스쳐 지나갔다. 홈즈가 고개를 숙이고 뒷짐 진 채로 방 안을 빠르게 서성이고 있었다. 옛 친구의 기분과 버릇을 속속들이 아는 나로서는 홈즈의 자세나 태도만 봐도 무슨 일인지 어림잡아 짐작할 수 있다. 일을 다시 시작한 게 분명했다. 약이 빚어낸 환상에서 벗어나 뭔가 새로운 문제가 풍기는 냄새를 격렬하게 쫓는 중일 것이다. 초인종을 울린 뒤 한때 내 방이기도 했던 실내로 들어섰다.

그런데 홈즈는 큰 반응을 보이지 않았다. 원래도 홈즈는 좀체 호들갑을 떠는 법이 없다. 하지만 나를 보고 반가운 눈치였다. 말은 하지 않았지만 온화한 눈빛을 보내며 안락의자에 앉으라고 손짓을 하더니, 시가 상자를 던져주고 구석에 있는 술병과 탄산수 제조기를 가리켰다. 그러고는 벽난로 앞에 서서 속까지 꿰뚫어 보는 듯한 그 특유의 시선으로 나를 쓰윽 훑어보았다.

"결혼 체질이군. 그새 4킬로그램이나 붙은 걸 보니." 홈즈가 입을 열었다.

"3킬로그램이야." 내가 항의했다.

"저런, 조금 더 생각할 걸 그랬군. 병아리 눈물만큼만 더. 그런데 보아하니 다시 개업했나 보군. 본업으로 돌아갈 거라고 말한 적 없었잖아."

"그건 어떻게 안 거야?"

"쓱 보고 추리하는 거지. 자네는 최근 비에 흠뻑 젖은 적이 있고, 서툴고 조심성 없는 가정부를 두었군. 내가 이런 사실을 어떻게 알았겠는가?"

"이보게 친구, 나에겐 무리야. 자네가 몇 세기 전에 태어났다면 마법사로 몰려 진작 화형당했을 거야. 지난 목요일에 시골길을 걷다 비에 홀딱 젖어 집에 돌아온 건 사실이야. 한데 옷도 새로 갈아입었는데 대체 어떻게 추리한 거야? 가정부 메리 제인으로 말하

자면, 우리 부부가 두 손 두 발 다 들었지. 어쩔 수 없이 아내가 이미 해고 통지를 했어. 그건 또 어떻게 알아냈는지 도통 모르겠군."

홈즈가 낮게 낄낄대며 길고 다부진 손을 비벼댔다.

"그거야 간단하지. 자네의 왼쪽 구두 안쪽을 좀 보라고. 벽난로 불빛이 비치는 바로 그 부분에 여섯 줄로 나란히 긁힌 자국이 나 있잖아. 누군가 구두 밑창에 엉겨 붙은 진흙 덩어리를 마구잡이로 긁어내려다 생긴 게 분명해. 이로써 두 가지 추리가 가능하지. 하나는 자네가 궂은 날씨에 외출했다는 점과 다른 하나는 자네 집 가정부는 우악스럽게 신발을 망가뜨리는 별종이라는 점이야. 다음으로 자네가 개업했다는 점인데, 잘 차려입은 남자가 요오드포름 냄새를 풍기며 방으로 들어왔는데 오른손 검지는 질산은 때문에 검게 물든 자국이 있고, 신사용 모자 오른쪽은 숨긴 청진기 때문에 보란 듯이 불룩한데 바보가 아니고서야 어떻게 이 사람이 의료계 종사자라는 걸 모를 수 있겠어."

술술 이어지는 설명에 나도 모르게 웃음이 터져 나왔다.

"자네 설명을 듣고 있으면 모든 게 너무 간단해서 누구나 추리할 수 있을 것 같다니까. 나도 곧잘 할 것 같은데 막상 추리가 시작되면 매 단계마다 자네 설명을 듣기 전까지는 감도 잡을 수 없지. 시력이라면 자네만큼 좋은데 말이야."

"그건 그렇지."

홈즈가 담뱃불을 붙인 뒤 안락의자에 털썩 주저앉으며 말했다.

"자네는 보기만 할 뿐 관찰하지를 않잖아. 보는 것과 관찰하는 것은 완전히 다른 문제야. 예를 들어 자네는 현관 복도에서 이 방으로 올라오는 계단을 빈번히 봐왔지."

"그렇지."

"몇 번이나?"

"글쎄, 한 수백 번 되려나?"

"그렇다면 계단이 몇 개지?"

"몇 개냐고? 그야 모르지."

"바로 그거야! 자네는 관찰하지 않은 거야. 하지만 눈으로 보긴 했겠지. 이게 내 말의 요지야. 난 계단이 17개라는 걸 알고 있어. 눈으로 보는 동시에 관찰하거든. 그건 그렇고, 자네는 시시콜콜한 내 경험담 한두 가지도 기록할 정도니 앞으로 내가 말하는 것에도 꽤 흥미가 당길 거야."

홈즈는 탁자 위에 펼쳐둔 연분홍빛의 두꺼운 편지지 한 장을 휙 건네며 말했다.

"오늘 마지막으로 배달된 우편물이야. 소리 내어 한번 읽어 보게."

편지에는 날짜도, 서명도, 주소도 적혀 있지 않았다.

오늘 저녁 7시 45분, 신사 한 분이 중대한 문제를 상담하고자 귀하를 찾아갈 것입니다. 최근 유럽의 한 왕실을 위해 귀하가 하신 일을 보니, 귀하야말로 극히 중요한 사안을 맡길 만한 적임자라는 확신이 들었습니다. 그 명성은 익히 들었습니다, 여러 소식통을 통해서요. 그러니 그 시간에 댁에 계시길 바라며, 방문객이 마스크를 쓰고 나타나도 너그러이 이해해주시기 바랍니다.

"정말 수수께끼 같은 편지군." 내가 짧게 논평했다. "자네는 편지에 무슨 사연이 있다고 생각하나?"

"아직 단서가 없어. 단서를 찾기 전에 가설을 세우면 치명적인 실수를 저지르게 돼. 사실에 들어맞는 가설을 세워야 하는데, 무심결에 가설에 꿰맞춰 사실을 곡해하기 십상이야. 하지만 우리에게는 편지가 있지. 자네는 이 편지에서 무엇을 추리할 수 있겠나?"

나는 필적과 종이를 꼼꼼하게 살펴보았다.

"추측하건대 편지를 쓴 사람은 부자일 거야." 나는 오랜 내 친구의 추리법을 연마하듯이 조심스레 말을 이었다. "이런 종이라면 한 묶음에 하프 크라운 이상은 줘야 할 거야. 종이가 유별나게 빳빳하고 질기군."

"유별나게라, 바로 그거야! 영국산이 아

니라네. 불빛에 잘 비춰봐."

홈즈가 시키는 대로 해보니, 종이 결에 희미하게 인쇄된 'Eg', 'P', 'Gt'라는 문자가 보였다.

"이게 뭐라고 생각하나?" 홈즈가 물었다.

"종이 제작자의 이름이 틀림없어. 아니, 이름의 이니셜이라고 해야겠군."

"천만에. 'Gt'는 회사를 뜻하는 독일어 '게젤샤프트Gesellschaft'의 약자야. 영어에서 회사를 'Co.'라고 줄여 쓰는 관행과 같은 거지. 'P'는 물론 종이를 뜻하는 독일어 '파피에르Papier'의 이니셜이야. 그렇다면 'Eg'는? 어디 《대륙 지명 사전》을 좀 훑어볼까?"

홈즈는 책장에서 묵중한 갈색 책을 꺼내 들었다.

"에글로, 에글로니츠, 아, 여기 있군. 에그리아Egria. 보헤미아 왕국에서 독일어를 쓰는 지역으로, 카를스바트에서 멀지 않은 곳이라는군. '발렌슈타인이 암살된 현장이자 유리 공장과 제지 회사가 많은 곳으로 유명하다.' 하하! 어때, 이젠 알 것 같지 않아?"

홈즈는 회심에 찬 눈을 반짝이며 희푸른 담배 연기를 피워 올렸다.

"종이가 보헤미아산이었군." 내가 말했다.

"그렇지. 그리고 편지를 쓴 남자는 독일인이야. 문장 구성이 특이하다는 게 보이지? '귀하의 명성은 익히 들었습니다, 여러 소식통을 통해서요.' 프랑스인이나 러시아인이었다면 이렇게 쓸 리가 없지. 동사를 아무렇게나 끼워 넣은 걸 보니 독일인이 틀림없어. 그렇다면 남은 문제는, 보헤미아산 종이에 편지를 썼고 얼굴을 감추고 싶어 하는 독일인이 원하는 게 뭘까 하는 거야. 편지 내용대로라면 본인이 직접 납셔서 우리의 궁금증을 곧 풀어주겠지."

그때 날카로운 말발굽 소리와 마차 바퀴가 연석에 닿아 쓸리는 소리가 들려왔다. 곧이어 다급히 당긴 초인종 소리가 요란하게 울렸다. 그러자 홈즈가 휘파람을 불며 말했다.

"소리를 들어보니 말이 두 필이군." 홈즈가 창밖을 힐끗 내다봤다. "맞았어. 멋진 소형 브루엄 마차야. 말도 아주 훌륭하군. 한 마리에 150기니는 족히 나가겠어. 왓슨, 이번 사건은 다른 건 몰라도 사례금 하나는 두둑하겠는걸."

"홈즈, 나는 이만 가보는 게 좋겠어."

"아니, 의사 양반, 남아 있어. 나의 보즈웰(18세기 영국의 유명한 전기 작가, 새뮤얼 존슨에 매료되어 그를 그림자처럼 따라다니며 관찰한 뒤 전기로 발표했다—옮긴이)이 없으면 난 날개 잃은 봉황 꼴일걸. 흥미로운 사건일 거라고 내 보장하지. 놓치면 후회할 텐데."

"하지만 의뢰인이…."

"그건 염려할 거 없어. 나나 그 사람이나 자네의 도움이 필요할지 모르잖아. 드디어 왔군. 자넨 저 의자에 앉아서 잘 지켜보기만 해."

느리고 무거운 발소리가 계단을 따라 울려 퍼지는 것 같더니, 이내 복도를 지나 문밖에서 멈췄다. 이어서 크고 당찬 노크 소리가 울렸다.

"들어오십시오!" 홈즈가 말했다.

한 남자가 들어왔다. 2미터가 넘는 키에 풍채가 헤라클레스처럼 다부져 보였다. 옷차림이 워낙 호화로워 영국인의 눈에는 되레 촌스럽게 비춰질 정도였다. 외투의 앞깃과 소매 깃에는 모피가 넓게 덧대져 있었고, 어깨 위로 넘긴 군청색 망토는 강렬한 붉은빛 실크 안감이 대

져 있었다. 그리고 비취색 보석을 큼지막하게 박아 만든 브로치가 목 부근에서 망토를 잡아 여미고 있었다. 종아리까지 올라오는 부츠의 윗단에는 윤기가 자르르한 갈색 모피가 둘러져 있어, 온몸에서 뿜어 나오는 노골적인 화려함이 극치에 달했다. 남자는 챙이 넓은 모자를 한 손에 든 채 눈 주위와 광대뼈를 가린 검은 복면을 쓰고 있었다. 실내에 들어설 때 한 손으로 마스크를 추스르던 것으로 보아 이제 막 마스크를 쓴 게 분명했다. 두툼하게 나온 입술, 길고 곧은 턱, 마스크 아래로 드러난 얼굴이 고집스러울 정도로 강한 인상을 풍겼다.

"편지는 받으셨습니까? 방문을 미리 알렸습니다만."

굵고 거친 음성에 독일식 억양이 진하게 묻어 나왔다. 남자는 누구에게 이야기해야 좋을지 모르겠다는 듯 우리를 번갈아보았다.

"앉으시죠." 홈즈가 말했다. "이쪽은 내 친구이자 동료인 의사 왓슨 선생입니다. 사건을 해결하는 데 이따금 도움을 받고 있습니다. 실례입니다만, 성함을 여쭤봐도 될까요?"

"폰 크람 백작이라고 불러주시오. 나는 보헤미아 왕국의 귀족이오. 그대의 친구라는 이 신사는 내가 그지없이 중대한 문제를 의논해도 될 만큼 신의와 분별력이 있는 분이리라 믿습니다. 혹여나 그렇지 않다면 그대와 단둘이 이야기하는 게 마땅할 것 같소."

내가 자리를 비워주려고 일어서자, 홈즈가 내 손목을 붙잡고 다시 의자에 앉혔다.

"이 친구가 나가야 한다면 듣지 않겠습니다. 내게 하실 말씀이라면 이 친구에게 하셔도 좋습니다."

백작이 떡 벌어진 어깨를 으쓱하더니 입을 열었다. "그럼 먼저 앞으로 2년 동안 반드시 비밀을 지키겠다고 약속해주시오. 그 후라면 아무래도 상관없지만, 지금으로서는 이 문제가 유럽의 역사를 바꿀 만큼 중대하다고 해도 과장이 아닐 거요."

"약속합니다." 홈즈가 말했다.

"그리고 저도."

"부득이 마스크를 쓴 것을 이해해주시오." 낯선 방문객이 이어서 말했다. "내게 일을 의뢰한 고귀한 분이 내 얼굴이 알려지는 것을 바라지 않소. 사실 조금 전에 밝힌 이름도 본명이 아니오."

"알고 있었습니다." 홈즈가 무뚝뚝하게 말했다.

"사건의 전말이 아주 미묘하오. 만전을 기하지 않으면 이 불씨는 거대한 스캔들로 비화되고, 결국 유럽에 있는 한 왕실의 명예를 실추시킬 거요. 터놓고 말하면, 이건 보헤미아의 명문 왕가인 오름슈타인 가문과 관련된 일이오."

"그것도 알고 있었습니다."

홈즈가 나직이 대답하고는 의자에 몸을 파묻고 눈을 감았다.

명석하고 열정적인 것으로 유럽 최고의 탐정 소리를 듣는 자가 나른하게 축 늘어지자 손님이 놀란 눈치였다. 홈즈가 천천히 눈을 뜬 뒤 답답하다는 듯 풍채 좋은 의뢰인을 바라보았다.

"황송하게도 전하께서 사건을 친히 들려주신다면 제가 더 좋은 조언을 해드릴 수 있을 것 같습니다."

그러자 남자가 자리에서 벌떡 일어나더니 안절부절못하며 방 안을 서성거렸다. 이윽고 자포자기한 심정이 됐는지 마스크를 벗어 바닥에 내동댕이치며 소리쳤다.

"맞소! 나는 왕이오. 왜 숨기려 했는지 모르겠군."

"지당하십니다." 홈즈가 나직이 말했다. "전하께서 말씀을 꺼내시기 전부터 저는 찾아오신 분이 보헤미아의 국왕 카셀펠 슈타인의 대공이신 빌헬름 고츠라이히 지기스몬트 폰 오름슈타인이시라는 것을 알고 있었습니다."

"그대도 이 자리에 앉아 있다면." 낯선 방문객이 자리에 돌아가 희고 봉긋한 이마를 쓰다듬으며 말했다. "이해할 수 있을 게요. 아무래도 이런 일에 친히 나서는 게 익숙하지 않다는 걸 말이오. 하지만 이 문제가 너무 민감한 사안이라 섣불리 대리인에게 사정을 털어놨다가는 자칫 약점을 잡힐 우려가 있소. 그래서 내 직접 상담하려고 프라하에서부터 신분을 감추고 여기까지 온 것이오."

"자, 그럼 말씀하십시오."

홈즈가 말하고 다시 두 눈을 감았다.

"간추려 말하면 이렇소. 약 5년 전에 바르샤바에 한동안 머물렀던 때가 있었는데, 그때 아이린 애들러라는 여자를 알게 되었소. 그대들도 분명 이 이름을 들어본 적이 있을 거요."

"왓슨, 내 서류철에서 아이린 애들러를 좀 찾아봐 줘."

홈즈가 여전히 눈을 감은 채 나직이 말했다. 홈즈는 오랜 세월에 걸쳐 인물과 사건에 관한 온갖 정보를 체계적으로 요약하고 기록해두어서 웬만한 정보는 그 자리에서 즉시 조사할 수 있었다. 아이린 애들러라는 여자의 약력은 유대인 랍비와 심해 어류에 관한 논문을 쓴 해군 참모의 자료 사이에 끼어 있었다.

"어디 볼까, 흠! 1858년, 미국 뉴저지 출생. 콘트랄토, 흠! 라스칼라 극장 출연, 흠! 바르샤바 황실 오페라단의 프리마돈나, 그래! 은퇴 후 런던 거주, 그렇겠지! 전하, 보아하니 전하께서는 이 젊은 여성과 남녀 관계로 얽히게 되었고, 나중에 화근이 될 만한 편지 몇 통을 아이린 애들러 양에게 보냈는데, 이제 그 편지를 되찾고 싶으신가 보군요?"

"바로 그렇소. 그런데 그걸 어떻게…."

"혹시 애들러 양과 비밀 결혼을 하신 적 있나요?"

"없소."

"법적 문서나 증명서 같은 것이 있습니까?"

"없소."

"그렇다면 이해가 안 되는군요. 이 젊은 여성이 협박하겠답시고 편지를 내민다 해도 그게 진짜라는 걸 어떻게 증명하겠습니까?"

"필체란 게 있잖소."

"풋! 위조했나 보죠."

"내 전용 편지지."

"훔친 거죠."

"내 봉인을 찍었소."

"모조품이죠."

"내 사진을 가졌소."

"산 거죠."

"둘이 찍은 사진이오."

"이런, 문제네요! 정말 경솔한 행동을 하셨네요."

"푹 빠져서. 미쳤던 게지."

"스스로 화를 자초하셨군요."

"그때 난 그저 왕세자였소. 내 나이가 이제 서른이니, 당시엔 훨씬 어리고 철없던 시절이었지."

"사진은 반드시 회수해야 합니다."

"손을 써봤지만 실패했소."

"전하, 돈을 써서라도 사야 합니다."

"팔려고 하질 않소."

"그럼 훔쳐야죠."

"이미 다섯 번이나 시도해봤소. 도둑을 고용해 집 안을 두 차례나 샅샅이 뒤졌소. 여행 중이던 아이린의 짐을 빼돌려 보기도 하고, 노상강도질도 두 번이나 해봤지만 아무런 소득이 없었소."

"사진 코빼기도 못 본 겁니까?"

"전혀."

홈즈가 웃으며 말했다.

"별일 아니군요."

"난 아주 심각하오." 보헤미아 왕이 홈즈의 말을 책망하듯 받아쳤다.

"사실 그렇긴 합니다. 그런데 애들러 양은 사진으로 뭘 어쩌겠다는 건가요?"

"나를 파멸시킬 속셈이오."

"어떤 식으로요?"

"나는 결혼을 앞두고 있소."

"그렇다고 들었습니다."

"상대는 스칸디나비아 왕의 둘째 딸, 클로틸드 로트만 폰 작스메닝겐이오. 그곳 왕실의 가풍이 엄하다는 것을 그대도 들었을지 모르겠소. 공주도 보통 사람과 다르게 심히 고상하여 만일 나의 품행에 티끌만 한 오점이라도 발견된다면 이 혼사는 파탄 나고 말 것이오."

"아이린 애들러의 계획은 뭔가요?"

"그들에게 사진을 보내겠다고 으름장을 놓고 있소. 빈말이 아닐게요. 충분히 그러고도 남을 여자지. 그대야 잘 모르겠지만, 아이린은 강철 같은 기백을 지녔소. 얼굴은 그 어떤 여자보다 아름답지만 마음은 그 어떤 남자보다 강인하오. 내가 다른 여자와 결혼하는 걸 방해하기 위해서라면 물불을 가리지 않을 것이오. 그 어떤 거리낌도 없이."

"아직 사진을 보내지 않은 게 확실합니까?"

"그렇소."

"어떻게 알죠?"

"약혼을 공표하는 날 보내겠다고 말했기 때문이오. 그게 다음 주 월요일이오."

"아, 그렇다면 아직 사흘이 남았군요." 홈즈는 하품을 하며 말했다. "지금 당장 살펴봐야 할 일이 한두 가지 있었는데 다행이군요. 전하께서는 당분간 런던에 계시겠죠?"

"그럴 생각이오. 폰 크람 백작이란 이름으로 랭엄 호텔에 묵고 있소."

"그럼 경과는 전보로 알려드리겠습니다."

"꼭 그래 주시오. 여간 걱정되는 게 아니니."

"보수는 어떻게 하시겠습니까?"

"백지 수표를 주겠소."

"정말입니까?"

"그 사진만 되찾을 수 있다면 왕국의 일부라도 떼주고 싶은 심정이오."

"그럼 착수금은?"

왕은 망토 속에서 묵직한 영양 가죽 주머니를 꺼내더니 테이블 위에 올려놓았다.

"금화 300파운드와 지폐 700파운드가 들어 있소."

홈즈는 수첩에 영수증을 휘갈겨 쓴 뒤 왕에게 건네주었다.

"숙녀의 주소는 알고 계십니까?"

"세인트 존스 우드, 서펜타인 애비뉴에 있는 브라이어니 로지."

홈즈가 받아 적었다.

"마지막으로 하나만 더 여쭤보겠습니다. 사진은 캐비닛 판입니까?"

"그렇소."

"그럼, 안녕히 가십시오, 전하. 곧 좋은 소식을 전해드리겠습니다. 그리고 왓슨, 자네도 조심히 가게."

왕을 실은 브루엄 마차가 굴러가는 소리가 들리자, 홈즈가 덧붙여 말했다.

"내일 오후 3시에 이곳으로 와주면 좋겠어. 이 문제에 대해 담소를 나누고 싶으니까 말이야."

II

다음 날 정각 3시에 나는 베이커 스트리트를 방문했다. 하지만 홈즈는 외출 중이었다. 하숙집 주인의 말로는 오전 8시 직후에 나가서 지금까지 돌아오지 않았다고 했다. 나는 홈즈가 아무리 늦더라도 기다릴 생각으로 벽난로 옆에 앉았다. 홈즈가 대체 무슨 일을 벌이고 있는 건지 나도 여간 궁금한 게 아니었다. 이미 기록해둔 두 건의 범죄 사건처럼 침울하고 기묘하지는 않았지만, 사건의 배경이나 의뢰인의 높은 신분 때문에 이 사건도 사뭇 독특한 데가 있었다. 실로 어떤 사건이든 홈즈의 손에 한번 들어오면, 대가다운 통찰력과 예리하고 빈틈없는 추리 아래 사건이 뒤엉킨 실타리가 풀리듯 술술 해결되는 모습이 여간 재미있는 게 아니었다. 나는 홈즈가 예외 없이 항상 사건을 해결해왔던 터라 실패할 수도 있다는 생각은 눈곱만큼도 하지 않았다.

4시가 되어갈 무렵, 방문이 열리더니 술에 취한 듯한 마부가 걸어 들어왔다. 쑥대머리에 구레나룻은 길게 내려왔고, 얼굴은 불그죽죽하고 복장은 꾀죄죄하기 짝이 없었다. 친구의 감쪽같은 변장술에 이미 익숙한 나였지만, 세 번을 찬찬히 훑어본 뒤에야 나는 마부가 홈즈인 것을 알 수 있었다. 홈즈는 고개를 한번 끄덕이더니 침실로 사라졌고, 5분 후 여느 때처럼 트위드 정장 차림으로 다시 나타났다. 홈즈는 두 손을 주머니에 찔러 넣은 채, 벽난로 앞에 두 다리를 쭉 뻗고 앉더니 배꼽이 빠지도록 웃어댔다.

"원, 이럴 수가!"

홈즈는 한마디를 겨우 내뱉더니 다시 웃어대느라 숨을 헐떡였다. 마침내 기운이 다 빠졌는지 의자 깊숙이 몸을 밀어 넣으며 축 늘어졌다.

"무슨 일이야?"

"너무 웃겼어. 내가 아침에 나가서 뭘 하다 들어왔는지 자네는 상상도 못 할 거야. 마지막에는 정말 가관이었는데."

"잘 모르겠네만, 아이린 애들러 양의 동태나 그녀의 집을 지켜봤겠지."

"맞아. 시작은 그랬는데 시간이 갈수록 배가 산으로 간 꼴이야. 아무튼 얘기해주지. 오전 8시가 막 지나자, 나는 실직한 마부로 변장하고 집을 나섰어. 마부들끼리 동료애와 결속력이 얼마나 끈끈한지, 한번 마부는 영원한 마부라는 식이라 알고 싶은 건 얼마든지 들을 수 있지. 나는 브라이어니 로지를 금세 찾아냈어. 뒤뜰이 딸린 아담하고 멋진 이층집이더군. 건물 앞면이 정면으로 도로를 향해 있었고, 문에는 처브 사에서 만든 자물쇠가 채워져 있었어. 현관 오른쪽에 있는 커다란 거실은 가구를 잘 갖춰놓았고 마룻바닥까지 내려오는 긴 유리창이 나 있었어. 유리창에는 제구실도 못 하는 형편없는 잠금장치만 달려 있더군. 그 정도면 애들도 쉽게 딸 수 있을걸. 집 뒤편은 마차 곳간 지붕에 올라서면 복도 창문으로 들어갈 수 있다는 점만 빼면 평범하더군. 집 주위를 사방으로 돌며 면밀히 살펴봤지만, 그 밖에 딱히 눈에 띄는 데는 없었어.

잠시 후 어슬렁거리며 길을 내려가 봤더니, 예상대로 뒤뜰 담을 끼고 나 있는 골목길에 마구간이 있더군. 말을 손질하고 있는 마부들을 도와주고, 그 대가로 2펜스와 맥주 한 잔, 그리고 담배 두 개비를 얻었다네. 또 아이린 애들러 양에 대한 정보도 엄청나게 수집했지. 별 흥미도 없는 이웃 사람들의 신상 명세까지 모두 들어줘야 하긴 했지만 말이야."

"아이린 애들러에 대해 뭐라고들 했는데?"

"그 동네 남자들의 혼을 다 빼놨더군. 이 행성에서 보닛을 쓴 애들러 양보다 더 예쁜 건 없다고들 난리더군. 그 아가씨는 가끔 음악회에서 노래를 부를 뿐 조용히 살고 있다. 매일같이 5시면 마차를 타고 외출했다가 정각 7시에 돌아와 저녁을 먹는다더군. 노래할 때를 빼고 다른 시간에 외출하는 일은 거의 없나 봐. 그 집에 드나드는 남자는 한 명뿐인데, 꽤 자주 들락거리는 모양이야. 이너템플 법학원 소속의 고드프리 노턴이라는 자야. 보라구, 마부와 막역한 사이가 되면 얼마나 편한지 알겠지? 마부들 말이 그 남자를 서펜타인 골목에서 여러 번 태워

봐서 그 남자에 대해서도 속속들이 알고 있다는 거야. 나는 마부들의 얘기를 모두 들은 후 다시 브라이어니 로지 근처를 오르내리며 작전을 짜기 시작했지.

고드프리 노턴이 이번 사건에 어떻게든 연관되어 있는 게 틀림없어. 알고 보니 변호사더군. 그러니 의혹이 더 짙어질 수밖에. 애들러와 어떤 관계일까? 들락거리는 목적은 뭐지? 의뢰인? 친구? 애인? 만일 의뢰인이라면 사진을 그 변호사에게 맡겨놓았을 가능성이 크지. 친구나 애인이라면 또 다르겠지만. 이 둘이 어떤 사이냐에 따라 브라이어니 로지에서 조사를 계속할지, 아니면 그 남자가 다니는 법학원 주변을 기웃거려야 할지가 결정되겠지. 이 미묘한 상황 때문에 조사 범위도 확 넓어진 셈이야. 이렇게나 장황하게 설명을 늘어놓으려 했던 건 아닌데, 상황을 제대로 이해하려면 사소한 것들도 알아두면 좋을 거야."

"귀담아듣고 있어." 내가 대답했다.

"아무튼 어떻게 해야 할지 고민하고 있는데, 이륜마차가 브라이어니 로지로 다가오더니 한 신사가 허겁지겁 뛰어내리더군. 잘 그을린 피부, 높고 살짝 굽은 콧대, 콧수염까지 눈에 띄게 잘생겼더군. 말할 것도 없이 문제의 그 남자라고 생각했지. 다급한 목소리로 마부에게 기다리라고 외치고는, 문이 열리자마자 가정부를 떠밀며 제집에 온 사람처럼 거침없이 들어가더군.

그 남자가 머문 시간은 30분 정도였는데, 거실을 돌아다니면서 손짓을 곁들여가며 열심히 이야기하는 모습을 창문으로 잠깐씩 엿볼 수 있었어. 하지만 애들러 양은 전혀 보이지 않았어. 곧이어 그 남자가 다시 나왔는데, 들어올 때보다 더욱 허둥거리더군. 부랴부랴 마차에 올라탄 뒤 주머니에서 금시계를 꺼내 심각하게 들여다보더니 마부에게 냅다 외쳤지. '전속력으로 달리시오! 먼저 리전트 스트리트의 그로스 앤드 행키스 보석상에 들렀다가 에지웨어 로드의 세인트 모니카 교회로 갑시다. 20분 안에 도착하면 하프 기니를 팁으로 주겠소!'

마차를 쫓아갈까 망설이고 있는데, 말쑥한 사륜마차가 골목에서 나오는 게 보였어. 그런데 마부가 겉옷의 단추는 반밖에 채우지 못한 데다, 넥타이는 귀밑에서 덜렁거리고, 멜빵도 미처 걸지 못한 채 꼴이 말이 아니었어. 마차가 제대로 멈춰 서기도 전에 문제의 애들러 양이 집에서 뛰어나와 마차에 서둘러 몸을 싣더군. 그 순간 그 아가씨를 잠깐 보았는데 과연 듣던 대로 아름다웠어. 남자들이 목숨을 걸 만한 미인이더군.

'존, 세인트 모니카 교회로 가요. 20분 안에 도착하면 하프 소버린을 팁으로 줄게요.' 그 아가씨가 말하는 소리가 들렸어.

왓슨, 그건 다시없을 절호의 기회였어. 달음박질로 쫓아갈지, 아니면 사륜마차 뒤에 몰래 올라탈지를 고민하던 찰나에 마침 마차 한 대가 다가왔어. 마부는 꾀죄죄한 승객을 보고는 머뭇거리는 눈치였지만, 나는 마부가 뭐라고 말하기 전에 단박에 올라탔지. 그리고 소리쳤지. '세인트 모니카 교회로! 20분 안에 가면 반 파운드를 주겠소.' 25분이 지나면 정오였지.

무슨 일이 벌어지고 있는 게 분명했어.

마차가 부리나케 달렸어. 내 평생 그렇게 빠른 마차는 처음이었을 거야. 하지만 앞서 떠난 마차를 따라잡기에는 역부족이었지. 내가 도착했을 때 마차들은 이미 와 있었고, 말들은 김이 모락거리는 몸을 식히고 있었어. 나는 마부에게 삯을 치르고 서둘러 교회 안으로 들어갔네. 교회 안에는 두 사람과 흰 예복을 입은 사제 한 명뿐이었는데, 사제가 두 사람에게 무언가를 타이르는 것 같았어. 세 사람이 제단 앞에 모여 서 있었고, 나는 우연히 교회에 들른 한가한 사람인 양 주변 통로를 어슬렁거렸지. 별안간 제단에 있던 세 사람이 일제히 나를 돌아보더니, 고드프리 노턴이 나를 향해 쏜살같이 달려오는 거야.

'신이시여, 감사합니다! 때마침 잘 오셨어요! 어서 와요! 어서요!'

'아니 왜요?' 내가 반문했지.

'어서 와요, 어서요. 3분이면 돼요. 아니면 법적 부부가 될 수 없다고요.'

나는 거의 끌려가다시피 제단 위로 올라갔어. 그리고 영문도 모른 채 사제가 내 귓전에 나직이 일러주는 대로 중얼거리며 뭔지도 모를 것에 서약했어. 즉 나는 신부 아이린 애들러와 신랑 고드프리 노턴이 법적으로도 확실히 결합하도록 거들어준 거지. 모든 일이 순식간에 지나갔어. 식이 끝나자 신사와 숙녀가 내 양옆에 서서 고맙다는 인사를 건넸고, 앞에서는 사제가 내게 환한 미소를 보내더군. 이렇게 우스꽝스러운 일은 난생처음이야. 아까도 그 생각에 배꼽 빠지게 웃은 걸세. 무슨 절차가 부족했는지, 어떤 식으로든 증인이 없으면 결혼식을 올릴 수 없다고 사제가 완강히 거절했던 모양이야. 그런데 그 자리에 우연찮게 내가 나타난 덕분에 신랑이 들러리를 찾으러 거리로 뛰쳐나갈 수고를 면한 거지. 신부가 1파운드 금화 한 닢을 사례로 주었는데, 난 그걸 기념으로 간직할 생각일세. 시곗줄에 매달까 해."

"일이 참 뜻밖의 방향으로 흘러갔군. 그래서 어떻게 됐나?"

"내 계획이 수포로 돌아갈 판이었지. 두 사람은 당장 어디론가 떠나려는 사람들처럼 보였거든. 나로서는 뭔가 신속하고 효과적인 조치를 취할 필요가 있었어. 그런데 둘은 교회 문 앞에서 각자 마차에 올라타더니 남자는 법학원으로, 여자는 집으로 돌아가더군. 여자는 헤어지면서 그 남자에게 '오늘도 평소처럼 5시에 공원을 한 바퀴 돌 거예요'라고 하더군. 그 말뿐이었어. 이윽고 두 마차가 서로 다른 방향으로 멀어졌고, 나도 준비를 하러 돌아온 거야."

"무슨 준비?"

"고기 요리와 맥주 한잔." 홈즈가 초인종을 울리며 대답했다. "바쁘게 뛰어다니느라 먹는 것도 잊었거든. 오늘 저녁에는 더 바쁠 것 같아. 그러니 의사 선생, 자네 도움이 필요해."

"기꺼이 도와주지."

"법을 어기는 일이라도?"

"그게 별거야."

"체포될지도 모르는데?"

"명분만 있다면."

"명분이야 훌륭하지!"

"그렇다면 더 말할 것도 없지."

"그럴 줄 알았어."

"그런데 뭘 도와야 하지?"

"터너 부인이 음식을 갖다 놓았으니 이제 더 자세히 말해줄게." 허기가 많이 졌던지 주인아주머니가 간단히 차려준 한 끼에 맹렬히 달려들며 홈즈가 말을 이었다. "시간이 많지 않으니까 먹으면서 얘기할게. 벌써 5시가 다 되어가는군. 두 시간 안에 우린 현장에 가 있어야 해. 아이린 애들러 양, 아니 노턴 부인이 7시에 공원에서 돌아올 거야. 우리는 그전에 브라이어니 로지에 가서 애들러 양을 기다려야 해."

"어쩌려고?"

"그다음 일은 내게 맡겨. 앞으로 발생할 일들에 대해서도 이미 다 손을 써뒀어. 한 가지 일러두고 싶은 게 있는데, 어떤 일이 있어도 자네는 끼어들지 말게. 알겠지?"

"중립을 지키라는 거야?"

"어쨌든 나서지 말게. 아마 좀 떨떠름한 소동이 일어날 거야. 그래도 절대 끼어들면 안 돼. 그 일은 내가 집 안으로 실려 들어가면서 일단락될 거야. 그런 뒤 4~5분쯤 지나면 거실에 있는 유리창이 열릴 거야. 자네는 그 창문 옆에 바짝 붙어 있으라고."

"알았어."

"내가 잘 보일 테니 나를 계속 지켜보도록 해."

"그러지."

"그리고 내가 이렇게 손을 들면 방 안으로 물건 하나만 던져 주면 돼. 그리고 '불이야!' 하고 목청껏 외치는 거야. 알아들었지?"

"알았네."

"던질 물건은 바로 이거야. 그리 무서운 건 아니야." 홈즈가 주머니에서 기다란 시가를 닮은 물건을 꺼내 보였다. "배관공이 흔히 쓰는 연막탄이야. 자연 발화되도록 양쪽 끄트머리에 뇌관이 딸려 있어. 자네 임무는 이 연막탄을 던지는 것까지야. '불이야!' 하고 한마디만 외치면 뒷일은 몰려든 구경꾼들이 알아서 할 거야. 그런 다음 길모퉁이에 가 있으면 내가 10분 안에 뒤쫓아가겠네. 내 말 다 알아들었지?"

"나서지 말고 창문 밖에서 자네를 지켜보다가, 신호가 오면

이 물건을 거실에 던지면서 '불이야!' 하고 외친 다음 길모퉁이에서 자네를 기다린다."

"바로 그거야!"

"그렇다면 안심하고 맡겨."

"좋았어. 이제 새로운 배역을 연기할 차례야. 준비해야겠어."

홈즈는 침실로 사라졌다가 몇 분 뒤 상냥하고 순박한 비국교도 목사가 되어 나타났다. 챙이 넓은 검은 모자를 쓰고, 헐렁한 바지와 하얀 나비넥타이를 걸친 채였다. 거기에다 자애로운 미소와 악의 없이 호기심 어린 표정까지, 내 친구 홈즈는 영락없는 목사였다. 존 헤어(희극적인 배역으로 인기를 끈 배우 겸 연출자―옮긴이) 같은 명배우가 아니고서는 흉내조차 낼 수 없을 것이다. 홈즈는 단순히 옷을 갈아입은 게 아니라 새로운 배역에 맞춰 표정, 태도, 영혼까지 바꾸는 듯했다. 홈즈가 범죄 전문가가 되었기 때문에 과학계는 명석한 두뇌 하나를 잃었고, 연극계는 훌륭한 배우 하나를 잃었다는 생각이 들 정도였다.

우리가 베이커 스트리트를 나선 시각은 6시 15분이었다. 서펜타인 애비뉴에는 예정보다 10분 일찍 도착했다. 거리에는 어느덧 어스레한 땅거미가 지기 시작했고, 전등이 하나둘씩 켜지고 있었다. 우리는 브라이어니 로지 근처를 오르내리며 여주인이 돌아오기를 기다리고 있었다. 그 집은 홈즈의 간추린 설명을 들을 때 내가 상상한 그대로였다. 다만 주변이 예상만큼 한적하지 않았다. 아니, 조용한 동네의 작은 거리치고는 유달리 활기가 넘쳤다. 길모퉁이에서는 추레한 옷을 걸친 무리가 담배를 피우며 얘기하고 있었다. 가위를 가는 사람도 보이고, 아기 보는 아가씨와 시시덕거리는 근위병 둘도 보였다. 말쑥하게 차려입은 청년들 몇이 시가를 입에 물고 어슬렁거리기도 했다.

"이봐, 결혼 덕분에 문제가 오히려 간단해졌어. 이제 사진은 양날의 칼이 된 거야. 그 사진이 공주의 눈에 띌까 노심초사하는 우리 의뢰인처럼, 애들러 양도 고드프리 노턴에게 그 사진을 들키고 싶지 않을 거야. 그렇다면 문제는 이제 사진을 어디에 숨겼는가 하는 거지."

집 앞을 서성이던 홈즈가 말했다.

"대체 어디에 뒀을까?"

"몸에 지니고 다닐 가능성은 희박해. 크기가 제법 있는 캐비닛 판이라니 여성복 안에 감추기는 번거로울 거야. 게다가 왕이 사람을 숨겨놓았다가 몸을 수색할지도 모른다는 것쯤은 당해봐서 잘 알고 있을 테지. 그러니 사진을 가지고 다니지는 않을 거야."

"그럼 어딜까?"

"은행이나 변호사에게? 그럴 가능성은 두 배로 높지만 난 어느 쪽도 아니라고 봐. 여자들은 천성적으로 비밀이 많은데, 그 비밀을 혼자 간직하고 싶어 하지. 그러니 그 사진을 다른 사람에게 맡길 리도 없어. 계산적인 남자에게 맡겼다가는 우회적으로나 정치적으로 이용당할 위험도 있으니 차라리 자기가 쥐고 있는 게 더 든든할 거야. 더구나 애들러 양은 며칠 내에 사진을 사용할 계획이니 쉽게 손이 닿는 곳에 있을 거야. 집 안 어딘가에 있는 게 틀림없어."

"하지만 집 안을 두 번이나 털었다고 했잖아."

"풋! 제대로 털어야지."

"그럼 자네는 어떻게 털려고?"

"난 털지 않아."

"무슨 뾰족한 수라도 있어?"

"애들러 양이 몸소 알려주겠지."

"그럴 리가 없잖나."

"그러지 않고는 못 배길걸. 마차 소리가 들리는군. 애들러 양의 마차야. 이제 내가 말한 대로 해주게."

홈즈의 말대로 길모퉁이를 돌아오는 마차의 불빛이 보였다. 멋들어진 소형 사륜마차가 브라이어니 로지 입구에서 멈추자, 모퉁이에서 빈둥거리던 부랑자 하나가 문을 열어주고 동전 한 닢을 얻을 요량으로 잽싸게 달려왔다. 그러나 같은 속셈으로 달려든 다른 부랑자에게 떠밀리면서 둘 사이에 격렬한 입씨름이 벌어졌다. 근위병이 가세해 한쪽 편을 들자, 이번에는 가위 가는 사람도 끼어들어 반대쪽 편을 들었다. 욕설이 오가더니 이윽고 주먹이 날아왔다. 마차에서 내린 숙녀는 순식간에 치고받는 남자들에게 둘러싸이고 말았다. 이때 홈즈가 숙녀를 보호하기 위해 난투극 속으로 뛰어들었다. 그러나 숙녀의 곁에 가까이 간 순간, 홈즈는 외마디 비명을 지르며 쓰러졌다. 얼굴에서는 피가 철철 흘러내렸다. 그 모습을 본 근위병들은 어디론가 사라졌고, 부랑자들도 반대 방향으로 줄행랑을 쳤다. 그러자 멀찍이 구경만 하고 있던 말끔한 청년들이 우르르 몰려와 숙녀를 돕고 부상당한 남자를 보살피려고 했다. 아이린 애들러는 황급히 계단을 올라가다가 입구에 우뚝 멈춰 섰다. 몸을 돌려 집에서 새어 나오는 불빛을 등지자, 아름다운 몸의 윤곽이 드러났다. 아이린 애들러가 거리를 보며 걱정스러운 목소리로 물었다.

"가엾은 신사분이 많이 다쳤나요?"

"죽었어요." 여러 사람이 입을 모아 대답했다.

"아냐, 아직 숨은 붙어 있어! 하지만 병원 문턱에 닿기 전에 죽을 것 같아." 누군가 외쳤다.

"정말 용감한 분이셨어." 어떤 여자가 말했다.

"이분이 아니었으면 부인은 지갑과 시계를 털렸을 겁니다. 그놈들은 강도였어요. 그것도 아주 고약한 놈들이요. 어, 숨을 쉬고 있어!"

"길바닥에 내버려 둘 수는 없어요. 부인, 댁으로 옮기면 안 될까요?"

"그럼요. 거실로 모셔요. 거기에 편안한 소파가 있어요. 이쪽이에요!"

사람들이 홈즈를 숙연하게 브라이어니 로지 안으로 옮겨서 거실에 천천히 눕혔다. 나는 창문 옆, 그러니까 이미 얘기된 장소에서 이 상황을 지켜보기만 했다. 거실에는 불이 켜져 있었고 커튼이 걷혀 있어 소파에 누워 있는 홈즈가 보였다. 자신의 연기에 대해 홈즈가 양심의 가책을 느꼈는지는 알 길이 없다. 하지만 나는 우리의 음모에 말려든 아름다운 여성이 더없이 자비롭고 친절하게 다친 사람을 보살피는 것을 보니, 여태껏 한 번도 느껴보지 못한 강렬한 죄책감이 밀려왔다. 그렇다고 이제 와서 홈즈가 내게 맡긴 임무를 포기할 수는 없었다. 그건 홈즈에게는 가장 속이 시커먼 배신행위일 터였다. 나는 마음을 독하게 다잡고 긴 외투에서 연막탄을 꺼냈다. 우리가 아이린 애들러를 해치려는 게 아니지 않는가. 그저 다른 사람을 해치지 못하게 하려는 것뿐이다. 나는 그렇게 자신을 타일렀다.

홈즈가 소파 위에서 일어나 숨이 막힌다는 듯한 몸짓을 하는 게 보였다. 그러자 가정부가 달려와서 창문을 활짝 열어젖혔다. 바로 그 순간 홈즈가 손을 올리는 것이 보였다. 신호였다! 나는 연막탄을 거실에 던져 넣고 "불이야!" 하고 목청껏 외쳤다. 그 말이 내 입을 떠나자마자, 옷이 말쑥하든 꾀죄죄하든 간에 신사, 마부, 하녀 상관없이 길 가던 사람들까지 모두 합세해 '불이야!' 하고 소리를 내질렀다. 짙은 연기가 실내에 소용돌이치며 퍼지는가 싶더니 열린 창문으로 빠져나왔다. 연기 속에서 다급히 뛰어다니는 사람들의 모습이 언뜻 보이더니, 잠시 후 불이 난 게 아니라고 사람들을 안심시키는 홈즈의 목소리가 들렸다. 나는 웅성거리는 사람들 사이로 슬그머니 빠져나와 길모퉁이에 몸을 감췄다. 다행히 10분 후, 친구가 와서 내 손을 잡아끌어 소란스러운 현장에서 멀리 벗어날 수 있었다. 홈즈는 몇 분 동안 말없이 바삐 걷기만 했다. 이윽고 우리는 에지웨어 로드로 향하는 조용한 거리로 접어들었다.

"아주 훌륭했어, 의사 선생. 나무랄 데 없었네. 다 잘됐네."

"사진은 찾았나?"

"어디 있는지만 알아냈어."

"어떻게 알아낸 거야?"

"내가 말한 대로 아이린 애들러 양이 가르쳐주더군."

"어떻게 된 영문인지 도통 모르겠군."

"영문이랄 것도 없어." 홈즈가 웃으며 말했다. "알고 보면 아주 간단해. 길거리에 있던 사람들이 공범이라는 건 자네도 눈치챘을 거야. 저녁 한나절을 위해 내가 고용한 사람들이지."

"그 정도는 짐작했어."

"싸움이 벌어졌을 때 나는 축축한 빨간 물감을 손에 쥐고 있었어. 앞으로 돌진했다가 쓰러지면서 그 손으로 얼굴을 문댔지. 낡은 수법이야."

"그것도 눈치챘어."

"그 후 사람들이 나를 집 안으로 옮겼어. 나를 집 안에 들이는 걸 달리 거절할 수 없었을 거야. 어쩔 도리가 있겠나? 곧 거실로 들어가게 되었지. 안 그래도 거실을 수상히 지켜보던 차였어. 사진이 있을 법한 곳은 거실 아니면 침실인데, 어느 쪽인지 알아내야 했어. 그래서 소파에 눕혀지고 나서 숨이 막히는 척해서 창문을 열게 한 다음, 드디어 자네의 도움을 받게 된 거지."

"그게 도움이 됐단 말이지?"

"자네 배역은 아주 중요했어. 여자는 집에 불이 났다고 생각하자, 가장 소중한 것이 있는 곳으로 곧장 달려갔지. 어쩔 수 없는 본능이랄까. 나는 그 점을 종종 수사에 써먹었다네. '달링턴 바꿔치기 스캔들' 사건 때도, 아른스보르트 성 사건 때도 잘 써먹었지. 엄마라면 아이를 가장 먼저 챙기고, 아가씨라면 보석 상자부터 챙기기 마련이야. 그런데 오늘 우리의 숙녀에게 가장 소중한 물건은 뭘까? 당연히 우리가 찾고 있는 사진 아니겠어? 불이 나면 사진을 감춰둔 곳으로 맨 먼저 달려갈 거라고 생각했지. 자네의 연기는 일품이었어. 연기가 솟아오르는데 큰 소리까지 나면 아무리 담력 좋은 여자라도 당황하기 십상이라네. 그녀가 내 예상대로 반응하더군. 사진은 설렁줄(사람을 부를 때 흔들어 소리를 내는 방울, 곧 설렁이 울리도록 잡아당기는 줄—옮긴이) 바로 위의 미닫이를 열면 푹 들어간 공간이 있는데, 거기에 감춰뒀더군. 애들러 양은 눈 깜짝할 새 그곳으로 달려갔거든. 내가 곁눈질로 슬쩍 훔쳐보니 사진을 반쯤 꺼내고 있었지. 불이 난 게 아니라고 내가 외치자, 애들러 양은 사진을 도로 집어넣고 연막탄을 흘깃 보더니 방에서 뛰어나갔어. 그 후에는 애들러 양을 보지 못했고, 나는 슬며시 일어서 핑계를 대며 그곳을 빠져나왔지. 사진을 당장 챙겨 나갈까 고민하는 사이에 마부가 들어와 빤히 지켜보는 바람에 다음을 기약해야 했지. 괜히 서두르다 일을 그르칠 수도 있잖나."

"이제 어쩔 거야?"

"조사는 끝난 거나 마찬가지야. 내일 전하를 모시고 그 집에 들를 거야. 자네도 괜찮다면 함께 가세. 우리는 거실에서 숙녀를 기다리는 것처럼 보이겠지만, 막상 애들러 양이 나타났을 때는 사진도 손님도 사라지고 없을 거야. 전하가 친히 사진을 되찾는다면 흐뭇하시겠지."

"언제 들를 생각이야?"

"오전 8시. 애들러 양이 일어나기 전이라 방해받을 걱정은 없을 거야. 그래도 서둘러야 해. 결혼을 했으니 생활 습관이 180도 바뀌었을지도 모르잖아. 기다릴 것 없이 당장 전하에게 전보를 쳐야겠군."

우리는 베이커 스트리트에 접어들어 이윽고 집 앞에 섰다. 홈 즈가 주머니에서 열쇠를 찾고 있는데, 누군가가 말을 건넸다.

"안녕히 주무세요, 셜록 홈즈 씨."

거리에 드문드문 눈에 띈 행인 중에서 긴 코트를 걸치고 바삐 지나가던 늘씬한 젊은이가 인사를 건넨 것 같았다.

"목소리가 낯익은데 도대체 누군지 모르겠군."

홈즈는 가로등이 어스레히 켜진 거리를 빤히 보며 말했다.

Ⅲ

그날 밤 나는 베이커 스트리트에서 잤다. 토스트와 커피로 간단하게 아침 식사를 하고 있을 때, 보헤미아의 왕이 들이닥쳤다.

"정말 손에 넣었소?" 왕이 홈즈의 어깨를 부여잡더니 얼굴을 빤히 들여다보았다.

"아직은 아닙니다."

"하지만 기대해도 되겠소?"

"기대해도 좋습니다."

"어서 갑시다. 마음은 벌써 그곳에 가 있구려."

"마차를 부르겠습니다."

"아니요. 내 브루엄 마차가 대기하고 있소."

"그럼 한결 수월하겠군요." 우리는 아래층으로 내려가 또다시 브라이어니 로지로 향했다.

"아이린 애들러 양이 결혼했습니다." 홈즈가 말했다.

"결혼을! 대체 언제?"

"어제입니다."

"하지만 누구와?"

"노턴이라는 영국인 변호사입니다."

"아이린이 그 남자를 사랑할 리 없소."

"저는 아이린 애들러가 그 남자를 사랑하기를 바랍니다."

"아니, 왜 그걸 바란단 말이오?"

"그래야 앞으로 전하를 협박하지 않으리라는 믿음 때문입니다. 애들러 양이 남편을 사랑한다면 그건 전하를 사랑하지 않는다는 뜻이고, 전하를 사랑하지 않으면 전하가 어떤 일을 하든 방해할 이유가 없죠."

"그건 맞는 얘기요. 하지만… 아! 아이린이 나와 비슷한 신분이었다면 얼마나 좋았을까! 정말 훌륭한 왕비가 됐을 텐데!" 왕은 침울한 표정으로 입을 다물더니, 서펜타인 애비뉴에 닿을 때까지 아무 말도 없었다.

브라이어니 로지의 문이 열리더니 나이가 지긋한 여자가 계단 위에 나타났다. 여자는 우리가 마차에서 내리는 것을 가소롭다는 듯이 지켜보았다.

"셜록 홈즈 씨죠?" 나이 지긋한 여자가 물었다.

"그렇습니다만." 순간 흠칫 놀란 홈즈가 의아하다는 눈길로 여자를 바라보며 대꾸했다.

"정말이네! 당신이 들를 거라고 부인이 말하셨습니다. 부인은 남편과 함께 오늘 아침 5시 15분 열차로 채링 크로스 역을 떠나 유럽 대륙으로 가셨습니다."

"네? 정말 영국을 떠났습니까?" 홈즈가 휘청거렸다. 하얗게 질린 얼굴을 보니 어지간히 놀라고 분한 모양이었다.

"다시는 돌아오지 않을 겁니다."

"그럼 문서는? 모든 게 끝장이군." 왕이 갈라진 목소리로 물었다.

"내 눈으로 직접 봐야겠어!" 홈즈는 가정부를 밀치며 거실로 뛰어들었고, 왕과 나는 뒤따라갔다. 가구가 방 안에 어지럽게 흩어져 있었다. 선반은 떨어져 덜렁거리고, 서랍은 삐죽 열려 있는 게 부랴부랴 짐을 꾸려서 떠난 듯했다. 홈즈는 설렁줄이 있는 곳으로 달려가 작은 미닫이를 잡아떼고 손을 집어넣더니 사진 한 장과 편지를 꺼냈다. 사진은 이브닝드레스를 입은 아이린 애들러를 찍은 것이었고, 편지 겉봉에는 '셜록 홈즈 귀하, 방문 시 가져가시라고 남겨둡니다'라고 쓰여 있었다. 홈즈가 봉투를 뜯자, 우리 셋은 모두 편지를 뚫어져라 쳐다보았다. 날짜는 전날 자정으로 되어 있었다.

친애하는 셜록 홈즈 씨

정말 멋지게 해내셨군요. 저를 감쪽같이 속이시다니. 불이 났다는 소리를 듣기 전까지는 조금도 의심하지 않았어요. 하지만 그때 내가 무심코 비밀을 드러내고 말았다는 사실을 깨닫고 미심쩍은 생각이 들었죠. 몇 달 전에 당신을 조심하라는 경고를 들은 적이 있거든요. 전하께서 누군가에게 도움을 요청한다면, 그건 보나 마나 당신일 거라고들 말하며 당신의 주소를 알려주더군요. 그랬는데도 나는 당신이 궁금하게 여기는 것을 스스로 드러내고 말았어요. 수상한 낌새를 느낀 후에도 친절하고 자상하신 노년의 신부님이 그럴 리 없다고 생각했죠. 하지만 아시다시피 나도 한때는 여배우였어요. 남자로 변장하는 것쯤은 새삼스러울 것도 없죠. 남성복이 안겨주는 이

점을 종종 이용해왔으니까요. 그래서 마부 존을 보내 당신을 감시하게 한 후 위층으로 달려가 내가 산책용 의상이라 부르는 남성복으로 갈아입고, 당신이 떠나자마자 다시 내려왔어요. 그러고는 당신의 집 앞까지 따라가 내가 그 유명한 셜록 홈즈 씨의 표적이었다는 사실을 확인했습니다. 그런 다음 다소 충동적이긴 했지만, 안녕히 주무시라고 인사를 하고 남편을 만나러 법학원으로 발길을 돌렸죠.

우리는 떠나는 게 최선이라고 생각했어요. 아주 무서운 적이 우리를 노리고 있으니까요. 그러니 당신이 내일 들르면 빈 둥지만 발견하겠죠. 사진에 대해서는 부디 안심하시라고 당신의 의뢰인에게 전해주세요. 나는 더 좋은 분을 만나 사랑하고 또 사랑받고 있으니까요. 전하께서는 계획했던 대로 일을 진행하시면 될 거예요. 한때 잔인하게 상처 준 여자가 방해할 일은 없을 테니까요. 사진을 보관하는 것은 오로지 나 자신을 지키기 위해서입니다. 앞으로 전하께서 행여 저를 위협하신다고 해도, 저를 보호해줄 무기인 셈이죠. 대신 전하께서 혹시 간직하고 싶어 하실지 모를 사진 한 장을 남겨둡니다. 추억으로요.

그럼 이만 줄입니다.

— 아이린 노턴(결혼 전 성은 애들러) 올림

"정말 대단한 여자야. 암, 대단하고말고!" 마지막 문장까지 다 읽은 보헤미아의 왕이 감격하며 외쳤다. "내가 말한 대로 기지가 넘치고 결연한 여성이지 않은가? 아이린 애들러라면 감탄을 자아낼 만한 왕비가 되지 않았겠소? 아이린이 나와 같은 수준이 아닌 게 정말 애석할 뿐이오."

"제가 보기에도 이 숙녀는 전하와 전혀 어울리지 않습니다." 홈즈가 냉랭하게 대답했다. "의뢰하신 일을 보다 성공적으로 마치지 못해 정말 유감입니다."

"무슨! 그 반대라오, 홈즈 선생. 이보다 어찌 더 성공적일 수 있겠소. 한번 내뱉은 언약은 굳게 지키는 여성이니 사진은 이미 불태운 것이나 마찬가지요." 왕이 말했다.

"그렇다면 다행입니다."

"이번 일로 그대에게 큰 신세를 졌소. 뭐든 말만 하시오. 무엇이든 보답해드리리다. 이 반지는…." 보헤미아의 왕이 에메랄드를 세공해 만든 뱀 장식 반지를 빼더니 홈즈에게 내밀었다.

"전하께서는 이보다 더 귀중한 물건을 갖고 계십니다." 홈즈가 말했다.

"뭐든 말만 하시오."

"이 사진입니다!" 왕은 놀란 눈으로 홈즈를 바라보았다.

"아이린의 사진 말이오? 원한다면 물론 드리겠소." 왕이 외쳤다.

"감사합니다, 전하. 그럼 이것으로 사건을 종결짓겠습니다. 안녕히 돌아가십시오."

홈즈는 머리를 숙여 인사하고는, 보헤미아의 왕이 내민 손은 보지도 못한 채 몸을 획 돌려 나온 뒤 나와 함께 집으로 향했다.

　이것이 보헤미아 왕국을 뒤흔들 뻔한 사건이자, 셜록 홈즈가 공들인 계획이 한 여성의 기지 앞에서 빛을 잃고 만 이야기의 전말이다. 예전에 홈즈는 여자의 총명함을 얕잡아보곤 했는데, 요즘에 들어서는 그런 모습을 통 볼 수가 없다. 그리고 아이린 애들러나 그녀의 사진 이야기를 입에 올릴 때면 홈즈는 언제나 '그 여자'라는 영예로운 칭호를 쓴다.

2
빨간 머리 연맹

작년 가을이었다. 어느 날 셜록 홈즈를 찾아갔더니, 노년에 접어든 땅딸막한 신사와 한창 이야기를 나누고 있었다. 불그스레한 얼굴빛을 띤 신사의 머리카락은 불이 붙은 것처럼 새빨갰다. 대화를 방해해서 미안하다고 사과하며 나오려는데, 홈즈가 나를 안으로 잡아끌며 문을 닫았다.

"왓슨, 자네 마침 잘 왔어." 홈즈가 반갑게 맞았다.

"한창 얘기 중인데."

"응, 그렇지."

"그럼 옆방에서 기다리겠네."

"무슨 소리야. 윌슨 씨, 이 신사는 내 파트너이자 조력자입니다. 굵직굵직한 사건을 해결할 때마다 이 친구의 도움이 컸죠. 윌슨 씨 사건도 많이 도와줄 겁니다."

땅딸막한 신사가 자리에서 엉거주춤 일어나더니, 살에 파묻힌 작은 눈을 힐긋하며 인사치레로 고개를 까딱했다.

"거기 앉아." 안락의자에 돌아가 앉으며 홈즈가 말했다. 그리고 만물의 법관이 된 듯 깊은 생각에 잠길 때면 으레 나오는 버릇대로 손가락 끝을 맞댔다.

"왓슨, 자네도 나처럼 단조롭고 뻔한 일상보다는 기이하고 별난 일들에 더 끌리잖나. 내 변변찮은 모험담을 열정적으로 기록하고, 뭐랄까 더 화려하게 꾸며준 것도 다 그런 취향 때문이지."

"자네가 맡은 사건이야 항상 흥미진진했지." 내가 말했다.

"얼마 전 메리 서덜런드 양이 내준 간단한 문제를 풀기 전에 내가 한 말 기억해? 기묘함과 비범함이 빚어낸 것들을 보고 싶다면 삶을 먼저 살펴봐야 한다고. 삶은 기상천외한 상상의 세계보다 훨씬 더 변화무쌍하고 기묘하니까."

"나는 그 명제에 재량껏 이의를 제기했지."

"그랬지. 하지만 의사 선생, 그래도 결국에 가서는 생각을 바꿔야 할걸. 안 그러면 자네의 논리가 내 생각에 항복하고 무릎을 꿇을 때까지 증거에 증거를 산더미처럼 들이댈 참이니까. 예를 들면 자, 여기 계신 제이비즈 윌슨 씨가 정말 희한한 이야기를 아침부터 들려주고 계셨다네. 그리고 이 말도 기억날 거야. 기묘하고 독특한 일들은 커다란 사건보다 사소해 보이는 사건, 특히 어떤 범법 행위가 있었는지 없었는지조차 아리송한 사건들 속에 숨어 있는 경우가 훨씬 많다는 것 말이야. 윌슨 씨가 방금 전까지 들려준 얘기만으로는 범죄 사건인지 아닌지를 단언하기는 일러. 그렇지만 내가 들어본 그 어떤 얘기보다 기묘하다는 건 분명해. 윌슨 씨, 번거롭겠지만 처음부터 다시 한 번 이야기해주시겠어요? 이 친구가 첫 부분을 듣지 못한 것도 있지만, 워낙 기묘한 애기라 나 역시 사소한 부분까지 놓치고 싶지 않거든요. 제 머릿속에는 비슷한 사건들이 수없이 입력되어 있어서 어떤 사건이든지 조금만 들어도 가닥을 잡을 수 있는 경우가 대부분이죠. 하지만 이번 사건은 좀 다르군요. 전례가 없는 독특한 사건이라는 건 확실합니다."

살집 좋은 의뢰인이 약간 우쭐해져 가슴을 펴더니 두터운 외투 안주머니에서 너절하게 구겨진 신문을 꺼내 들었다. 그러더니 무릎 위에 펼쳐놓고 고개를 앞으로 뺀 채로 광고란을 찬찬히 훑어 내려갔다. 나는 그 모습을 유심히 바라보았다. 홈즈가 늘 하는 방식대로 옷차림이나 외모에서 무엇인가를 알아내려는 시도였다.

하지만 아무리 뜯어봐도 어떤 소득도 얻을 수 없었다. 남자는 뚱뚱하고 둔한 데다 젠체하길 좋아하는 모습이 전형적인 영국 상인과 꼭 닮아 있을 뿐이었다. 회색 체크무늬 바지는 부해 보였고, 그다지 깨끗해 보이지 않는 프록코트의 앞 단추는 끌러진 채였다. 우중충한 색의 조끼 위로 놋쇠 빛 앨버트 시곗줄이 드리워져 있었고, 네모난 구멍이 뚫린 쇠붙이 하나가 장식으로 매달려 있었다. 옆 의자에는 해진 중산모와 색 바랜 외투가 놓여 있었는데, 외투 앞깃에 덧대진 벨벳은 구깃구깃했다. 전체적으로 봤을 때, 불붙은 것처럼 빨간 머리칼과 몹시 억울하고 못마땅해하는 표정 말고는 눈에 띄는 별다른 특징이 없었다.

내 친구 홈즈는 내가 뭘 하고 있
는지 금세 눈치챘다. 내가 묻
는 듯한 눈길을 보내자, 홈
즈는 씩 웃으며 머리를
설레설레 흔들었다.

"확실한 건 이분은
한때 몸 쓰는 일에 종
사했고, 코담배를 피우
고, 프리메이슨 단원에,
중국에 다녀온 적도 있으며,
최근에는 글씨 쓰는 일을 많이 했다는 것 정도야. 그 이상
은 나도 모르겠지만."

제이비즈 윌슨 씨가 깜짝 놀라 고개를 들었다. 검지로 신문
을 짚은 채 눈은 내 친구를 향해 있었다.

"세상에나! 홈즈 선생, 그걸 어떻게 알아냈습니까?" 신사가
물었다. "그러니까 내가 몸 쓰는 일을 했다는 걸 어떻게 알았
소? 사실 배 만드는 목수로 밥벌이를 시작했으니 선생 말이
딱 맞소."

"윌슨 씨의 손을 보고 알았습니다. 오른손이 왼손보다 훨씬
크시잖아요. 오른손으로 일했기 때문에 그쪽 근육이 더 발달
한 거죠."

"그럼 코담배를 피우는 것하고 프리메이슨 단원이라는 건?"

"그걸 어떻게 알아냈는지 얘기하는 건 윌슨 씨의 지성을 놀

리는 행동일 겁니다. 군이 프리메이슨 단의 엄격한 규율을 어겨가면서 반원형 각도기와 컴퍼스가 새겨진 핀을 달고 있으니 말입니다."

"아, 그렇군요. 그걸 깜빡했군. 한데 글씨를 많이 쓴다는 건?"

"오른쪽 소맷자락이 13센티미터쯤 반질반질거리고, 왼쪽 소매는 팔꿈치 부분이 책상에 하도 닿아 반들거립니다."

"흠, 그렇다면 중국은?"

"오른쪽 손목 바로 위에 보이는 물고기 문신은 중국에서만 할 수 있는 것이죠. 문신 문양에 대해 관심을 가진 적이 있습니다. 문신에 관해 글도 좀 썼고요. 물고기 비늘을 핑크빛으로 섬세하게 물들이는 건 중국 고유의 기술입니다. 더구나 시곗줄에는 중국 동전이 매달려 있으니 문제가 더욱 간단해졌죠."

제이비즈 윌슨 씨가 한바탕 크게 웃었다. "난 또! 무슨 대단한 기술이라도 있나 했더니, 알고 보니 별것도 아니구먼."

"왓슨, 아무래도 설명을 해주는 게 아니었어. '옴네 이그노툼 프로 마그니피코Omne ignotum pro magnifico'라고 '모르는 것이 위대해 보인다(로마의 역사가 타키투스가 한 말—옮긴이)'라는 말도 있잖은가. 이렇게 솔직하게 털어놓았다가는 별 볼 일 없는 얄팍한 내 명성도 곧 산산조각이 나고 말겠어. 광고는 아직 못 찾으셨나요, 윌슨 씨?"

"아, 여기 찾았소."

굵고 붉은 손가락으로 광고란 중간쯤을 짚은 채 윌슨 씨가 대답했다.

"여기요, 여기! 이게 모든 일의 발단이었지. 선생이 직접 읽어보시오."

나는 신문을 받아 들고 읽어보았다.

빨간 머리 연맹에서 알림

빨간 머리 연맹은 미국 펜실베이니아 주 레바논의 고_故 이지키아 홉킨스의 뜻에 따라 연맹원에게 형식적인 일을 주고 그 대가로 주 4파운드의 급료를 지급하고 있음. 현재 결원이 생겼기에 이를 공고함. 런던에 거주하는 몸과 마음이 건강한 21세 이상의 빨간 머리 남자라면 누구나 지원 가능. 월요일 11시까지 플리트 스트리트 포프스코트 7번지, 연맹 사무실을 방문해 덩컨 로스에게 직접 신청하기 바람.

"대체 뭐라는 거야?"

기상천외한 광고를 거듭 읽은 뒤 내가 불쑥 말했다.

홈즈는 의자에서 몸을 흔들며 낄낄거렸다. 기분이 좋을 때 으레 나오는 버릇이었다.

"별 희한한 광고지 않나?" 홈즈가 되물었다.

"자 그럼, 윌슨 씨, 처음으로 돌아가 본인 소개를 좀 해주세요. 식구를 포함해서요. 그리고 이 광고가 당신의 운세를 어떻게 바꿨는지도 말해주세요. 의사 선생, 자네는 신문 이름과 발

행일을 좀 봐주게."

"1890년 4월 27일 자 〈모닝 크로니클〉이야. 딱 두 달 전이
군."

"좋아. 그럼 윌슨 씨, 시작할까요?"

"좀 전에 말씀드린 대로입니다." 제이비즈 윌슨이 이마의 땀
을 훔치며 말했다. "저는 시내 근처에 있는 색스코버그 광장에
서 작은 전당포를 하고 있습니다. 가게는 크지 않은 데다 최근
에는 입에 겨우 풀칠이나 할 정도로 벌이가 시원찮았어요. 전
에는 점원 둘을 데리고 있었는데, 지금은 한 명만 쓰고 있죠.

사실 그것도 부담스러운데, 지금 점원은 일을 배우면서 급료의 반만 받겠다고 해서 쓰게 됐어요."

"그 속 깊은 젊은이 이름은 뭡니까?" 홈즈가 물었다.

"빈센트 스폴딩이란 녀석인데, 아주 젊진 않아요. 나이를 도통 가늠할 수가 없어요. 직원으로 그렇게 영리한 사람을 두기도 힘들 겁니다. 독립해 나가면 좋은 곳에서 지금보다 두 배는 더 벌 수 있을 거예요. 하지만 본인이 좋다는데, 내가 군이 등 떠밀 필요는 없잖습니까."

"그렇고말고요. 남들보다 적게 받아도 좋다는 점원을 두다니 운이 좋군요. 요즘 세상에 흔치 않은 일이죠. 그 점원도 신문 광고 못지않게 별난 구석이 있군요."

"아, 그 녀석한테도 단점은 있죠. 그렇게 사진에 푹 빠진 사람도 없을 겁니다. 툭하면 카메라를 꺼내 찍어대고 사진을 현상하겠다고 지하실에 처박혀 있거든요. 마치 굴속으로 뛰어드는 토끼 같다니까요. 그게 제일 큰 단점이지만 그래도 대체로 쓸 만한 직원입니다. 마음씨도 괜찮고요."

"그럼 지금도 윌슨 씨 가게에서 일하고 있겠네요?"

"그럼요. 그 친구 말고도 간단한 요리와 청소를 해주는 열네 살짜리 여자애를 데리고 있어요. 식구라고 하기엔 좀 단출하죠. 홀아비라 달리 가족도 없고. 이렇게 별 탈 없이 살고 있었죠. 우박 피할 집 있겠다, 빚 없겠다, 그거면 족했어요.

그런데 평온한 일상에 뜻하지 않은 사건이 생겼어요. 다 이 광고 때문이었죠. 정확히 8주 전이었어요. 스폴딩, 그 친구가 이 신문을 들고 출근해서는 푸념하지 않겠어요.

'윌슨 씨, 저도 빨간 머리라면 얼마나 좋을까요.'

'왜 그래?' 내가 물었죠.

'아 글쎄, 빨간 머리 연맹에 빈자리가 났대요. 되기만 하면 땡 잡은 건데. 빨간 머리 남자보다 빈자리가 더 많아서 유산 관리인들이 남아도는 돈을 처분하느라 애를 먹고 있대요. 머리색만 바꿀 수 있다면 당장 달려갈 텐데.'

'아니, 그게 뭔데 그래?' 내가 물었죠. 홈즈 씨, 한번 생각해 보세요. 저는 온종일 집에 붙어 있습니다. 전당포 일이라는 게 가만히 앉아서 손님을 기다리는 거잖아요. 몇 주씩 집 밖으로는 한 발자국도 안 나갈 때도 있어요. 그렇다 보니 바깥세상이 어찌 돌아가는지도 잘 모르고, 누가 무슨 소식이라도 가져다 주면 고맙게 듣는 게 다예요.

'빨간 머리 남자들의 연맹에 대해 들어보지도 못했단 말이에요?' 눈이 휘둥그레지면서 스폴딩이 되묻더군요.

'처음 듣는걸.'

'아니, 윌슨 씨처럼 완벽한 조건을 갖추신 분이 그걸 모르시다니.'

'거기 들어가면 뭐가 좋은데?'

'아, 1년에 급료가 한 200파운드 되나 봐요. 하는 일은 거의 없어서 본업에 지장을 주지도 않고요.'

그 말을 듣자 귀가 솔깃해졌습니다. 요사이 몇 년간 벌이가 시원치 않았는데, 1년에 200파운드라는 부수입이 생긴다면 아주 요긴하지 않겠어요?

'자세히 얘기 좀 해주게.' 내가 말했어요.

'자, 직접 한번 보세요.' 신문 광고를 내밀며 스폴딩이 말했죠. '연맹에 자리가 하나 비었대요. 지원 시 찾아갈 주소도 여기 나와 있어요. 제가 듣기로는 미국인 백만장자 이지키아 홉킨스라는 사람이 연맹을 설립했대요. 아주 괴짜였다죠. 그 사람도 빨간 머리였는데, 세상의 모든 빨간 머리 남자들에 대한 동정심이 유별났대요. 그래서 세상을 뜰 때 막대한 유산을 관리인들 손에 맡기고, 그 이자로 빨간 머리 남자들에게 편안한 일자리를 마련해주라는 유언을 남겼다고 들었어요. 소문에 의하면 하는 일도 별로 없는데 급료는 꼬박꼬박 나온다고 하더라고요.'

'그럼 연맹에 들어가려는 빨간 머리들이 엄청날 텐데?'

'생각만큼 많지는 않을 거예요.' 스폴딩이 말했어요. '보세요, 지원 자격이 런던에 사는 성인 남자잖아요. 이 미국인이 젊을 때 런던에서 성공했다더니 보답하고 싶었나 봐요. 또 듣자 하니 머리칼 색이 흐릿하거나 어두워서는 지원해봤자 소용없다더군요. 이글거리는 불꽃이 생생한 빨간색이어야 한댔어요. 윌슨 씨, 생각 있으시면 가서 얼굴만이라도 내보여 보세요. 하긴 몇백 파운드 받자고 일부러 바깥 걸음하기가 좀 번거롭죠?'

두 분이 보시다시피 내가 머리색 하나는 진하고 때깔 좋지 않습니까. 경쟁자가 있다 해도 한번 해볼 만하다는 생각이 들었어요. 빈센트 스폴딩이 이 일에 대해 아는 게 많은 것 같아서 녀석을 데리고 가면 쓸모가 있겠다 싶었지요. 그래서 그날 전당포 문을 일찍 닫고 함께 가보자고 했습니다. 녀석은 놀 수 있으니 아주 좋아했어요. 그래서 그날은 바로 일을 접은 뒤 광고에 나온 주소로 찾아갔어요.

하지만 홈즈 씨, 내 그런 광경은 평생 처음이었습니다. 광고를 보고 머리칼이 좀 빨갛다 싶은 남자는 죄다 몰려온 것 같더군요. 플리트 스트리트는 빨간 머리 인파로 가득 찼고, 포프스 코트는 과일 행상인의 오렌지 손수레 같았어요. 광고 하나에 몰려든 사람들을 보니, 이 나라에 이렇게나 많은 사람들이 살고 있구나 싶더군요. 밀짚 색, 레몬색, 오렌지색, 벽돌색, 아이리시세터 색, 간색, 진흙 색 등등, 온갖 불그스레한 색은 다 모였죠. 하지만 스폴딩 말마따나 이글거리는 불꽃같이 선명한 색은 많지 않더군요. 하지만 기다리는 인파에 놀라 주눅이 들었죠. 만일 나 혼자였다면 발길을 돌렸을 겁니다. 하지만 스폴딩이 붙잡았어요. 그 녀석이 어떻게 했는지 흉내도 못 내겠지만, 북새통 같은 인파를 밀치고 당기고 떠밀어 가면서 나를 끌고 사무실 계단 앞까지 다가갔어요. 계단에는 두 줄기 인파가 오르내리고 있었어요. 희망을 품고 올라가는 줄과 퇴짜를 맞고 내려오는 줄, 그 사이를 요령껏 비집고 들어가 곧 사무실로 들어가게 되었죠."

"정말 재미난 경험을 하셨네요." 의뢰인이 잠시 말을 멈추고 한 줌의 코담배를 한껏 들이켜며 기억을 더듬는 사이에 홈즈가 말했다.

"사무실에는 나무 의자 두 개에 전나무 책상뿐이었습니다. 책상 뒤에는 체구가 작은 남자가 앉아 있었는데, 머리칼이 나보다 더 새빨갛더군요. 지원자들과 몇 마디 나누더니 여지없이 결격 사유가 될 만한 흠을 찾아내서 돌려보내더라고요. 빨간 머리 연맹의 빈자리를 차지한다는 건 보통 일이 아니었어요. 하지만 내 차례가 되자, 그 남자는 나에게 굉장한 호감을 보이더군요. 은밀한 얘기라도 있는 양 문까지 닫았습니다.

'이분은 제이비즈 윌슨 씨입니다.' 스폴딩이 나를 소개했어요. '연맹의 빈자리를 채우고 싶어서 찾아왔습니다.'

'아, 우리가 찾던 적임자 같군요.' 사내가 응답했어요. '요구 조건을 다 갖추신 것 같소. 이렇게 훌륭한 머리칼은 실로 오랜만이오.' 그 남자는 한 걸음 물러서더니 고개를 비뚜름히 기울이고는 내 머리칼을 뚫어져라 쳐다보았습니다. 어찌나 골똘히 뜯어보는지 낯이 다 화끈거리더군요. 그러다가 갑자기 달려들어서 내 손을 으스러지게 잡더니 열렬히 축하 인사를 건넸습니다.

'이 머리칼이라면 망설일 까닭이 없지만 그래도 만전을 기해야 하니 실례 좀 하겠소.' 사내가 이렇게 말하더니, 곧 양손으로 내 머리칼을 움켜쥐고 내가 비명을 지를 때까지 힘껏 잡아당겼어요. '눈물이 다 맺히셨군요' 하며 사내가 손을 거두며 말하더군요. '과연 나무랄 데가 없군요. 하지만 아무래도 연맹 측은 신중할 수밖에 없습니다. 가발에 두 번, 염색에 한 번 속아 넘어간 적이 있으니까요. 구둣방의 왁스로 머리를 변색시

킨 얘기를 들으면 인간의 사기 본성에 넌더리가 날 거요.' 사내는 창가로 다가가 빈자리가 찼다고 목청껏 외쳤어요. 실망한 듯 웅성거리는 소리가 들리더니 이윽고 모두 뿔뿔이 흩어져 돌아가고, 빨간 머리라고는 나와 그 남자만 남게 되었습니다.

'내 이름은 덩컨 로스입니다. 나 또한 관대한 자선가 양반께서 남긴 유산의 혜택을 보고 있는 사람이오. 결혼은 하셨소, 윌슨 씨? 가족은 있죠?'

나는 없다고 답했습니다.

그 말에 사내가 고개를 푹 숙이더니 짐짓 근심스러운 듯 입을 열더군요.

'어허, 이런! 이것 참 심각한 일이군요. 그런 말을 듣게 돼 정말 유감입니다. 당연한 말이지만 이 기금은 빨간 머리 인구의 유지뿐 아니라 자손의 번식과 확산을 위해 조성된 것입니다. 선생이 독신이시라니 정말 안타까운 일이오.'

홈즈 씨, 이 말을 듣고 나는 가슴이 철렁했죠. 빈자리는 물 건너갔구나 하는 생각이 들었거든요. 그런데 그 남자는 몇 분 동안 골똘히 생각하더니 괜찮다고 말하는 것이었어요.

'다른 사람 같았으면 그게 치명적인 결격 사유였을 겁니다. 하지만 선생 같은 머리칼을 가진 분이라면 우리도 좀 양보해야죠. 일은 언제부터 나올 수 있나요?'

'그게 좀 곤란합니다. 가게가 있어서요.' 내가 말했죠.

'아, 그건 걱정 마세요, 윌슨 씨.' 옆에서 빈센트 스폴딩이 말했어요. '가게는 제가 대신 보면 되잖아요.'

'근무 시간은 어떻게 됩니까?' 내가 물었습니다.

'10시부터 2시까지입니다.'

홈즈 씨, 요즘 전당포는 저녁에나 손님이 좀 찾아오죠. 특히 주급이 나오기 전날인 목요일과 금요일 저녁이 가장 붐벼요. 그러니 아침에 나가서 일하는 용돈 벌이는 나에게 안성맞춤이었어요. 게다가 스폴딩도 좋은 녀석이니 가게 일쯤은 맡길 만했고요.

'저한테는 딱 좋은 시간이군요.' 내가 말했어요. '그런데 급료는?'

'일주일에 4파운드입니다.'

'그럼 일은요?'

'명목상 일이라 부르는 거지 별것 아닙니다.'

'그 명목상의 일이라는 게 뭡니까?'

'아, 그게 정해진 시간 내내 사무실에, 아니 적어도 이 건물 안에 있어야 하는 겁니다. 혹시라도 자리를 비운다면 회원 자격을 영영 잃게 됩니다. 유언장은 그 점을 정확히 명시해두고 있습니다. 그러니 사무실 밖을 한 발짝이라도 나간다면 연맹의 규정을 어기는 셈입니다.'

'하루에 4시간뿐이니 외출할 일은 없을 거예요.'

'어떤 이유도 통하지 않을 겁니다.' 덩컨 로스 씨가 단단히 일렀습니다. '갑자기 아프다거나 급한 볼일이 생겼다고 해도, 기타 어떤 일 때문이라도 안 됩니다. 자리에 꼭 붙어 있거나 자리를 잃거나, 둘 중 하나입니다.'

'그러면 제가 할 일은 뭔가요?'

'《브리태니커 백과사전》을 베끼는 일입니다. 저 책장에 한 권 있어요. 책상과 의자는 우리가 제공해드리겠지만, 펜과 잉크, 종이는 선생이 손수 준비해 와야 합니다. 내일부터 나올 수 있겠습니까?'

'물론이죠.' 내가 답했어요.

'그럼 안녕히 가십시오, 제이비즈 윌슨 씨. 이렇게 중요한 자리에 앉게 되신 것을 다시 한 번 축하드립니다. 운이 좋았습니다.' 그 남자가 사무실 밖까지 나를 배웅해주었고, 나는 스폴딩과 함께 집에 돌아왔습니다. 내가 이런 행운을 잡다니 기뻐서 어쩔 줄 몰랐습니다.

그리고 하루 종일 그 생각뿐이었죠. 하지만 저녁이 되자 다시 맥이 풀렸어요. 목적이 뭔지는 도통 짐작이 되지 않았지만, 모든 게 짓궂은 장난이나 사기라는 의혹을 떨쳐버릴 수 없었어요. 누군가 그런 유언을 남겼다는 것도 그렇고, 백과사전을 베끼는 일 따위에 그런 큰돈을 준다는 게 말이나 됩니까! 빈센트 스폴딩이 내 기분을 풀어주려고 무진 애를 썼지만, 나는 다 그만두자고 체념한 채 잠자리에 들었습니다. 하지만 아침이 밝자 어쨌든 한번 들러보자는 생각에 1페니짜리 잉크 한 병과 깃펜 하나, 대판지 일곱 장을 사가지고 포프스 코트로 향했습니다.

그런데 깜짝 놀랐어요. 모든 게 사실이었거든요. 반갑게도 책상이 놓여 있었고, 덩컨 로스 씨는 내가 제대로 왔는지 확인하려고 벌써 나와 있더군요. 로스 씨는 A항부터 시작하라고 지시한 뒤 자리를 떴는데, 별일 없는지 확인하러 가끔 들렀습니다. 2시가 되자, 그만 가도 좋다면서 내가 베껴 쓴 양을 보고 칭찬을 하더군요. 그리고 내가 나간 후 사무실 문을 잠갔죠.

홈즈 씨, 그 뒤로 매일 같은 일이 되풀이되었어요. 그리고 토요일에 로스 씨가 주급으로 금화 4소버린(sovereign, 영국의 1파운드짜리 금화—옮긴이)을 주었어요. 다음 주도, 또 그다음 주도 똑같았습니다. 아침 10시까지 출근해서 오후 2시가 되면 퇴근했습니다. 덩컨 로스 씨는 차츰 아침에 한 번만 들르더니 나중에는 얼굴도 내비치지 않았어요. 그래도 자리를 뜰 엄두가 나진 않았죠. 잠시라고 해도 로스 씨가 언제 나타날지 몰랐으니까요. 일도 편하고 일정도 제격인데 괜히 서툰 짓을 해서 자리를 잃고 싶진 않았거든요.

8주가 그렇게 지났어요. 나는 '대수도원장Abbot', '궁술 Archery', '갑옷Armor', '건축Architecture', '아티카Attica' 항목을 베 꼈고, 조금만 더 부지런을 떨면 머잖아 B항으로 넘어갈 참이 었습니다. 종이 값으로도 적잖은 돈이 나갔죠. 내가 쓴 것들로 선반 하나가 거의 찰 정도였으니까요. 그런데 느닷없이 모든 게 끝장났습니다."

"끝장이라뇨?"

"네. 그것도 바로 오늘 아침에 말입니다. 나는 여느 날처럼 10시에 출근했어요. 그런데 사무실 문이 굳게 잠겨 있고, 누가 문짝에 이 종이 한 장을 압정으로 떡하니 붙여놨더군요. 바로 이겁니다. 보세요."

윌슨 씨는 공책 크기의 흰색 마분지를 내밀었다. 거기에는 이렇게 쓰여 있었다.

빨간 머리 연맹은 해체되었습니다.

— 1890년 10월 9일

셜록 홈즈와 나는 퉁명스럽고 짤막한 공고와 그걸 든 사람 의 처량한 얼굴을 바라보다가 그만 한바탕 웃음을 터뜨리고 말았다. 이 사건이 너무나 우스꽝스럽게 보였기 때문이다.

"뭐가 그렇게 우습죠?" 우리의 의뢰인이 머리털 언저리까지

붉힌 채 버럭 소리를 질렀다. "비웃기만 할 거면 나는 다른 사
람을 찾아가 보겠소."

"아닙니다, 아니에요." 홈즈가 반쯤 일어선 의뢰인을 다시
의자에 밀어 넣으며 진정시켰다. "이런 일대의 사건을 놓칠 수
는 없죠. 정말 보기 드물게 참신한 사건입니다. 이렇게 말씀드
리면 실례가 될지 모르겠지만, 좀 우스운 구석도 있습니다. 그
래서 문 앞에서 이걸 발견한 다음 어떻게 하셨습니까?"

"나는 땅이 꺼진 것처럼 똑바로 걸을 수가 없었어요. 어떻게
해야 할지 모르겠더군요. 우선 주변 사무실을 들러봤는데 영
문을 아는 사람은 없더군요. 마침내 나는 회계사라는 건물주
를 찾아갔어요. 그 건물 1층에 살거든요. 건물주에게 빨간 머
리 연맹이 어떻게 되었냐고 물었더니, 주인은 그런 이름은 난
생처음 들어본다는 겁니다. 그래서 덩컨 로스 씨에 대해 물었
더니, 그것도 처음 들어보는 이름이라고 했죠.

'4호실을 쓴 신사인데.'

'아, 그 빨간 머리 남자요?'

'네.'

'아, 그 사람 이름은 윌리엄 모리스라고 했소. 사무 변호사라
던데, 사무실을 새로 장만할 때까지 임시로 내 사무실을 쓴 거
요. 그런데 어제 이사 나갔을 텐데?'

'어디로 갔나요?'

'글쎄, 사무실을 새로 구했다던데. 주소를 일러줬어요. 여기,
세인트 폴 대성당 근처인 킹에드워드 스트리트 17번지.'

곧장 그곳으로 달려가 봤지만, 의족 공장 하나만 달랑 있더군요. 윌리엄 모리스나 덩컨 로스를 아는 직원은 아무도 없었어요."

"그래서 어떻게 하셨나요?" 홈즈가 물었다.

"색스코버그 광장에 있는 집으로 돌아가 점원에게 어찌할지를 물었습니다. 하지만 그 친구라고 별수가 있겠어요. 기다리다 보면 우편으로 무슨 소식이 오지 않겠느냐고 하더군요. 우두커니 손 놓고 있다 좋은 자리를 놓치고 싶지 않았습니다. 그러다 홈즈 씨가 도움이 필요한 가엾은 사람들에게 좋은 조언을 해준다는 말이 떠올라 이렇게 곧장 찾아온 겁니다."

"잘하셨습니다." 홈즈가 말했다. "이건 더없이 기묘한 사건인 만큼 기꺼이 조사해보고 싶습니다. 다만 말씀을 듣다 보니처음 생각했던 것보다 심각한 문제들이 숨겨져 있을 가능성이 있는 듯합니다."

"심각하다마다요! 일주일에 4파운드나 되는 돈을 날렸다니까요." 제이비즈 윌슨이 말했다.

"윌슨 씨 개인으로서는 이 별난 연맹에 대해 분풀이할 건 별로 없어 뵈는군요." 홈즈가 말했다. "오히려 지금까지 30파운드나 벌었잖아요. 게다가 백과사전 A항에 나오는 주제에 대해 얻은 온갖 자잘한 지식은 덤이고요. 따라서 연맹 때문에 손해본 건 없으십니다."

"그건 그렇죠. 그래도 그들의 정체를 알고 싶습니다. 도대체어떤 자들이고, 무슨 목적으로 나에게 이런 장난을 쳤는지 말

이죠. 장난치고는 꽤 큰돈이 드는 장난이잖습니까? 32파운드
나 썼으니까요."

"그런 의문이라면 말끔히 밝혀내도록 하겠습니다. 이제 월
슨 씨에게 한두 가지 질문을 드리죠. 연맹 광고문을 보여준 게
가게 점원이라고 하셨죠? 그 점원이 들어온 지 얼마나 됐을 때
인가요?"

"한 달쯤."

"어떻게 구하셨습니까?"

"구인 광고를 냈더니 찾아왔더군요."

"지원자가 그 친구뿐이었나요?"

"아니오, 한 열두 명쯤 됐을 겁니다."

"왜 그 친구를 뽑으셨습니까?"

"일도 제법 하는 듯하고, 무엇보다 싸게 부릴 수 있었거든
요."

"반값에 말이죠?"

"맞아요."

"빈센트 스폴딩이란 그 친구, 생김새는 어떤가요?"

"키가 작고 살집도 좀 있는데, 어떤 때 보면 아주 민첩해요.
수염은 별로 안 났지만 서른은 넘었을 겁니다. 이마에는 산이
튀어 생긴 하얀 흉터가 하나 있어요."

홈즈가 어지간히 흥분했는지 허리를 폈다.

"예상대로군요." 홈즈가 말했다.

"귀 뚫은 자국은 없던가요?"

"아, 있습니다. 어릴 때 집시가 뚫어줬다 하더군요."

"흠!" 홈즈가 깊은 생각에 잠기며 내뱉었다. "아직도 거기서 일하고 있다고요?"

"그럼요. 여기 온다고 나올 때도 있었는걸요."

"윌슨 씨가 자리를 비울 때도 가게를 잘 보던가요?"

"특별히 불평해본 적은 없습니다. 아침에는 할 일도 별로 없고요."

"그거면 충분합니다, 윌슨 씨. 하루나 이틀이면 해결될 것 같군요. 오늘이 토요일이니까 월요일까지는 사건의 전말을 다 밝혀드리죠."

"왓슨, 자네는 이 사건을 어떻게 생각하나?" 의뢰인이 나간 뒤 홈즈가 물었다.

"나는 감을 못 잡겠어. 너무 기묘한 일이라." 나는 솔직하게 말했다.

"이런 법칙이 있지." 홈즈가 말했다. "기묘해 보이는 사건일수록 막상 껍질을 까보면 단순한 법이야. 평범한 얼굴일수록 찾아내기 어려운 것처럼, 평범하고 특징 없는 범죄가 알고 보면 해결하기는 더 난감하거든."

"그럼 어쩔 셈이야?" 내가 물었다.

"우선 담배를 좀 피워야겠어. 파이프 담배 세 대면 되겠군. 앞으로 50분 정도는 말 걸지 말아 주게." 홈즈가 의자에 앉은 채 무릎을 자신의 매부리코 앞까지 웅크려 모은 뒤 눈을 감았다. 입에 문 검은 사기 파이프가 마치 괴상한 새의 부리처럼 보였다. 이윽고 홈즈가 잠에 곯아떨어졌다고 생각한 나는 곁에서 꾸벅꾸벅 졸기 시작했다. 그때 별안간 홈즈가 단호한 표정으로 자리를 박차고 일어서더니 벽난로 위에 파이프를 올려놓았다.

"오후에 세인트 제임스 홀에서 사라사테 연주회가 있어. 어떤가, 왓슨? 자네 환자들한테 양해를 구할 수 있겠어?"

"오늘은 한가해. 진료는 별 재미도 없고."

"그렇다면 모자를 쓰고 같이 나가 볼까? 그전에 시내를 들를 생각이야. 점심은 가는 길에 해결할 수 있을 거야. 연주회 프로그램을 보니까 독일 곡이 많았어. 이탈리아나 프랑스 음악보다 독일 음악이 내 취향에 가깝지. 독일 음악은 사색적인데, 나에게 지금 필요한 건 사색이니까. 자, 가보세!"

우리는 지하철을 타고 올더스게이트까지 갔다. 거기서 내려 잠깐 걷다 보니 어느덧 오늘 아침에 들었던 기묘한 이야기의 현장인 색스코버그 광장이 나왔다. 비좁고 초라했지만 과거의 화려했던 모습이 애잔히 녹아 있는 동네였다. 거무스름한 2층 벽돌집들이 울타리를 두른 작은 공터를 에워싸고 있었고, 공터에는 잡초가 무성한 잔디와 군데군데에 자리 잡은 시들한 월계수 덤불이 오염된 대기에 지지 않으려는 듯 버티고 있었다. 그리고 길모퉁이에 자리한 집에는 세 개의 도금 구슬 표시와 함께 흰 글씨로 '제이비즈 윌슨'이라고 쓰인 갈색 간판이 걸려 있었다. 바로 빨간 머리 의뢰인 제이비즈 윌슨의 전당포였다. 셜록 홈즈는 그 앞에 서서 고개를 비스듬히 기울인 채로 실눈을 반짝이며 사방을 주의 깊게 살펴보았다. 그러더니 주변 가옥들을 꼼꼼히 살펴보며 거리를 천천히 올라갔다가 다시 모퉁이로 돌아왔다. 마침내 다시 전당포 앞으로 돌아온 홈즈는 포장된 길바닥을 지팡이로 두세 번 세게 두드려보더니 문 앞으로 다가갔다. 문을 두드리니 곧 얼굴이 매끈하고 영리해 보이는 점원 하나가 나와서는 우리를 맞으며 들어오라고 말했다.

"고맙습니다만, 실은 여기서 스트랜드 스트리트까지 가는 길을 알고 싶습니다." 홈즈가 물었다.

"세 번째 모퉁이에서 오른쪽으로 돌고, 다시 네 번째 모퉁이에서 왼쪽으로 가세요." 점원이 재빨리 알려주고 문을 닫았다.

"영리한 친구야." 홈즈가 걸어 나가며 말했다. "머리 좋기로 런던에서 네 번째는 될 거야. 대담하기로는 적어도 3등은 할걸. 저 친구에 대해서 전부터 좀 아는 게 있지."

"월슨 씨네 전당포 점원이 빨간 머리 연맹 사건의 수수께끼와 깊이 관련되어 있는 거지? 자네가 길을 물은 것도 실은 저 녀석 얼굴을 보기 위해서일 테고."

"얼굴이 아닐세."

"그럼 뭐야?"

"바지 무릎을 보고 싶었어."

"그래서 봤어?"

"예상했던 대로야."

"길바닥은 왜 두드린 거야?"

"의사 양반, 지금은 말이 아니라 관찰을 해야 할 시간이야. 우리는 적지에 숨어든 스파이라고. 색스코버그 광장에 대해서는 대강 알았으니 이제 그 뒤쪽을 좀 둘러보자고."

초라한 색스코버그 광장의 모퉁이를 돌자, 마치 그림의 앞뒷면을 보는 것처럼 좀 전과 전혀 다른 풍경이 펼쳐졌다. 이 큰길은 시내의 북쪽과 서쪽을 연결하는 교통의 요지였다. 오가는 마차들이 밀려들면서 도로 곳곳이 정체되었고, 인도에는 걸음을 재촉하는 사람들로 붐볐다. 줄줄이 늘어선 고급 상점과 위엄스런 사무용 건물들을 보니, 이곳이 방금 전에 목격한 허름하고 한산한 거리와 등을 맞댄 곳이라는 사실이 믿기지 않았다.

"어디 볼까?" 길모퉁이에서 서서 거리를 내다보며 홈즈가 말했다.

"이 건물들을 순서대로 기억하고 싶네. 런던에 관해 정확한 정보를 수집하는 게 내 취미잖아. 모티머 상점, 담배 가게, 작은 신문 가게, 시티 앤 서버번 은행의 코버그 지점, 채식 전문 레스토랑, 맥팔레인 마차고가 있군. 이제 맞은편 거리로 이어지는군. 왓슨, 이제 일을 끝냈으니 기분 전환 좀 하자. 샌드위치에다 커피 한잔 마시고 바이올린의 나라로 떠나보세. 그곳은 감미롭고 섬세한 화음만 가득할 뿐 빨간 머리 의뢰인이 희한한 수수께끼로 우리를 괴롭힐 걱정은 없어."

홈즈는 열정적인 음악가였다. 능숙한 연주 실력을 갖췄을 뿐 아니라 범상치 않은 재능을 지닌 작곡가이기도 했다. 오후 내내 홈즈는 무대 앞 좌석에 앉아 더할 나위 없는 행복감에 젖어 있었다. 이따금 음악에 맞춰 길고 가느다란 손가락을 가볍게 까닥이기도 했다. 홈즈의 얼굴에는 부드러운 미소가 어렸고, 두 눈은 꿈꾸는 듯 나른해 보였다. 발자국을 쫓는 사냥개같이 예리하고 무자비한 탐정의 모습은 온데간데없었다.

이렇듯 홈즈의 내면에는 서로 대립하는 두 본성이 잠재되어 있다가 번갈아가며 모습을 드러내는 듯했다. 홈즈는 예술적이고 관조적인 기분에 잠겼다가도 이 단계가 사그라지면, 그것에 대한 반작용인 양 극도로 정확하고 치밀한 상태로 옮겨갔다. 극단적인 권태와 용솟음치는 정력의 양 극단을 오가는 홈즈를 잘 아는 나로서는, 홈즈가 제일 무서울 때는 며칠씩 안락의자에 붙어 앉아 즉흥곡을 만들거나 책 속에 파묻혀 지낼 때다. 그러다가 문득 추적 본능이 되살아나면, 홈즈의 빛나는 추리력은 직관만으로도 모든 걸 꿰뚫어 보는 수준에 도달하는 것이다. 홈즈의 추리 방법에 대해 잘 모르는 사람들은 인간의 한계를 넘어선 것 같은 홈즈를 보며 의심의 눈초리를 던질 정도다. 그날 오후 세인트 제임스 홀에서 음악에 심취한 홈즈를 보자, 목표물이 된 자들은 곧 지옥에 가까운 재앙을 맛보게 될 거라는 예감이 들었다.

"왓슨, 자네는 집에 가고 싶을 거야." 연주회장을 나설 때 홈즈가 말했다.

"그래. 그러는 게 좋겠어."

"나는 할 일이 좀 있어. 몇 시간은 걸릴 거야. 이번 코버그 광장 사건은 보통 심각한 게 아니야."

"무엇 때문에 심각하다는 거야?"

"엄청난 음모가 진행되고 있거든. 이제 그걸 끝낼 때가 된 것 같네. 그런데 오늘이 하필 토요일이라 일이 좀 번거롭게 됐어. 오늘 밤 자네 도움이 필요할 거야."

"몇 시에?"

"10시면 될 거야."

"그럼 10시까지 베이커 스트리트로 가지."

"좋아. 그런데 위험할 수 있으니 아무쪼록 군용 권총을 챙겨 넣도록 해!" 홈즈가 손을 흔들고 돌아서더니 순식간에 인파 속으로 사라졌다.

나는 내가 주변 사람에 비해 우둔하다고 생각하지 않는다. 하지만 홈즈를 대할 때면 내가 얼마나 아둔한 인간인가 하는 생각을 떨쳐버릴 수가 없게 된다. 이번 일만 하더라도 나는 홈즈와 똑같은 것을 보고 들었다. 그런데 홈즈의 말을 들어보면,

내 친구는 과거 일뿐만 아니라 앞으로 일어날 일까지 꿰뚫어 보는 것이 분명하다. 하지만 내게는 모든 일이 혼란스럽고 기괴하기만 했다. 마차를 타고 켄징턴에 있는 집으로 돌아가는 동안, 나는 백과사전을 베껴 쓴 빨간 머리 남자가 들려준 기이한 이야기부터 색스코버그 광장을 찾아간 일, 그리고 나와 헤어지면서 홈즈가 던진 불길한 예언까지 천천히 되짚어봤다. 밤에 어떤 원정을 나가는 것일까? 총은 왜 챙겨 오라는 걸까? 도대체 어디로 가서 무엇을 하려는 걸까? 홈즈가 암시한 바로는, 번드레하게 생긴 전당포 점원이 만만찮은 상대일 것이다. 그 친구가 무서운 음모를 꾸미고 있는 주범일지도 모른다. 나는 수수께끼를 풀어보려 애를 쓰다 결국 포기하고, 밤이 되면 저절로 알게 되겠거니 하고 문제를 덮어두었다.

집을 나선 때는 9시 15분이었다. 나는 공원을 가로지른 뒤 옥스퍼드 스트리트를 지나 베이커 스트리트로 갔다. 홈즈의 집 앞에는 이륜마차가 두 대 서 있었다. 복도에 들어서자 위층에서 말소리가 들려왔다. 방에 들어가자 홈즈가 두 남자와 한창 대화를 나누고 있었다. 한 사람은 전부터 알고 있는 피터 존스 형사였고, 다른 한 사람은 큰 키에 홀쭉하며 우울한 얼굴을 한 사내였는데, 자르르 윤이 나는 모자에 거북할 정도로 고급스런 프록코트를 빼입고 있었다.

"아, 다 모였군."

홈즈가 말하면서 재킷의 단추를 채우더니 곧이어 선반에서 묵직한 수렵용 채찍을 꺼내 들었다.

"왓슨, 런던 경찰국에서 나온 존스 씨 알지? 이쪽에 계신 분은 메리웨더 씨, 오늘 밤 우리 모험에 동행하실 거야."

"의사 선생, 우리가 또 함께 사냥을 하게 됐군요." 존스 씨가 특유의 거드름을 피우며 말했다.

"뒤쫓는 일이라면 우리 홈즈 씨 전문 아닙니까. 선생은 홈즈 씨가 목표물을 잘 몰아가도록 옆에서 조수 노릇만 잘하면 될 겁니다."

"쫓아가 보니 고작 기러기 한 마리였다는 일은 없길 바랍니다." 메리웨더 씨가 우울한 목소리로 말했다.

"홈즈 씨라면 믿으셔도 좋습니다." 존스 형사가 젠체하며 말했다.

"홈즈 씨는 남들과 다른 자기만의 해결 방식이 있죠. 이런 말도 개의치 않는다면, 그 방식이란 게 뭐랄까, 과도하게 논리적이고 현실과 동떨어진 구석이 있긴 하지만, 홈즈 씨는 탐정 기질을 타고난 사람입니다. 숄토 피살 사건과 아그라 보물 사건 같은 경우에는 경찰보다 더 정확한 수사를 펼치기도 했습니다."

"아, 존스 씨, 그렇다면 다행이군요." 낯선 남자가 경의를 표하며 말했다.

"그래도 카드놀이를 하지 못해 아쉽군요. 토요일 밤인데 카드놀이를 건너뛴 적은 27년 만에 처음입니다."

"두고 보세요. 오늘 밤에 이제껏 보지 못한 큰판이 벌어질 겁니다. 어떤 도박보다 흥미진진할 겁니다. 메리웨더 씨에게 걸린 판돈은 줄잡아 3만 파운드는 될 거고, 여기 존스 형사에게 걸린 건 학수고대하던 범인이죠." 홈즈가 말했다.

"존 클레이는 절도, 기물 파손, 화폐 위조는 물론 살인까지 저지른 자입니다. 아직 젊지만 그 분야에서는 알아주는 전문가죠. 런던의 어떤 범죄자보다 우선 그자에게 수갑을 채워주고 싶어요. 또 존 클레이는 특이한 이력을 가졌습니다. 할아버지는 황실 혈통을 이어받은 공작이고, 자신도 명문 이튼 고교를 거쳐 옥스퍼드 대학을 나온 수재입니다. 두뇌 회전이 손가락 돌리기보다 쉬운 놈인지라 그자가 남겨둔 흔적을 보고도 번번이 소재 파악에 실패했죠. 어느 주에는 스코틀랜드에 나타나 집을 털고, 다음 주에는 콘월에 나타나 고아원을 짓겠다고 기금을 모으는 놈이니까요. 몇 년간 그놈의 뒤를 쫓았지만 아직 얼굴조차 못 봤죠."

"오늘 밤 드디어 그자를 소개할 수도 있겠군요. 나도 존 클레이와 한두 번 엮이게 된 적이 있었죠. 당신 말처럼 그자는 이 분야의 전문가더군요. 그런데 벌써 10시가 넘었어요. 서둘러 출발합시다. 두 분은 앞쪽 마차를 타십시오. 왓슨과 나는 뒤따라가겠습니다."

마차에 올라탄 홈즈는 한참 동안 말이 없었다. 의자에 기대앉아 오후에 들었던 곡을 나직이 흥얼거릴 뿐이었다. 마차는 가스등이 켜진 미로 같은 거리를 덜컹거리며 한없이 달리다 패링턴 스트리트로 접어들었다.

"거의 다 왔군." 내 친구가 말했다. "메리웨더라는 사람은 은행장인데, 개인적으로 이 사건에 지대한 관심이 있지. 나는 존 스도 함께 데려가는 게 좋겠다고 생각했어. 사람은 괜찮잖아. 경찰로서 무능력해서 그렇지. 그래도 장점도 있지. 불도그처럼 용감하고 바닷가재처럼 집요해서 한번 물면 손아귀에서 절대 놔주지 않는다고. 자, 다 왔네. 우리를 기다리고 있군."

　우리가 도착한 곳은 아침에 왔던 번화가였다. 마차를 돌려보내고 우리는 메리웨더 씨의 안내에 따라 좁은 골목을 지나 그가 열어준 옆문으로 들어갔다. 내부에는 작은 복도가 있고, 그 끝에 육중한 철문이 가로막고 있었다. 메리웨더 씨가 또다시 철문을 열었다. 문을 열고 들어선 뒤 나선형 돌계단을 내려가자, 또다시 거대한 문이 가로막고 있었다. 메리웨더 씨는 그 문 앞에 멈춰 서서 랜턴을 켠 뒤, 우리를 이끌고 퀴퀴한 흙냄새로 가득 찬 어두운 통로를 지나 세 번째 문을 열더니 넓은 지하실로 들어갔다. 나무 궤짝과 큼직한 상자들이 여기저기 쌓여 있었다.

　"위로 들어오기는 어렵겠군요."

　"밑으로도 마찬가지죠." 메

리웨더 씨가 지팡이로 바닥에 정갈하게 깔린 판석을 쿵쿵 두드리며 말하더니 깜짝 놀라서 외쳤다. "세상에! 왜 이리 텅텅 울리지?"

"조용히 좀 해주세요." 홈즈가 매섭게 말했다. "오늘 밤 원정을 망쳐버릴 셈이십니까? 죄송하지만 방해가 되지 않게 저 상자 위에 가만히 앉아 계세요."

메리웨더 씨는 잔뜩 시무룩한 얼굴로 상자 위에 조용히 걸터앉았다. 홈즈는 바닥에 무릎을 꿇고 앉아 랜턴과 돋보기를 들고 포석 사이에 금이 간 곳은 없는지 세심히 살펴보기 시작했다. 몇 초 만에 조사를 끝낸 홈즈는 다시 벌떡 일어나 돋보기를 주머니에 넣었다.

"적어도 한 시간은 기다려야 할 겁니다." 홈즈가 말했다. "멋모르는 전당포 주인이 잠들 때까지는 움직이지 않을 거예요. 하지만 일단 나서면 1분도 지체하지 않을 겁니다. 작업을 빨리 끝낼수록 도주할 시간이 많아지니까요. 왓슨, 자네도 이미 짐작했겠지만, 우리는 지금 런던에서 제일가는 은행의 시티 지점 지하 금고에 와 있다네. 은행가이신 메리웨더 씨가 런던의 내로라하는 범죄자들이 왜 이 지하실에 눈독을 들이고 있는지 설명해주실 거야."

"프랑스 금화 때문입니다." 은행장이 나직이 말했다. "그 금화를 노리는 사람이 있을 거라는 경고를 여러 차례 받았죠."

"프랑스 금화를요?"

"그렇습니다. 우리는 몇 달 전 자본금을 늘리려고 프랑스 은행으로부터 3만 나폴레옹(옛 프랑스 금화—옮긴이)을 차입했습니다. 그런데 금화가 봉합된 채로 지하 금고에 보관되어 있다는 소문이 났어요. 내가 걸터앉은 이런 궤짝 하나마다 2000나폴레옹이 납 호일 사이에 켜켜이 들어가 있어요. 지점 하나가 보유하는 것치고는 너무 많은 양이 있다 보니 임원들도 걱정이 이만저만이 아닙니다."

"충분히 이해되는 상황이군요." 홈즈가 덧붙였다.

"이제 우리도 계획을 짜야겠어요. 한 시간 안에 결판이 날 겁니다. 그러니 메리웨더 씨, 그때까지는 이 랜턴을 덮어둬야 합니다."

"어둠 속에 앉아 있어야 합니까?"

"그래야 할 것 같습니다. 사실 카드 한 벌을 주머니에 넣어 왔어요. 기다리는 동안 넷이서 카드놀이를 할까 했거든요. 그러면 메리웨더 씨도 아쉽지 않을 테고 말이죠. 하지만 적들의 준비가 상당히 진행된 것 같아서 불빛이 보이면 위험합니다. 그럼 먼저 각자의 위치를 정합시다. 대담한 놈들이니 우리가 불시에 덮치더라도 조심하지 않으면 다칠 수도 있어요. 나는 이 나무 상자 뒤에 서 있을 테니, 각자 상자 뒤에 숨으세요. 나중에 내가 놈들에게 불을 비추면 재빨리 달려들어야 합니다. 왓슨, 만일 놈들이 총을 쏘면 자네도 가차 없이 쏘아 넘어뜨리게."

나는 권총의 공이치기를 젖힌 뒤 웅크리고 있던 나무 상자 위에 놓았다. 홈즈가 랜턴에 덮개를 씌우자, 주변이 이내 칠흑 같은 어둠에 잠겼다. 한 번도 경험해보지 못한 완전한 암흑 상태였다. 달궈진 금속 냄새가 공기를 맴돌고 있어서, 언제라도 어둠을 밝힐 준비가 된 빛이 우리와 함께 있다는 사실을 상기시켜주었다. 나는 앞으로 다가올 일에 신경이 잔뜩 곤두서 있었는데, 갑작스런 어둠과 지하실의 눅눅한 냉기는 긴장을 차분히 눌러주는 듯했다.

"도망갈 길은 한 군데뿐입니다." 홈즈가 말했다.

"그건 전당포를 통해 색스코버그 광장으로 가는 길이죠. 존스, 내가 부탁한 대로 준비했겠죠?"

"가게 앞에 경관과 순경 둘을 잠복시켜뒀어요."

"그럼 빠져나갈 구멍은 다 막은 셈이니 이제 조용히 기다리는 일만 남았습니다."

시간은 왜 그리 더디게 가던지! 당시 사건 기록들을 살펴보면, 그때 우리가 범인을 기다린 시간은 1시간 15분에 불과했다. 하지만 나는 밤을 꼬박 새우고 어느새 동이 트는 것 같은 기분이 들었다. 같은 자세로 웅크리고 있었던 탓에 팔다리가 저리고 뻣뻣해졌다. 하지만 신경 세포들은 어찌나 잔뜩 긴장했는지, 내 귀는 동료들의 나직한 숨소리는 물론이고 덩치 큰 존스의 깊고 무거운 숨소리와 은행장의 한숨 소리 같은 가는 숨소리조차 구별할 수 있을 정도였다. 내 자리에서는 나무 상자 너머의 바닥이 보였는데, 느닷없이 바닥에서 작은 섬광이 비쳤다.

처음에는 돌바닥 위로 불씨 하나가 번쩍한 정도였는데, 차츰 뻗어 나와 노란 빛줄기가 되었다. 그리고 아무런 예고도 기척도 없이 바닥이 벌어지더니 하얀 손이 불쑥 나타났다. 여자 손같이 매끄러운 손이 불빛 한가운데서 주변을 더듬거렸다. 1분 남짓 됐을까. 바닥 위로 삐져나온 채 꿈틀대던 손이 처음 나타날 때처럼 홀연히 사라졌다. 그러자 바닥 틈새에서 새어 나오는 불빛 하나만 남고, 주위는 다시 어두워졌다.

하지만 손이 사라진 것도 잠시였다. 뭔가가 부서지는 소리가 나더니 희고 널따란 판석 하나가 옆으로 뒤집어지면서 네모난 구멍이 생겼고, 랜턴 불빛이 쏟아져 나왔다.

곧이어 구멍 위로 소년처럼 매끈한 얼굴 하나가 삐죽 나오더니 주위를 날카롭게 둘러보았다. 그러더니 구멍 양쪽을 붙잡고서는 어깨를 꺼낸 뒤 허리까지 들어 올리고 이내 구멍 가장자리에 무릎을 걸쳤다. 어느새 구멍을 완전히 빠져나와 비켜 선 녀석은 뒤따라온 동료를 끌어올렸다. 동료도 체구가 작고 날렵했는데, 얼굴은 창백하고 새빨간 머리는 산발인 채였다.

"이상 무!" 나직한 목소리가 들렸다. "끌과 자루는 가져왔지? 앗, 젠장! 뛰어! 아치, 뛰어! 잡히면 끝장이라고."

하지만 재빨리 뛰어나온 홈즈가 침입자의 목덜미를 움켜쥐었다. 나머지 남자가 구멍으로 뛰어들었으나, 존스에게 옷자락을 움켜잡히는 바람에 옷이 북 찢어지는 소리가 났다. 순간 권총의 총신이 번뜩였지만 홈즈의 채찍이 총을 든 손목을 세차게 내리쳤고, 권총은 바닥에 요란한 소리를 내며 곤두박질쳤다.

"소용없어, 존 클레이. 다 끝났다고." 홈즈가 담담히 말했다.

"그런 것 같군." 클레이가 짐짓 아무렇지도 않다는 듯 대꾸했다. "그러나 내 동료는 무사한 것 같은데. 옷 쪼가리만 잡았군."

"경찰 셋이 문밖에서 기다리고 있어."

"오, 치밀하게 손을 썼군. 칭찬해주지."

"칭찬은 나도 해주지. 빨간 머리 연맹이라, 정말 기발하고 그럴듯했어."

"곧 네 동료도 만나게 될 거야." 존스가 말했다. "어찌나 잽싸게 구멍 아래로 내빼던지. 수갑 채우게 손 내밀어."

"제발, 그 더러운 손으로 만지지 말라고." 수갑이 채워지는 동안 범인이 항변했다. "잘 모르나 본데, 내 몸에는 왕족의 피가 흐르고 있어. 그러니 나한테 말할 때는 존칭을 붙여 예의를 갖추라고."

"그러지 뭐." 존스가 낄낄대며 쳐다보았다.

"아뢰옵기 황공하오나 전하, 마차를 대령해놓았으니 위층으로 행차하시옵소서. 전하를 경찰서까지 모시겠나이다."

"한결 낫군." 존 클레이가 침착하게 말했다. 범인은 우리 셋을 향해 고개 숙여 인사한 뒤, 형사에게 붙들린 채 조용히 걸음을 옮겼다.

"정말이지, 홈즈 씨." 뒤따라 지하실을 나가는 동안 메리웨더 씨가 말했다. "어떻게 보답해야 할지 모르겠습니다. 제 평생 들어보지도 못한 별나고 독한 은행 강도 짓을 미리 간파해서 가장 완벽하게 무산시켰습니다."

"개인적으로 존 클레이 씨와 풀어야 할 묵은 문제들이었습니다." 홈즈가 말했다. "이번 사건으로 든 비용만 은행 측에서 보상해주면 좋겠습니다. 그것 말고는 나도 여러모로 기이한 경험을 했고, 빨간 머리 연맹에 얽힌 기발한 얘기도 들었으니 보수는 충분히 받은 셈입니다."

이른 아침, 베이커 스트리트에서 탄산수가 섞인 위스키 잔을 앞에 놓고 마주 앉아 있을 때 홈즈가 사건의 전모를 설명했다.

"왓슨, 돈을 준다는 허황된 광고며 백과사전을 베끼게 한 목적이 뭔지 처음부터 빤히 보였어. 그건 별로 똑똑하지 못한 전당포 주인을 매일 몇 시간씩 가게에서 끌어내려는 속셈이었던 거야. 좀 별난 방법이긴 하지만 사실 그만한 방법도 없을 거야. 틀림없이 머리가 번득이는 클레이가 공범의 머리 색깔을 보고 생각해냈을 거야. 전당포 주인을 유인하느라 일주일에 4파운드씩 써야 했지만, 수천 파운드를 노리는 이들에게 그깟 푼돈이 대수겠어? 그래서 신문에 광고를 낸 다음 한 놈은 임시 사무실을 빌리고, 또 한 놈은 주인이 지원하도록 바람을 넣어 매일 오전마다 전당포를 비우게 하는 데 성공했지. 점원이 급료의 반만 받는다고 얘기했다고 했을 때, 그 점원이 전당포에 꼭 들어가야 할 숨겨진 이유가 분명히 있을 거라고 생각했지."

"하지만 그 이유를 어떻게 알았어?"

"전당포에 여자가 있었다면 뻔한 불륜을 예측했겠지. 하지만 그럴 가능성은 없었어. 가게도 영세한 편이라 놈들이 그렇게 공들여 준비하고, 꽤 비싼 비용을 감수할 정도로 값나가는 물건도 없었어. 그래서 놈들이 노리는 게 전당포 밖에 있다는 결론에 이르렀지. 그게 대체 뭘까? 나는 점원이 사진에 미쳐 틈만 나면 지하실로 사라진다는 말이 생각났어. 지하실! 거기에 실마리가 있었지. 그래서 나는 수상한 점원에 대해 캐기 시작했고, 내가 맞붙어야 하는 상대가 침착하고 대범하기로는 런던에서 손꼽히는 범죄자임을 알아냈지. 존 클레이는 지하실에서 뭔가를 하고 있었어. 그것도 날마다 몇 시간씩 몇 달 동안이나 말이야. 그 일이 과연 뭘까? 결국 다른 건물로 이어질 굴을 파고 있다는 것 말고는 달리 해석할 수가 없더군.

자네와 사건 현장을 찾아갔을 때 내가 알고 있던 게 여기까지였어. 그때 내가 갑자기 지팡이로 길바닥을 두드려서 자네가 좀 놀랐을 거야. 굴이 전당포 앞쪽으로 난 건지, 뒤쪽으로 난 건지 확인하고 싶었거든. 앞은 아니었어. 그다음으로 가게 문을 두드렸더니 내가 바라던 대로 점원이 나왔지. 그전에 존 클레이와 작은 일로 얽힌 적이 두세 번 있지만, 얼굴을 제대로 본 적은 없었지. 그때도 얼굴은 제쳐뒀어. 보고 싶은 부분은 무릎이었거든. 무릎이 닳고 구겨져 더러운 게 자네 눈에도 들어왔을 거야. 오랫동안 굴을 팠다는 증거였어. 마지막 남은 문제는, 놈들이 무슨 목적으로 굴을 파느냐는 거였지. 그런데 거리 모퉁이를 돌아서 시티 앤드 서버번 은행이 전당포와 등을 맞대고 있다는 것을 발견했어. 그 순간 문제를 해결했다는 생각이 들었지. 연주회가 끝나고 자네가 돌아간 후, 나는 런던 경찰 국과 그 은행장을 찾아갔지. 결과는 자네가 본 그대로고 말이 야."

"그런데 오늘 밤에 일을 벌일 거라는 건 어떻게 안 거야?" 내가 물었다.

"놈들이 빨간 머리 연맹 사무실 문을 닫은 게 바로 제이비즈 윌슨 씨가 어디에 있든 더 이상 상관없다는 신호지. 즉 굴 파 기가 끝났다는 뜻이야. 그렇다면 한시라도 빨리 굴을 써먹어 야겠지. 자칫 굴이 발각되거나 금화가 그새 딴 곳으로 옮겨질 가능성이 있으니까. 토요일이 가장 적당했을 거야. 도망치는 데 이틀이나 벌 수 있잖아. 이 모든 이유 때문에 나는 놈들이 오늘 밤에 일을 감행할 거라고 예상했어."

"멋진 추리야." 나는 감탄을 연발했다. "추리의 사슬이 정말 길게 연결되는군. 어쩌면 연결 고리 어느 한 군데도 허점이 없 는 것 같아."

"덕분에 따분하지는 않았어." 홈즈가 하품하며 말했다. "아! 벌써 지루함이 밀려오는 것 같아. 진부한 일상에서 벗어나려 고 끊임없이 발버둥치는 게 내 인생이야. 가끔 이런 소소한 사 건 덕에 잠시나마 벗어날 수 있지만." 홈즈는 말을 하다가 하 품을 했다.

"그러면서 자네는 사람들을 돕잖아." 내 말에 홈즈는 어깨를 으쓱해 보였다.

"아마 그럴지도. 결국 조금은 도움이 되겠지. 귀스타브 플로

베르가 조르주 상드에게 이런 구절을 써서 보냈다는군. '롬 세
리앵, 뢰브르 세 투L'homme c'est rien - l'oeuvre c'est tout(인간은 보잘
것없다. 다만 무엇을 해냈는지가 중요하다).'"

3
신랑의 정체

나는 베이커 스트리트의 하숙집 벽난로 앞에서 홈즈와 마주 앉아 있었다.

"이보게, 친구." 셜록 홈즈가 운을 뗐다. "인생은 인간의 머리로 생각해낼 수 있는 그 어떤 이야기보다 훨씬 기묘한 법이지. 아무리 진부한 일상사라도 상상력이 뒤쫓아가지 못하는 경우가 허다하다네. 지금 우리가 손을 잡고 저 창문을 빠져나간다고 상상해봐. 거대한 도시의 상공을 떠다니며 지붕을 슬며시 걷어내는 거야. 그리고 그 아래에서 벌어지는 기이한 현상들을 엿본다고 생각해보라고. 기묘하게 맞물린 우연, 수많은 음모와 술수, 엇갈리고 빗나간 생각, 꼬리에 꼬리를 물고 벌어지는 소동, 이 모든 게 대대손손 이어지고 마침내 기상천외한 결말에 이르는 것을 지켜볼 수 있다면, 식상한 사건과 빤한 결말로 이루어진 상투적인 소설 따위는 쳐다보지도 않을 거야."

"글쎄, 난 그렇게 생각하지 않아." 내가 응수했다. "신문에 보도된 사건이야말로 대개 빤하고 저속한 얘기잖아. 경찰 보고서도 사실주의의 정점에 서 있지만 그걸 흥미롭거나 예술적이라고 생각하는 사람은 없을걸."

"진정한 사실주의는 어떤 사실을 이야기할지 신중히 선택했을 때 빛을 발하지. 하지만 경찰 보고서는 그게 부족해. 진부한 관료주의적 행태에 치중한 나머지 빤한 사실만 나열할 뿐, 정작 사건의 본질이 담긴 사실들은 빠져 있거든. 장담컨대 진부한 것만큼 부자연스러운 것도 없어."

나는 웃으며 고개를 절레절레 내둘렀다.

"왜 그렇게 생각하는지 알 만해. 자네 일이라는 게 세 개의 대륙을 돌며 미궁에 빠진 사람에게 개인적으로 조언과 도움을 제공하는 것이니 별 희한하고 기이한 온갖 일을 접하기 마련이지. 하지만 이걸 봐." 나는 바닥에 떨어진 조간신문을 집어 들었다. "현실이 과연 그런지 한번 점검해보자고. 여기 '아내를 학대한 남편'이라는 머리기사가 눈에 띄는군. 기사가 지면의 반은 차지하지만 안 봐도 내용은 빤하지 뭐. 남편이 여자 문제나 술 문제로 아내 속을 썩인다거나, 남편이 주먹을 휘둘러 아내가 멍을 달고 사는데 여동생이나 집주인 여자는 모르쇠로 일관한다는 진부한 얘기겠지. 세상에서 가장 유치찬란한 작가가 쓴 소설도 이보다는 덜 지루할 거야."

"저런, 스스로 자기 발등을 찍는군."

홈즈가 신문을 받아 슬쩍 훑어보며 말했다.

"이건 던대스 부부의 별거에 관한 기사야. 어쩌다 이 사건에

엮여서 몇 가지 사소한 문제를 해결해줬지. 남편은 술 한 방울 입에 대지 못할 뿐 아니라 딴 여자도 없었어. 하지만 밥상머리 앞에서 매번 틀니를 뽑아서 아내에게 집어 던지는 버릇이 문제였지. 어째, 어지간한 작가라도 상상하기 힘든 행동이지 않아? 그러니 의사 선생, 코담배나 한 줌 집고 자네가 든 예에 스스로 한 방 먹은 걸 인정하라고."

홈즈가 뚜껑 한가운데에 큼직한 자수정이 박힌 진노란 황금빛 코담뱃갑을 내밀었다. 간소하고 검소한 홈즈의 생활과는 전혀 어울리지 않는 휘황찬란한 물건 같아서 묻지 않을 수 없었다.

"아! 내가 몇 주 동안 자네를 보지 못했다는 걸 깜박했군. 이건 아이린 애들러 사진 사건을 도와준 보답으로 보헤미아의 왕이 보내온 작은 선물이야."

"그럼 그 반지는?"

나는 홈즈의 손가락에서 유난히 반짝이는 보석을 흘긋 보며 물었다.

"네덜란드 왕가에서 보내준 거야. 이 의뢰에 관해서는 너무 조심스러운 문제라 아직 아무한테도 털어놓지 못했어. 별 시답지 않은 내 사건을 기록해준 자네한테조차도 말이야."

"그럼 지금 맡고 있는 사건은 없어?" 사뭇 궁금해진 내가 물었다.

"열 건, 아니 열두 건이었나? 하지만 이렇다 할 관심이 가는 사건은 없어. 중요하긴 한데 재미는 없는 사건들이랄까. 중요하지 않은 사건일수록 관찰할 여지도 많고, 인과 관계를 긴박하게 유추해내야 하더군. 관찰과 분석이야말로 수사의 꽃인데, 이게 빠지면 무슨 재미가 있겠어? 한데 대형 범죄일수록 단순한 경향이 있지. 큰 범죄일수록 동기가 뚜렷하잖아. 마르세유에서 의뢰한 문제 하나가 그나마 좀 복잡 미묘한 편이고, 나머지는 다 맹숭맹숭한 사건들뿐이야. 하지만 잠시 후면 좀더 그럴싸한 일이 들어올지도 모르겠군. 내가 어지간히 잘못본 게 아니라면 저 여자가 곧 나를 찾아올 테니까."

홈즈가 자리에서 일어나 벌어진 커튼 사이로 런던의 우중충한 잿빛 거리를 내려다보며 말했다. 홈즈의 어깨 너머로 체구 좋은 여성이 길 저편에 서 있는 모습이 보였다. 여자는 두터운 깃털 목도리를 두르고, 커다란 붉은 깃털로 장식된 챙 넓은 모자를 쓰고 있었다. 모자는 요염한 데번서 공작부인(조지아나 스펜서. 18세기 사교계 인사이자 패션 선도자―옮긴이)이 즐겨 썼던 식으로 한쪽으로 비스듬히 내려가 있었다.

그 여인은 거창한 모자 아래에서 우리의 창문을 힐끗거렸다. 몸은 안절부절 어쩔 줄 모르고, 손으로 장갑의 단추를 연신 만지작거리는 것이 뭔가를 망설이는 듯했다. 그러더니 풍덩, 하고 강둑을 박차고 물에 뛰어든 수영 선수처럼 갑자기 성큼성큼 길을 건넜다. 이윽고 날카로운 초인종 소리가 귀에 울렸다.

"저런 증상은 전에도 본 적이 있지."

홈즈가 벽난로 안에 담배를 던졌다.

"길에서 갈팡질팡하는 건 애정 문제라고 보면 백발백중이야. 조언을 구하고 싶지만 워낙 은밀한 문제라 남에게 털어놓기가 망설여지는 거지. 하지만 이때 반응을 잘 살펴보면 더 세밀한 구분도 가능해. 예컨대 남자에게 심히 데인 여자는 주저하고 머뭇거리지 않아. 보통 초인종 줄이 끊어져라 잡아당기지. 저 아가씨도 사랑 문제 때문에 찾아온 건 확실한데, 화가 났다기보다는 당혹스럽거나 슬픈 것 같단 말이야. 어쨌든 직접 찾아왔으니 의문이 곧 풀리겠지."

그때 누가 문을 가볍게 한 번 두드렸다. 검은 제복을 입은 소년이 들어와 메리 서덜런드 양이 찾아왔다고 알렸고, 소년 뒤로 숙녀가 불쑥 모습을 드러냈다. 자그마한 안내선 뒤에 돛

을 활짝 핀 대형 상선이 서 있는 것 같았다. 셜록 홈즈는 정중하면서도 허물없는, 예의 그 자연스러운 태도로 숙녀분을 맞아들이고는 문을 닫았다. 그리고 고갯짓으로 의자를 권하더니 홈즈 특유의 무심한 듯 세심한 시선으

로 숙녀를 바라보았다.

"눈도 나쁜데 타자를 그렇게 많이 치면 힘들지 않나요?"

"처음에는 그랬죠." 숙녀가 대답했다. "하지만 이제는 눈 감고도 칠 수 있게 됐죠." 그러다 홈즈가 무슨 말을 했는지 이내 깨닫고 화들짝 놀랐다. 크고 싹싹한 얼굴에 두렵고 놀란 표정이 스쳤다.

"제 소문을 들으셨군요, 홈즈 씨." 숙녀가 크게 말했다. "그렇지 않고서야 그걸 어떻게 알 수 있겠어요?"

"염려하지 마세요." 홈즈가 웃으며 말했다. "그런 걸 알아내는 게 제 일이랍니다. 남들이 무심코 지나치는 걸 보는 데 길들여져 있다고나 할까요? 그런 게 없다면 의뢰인이 구태여 이곳까지 발걸음을 할 이유가 없겠죠?"

"제가 여길 찾아온 건 에서리지 부인이 해준 얘기를 들었기 때문이에요. 홈즈 씨가 부인 남편을 아주 쉽게 찾아내셨다면서요. 경찰이며 주변 사람들이 죽었을 거라고 포기했던 사람을 말이죠. 아, 홈즈 씨가 제게 그렇게만 해준다면 원이 없겠어요. 제가 부자는 아니지만 제 앞으로 매년 들어오는 100파운드라는 고정 수입도 있고, 타자 치는 일로 버는 돈도 조금 있어요. 호스머 에인절 씨가 어떻게 됐는지 알려만 주신다면 그걸 전부 드릴게요."

"그런데 서둘러 집을 나오신 이유가 뭐죠?" 홈즈가 손가락 끝을 맞댄 채 눈은 천장을 응시하면서 물었다.

다소 멍해 보이던 아가씨는 다시 놀란 기색을 내비쳤다.

"맞아요, 정말 집을 박차고 나왔거든요. 윈디뱅크 씨, 그러니까 제 아버지라는 사람이 그처럼 태평한 걸 보니 화가 나 참을 수가 없었어요. 경찰에도 안 가겠다, 홈즈 씨에게도 안 가겠다 하더니, 이번에는 아직 피해 본 게 없으니 괜찮다는 말이나 앵무새처럼 떠들어대며 손 하나 까닥하려 들지 않잖아요. 가만히 있으려니 울화가 치밀어 올라 급하게 외출 준비를 끝내고 여기로 곧장 달려온 거예요."

"아버지가 계부인가 보군요. 성씨가 다른 걸 보니." 홈즈가 말했다.

"네, 계부예요. 아버지라 부르긴 하지만 그것도 웃긴 노릇이죠. 그 사람 나이가 저보다 고작 다섯 살하고 두 달 많을 뿐이니까요."

"어머니는 살아 계신가요?"

"아, 그럼요. 건강하게 살아 계세요. 아버지가 돌아가신 지 얼마 안 돼 어머니가 재혼한다고 하실 때 전 별로 달갑지 않았어요. 게다가 열다섯 살이나 어린 남자라뇨. 돌아가신 아버지는 토트넘 코트 로드에서 배관업을 하시다가 작은 가게를 남기셨고, 어머니는 현장 관리 감독이었던 하디 씨와 함께 가게를 운영하셨죠. 하지만 윈디뱅크 씨가 포도주 외판원이라며 으스대면서 나타나더니 가게를 팔아버리게 했어요. 결국 어머니와 새아버지는 4700파운드에 가게를 팔아넘겼어요. 그런 헐값에 넘기는 걸 아버지가 보셨다면 아마 땅속에서 통곡하실 거예요."

나는 홈즈가 이런 두서없는 넋두리에 몸을 슬슬 꼬지 않을까 싶었는데, 오히려 한껏 집중한 채 듣고 있었다.

"서덜런드 양의 수입은 아버지의 유산에서 나온 건가요?"

"아, 아니에요. 유산과는 별개예요. 그건 오클랜드의 네드 숙부님이 남겨주신 거죠. 뉴질랜드 국채에서 매년 4.5퍼센트의 이자가 나와요. 원금은 2500파운드지만, 원금에는 손댈 수 없고 거기서 나오는 이자만 쓸 수 있어요."

"아주 흥미로운 분인 것 같군요." 홈즈가 말했다.

"매년 100파운드라는 적잖은 돈에 덤으로 벌어들이는 수입도 있으니 여행도 하면서 웬만한 건 다 즐기며 살 수 있겠군요. 숙녀분 혼자라면 1년에 60파운드 정도만 있어도 풍족하게 지낼 수 있지 않나요?"

"홈즈 씨, 저는 그 정도도 필요 없어요. 하지만 함께 사는 동안 그 사람들에게 짐이 되고 싶지 않은 제 심정을 이해하실 거예요. 그래서 한집에 사는 한, 제 앞으로 나온 유산은 다 줘버리고 있어요. 물론 당분간이긴 하지만요. 윈디뱅크 씨는 제게 나온 이자를 3개월마다 꼬박꼬박 찾아서 어머니한테 넘겨요. 저야 타자를 쳐서 버는 수입으로도 충분하니까요. 한 장에 2펜스씩 받는데, 하루에 열다섯 장에서 스무 장은 거뜬하거든요."

"서덜런드 양이 처한 상황은 잘 알았습니다." 홈즈가 말했다. "이쪽은 의사이자 친구인 왓슨입니다. 이 친구 앞이라면 아무런 거리낌 없이 말해도 되니 염려하지 마세요. 이제 호스머 에인절 씨와 어떤 관계인지 모두 말해주세요."

서덜런드 양이 얼굴을 붉히며 재킷 밑단에 달린 술을 만지작거렸다.

"그이를 처음 만난 건 가스 설치 업계에서 주최한 무도회에서였어요. 그분들은 아버지가 살아 계실 때 초대장을 줄곧 보내줬는데, 아버지가 돌아가신 다음에도 우리를 기억하고 엄마한테 표를 보내왔어요. 윈디뱅크 씨는 우리가 무도회 가는 걸 싫어했죠. 무도회가 아니라 어딜 간다 해도 싫어했어요. 제가 주일학교에 있는 행사라도 갈라치면 막 열을 냈어요. 하지만 그 무도회에는 무슨 일이 있어도 가겠다고 작정했죠. 이번에는 양보하지 않겠다고요. 대체 무슨 권리로 나를 막겠다는 거죠? 아버지의 옛 친구들이 다 오는 자리인데 우리와 격이 맞지 않는 사람들이 모이는 곳이라느니, 옷장에서 꺼내보지도 못한 보라색 벨벳 드레스도 있는데 걸칠 게 없지 않느냐고 하더니, 결국 제가 말을 듣지 않자 회사 일이 있다면서 프랑스로 가버렸어요. 그래도 엄마와 저는 예전 가게의 관리 감독자였던 하디 씨와 함께 무도회에 갔고, 거기서 호스머 에인절 씨를 만났어요."

"프랑스에서 돌아온 윈디뱅크 씨가 서덜런드 양이 무도회에 간 걸 알고 화를 냈겠군요."

홈즈가 말했다.

"아, 웬일로 너그러운 모습을 보이더군요. 제 기억에는 크게 웃으면서 어깨를 으쓱해 보였던 것 같아요. 그러고는 어차피 제멋대로 할 텐데 다 큰 여자를 무슨 수로 말리겠냐고 덧붙였죠."

"그렇군요. 그러니까 가스 설치 업계에서 주최한 무도회에서 호스머 에인절이라는 신사분을 만났다 이거죠?"

"맞아요, 홈즈 씨. 그날 밤 무도회에서 호스머 씨를 만났어요. 우리가 집에 무사히 도착했는지 궁금하다며 다음 날 집에 찾아왔어요. 그 뒤로도 집에 찾아왔죠. 그러니까 두 번 정도 같이 산책을 하면서 데이트했죠. 하지만 그 후 아버지가 출장에서 돌아왔고, 호스머 에인절 씨는 더 이상 집에 찾아올 수 없었어요."

"전혀요?"

"그게 그러니까, 아버지가 그걸 싫어했거든요. 아버지는 평소에도 웬만해서는 집에 손님을 들이는 법이 없었어요. 여자라면 응당 가정의 울타리 안에서 행복한 줄 알아야 한다고 입버릇처럼 말하곤 했죠. 하지만 그럴 때마다 어머니에게 거듭 말했어요. 여자라면 누구나 자신만의 가정을 꾸리고 싶어 하는데, 전 아직 저만의 가정이 없다고 말이에요."

"그렇다면 호스머 에인절 씨는 그 상황을 어떻게 받아들였나요? 충분히 수긍하던가요?"

"아버지는 일주일 후 다시 프랑스로 떠날 예정이었어요. 기왕이면 안전하게, 아버지가 떠나기 전까지는 만나지 않는 게 좋겠다고 호스머 씨가 편지에 썼더군요. 그동안 편지로 안부를 대신하기로 했죠. 그이는 매일 편지를 보내왔어요. 아침에 제가 편지를 받았기 때문에 아버지에게 들킬 염려는 없었어요."

"그 신사와 결혼을 약속했나요?"

"아, 그럼요, 홈즈 씨. 처음 산책한 뒤 결혼을 약속했어요. 호스머 씨, 그러니까 에인절 씨는 레든홀 스트리트에 있는 한 회사에서 회계원으로 일한다고 했어요. 그런데….'

"어느 회사인가요?"

"그게 문제예요, 홈즈 씨. 제가 그걸 모르거든요."

"그럼 사는 곳은요?"

"사무실에서 잔다고 했어요."

"그럼 회사 주소는 전혀 모른다?"

"네, 레든홀 스트리트라는 것밖에는요."

"그럼 편지는 어디로 보낸 거죠?"

"레든홀 우체국이요. 그곳에서 그이가 직접 찾아갔어요. 사무실로 보내면 여자한테서 편지가 왔다고 다른 직원들이 짓궂게 놀릴 거라더군요. 그래서 타자로 쳐서 보내겠다고 했더니 우리 사이에 기계가 끼어든 기분이 들 거라며, 그게 어떻게 손글씨가 빼곡한 편지와 같겠냐며 반대했죠. 홈즈 씨, 그것만 봐도 그 사람이 저를 얼마나 좋아했는지 아실 거예요. 그런 사소한 것까지 신경 쓰는 게 쉽지 않잖아요."

"그런 게 의미심장한 법이죠." 홈즈가 말했다. "제가 갖고 있는 오랜 믿음 중 하나가 사소한 것이 무엇보다 가장 중요하다는 겁니다. 호스머 에인절 씨에 대해 다른 사소한 기억은 없나요?"

"홈즈 씨, 그분은 수줍음을 많이 탔어요. 남의 눈에 띄는 게 싫다고 산책도 벌건 대낮보다 어스름한 밤에 가는 걸 좋아했어요. 무척이나 조용하고 점잖았어요. 목소리도 부드러웠죠. 어릴 때 침샘이 심하게 붓고 편도선염을 크게 앓은 뒤로 목이 약해졌다고 했어요. 머뭇거리고 속삭이는 듯한 말투도 그 이후에 생겼다고 했죠. 옷도 단정하고 깔끔하게 입었어요. 하지만 저처럼 눈이 나빠서 눈이 부시지 않도록 색안경을 꼈어요."

"그럼 계부인 윈디뱅크 씨가 다시 프랑스에 간 뒤에는 어떻게 됐나요?"

"호스머 에인절 씨가 집에 다시 찾아왔죠. 그리고 아버지가 돌아오시기 전에 결혼식을 올리자고 했어요. 그이는 깜짝 놀랄 만큼 간곡했어요. 그이의 말대로 성경에 두 손을 올리고 앞으로 무슨 일이 생기더라도 충실하겠다는 맹세도 했죠. 어머니는 그런 맹세를 요구하는 건 으레 있는 일이고, 그게 나를 열렬히 사랑한다는 증거라고 하셨어요. 어머니는 처음부터 그 사람을 좋게 보셨죠. 어떤 때는 나보다 어머니가 그 사람을 더 좋아하는 것처럼 보였어요. 두 사람은 그 주가 가기 전에 결혼하는 게 좋겠다고 했고, 제가 아버지는 어떻게 하느냐고 묻자 신경 쓰지 말라고 하더군요. 아버지야 나중에 그 사실을 알아도 된다는 거예요. 어머니는 자기가 알아서 하겠다고 했죠. 하지만 홈즈 씨, 저는 구태여 그렇게 하고 싶지 않았어요. 몇 살 차이도 안 나는 아버지에게 허락을 받으려는 게 우스워 보일

지라도, 그렇게 은밀하게 결혼하고 싶지 않았어요. 그래서 아버지가 일하는 프랑스 보르도 사무실에 편지를 보냈어요. 하지만 그 편지는 결혼식 날 아침에 저에게 반송되었어요."

"그럼 계부는 편지를 못 받은 건가요?"

"네, 홈즈 씨. 편지가 도착하기 직전에 영국으로 출발했다 하더군요."

"이런, 우연이! 그럼 결혼식은 금요일이었겠군요. 교회에서 하기로 했나요?"

"네. 아주 조촐하게 올리기로 했죠. 킹스크로스 근처의 세인트 세이비어 교회에서요. 결혼식을 마치고 세인트 팬크라스 호텔에서 아침을 먹기로 했죠. 호스머 씨는 이륜마차를 타고 우리 집에 왔어요. 그런데 태울 사람이 어머니와 나, 이렇게 둘이니 우리를 이륜마차에 태워 보내고 자기는 때마침 다가온 사륜마차에 올라탔어요. 우리가 먼저 교회에 도착했고, 곧 호스머 씨가 탄 사륜마차가 뒤따라왔어요. 그이가 내리길 기다렸는데, 한참이 지나도 내리지를 않더군요. 결국 마부가 안을 살피려고 내려왔죠. 그리고 문을 열었는데, 마차 안에는 아무도 없었어요! 마부는 그 사람이 마차에 타는 걸 두 눈으로 똑똑히 봤는데, 이게 도대체 어찌 된 영문이지 모르겠다고 하더군요. 그게 다 지난 금요일에 벌어진 일이에요. 그걸로 끝이었어요. 그 뒤에 호스머 씨가 어떻게 됐는지는 정말 감감무소식이에요."

"그 사람이 서덜런드 양에게 단단히 창피를 준 것 같군요."

　"아니에요, 홈즈 씨! 그렇게 절 버려두고 갈 사람이 아니에요. 얼마나 착하고 자상했다고요. 하지만 의아한 게, 왜 그날 아침 저에게 앞으로 어떤 일이 생기더라도 자신에게 충실해 달라고 말했을까요? 예기치 못한 일로 서로 헤어지게 되더라도 내가 한 서약을 잊지 말라고, 자신이 머지않아 나에게 돌아올 거라는 말들을 했어요. 결혼하는 날 아침에 나누는 대화치고는 좀 이상하다 했죠. 그런데 그 뒤에 일어난 일을 생각해보니 의미심장한 뜻이 담긴 말이었죠."

　"과연 그렇군요. 그럼 서덜런드 양은 예비 신랑에게 예기치 못한 불상사가 일어났다고 생각하나요?"

　"네, 홈즈 씨. 제 생각에는 뭔가 불길한 일이 생기리라는 걸 그이가 예감한 것 같아요. 아니면 아침부터 그런 말을 했을 리가 없잖아요. 그리고 그 일이 정말 일어난 거죠."

"하지만 짐작 가는 일은 없다는 거죠?"

"전혀요."

"한 가지만 더 묻죠. 어머니는 이번 일을 어떻게 받아들이셨나요?"

"역정을 잔뜩 내셨어요. 그리고 다시는 입 밖에 꺼내지도 말라고 하셨죠."

"그럼 계부는 어땠나요? 계부에게 다 말씀드렸나요?"

"네. 아버지도 저처럼 호스머 씨에게 무슨 일이 생겼을 거라며, 조만간 무슨 소식이라도 있을 거라고 생각하는 것 같아요. 아버지 말처럼 신부 될 사람을 교회 문 앞까지 데려다 놓고 홀연히 종적을 감춰버리는 게 호스머 씨에게 무슨 이득이 되겠어요? 제 돈이라도 빌려 갔다면 또 모를까. 그것도 아니면 저와 결혼한 후에 제 돈을 자기 앞으로 슬며시 돌려놓았다면 의심이라도 해보겠어요. 하지만 호스머 씨는 돈 때문에 누구를 귀찮게 하는 사람이 아니었어요. 제 돈은 1실링도 넘보지 않았죠. 그렇다면 대체 무슨 일이 생긴 걸까요? 무슨 일로 저한테 편지 한 장도 쓸 수 없는 걸까요? 아, 그 생각만 하면 정신이 반쯤은 나가 버릴 것 같아요. 한숨도 못 자고 매일 밤을 지새우고 있어요."

서덜런드 양이 털토시에서 작은 손수건을 꺼내 쏟아지는 눈물을 훔쳤다.

"조사를 한번 해보겠습니다." 홈즈가 자리에서 일어나며 말했다. "틀림없이 어떤 결과가 나올 테니, 이제 그 문제는 제 손에 맡기고 더 이상 마음 쓰지 마세요. 무엇보다도 호스머 에인절 씨를 기억에서 지워버리는 연습을 해보세요. 에인절 씨가 서덜런드 양의 삶에서 느닷없이 사라진 것처럼 말입니다."

"그 말은 제가 그이를 다시는 만나지 못할 거라는 뜻인가요?"

"그럴 것 같습니다."

"그이에게 무슨 일이 생긴 거죠?"

"그 문제는 저한테 맡겨두세요. 그분의 정확한 인상착의가 필요합니다. 또 에인절 씨가 쓴 편지도 좀 빌려주세요."

"지난주 토요일 자 〈크로니클〉에 사람을 찾는 광고를 냈어요. 여기 그걸 가져왔어요. 그리고 이건 그이가 보낸 편지 네 통이에요."

"고마워요. 집 주소는 어떻게 되나요?"

"캠버웰, 리온 플레이스 31번지예요."

"에인절 씨의 주소는 전혀 모른다고 했고, 그럼 아버지의 회사는 어디에 있죠?"

"펜처치 스트리트에 있어요. 아버지는 보르도산 적포도주 수입상으로 꽤 알려진 웨스트하우스 앤드 마뱅크에서 외판을 담당하고 있죠."

"고맙습니다. 지금까지 아주 명료하게 잘 진술해주셨어요. 그럼 가져온 신문과 편지는 여기 두고, 제 충고를 잊지 마세요.

이번 일에 얽매여 발목 잡히지 말고 모든 걸 덮고 잊어버리시길 바랍니다."

"홈즈 씨, 정말 자상하시군요. 하지만 그럴 수는 없어요. 저는 호스머 씨의 충실한 약혼자로 살아갈 거예요. 그이가 언제 돌아오든 제 마음은 변치 않고 그대로일 거예요."

큼지막한 모자 아래 멍한 구석이 있는 얼굴인데도, 숙녀의 소박한 믿음에는 어떤 고귀함이 서려 있어 감탄이 새어 나왔다. 서덜런드 양은 작은 종이 꾸러미를 탁자 위에 내려놓고, 연락하면 언제든 다시 들르겠다는 말을 남기고 떠났다.

셜록 홈즈는 양손의 끝을 지그시 맞대고, 두 다리는 앞으로 쭉 펴고 앉은 채 몇 분 동안 말없이 천장을 바라보았다. 그러다 선반에서 오랜 손때로 반들거리는 사기 파이프를 꺼내 불을 댕겼다. 파이프는 홈즈가 사색할 때 자주 찾는 상담자였다. 그리고 의자에 등을 기댄 채 굵직하고 희푸른 연기 고리를 연신 뿜어 올렸다. 얼굴에는 나른한 표정이 떠올랐다.

"그 아가씨, 꽤 흥미로운 연구 대상이야." 홈즈가 말했다. "숙녀분이 의뢰한 시답잖은 문제보다 그 숙녀가 훨씬 흥미롭군. 어쨌든 그런 일은 흔한 편이지. 내 자료철을 뒤지면 비슷한 사건이 있을 거야. 1877년 앤도버에서, 그리고 작년에 헤이그에서도 이와 유사한 사건이 있었지. 발상은 진부하기 짝이 없어. 한두 가지의 자잘한 사항들이 새롭긴 하지만 말이야. 그보다 그 아가씨가 가장 도움이 됐지."

"아가씨에 대해 내 눈에 보이지 않은 걸 자네는 다 본 모양이군." 내가 말했다.

"보이지 않은 게 아니라 보고도 간과한 거겠지, 왓슨. 엉뚱한 곳을 보니 중요한 걸 다 놓치는 건 당연지사지. 아무리 말해줘도 자네는 소매 단이 얼마나 중요한지, 엄지손톱이 암시하는 바가 무엇인지, 구두끈에 얼마나 중요한 정보가 매달려 있는지 깨닫지 못하는군. 그 아가씨의 겉모습을 보고 뭘 알아냈나? 한번 설명해보게."

"그러니까 그 숙녀분은 챙이 넓은 청회색 모자를 쓰고 있었는데, 모자는 벽돌색 비슷한 붉은 깃털로 장식되어 있었어. 그리고 아가씨가 입고 있던 검은색 재킷은 검정 구슬이 수놓아져 있었고, 옷단에는 작은 흑요석 장식이 늘어져 있었지. 드레스는 커피색보다 더 짙은 갈색이었는데, 목과 소매에는 자주색 플러시 천이 덧대져 있었어. 장갑은 회색이었고, 오른쪽 검지 부분이 닳아 있었지. 구두는 못 봤네. 하지만 귀에 작고 동그란 금귀고리가 달랑거리는 걸 봤지. 전체적으로 꽤 부유하지만 세련됐다기보다는 느긋한 분위기를 풍겼어."

홈즈가 손뼉을 가볍게 마주치며 낄낄거렸다.

"이런 세상에, 왓슨, 실력이 날로 느는걸. 정말 잘했어. 중요한 것을 모두 놓치긴 했지만, 관찰 방식은 아주 제대로야. 색에 예민한 눈을 가졌군. 다음에는 전체적인 그림에만 너무 치우치지 말고 세세한 부분에 집중해봐. 나라면 여자를 볼 때 항상 소매를 먼저 보지. 남자라면 바지 무릎을 먼저 보는 게 나을 거야. 자네도 기억하듯이 소매 단에는 플러시 천이 덧대져 있었지. 플러시는 자국이 잘 생기는 옷감이라 관찰에 유용하지. 오늘도 그 천에는 손목 위로 두 줄 선이 선명하게 나 있었지. 타자를 칠 때 탁자에 눌려서 생긴 자국이야. 재봉틀을 손으로 돌려도 비슷한 자국이 남지만 그때의 자국은 왼쪽 소매에만 생기고, 또 소매 단 전체에 넓게 생기는 게 아니라 엄지손가락에서 가장 먼 쪽에 생기지. 그런 다음 아가씨의 얼굴로 눈을 돌렸더니, 코 양쪽이 코안경에 눌렸는지 움푹 들어가 있더군. 그래서 눈이 나쁜데도 타자를 치냐는 말을 한번 던져봤지. 아가씨가 깜짝 놀란 것 같더군."

"나도 놀랐다네."

"그 정도야 너무 빤한걸. 그리고 시선을 아래로 돌리다 아주 흥미로운 사실을 하나 발견했지. 그 아가씨가 신고 있는 부츠는 언뜻 비슷해 보이지만, 사실은 양쪽이 서로 다른 짝짝이였어. 하나는 앞코에 약간의 장식이 들어가 있었는데 다른 쪽은 밋밋했어. 게다가 부츠 하나는 단추 다섯 개 가운데 가장 아래쪽 두 개가 채워져 있던 반면, 다른 쪽은 첫 번째, 세 번째, 다섯 번째 단추가 채워져 있었어. 그럼 생각해봐. 젊은 여성이 깔끔하게 차려입었는데 유독 신발만 허술하게 채운 짝짝이 부츠인 거야. 그걸 보고 집에서 서둘러 나왔다고 말하는 게 그리 놀랄 만한 추리는 아니지."

"그리고 또?" 나는 으레 그렇듯이 친구의 날카로운 추리에 매료되어 더 파고들었다.

"그 아가씨가 집을 나서기 전에 뭔가를 썼다는 것도 눈치챘어. 외출 준비를 다 마치고 나서 쓴 거야. 자네는 오른쪽 장갑의 검지 부분에 찢긴 자국이 있다는 건 봤지만, 장갑과 손가락에 보라색 잉크가 묻은 건 놓친 것 같군. 서둘러 글씨를 써 내려가다 잉크병에 펜을 너무 깊이 담근 거지. 분명 오늘 아침이었을 거야. 아니면 잉크 자국이 그렇게 선명하게 남아 있을 리가 없으니까 말이야. 좀 기초적인 관찰이긴 하지만 재밌는 과정이지 않나. 하지만 이제 일을 시작해야겠어, 왓슨. 호스머 에인절 씨를 찾는 광고를 좀 읽어주겠어?"

나는 작게 오린 신문 조각을 불빛에 비춰보았다.

사람을 찾습니다.

14일 오전, 호스머 에인절이라는 신사가 실종됨. 키는 약 170센티미터로 건장한 체격. 창백하고 노릿한 혈색, 정수리가 약간 벗겨진 검은 머리, 숱이 많고 검은 구레나룻과 콧수염이 특징임. 색안경을 끼고 다니며 말투가 약간 어눌함. 실종 당시 옷차림은 실크가 덧대진 검은색 프록코트와 검은색 조끼, 앨버트 금시곗줄, 회색 모직 바지, 고무 부츠 위에 갈색 각반을 착용함. 레든홀 스트리트의 어느 사무실에서 근무했다고 함. 위 사람의 행방을 아시는 분은….

"그거면 충분해." 홈즈가 말했다. 그리고 편지를 훑어보더니 말을 이었다. "편지들은 지극히 평범하군. 발자크를 한 차례 인용했다는 것만 빼면, 호스머 에인절이란 인물에 대해 단서가 될 만한 게 하나도 없어. 그래도 눈에 띈 게 하나 있긴 하네. 분명 자네도 흥미롭다고 여길 만한 거야."

"편지를 타자로 쳤군." 내가 말했다.

"편지뿐 아니라 서명도 타자로 쳤어. 봐, 맨 밑에 '호스머 에인절'이라고 정갈하게 찍혀 있잖아. 보시다시피 여기 날짜도 있는데, 주소는 막연하게 레든홀 스트리트라고만 쓰여 있어. 타자로 친 서명이 제일 의미심장한 부분이야. 사실 결정적인 증거라고 볼 수 있지."

"무엇에 대한?"

"이런, 친구, 그게 얼마나 의미심장한지 모른단 말이야?"

"잘 모르겠는걸. 나중에 결혼 서약을 깰 경우 자신이 서명한 걸 부인할 심산이었을까?"

"아니, 그건 중요한 게 아니야. 어쨌거나 문제를 해결하려면 먼저 편지를 두 통 써야겠어. 한 통은 시내에 있는 한 회사에 보내고, 다른 한 통은 아가씨 계부인 윈디뱅크 씨에게 보내서 내일 저녁 6시까지 여기로 와달라고 부탁할 생각이야. 남자들끼리 일을 해결하는 게 나을 수 있지. 그러니 의사 선생, 편지에 대한 답장이 올 때까지는 딱히 할 일이 없으니, 이 문제에 대해 잠시 휴정을 선언할게."

홈즈의 명민한 추리력과 남다른 행동력을 수없이 목격해온 나로서는, 친구가 의뢰받은 이 별난 사건에 대해 느긋한 자신감을 드러내는 데는 그만한 이유가 있을 거라고 생각했다. 홈즈가 해결하지 못한 사건은 단 하나, 바로 보헤미아의 왕이 부탁했던 아이린 애들러의 사진 사건뿐이었다. 하지만 '네 사람의 서명'이나 '주홍색 연구'에 얽혔던 기묘한 상황들을 돌이켜볼 때, 홈즈가 이 실타래를 풀어낼 수 없다면 그거야말로 기묘한 사건일 것이다.

나는 연신 검정 사기 파이프를 피우고 있는 홈즈를 뒤로한 채 방을 나섰다. 내일 저녁에 다시 찾아올 때쯤이면, 홈즈는 메리 서덜런드 양의 사라진 신랑의 정체를 밝혀줄 모든 정보를 두 손에 거머쥐고 있으리라 확신했다.

그 당시 나는 위중한 환자를 치료하고 있었는데, 이튿날은 침대 맡에서 환자를 돌보느라 분주하게 보냈다. 6시가 다 되어서야 일에서 벗어나 재빨리 이륜마차를 잡아타고 베이커 스트리트로 향했다. 가는 길에 수수께끼 같은 사건의 대단원을 놓칠까 봐 속이 좀 탔다. 그런데 방에 들어서자, 길고 여윈 몸을 안락의자에 깊숙이 파묻은 채 반쯤 잠이 든 셜록 홈즈의 모습이 보였다. 병과 시험관이 어지럽게 늘어져 있고, 소독약과 비슷한 시큼한 염산 냄새가 코를 찌르는 걸 보니, 그토록 좋아하는 화학 실험을 온종일 한 모양이었다.

"어때, 해결했어?" 방에 들어서며 내가 물었다.

"응. 그건 산화바륨에서 나온 황산염이었어."

"아니, 그거 말고 수수께끼 말이야!" 내가 외쳤다.

"아, 그거! 난 여태 실험한 황산염 얘기인 줄 알았지. 이 사건은 수수께끼랄 것도 없어. 물론 내가 어제 말한 것처럼 흥미로운 점도 조금 있지만 말이야. 한 가지 불편한 사실은 이 불한당 같은 놈을 법으로 처벌할 수 없다는 거야."

"그게 누군데? 그리고 놈이 결혼하기 직전에 서덜런드 양을 버린 이유는 뭐야?"

질문이 끝나고 홈즈의 대답을 듣기도 전에 복도에서 무거운 발소리가 울리더니 누가 문을 두드렸다.

"아가씨의 계부인 제임스 윈디뱅크 씨로군." 홈즈가 말했다. "6시에 오겠다고 답장했거든. 들어오세요!"

이윽고 보통 키에 건강해 보이는 사내가 들어왔다. 나이는 어림잡아 서른 살 정도 되어 보였고, 깔끔하게 면도한 얼굴에 창백하면서도 누런빛이 돌았다. 행동거지는 상대의 환심을 사려는 듯 부드러웠지만, 잿빛 눈은 상대를 꿰뚫으려는 듯 날카로웠다. 사내는 의아한 듯 우리 둘을 번갈아 보더니, 번지르르하게 윤이 나는 중산모를 벗어서 탁자 위에 올리고 가볍게 고개를 숙여 인사한 뒤 가까운 의자로 가만히 다가가 앉았다.

"안녕하세요, 제임스 윈디뱅크 씨." 홈즈가 인사했다. "이 편지를 타자로 쳐서 보낸 게 당신이죠? 6시에 여기서 만나기로 한 내용 말입니다."

"그렇습니다. 좀 늦은 것 같군요. 아시다시피 남 밑에서 일하는 처지라서요. 요전에 서덜런드 양이 사소한 문제로 선생을 귀찮게 해드려서 죄송합니다. 속사정을 어디 가서 드러내는 게 과히 좋은 일은 아니잖습니까. 여기 온다는 것도 전 반대했습니다만, 그 애가 워낙 욱하는 성격에다 충동적이거든요. 보셔서 아시겠지만 뭐든 하나에 꽂히면 누구의 말도 먹히질 않아요. 물론 선생이야 그리 염려가 되지는 않습니다. 경찰 관계자도 아니니까요. 하지만 좋지도 않은 집안일이 밖으로 새 나가 세간의 입방아에 오르내리는 걸 좋아하는 사람이 어디 있겠습니다. 게다가 돈도 갖다 버리는 거죠. 대체 호스머 에인절 씨를 어디 가서 찾겠어요?"

"아니, 그것과는 정반대입니다." 홈즈가 조용히 말했다. "호스머 에인절 씨를 분명 찾을 겁니다. 제겐 필요한 모든 근거가 있거든요."

화들짝 놀란 윈디뱅크 씨가 장갑을 떨어뜨리며 말했다.

"그 말을 들으니 기쁘군요."

"흥미로운 이야기를 하나 하고 싶군요." 홈즈가 입을 열었다. "타자기도 사람의 필체만큼이나 개성이 뚜렷하죠. 타자기가 새것이라면 모를까, 어떤 타자기도 활자를 똑같이 찍어내지는 못합니다. 어떤 활자는 다른 활자보다 유난히 닳고, 또 어떤 활자는 한쪽으로만 닳아 있죠. 윈디뱅크 씨, 당신이 보낸 편지를 보면 'e' 자가 다른 글자보다 흐릿하고, 'r' 자는 꼬리가 살짝 끊어져 있습니다. 이 두 가지가 가장 눈에 띄지만, 그 밖에도 14가지 정도의 남다른 특징이 있습니다."

"우리 회사는 모든 서신을 그 타자기로 처리합니다. 그러니활자에 마모가 있을 수밖에요." 손님이 작은 눈을 반짝이며 홈즈를 쏘아보며 말했다.

"그럼 더 재밌는 얘기를 해드리죠, 윈디뱅크 씨." 홈즈가 계속했다. "요즘 저는 타자기와 범죄와의 연관성에 관한 논문을 써볼까 생각 중입니다. 예전부터 관심을 좀 가지고 있던 주제거든요. 지금 제 손에는 실종된 남자가 보냈다고 여겨지는 네통의 편지가 있습니다. 전부 타자기로 작성한 편지입니다. 그런데 편지마다 'e' 자가 흐릿하고 'r' 자의 꼬리가 죄다 떨어져나가 있습니다. 게다가 돋보기로 잘 들여다보면, 아까 암시했던 14가지 특징까지 고스란히 찾아볼 수 있습니다."

윈디뱅크 씨가 의자에서 벌떡 일어나 모자를 집어 들었다. "이런 황당무계한 얘기나 들을 정도로 내가 한가해 보이시오?" 사내가 화를 냈다. "그 남자를 잡을 수 있다면 한번 잡아보시오. 그러고 나서 내게 다시 알려주시오."

"그러죠." 홈즈가 방문 앞으로 다가가더니 열쇠를 돌려 문을

잠갔다. "자 그럼, 알려드려야죠. 그자를 잡았습니다."

"뭐요! 어디?" 윈디뱅크 씨가 입술까지 하얗게 질린 채 말했다. 남자는 덫에 걸린 쥐처럼 사방을 두리번거렸다.

"아, 안 됩니다. 소용없어요." 홈즈가 상냥하게 말했다. "발뺌해도 소용없습니다, 윈디뱅크 씨. 이렇게나 속이 빤히 들여다보이는 사건인데, 내가 이 간단한 문제 하나를 해결할 수 없을 거라고 생각했다니 좀 불쾌하군요. 네, 그렇죠! 거기 앉아서 대화로 풀어봅시다."

손님은 유령처럼 넋이 나간 표정으로 의자에 털썩 주저앉았다. 이마는 땀에 젖어 번들거렸다.

"그래도 날 기, 기소할 순 없을걸."

"그건 이미 알고 있어. 우리끼리 하는 얘기지만, 당신이 저지른 일은 사소하고 유치해 보이지만 실은 정말 잔인하고 이기적이며 무정한 농간이었어. 내가 사건의 경위를 짚어볼 테니 틀린 데가 있으면 바로 지적해보라고."

남자는 모든 걸 포기한 사람처럼 고개를 푹 떨군 채 웅크려 앉았다. 홈즈는 벽난로 모퉁이에 서서 등을 기댔다. 그러고는 두 손은 주머니에 찔러 넣은 채 혼잣말을 하듯 말문을 열었다.

"자기보다 나이가 훨씬 많은 여자와 결혼한 남자가 있어. 그여자의 돈 때문이었지. 거기다 미혼의 딸과 같이 사는 한, 그딸의 앞으로 나오는 돈까지 꿀꺽할 수 있었지. 그 남자의 처지에서는 꽤 큰돈이었기 때문에 그 돈을 잃으면 심각한 타격을 입을 참이었어. 지킬 만한 가치가 다분한 돈이었지. 양딸은 착하고 붙임성도 좋았어. 정이 많고 마음이 따뜻한 데다 얼마간의 수입까지 있으니, 양딸에게 배필이 생기는 건 시간문제였지. 물론 양딸의 결혼은 매년 들어오던 100파운드를 날린다는 걸 의미했지. 그렇다면 그걸 막기 위해 계부는 어떻게 했을까? 양딸을 집에 붙잡아 두며 또래 남자들과 어울리지 못하도록 하는 빤한 수를 썼어. 하지만 곧 그런 수법도 약효가 영원할 수 없다는 걸 깨닫지. 양딸은 자신의 권리를 주장하며 점점 반항하더니 급기야는 어느 무도회에 반드시 참석하겠다며 분명한 의사를 밝혔으니까. 그러자 영리한 계부는 어떻게 했을까? 양심을 저버리고 기발한 꾀를 냈지. 바로 아내의 묵인과 지원하에 다른 남자로 둔갑한다는 묘책이었어. 날카로운 두 눈은 색안경으로 가리고, 익숙한 얼굴은 구레나룻과 덥수룩한 콧수염으로 덮고, 까랑까랑한 목소리도 나긋한 속삭임으로 바꿨어. 게다가 양딸은 눈이 나빠 변장이 탄로 날 가능성은 반으로 줄 테니, 계부는 안심하고 호스머 에인절로 둔갑해서 양딸이 자신과 사랑에 빠지게 만든 뒤 다른 경쟁자를 쫓아버리는 거지."

"처음에는 그냥 장난이었소." 손님이 신음하듯 말했다. "그 애가 그렇게 푹 빠질 줄 정말 몰랐다고."

"그랬겠지. 하지만 경위야 어찌 됐든 아가씨는 마음을 전부 빼앗겼어. 계부는 프랑스에 가 있다고 철석같이 믿었으니 그런 사기 행각을 벌일 거라고 의심이나 했겠어. 신사가 보인 관심에 마음이 설레는데, 어머니라는 사람은 옆에서 부채질하며 신사를 한껏 칭찬하니까 그 마음은 배가 됐을 거야. 그리고 에인절이라는 신사는 아가씨의 집을 찾아가기 시작했지. 원하는 결과를 확실히 얻으려면 일을 끝까지 밀어붙여야 했으니까. 데이트를 하고 결혼을 약속함으로써 아가씨의 감정을 자신에게 속박시키려고 했지. 하지만 언제까지 속일 수만도 없었어. 프랑스로 떠나는 가짜 출장도 슬슬 지쳐가는 마당이었으니 뭔가 극적인 종지부가 필요했어. 아가씨의 마음에 지울 수 없는 인상을 남길 만한 극적인 요소가 필요했던 거지. 그러면 한동안은 다른 사내를 거들떠보지도 않을 테니까. 성경을 앞에 놓고 변심하지 않겠다는 서약을 요구하고, 결혼식 날 아침에 모종의 사건이 일어날 것 같은 암시를 준 것도 다 이 때문이었어. 제임스 윈디뱅크, 당신은 서덜런드 양이 호스머 에인절에게 마음을 다 준 채 사라진 약혼자의 행방에 대해 걱정하면서 살기를 바랐지. 그러면 앞으로 10년 동안은 다른 남자에게 마음을 줄 리가 없을 테니까. 호스머 에인절로서는 감히 교회 문지방을 넘어갈 수 없었을 테니, 서덜랜드 양을 교회 앞에 데려다 놓고 자신은 사륜마차의 한쪽 문으로 탔다가 반대쪽 문으로 내리는 케케묵은 수법을 써서 홀연히 사라진 거고. 윈디뱅크, 이게 내가 생각하는 사건의 경위야!"

홈즈가 이야기하는 동안 남자는 정신이 좀 들었는지 창백한 얼굴에 냉소를 띠며 자리에서 일어섰다.

"당신 말이 맞을 수도 있고 틀릴 수도 있겠지, 홈즈 선생." 사내가 말했다. "하지만 당신이 그렇게 영리하다면, 지금 법을 어기고 있는 사람은 내가 아니라 당신이란 걸 잘 알 텐데. 내 행동은 처음부터 기소당할 만한 성질의 것이 아니었지. 하지만 저 문을 잠가놓는 한 당신은 폭력 행사 및 불법 감금죄로 기소당할 수도 있다고."

"당신 말대로 법은 당신을 어쩌지 못하지."

홈즈가 문을 활짝 열어젖히며 말했다.

"하지만 당신이 벌을 받지 않는다면 세상 누가 벌을 받아 마땅한지 궁금하군. 의뢰인 아가씨가 오빠나 남자 친구가 있었다면 당신의 등짝을 채찍으로 후려쳐 정신이 번쩍 들게 해줬을 텐데. 암, 그렇고말고!" 남자의 얼굴에 조롱하는 표정이 떠오르자 홈즈가 얼굴을 붉히며 말을 이었다. "내가 할 일은 아니지만, 마침 여기 채찍이 있으니 내가 직접 본때를…."

홈즈가 날렵하게 채찍 곁으로 걸음을 옮겼다. 하지만 채찍을 부여잡기도 전에 우당탕 계단을 뛰어 내려가는 소리가 들리더니 육중한 현관문이 꽝 닫혔다. 창문 너머로 제임스 윈디뱅크가 꽁지 빠지게 도망가는 모습이 보였다.

"몹쓸 냉혈인 같으니!" 홈즈가 비웃으며 의자에 몸을 던졌다. "저자는 온갖 악행을 일삼다가 결국 교수대에서 최후를 맞이할 거야. 이 사건도 흥미로운 요소가 전혀 없는 건 아니었지."

"지금도 자네의 추리가 전부 이해되지는 않아." 내가 말했다.

"나는 처음부터 호스머 에인절이라는 자의 별난 행동에는 분명 무슨 목적이 있을 거라고 짐작했어. 그리고 실종 사건으로 득을 볼 사람은 계부밖에 없다는 것도 분명했지. 그런데 두 남자는 한 번도 같이 있던 적이 없었어. 그 점이 뭔가 미심쩍었어. 항상 한 사람이 없어져야 다른 사람이 나타나는 식이었지. 그리고 색안경과 별스런 목소리도 의심할 수밖에 없었어. 덥수룩한 구레나룻도 그렇고, 다 변장을 암시하는 것들이거든. 무엇보다도 서명을 굳이 타자로 친 유별난 행동을 보니까 의혹을 확실히 굳힐 수 있었어. 그건 의뢰인이 편지를 보낸 사람의 필체를 익히 알고 있다는 걸 암시하니까. 몇 글자만 봐도 누구 글씨인지 알아챌 정도로 가까운 사람이 보냈다는 걸 의미하지. 별개처럼 보이는 사실 하나하나가 실은 한 방향을 가리키고 있었다네."

"그걸 어떻게 증명했지?"

"지목된 용의자를 확인하는 작업이야 간단하지. 윈디뱅크가 일하는 회사도 알지 않았나. 호스머의 인상착의를 확보한 뒤 구레나룻, 안경, 목소리 등 변장 가능성이 있는 것들을 전부 제거했어. 그리고 인상착의를 회사로 보내서 외판원 가운데 용모가 비슷한 사람이 있는지를 물었어. 그리고 타자기의 특이점에 대해서는 이미 알고 있었기 때문에 편지를 보내 이곳으로 와줄 수 있겠느냐고 물었지. 그랬더니 그자가 타자기로 쳐서 답장을 보냈더군. 그 편지는 내 예상대로 세세한 부분까지 호스머 에인절의 활자와 닮아 있었어. 펜처치 스트리트의 웨스트하우스 앤드 마뱅크 사에서 보낸 편지도 도착해서 열어봤더니, 내가 보내준 인상착의가 회사 외판 직원인 제임스 윈디뱅크와 일치한다는 거야. 그뿐이야. 끝!"

"그럼 서덜런드 양은?"

"그 아가씨는 내가 어떤 사실을 얘기해줘도 믿지 않을 거야. 페르시아의 격언에 이런 게 있어. '호랑이 새끼를 빼앗는 사람은 화를 자초한 것이듯, 여자에게 환상을 빼앗는 사람도 화를 자초하는 것이다.' 하페즈도 호라티우스 못지않은 안목과 지혜를 갖췄다니까."

4
보스콤 계곡 미스터리

어느 날 아내와 아침을 먹고 있는데 가정부가 전보 한 통을 가져다주었다. 셜록 홈즈가 보낸 것이었다.

한 이틀 정도 시간 낼 수 있나? 보스콤 계곡에서 발생한 참사와 관련해서 잉글랜드 서부에서 막 연락이 왔는데, 같이 가면 좋겠어. 공기도 경치도 기가 막힐 거야. 11시 15분 패딩턴 역에서 출발할 예정이네.

"어떻게 할 거예요, 여보? 갈 건가요?" 아내가 나를 건너다보며 물었다.

"글쎄, 어떻게 해야 할지 모르겠군. 지금은 환자들 때문에 바쁜데."

"그거야 앤스트루서가 대신 좀 보면 되죠. 당신 요즘 얼굴도 핼쑥해졌어요. 가서 바람이라도 쐬면 기분 전환도 되고 원기도 회복될 거예요. 게다가 셜록 홈즈 씨 사건이라면 항상 못

가봐서 안달이잖아요."

"그럼. 홈즈의 사건 덕에 내가 얻은 게 뭔지 생각하면 평생 은인으로 모셔도 부족하지." 내가 능청을 떨었다. "하지만 가려면 지금 당장 짐을 챙겨야 할 텐데. 기차 시간이 30분도 채 안 남았으니."

아프가니스탄의 군인 생활에서 터득한 요령이 하나 있다면 순식간에 짐을 챙겨 떠나는 것이다. 짐이라고 해봐야 몇 가지 간소한 소지품이 전부라 재깍 채비를 마치고 이륜마차에 몸을 실었다. 마차가 덜컹거리며 패딩턴 역을 향했고, 이윽고 셜록 홈즈가 승강장에서 서성이는 모습이 보였다. 몸을 감싼 망토식 회색 외투와 머리에 꼭 맞는 모직 모자 때문에 길고 마른 몸이 유난히 더 길고 말라 보였다.

"왓슨, 이렇게 와줘서 고맙네." 홈즈가 말했다. "전적으로 믿을 수 있는 사람이 옆에 있으니 든든하군. 그건 정말 큰 차이거든. 특히 시골 사람들은 별 도움이 안 되거나 편견이 심한 경우가 부지기수니까 말이야. 가서 표를 끊어올 테니. 자네는 구석 자리 두 개를 맡아줘."

홈즈가 챙겨온 두툼한 신문 다발이 따로 한자리를 차지한 것 말고 객실에는 우리뿐이었다. 홈즈가 신문을 뒤적거리며 읽기 시작하더니 이따금 뭔가를 적거나 사색에 잠겼다. 이윽고 기차가 레딩 역에 이르자 홈즈는 느닷없이 신문을 둘둘 말아 뭉치더니 선반 위에 던져놓았다.

"이 사건에 대해 들은 게 있나?" 홈즈가 물었다.

"전혀. 요즘 통 신문을 못 봤거든."

"런던 신문도 별수 없군. 이번 사건의 경위를 상세히 보고 싶어 최근 신문은 죄다 읽어봤어. 그런데 내용이 영 신통치 않네. 보아하니 아주 풀기 힘든 단순한 사건일 거라는 감이 들어."

"왠지 말장난처럼 들리는데."

"하지만 더없는 사실인걸. 특이한 점이 있다면 대개 단서로 이어지니까 말이야. 아무런 특징 없는 진부한 범죄일수록 해결하기도 어려운 법이지. 그런데 그쪽에서는 지금 피살자의 아들을 강력한 용의자로 보고 있어."

"그럼 살인 사건인 거야?"

"지금은 그렇게들 추정하고 있어. 하지만 사건을 직접 조사해보기 전까지는 아무것도 단정할 수 없어. 우선 내가 아는 범위 내에서 자초지종을 설명해주지.

보스콤 계곡은 헤리퍼드셔 주의 로스에서 그리 멀지 않은 시골 동네야. 그 지역에서 가장 많은 땅을 소유한 사람은 존 터너 씨라는 사람인데, 오스트레일리아에서 한밑천 단단히 마련한 뒤 귀향해 터를 잡았나 봐. 존 터너는 자신이 소유한 농장 가운데 해설리 농장을 찰스 매카시 씨에게 임대해주었어. 찰스 매카시 역시 오스트레일리아에서 귀향한 사람이야. 두 사람은 식민지(당시 영국에서는 죄수나 반체제 인사를 영국령 식민지인 오스트레일리아로 유형을 보내는 관행이 있었다―옮긴이)에서부터 서로 알던 사이라 시골에 돌아와서도 막역하게 지냈나 봐. 이상할 게 없지. 지주인 터너가 당연히 더 큰 부자고 매카시는 터너의 농장을 빌려 쓰는 형편이었지만, 두 사람은 자주 만나면서 평등한 친구 관계를 유지했던 것 같아. 매카시에게는 열여덟 살 된 아들이 하나 있었고, 터너 역시 같은 나이의 딸이 하나 있지. 두 사람 다 홀아비고 말이야. 스포츠를 좋아하는 매카시 부자가 동네의 경마 모임에 종종 나오는 일 말고는, 두 가정 다 영국인 이웃들과 어울리는 걸 피하고 조용히 지냈나 봐. 매카시는 남녀 하인을 한 명씩 두고 있고, 터너는 대저택에 살고 있으니 거느리는 하인만 해도 최소 여섯은 넘을 거야. 가족에 대해서 아는 건 이 정도고, 이제부터는 사건 경위를 말해주지.

6월 3일, 그러니까 지난주 월요일이었어. 오후 3시경 해설리 농장 집을 나선 매카시가 보스콤 연못으로 향했어. 그 연못은 보스콤 계곡 밑으로 흘러내린 물줄기가 자연스레 고여서 만들어진 웅덩이야. 그날 오전 매카시는 남자 하인을 데리고 로스에 갔다가 3시에 중요한 약속이 있어서 서둘러 돌아가야 한다고 했대. 그러고는 그 약속에 나갔다가 결국 살아 돌아오지 못한 거야.

해설리 농장에서 보스콤 연못으로 가는 길은 400미터가량 되는데, 매카시가 그 길을 지나가는 걸 목격한 사람이 둘 있어. 한 사람은 이름 모를 노파고, 다른 한 사람은 터너 씨가 고용한 사냥터지기 윌리엄 크로더라는 남자야. 두 사람 모두 매카시가 당시 혼자였다고 증언했어. 특히 사냥터지기가 덧붙인 진술에 따르면, 매카시 씨가 지나간 지 몇 분 뒤에 아들인 제임스 매카시가 옆구리에 엽총을 끼고 같은 방향으로 지나갔다더군. 그때 사냥터지기는 아들이 멀리서 아버지를 보고 뒤따라가나 보다 하고 생각하며 무심코 지나쳤대. 그렇게 잊고 있다가 그날 저녁에 비보를 접하고야 그 일이 다시 떠오른 거야.

사냥터지기 윌리엄 크로더가 매카시 부자를 본 뒤 이 둘을 목격한 사람이 하나 더 있네. 보스콤 연못은 조금만 가면 사방이 빽빽한 숲이고, 못 기슭에는 풀과 갈대가 무성하게 자라고 있어. 마침 열네 살 소녀 페이션스 모런이 근처 숲에서 꽃을 따고 있었지. 모런은 보스콤 계곡의 사유지를 관리하는 별장지기의 딸이야. 소녀는 못 근처에 있는 숲 언저리에 있다가 매카시 씨와 그 아들을 보았다고 증언했어. 두 사람의 모양새가 심하게 다투는 것 같았다고 진술했지. 아버지가 아들에게 심한 말을 잔뜩 퍼붓자, 아들은 아버지를 한 대 칠 것 같은 기세로 손을 높이 치켜들었대. 험악한 분위기에 잔뜩 겁을 집어먹은 모런 양이 집으로 달려와 엄마에게 이를 알렸어. 매카시 부자가 연못가에서 다투고 있는데 당장이라도 큰 싸움이 벌어질 것 같다고 말이야.

그런데 그 애 말이 채 끝나기도 전에 아들 매카시가 오두막으로 헐레벌떡 뛰어오더니, 아버지가 숲 속에 쓰러져 계신다며 별장지기에게 도움을 청했다더군. 아들 매카시는 몹시 흥분한 상태였고, 총도 사냥 모자도 없었지만 오른손과 소매는 선혈로 얼룩져 있었어. 아들 매카시를 따라가 보니 과연 매카시 씨가 못 근처의 수풀에 누워 있었지. 머리에는 묵직한 둔기로 여러 차례 가격당한 흔적이 있었고 말이야. 몇 걸음 떨어진 풀숲에 널브러져 있던 아들의 엽총 개머리판으로 맞아서 생긴 상처 같아 보였지. 정황이 이러하니 아들이 곧장 체포되었고, 화요일 검시 재판에서 '고의적 살인'이란 판결을 받았어. 그리고 수요일에 로스의 치안판사에게 넘어갔는데, 치안판사는 이 사건을 다음 순회재판에 회부하기로 했어. 이상이 검시관과 법정 앞에서 진술된 내용의 주요 골자야."

"정말 끔찍한 범죄로군. 정황 증거로 범인을 잡아내기도 한다더니, 이번 사건이 딱 그런 경우군."

"정황 증거가 항상 옳은 건 아니야. 까닥하면 속아 넘어가기 십상이야." 홈즈가 신중히 말했다. "분명 하나를 지목하고 있는 것 같다가도, 관점을 조금만 바꾸면 똑같이 단호하게 정반대의 것을 가리키고 있거든. 하지만 이번 사건이 아들에게 매우 불리하다는 건 분명해. 아들이 진짜 범인일 가능성도 다분하고 말이야. 하지만 청년의 결백을 확신하는 이웃들도 있어. 그중 한 사람이 대지주의 외동딸 터너 양이지. 그래서 터너 양이 레스트레이드 경위를 불렀어. '주홍색 연구'를 떠올려 보면 레스트레이드 경위가 누군지 생각날 거야. 청년의 혐의를 풀기 위해 부른 레스트레이드 경위가 되레 정황을 보고 난감해진 거지. 그래서 나한테 연락을 해왔고, 결국 중년 신사 둘은 아침 댓바람부터 서부를 향해 시속 80킬로미터로 달리는 기차에 몸을 실은 거야. 안 그랬으면 집에 조용히 틀어박혀 아침 식사나 소화시키고 있을 텐데 말이야."

"드러난 사실이 너무 명백하니 자네가 활약할 기회가 없겠는걸." 내가 말했다.

"명백해 보이는 사실만큼 더 기만적인 건 없지." 홈즈가 껄껄거리며 응수했다. "게다가 레스트레이드 경위가 놓친 명백한 단서를 우리가 새롭게 찾아낼 수도 있잖아. 이번에 가면 경위 머리로는 생각하지도, 이해하지도 못할 방법으로 경위의 가설을 확실히 굳혀주거나 무참히 무너뜨릴 생각이야. 자네는 나를 잘 아니까 내 말이 허풍이거나 자랑이 아니란 걸 알겠지. 예를 하나 들어주지. 자네 집 침실에 들어가면 창문이 오른쪽에 붙어 있다는 게 내 눈에는 훤히 보여. 하지만 레스트레이드 경위는 그렇게 자명한 사실조차 눈치채지 못할걸."

"아니 어떻게…!"

"이보게 왓슨, 자네에 대해서는 내 훤하지. 군대에서 배운 청결한 습관이 몸에 배어 있다는 것도 잘 알아. 자네는 아침마다 면도를 하는데, 요즘 같은 계절에는 햇빛을 조명 삼아 면도를 할 거야. 그런데 왼쪽 얼굴로 갈수록 면도 상태가 들쑥날쑥해지다 왼쪽 턱을 넘어가면 아주 가관이라고. 그건 분명히 얼

굴 왼쪽에 빛이 덜 가기 때문이지. 균일한 조명 아래였다면, 자네같이 깔끔한 사람이 들쑥날쑥한 수염을 보고 아무렇지도 않게 나올 리가 만무하거든. 이건 관찰과 추리의 사소한 예일 뿐이야. 내 장기지. 장차 우리가 조사해야 할 일에도 도움이 될 거야. 그리고 심리 과정에서 밝혀진 사소한 사실들이 있는데, 그중 한두 가지는 고민해볼 만해."

"그게 뭔데?"

"매카시라는 청년은 현장에서 체포된 게 아니라 해설리 농장으로 돌아온 뒤 체포된 모양이야. 그런데 경찰이 찾아가 그 청년을 체포하겠다고 밝히자, 놀라는 기색 없이 오히려 자신은 벌을 받아 마땅하다고 말했다더군. 혐의를 확신하지 못하던 배심원들도 그 말을 듣고 자연히 의심을 굳힌 거지."

"자백을 해버렸군." 불쑥 말이 튀어나왔다.

"그건 아니야. 곧이어 자신은 결백하다고 주장했으니까."

"죄질을 생각하면 그 말이 씨알이나 먹히겠어?"

"나는 그 반대라고 생각해. 그건 먹구름 속에 비친 섬광이랄까. 아무리 순진하고 무고한 사람일지라도 바보가 아닌 다음에야 자신이 처한 상황이 아주 암담하다는 걸 모를 리 없어. 차라리 체포된다는 말에 아연실색하거나 격분한 척이라도 했다면 오히려 의심이 갔을 거야. 자연스러운 감정이라기보다는 교활하게 계산된 연기일 테니까. 하지만 모든 걸 순순히 받아들이고 시인한 걸 보면 매카시는 정말 무고한 사람이거나 심지가 아주 굳은 사람이라는 걸 뜻하지. 그리고 자신이 벌을 받아 마땅하다는 말도 실은 이상할 게 없어. 아버지의 시신을 보니, 자식 된 도리를 잊고 아버지에게 대들고 덤빈 일이 마음에 걸렸을 거야. 사건의 중요한 목격자인 소녀가 진술한 대목을 떠올려봐. 아버지를 칠 기세로 손까지 들어 올렸다고 했잖아. 그러니 뼈저린 자책과 후회가 밀려왔겠지. 그건 그 청년이 범인이라는 증거가 아니라 오히려 건전한 정신을 지녔다는 증거지."

내가 머리를 내저었다.

"그보다 훨씬 가벼운 증거만으로 교수대에 오른 사람도 수두룩할걸."

"맞아. 그 가운데 억울한 사람도 수두룩할 거야."

"그럼 청년은 사건 경위에 대해 뭐라고 진술했나?"

"그게 아무래도 뭔가를 시사하는 대목이 한두 군데 있긴 한데, 그의 무죄를 주장하는 사람들에게 희망을 줄 만한 건 별로 없어 보여. 여기 청년의 진술이 나와 있으니 직접 읽어봐."

홈즈는 신문 뭉치에서 헤리퍼드셔 지역 신문을 뽑아 펼친 뒤 불운한 청년의 진술이 실린 대목을 가리켰다. 나는 구석 자리에 앉아서 찬찬히 읽어 내려갔다.

피살자의 외아들 제임스 매카시가 소환되어 이렇게 증언했다. "저는 사흘 동안 브리스틀에 나가 있다가 지난 3일 월요일 아침에 집으로 돌아왔습니다. 집에 와보니 아버지는 안 계셨습니다. 하녀 말이 마부 존 코브와 함께 마차를 타고 로스에 가셨다고 했습니다. 얼마 후에 마당에서 마차 소리가 들려 창밖을 내다보니 아버지가 마차에서 내려 잰걸음으로 마당을 나가고 계셨습니다. 어디로 가시는지는 알 수 없었습니다. 그 후 저는 엽총을 챙겨 들고 보스콤 연못으로 천천히 걸어갔습니다. 못 건너편에 있는 토끼 굴을 살펴볼 생각이었어요. 가는 길에 사냥터지기 윌리엄 크로더 씨를 봤습니다. 그건 크로더 씨가 증언한 대로입니다. 하지만 제가 아버지를 뒤따라가는 줄 알았다고 한 대목은 오해입니다. 전 아버지가 앞서 가고 있다는 것도 몰랐습니다. 연못까지 100미터 정도를 남겨뒀을 때, '쿠우이!' 하고 외치는 소리가 들렸습니다. 그건 아버지와 제가 서로를 부를 때 쓰는 신호였죠. 그래서 곧장 앞으로 갔더니 아버지가 못 기슭에 서 계셨어요. 저를 보고 꽤나 놀란 기색을 보이더니 여기서 뭘 하냐며 역정을 내셨죠. 얘기를 나누기 시작했는데, 어쩌다 보니 언성이 높아지고 급기야 주먹다짐이라도 할 분위기가 되어버렸어요. 안 그래도 성미가 불같은 분이 걷잡을 수 없이 흥분하기 시작했어요. 전 안 되겠다 싶어 몸을 돌려 해설리 농장으로 향했죠. 하지만 150미터도 가지 못했을 때 등 뒤에서 섬뜩한 비명이 들렸어요. 재빨리 못을 향해 달려가 보니, 아버지가 머리에 끔찍한 상처를 입은 채로 풀 위에 쓰러져 있었습니다. 금방이라도 숨이 끊어지실 것 같았어요. 저는 총을 집어 던지고 아버지를 감싸 안았습니다. 하지만 아버지는 곧 숨을 거두셨죠. 저는 아버지 옆에서 무릎을 꿇은 채 몇 분 동안 있다가 제일 가까운 곳에 있는 터너 씨의 별장지기에게 달려가 도움을 요청했습니다. 아버지의 비명을 듣고 달려 갔을 때 주위에는 아무도 없었어요. 그래서 그런 상처를 어떻게 입었는지는 지금도 의문입니다. 아버지는 남들의 호감을 사는 분은 아니었어요. 쌀쌀맞은 태도에 인상도 무서웠으니까요. 그렇다고 앙심을 품은 사람도 제가 알기로는 없습니다. 여기까지가 제가 아는 전부입니다."

검시관 : 증인의 부친이 숨을 거두기 전에 하신 말씀이 있나요?

증인 : 몇 마디 중얼거리셨지만 '쥐a-rat' 뭐라고 하신 것만 겨우 알아들을 수 있었습니다.

검시관 : 무슨 뜻으로 하신 말씀인가요?

증인 : 전혀 모르겠습니다. 정신을 잃고 하신 말이라고 생각했습니다.

검시관 : 증인은 부친과 말다툼을 했다고 했는데, 무엇 때문이었습니까?

증인 : 이야기하고 싶지 않습니다.

검시관 : 다시 한 번 묻죠. 다툰 이유를 들어야겠습니다.

증인 : 말할 수 없습니다. 하지만 그 후 벌어진 가슴 아픈 일과는 무관한 일이라는 것만은 확실합니다.

검시관 : 그건 법정에서 판단할 문제입니다. 답변을 거부할 경우, 앞으로 있을 재판 과정에서 증인이 상당히 불리해진다는 것쯤은 잘 알고 있겠죠?

증인 : 그래도 대답할 수 없습니다.

검시관 : 조금 전 증인은 '쿠우이'라는 외침이 증인과 부친이

서로를 부르는 신호라고 진술했습니다. 그렇죠?

증인 : 네. 그렇습니다.

검시관 : 그것참 이상하군요. 당시 부친은 증인이 브리스틀에서 돌아온 사실조차 모르는 상태이지 않습니까? 증인을 보지도 못했는데 어째서 그런 신호를 보낸 겁니까?

증인 : (무척 당혹스러워하며) 저도 잘 모르겠습니다.

어느 배심원 : 아버지의 비명을 듣고 그곳으로 달려갔을 때 주위에서 뭔가 이상한 점을 보지는 못했나요?

증인 : 정확히 모르겠습니다.

검시관 : 무슨 뜻이죠?

증인 : 당시 저는 제정신이 아니었습니다. 아버지 외에는 그 어떤 것도 보이지 않았어요. 하지만 앞으로 달려가는데 왼쪽 바닥에 뭔가 떨어져 있다는 느낌이 어렴풋이 들었습니다. 회색이었는데, 무슨 외투나 망토 같아 보였어요. 아버지를 안고 있다가 몸을 일으켰을 때 주위를 둘러보니 그 물건은 이미 사라지고 없었습니다.

검시관 : 증인이 도움을 요청하러 가기 전에 그게 사라졌다는 말인가요?

증인 : 네, 그렇습니다.

검시관 : 그 물체가 무엇인지는 모른다는 얘기죠?

증인 : 네, 뭔가 거기 있었다는 느낌만 받았습니다.

검시관 : 그럼 그 미상의 물체는 시신에서 얼마나 떨어져 있었나요?

증인 : 대략 10여 미터였습니다.

검시관 : 그럼 숲에서는 얼마나 떨어져 있었나요?

증인 : 비슷한 거리였습니다.

검시관 : 그렇다면 증인이 그 회색 물체에서 불과 10여 미터 떨어져 있을 때 누가 그 물건을 가져갔다는 말이군요.

증인 : 네, 하지만 전 그 물건을 등지고 있었습니다.

검시관 : 이것으로 증인 심문을 마치겠습니다.

"알 만하군." 기사를 내려다보며 내가 말했다. "검시관이 마지막까지 젊은 매카시를 신랄하게 몰아붙였군. 아버지가 아들을 보기도 전에 신호를 보냈다는 점, 아버지와 한 대화 내용을 밝히기를 거부한 점, 아버지가 마지막으로 남겼다는 그 기묘한 말. 누가 봐도 이상하니 검시관이 지적하는 건 당연하지. 검시관 말대로 모든 상황이 아들에게 아주 불리하게 돌아가고 있어."

홈즈가 나직이 웃더니 푹신한 좌석 위에서 기지개를 펴며 말했다.

"검시관이나 자네나 청년에게 유리한 해석은 걸러내느라 고생이 많군. 결국 자네는 어떤 때는 청년의 상상력이 쥐꼬리만 하다고 탓하고, 또 어떤 때는 태평양 같다고 탓하는 셈이야. 아버지와 다툰 이유를 잘 꾸며냈다면 배심원의 동정을 살 수 있었을 거야. 그런데 상상력이 빈약해 그걸 못 했다고 아우성치니. 또 고인이 마지막으로 남긴 말이 '쥐'라느니, 근처에 떨어져 있던 뭔가가 사라졌다느니 하는 터무니없는 얘기를 꾸며낸 걸 보면 상상력이 넘쳐서 탈이라고 비난하는 꼴이야. 둘 다 아닐세, 의사 선생. 나는 청년의 말이 전부 사실이라는 관점에서 이 사건에 접근할 생각이야. 이 가정이 어떤 결과로 이어질지 한번 보자고. 그럼 이제 페트라르카 시집이나 좀 읽어볼까? 지금부터 사건 현장에 도착할 때까지는 말을 아껴야겠어. 점심은 스윈던 역에서 먹지. 20분만 더 가면 될 거야."

기차가 아름다운 스트라우드 계곡을 지나고, 은은히 빛나는 세번 강을 건너, 마침내 작은 시골 마을 로스에 도착한 것은 오후 4시가 다 되어서였다. 족제비처럼 약삭빠르게 생긴 깡마른 남자가 승강장에 서 있었다. 시골 분위기에 걸맞게 연갈색의 먼지막이를 걸치고 가죽 각반을 신고 있었지만, 나는 그 사람이 런던 경찰국의 레스트레이드 경위라는 것을 한눈에 알아챘다. 우리는 마차를 타고, 경위가 방을 예약해둔 헤리퍼드 암스 호텔로 갔다.

"마차를 불러두었습니다." 호텔에 도착해 차를 마시는 동안 레스트레이드 경위가 말했다. "당신은 워낙 에너지가 넘치는 사람이라서, 사건 현장을 직접 볼 때까지 직성이 안 풀릴 거라는 생각을 했죠."

"아, 사려가 깊군요." 홈즈가 말했다. "그런데 현장 답사 여부는 온전히 기압에 달려 있소."

"기압계 좀 볼까? 음, 29로군. 바람도 잠잠하니, 구름 한 점 안 보이고. 담배는 한 갑 두둑하고 소파도 빤한 시골 호텔치고 안락하니, 오늘 밤에 마차를 쓸 일은 없겠군요."

레스트레이드 경위가 수긍이 간다는 듯이 웃었다.

"당신도 신문을 보고 결론을 내린 모양이군요. 하긴 워낙 불을 보듯 뻔한 사건이죠. 파면 팔수록 더 명확해질 뿐이죠. 하지만 아가씨 부탁을 매정하게 물리칠 수 있어야죠. 게다가 얼마나 단호한지. 어디 가서 홈즈 씨 얘기를 들었는지 당신의 의견을 듣고 싶어 해요. 홈즈 씨라도 더 이상 별수가 없다고 내가 거듭 말했지만, 이게 원 먹혀야지. 이런 맙소사! 문 앞에 저건 그 아가씨의 마차잖아."

레스트레이드 경위가 말을 끝맺기도 전에 젊은 여성이 방으로 들이닥쳤다. 보랏빛으로 반짝이는 눈동자, 살포시 벌어진 입술, 분홍빛으로 물든 두 뺨. 평생 한 번 볼까 말까 한 사랑스러운 미인이었다. 깊은 근심과 격앙된 흥분 때문에 평소의 침착하고 과묵한 모습은 잠시 사라진 것 같았다.

"오, 셜록 홈즈 선생님!"

아가씨는 우리 둘을 번갈아 보더니 이내 여자의 직감을 발휘해 내 친구를 찾아내서 시선을 고정시켰다.

"이렇게 와주셔서 얼마나 기쁜 줄 몰라요. 이 말씀을 드리려고 단숨에 달려왔어요. 제임스는 범인이 아니에요. 저는 확신해요. 그래서 홈즈 씨가 조사에 착수할 때 이걸 꼭 기억해주셨으면 해요. 그 점은 제발 의심치 말아 주세요. 우리는 소꿉친구예요. 다른 사람이 모르는 제임스의 단점까지도 저는 잘 알고 있어요. 하지만 그 애는 파리 한 마리도 해치지 못할 만큼 마음이 여린 사람이에요. 제임스를 잘 아는 사람들은 그 혐의가 얼마나 터무니없는지 알고 있어요."

"터너 양, 우리가 청년의 혐의를 벗길 수 있기를 바랍니다." 셜록 홈즈가 말했다. "최선을 다할 테니 안심하세요."

"그런데 진술서는 다 읽어보셨죠? 결론은 내리셨어요? 자료에서 흠이나 허점이 발견됐나요? 제임스는 결백해요. 그런 생각이 들지 않으세요?"

"그럴 가능성도 충분하다고 봅니다."

"그것 봐요!" 아가씨는 고개를 홱 돌려 레스트레이드 경위를 쏘아봤다. "들으셨죠! 이분은 저에게 희망을 주시잖아요."

레스트레이드 경위가 어깨를 으쓱해 보였다. "이 친구가 성급하게 결론을 내린 것 같군요."

"하지만 홈즈 씨 말씀이 옳아요. 이분 말씀이 옳다고요. 제임스는 절대 그럴 사람이 아니에요. 그리고 아버지와 다툰 이유를 검시관에게 털어놓지 않은 것도 제가 그 일에 관계되어 있기 때문일 거예요."

"어떤 식으로요?" 홈즈가 물었다.

"지금은 어떤 것도 감출 때가 아니죠. 제임스와 제임스의 아버지 매카시 씨는 저 때문에 곧잘 다퉜어요. 매카시 씨는 우리를 결혼시키지 못해 안달복달하셨죠. 제임스와 저는 오누이처럼 서로를 아끼고 사랑했어요. 하지만 제임스는 아직 젊고 세상 경험도 없으니까, 그러니까 제 말은 제임스는 결혼 같은 걸 원하지 않았어요. 그래서 그 일로 아버지와 자주 말다툼을 벌였죠. 이번에도 그 문제로 싸운 게 틀림없어요."

"그럼 터너 양의 아버님은요?" 홈즈가 물었다. "아버님은 두 사람의 결합을 찬성하셨습니까?"

"아니요. 아버지 역시 반대하셨어요. 매카시 씨 말고 그걸 바라는 사람은 아무도 없었어요."

"얘기해주셔서 감사합니다." 홈즈가 말했다. "내일 아버님을 만날 수 있을까요?"

"의사 선생님이 허락하지 않을 거예요."

"의사라고요?"

"네, 아직 모르셨군요. 가엾은 아버지는 계속 몸이 편찮으셨어요. 그런데 이번 사건 때문에 큰 충격을 받고 침대에 몸져누우셨어요. 윌로즈 의사 선생님 얘기로는 심신 쇠약에, 특히 신경계가 다 망가졌대요. 매카시 씨는 아버지가 빅토리아에 살 때부터 알고 지내던 친구들 중 유일하게 살아 계신 분이었거든요."

"아하! 빅토리아에서요! 중요한 사실이군요."

"네, 광산에서 지내셨죠."

"그렇겠죠. 금광이었겠죠. 터너 씨는 그곳에서 돈을 모았겠군요."

"네, 맞아요."

"고맙습니다. 터너 양의 얘기가 실질적인 도움이 됐어요."

"내일 새롭게 알게 된 사실이 있다면 저한테도 꼭 좀 알려주세요. 그리고 구치소에 가서 제임스를 만나보실 거죠? 오, 홈즈 씨, 제임스를 만나거든 제가 결백을 믿고 있다고 꼭 좀 전해주세요."

"그러죠, 터너 양."

"이만 집에 가봐야겠어요. 아버지가 몸이 많이 편찮으셔서 제가 안 보이면 늘 찾으시거든요. 그럼 안녕히 계세요. 신의 은총이 함께하기를!"

터너 양은 처음 방에 들어섰을 때처럼 서둘러 방문을 나섰다. 뒤이어 마차가 바퀴를 덜거덕거리며 거리를 내려가는 소리가 들렸다.

몇 분간 침묵이 흐른 뒤, 레스트레이드 경위가 점잔을 떨며 말했다.

"홈즈 씨, 내가 다 부끄럽군요. 실망할 게 뻔한데 희망은 왜

심어주는 겁니까? 여리고 무른 성격과는 거리가 먼 내가 봐도 정말 잔인한 짓입니다."

"나는 나만의 방식으로 제임스 매카시의 혐의를 벗겨줄 생각이요." 홈즈가 단언했다. "구치소에 가서 그 친구를 만나고 싶은데 면회 허가증은 있겠죠?"

"네. 하지만 당신과 나만 가능해요."

"그렇다면 오늘 나가지 않겠다는 결심을 재고해야겠군요. 지금 나가면 해리퍼드행 기차를 잡아타고 청년을 만날 수 있을까요?"

"만나고도 남죠."

"그럼 그렇게 합시다. 왓슨, 자네는 좀 지루하겠군. 하지만 두어 시간이면 돌아올 거야."

나는 역까지 함께 걸어가서 두 사람을 배웅했다. 그리고 시골 읍내를 쏘다니다가 결국 호텔로 돌아와 소파에 드러누워 노란 표지의 소설을 펼쳤다. 읽는 데 재미를 붙여보려고 애썼지만, 우리가 헤쳐나가야 하는 미궁에 비하면 소설의 줄거리가 형편없이 빈약했다. 책장을 넘기면서도 신경은 이번 사건에 가 있었다. 결국 소설책을 구석에 내던지고 오늘 일에 관해 골몰히 생각해보기 시작했다.

불운한 청년의 말이 틀림없는 사실이라면 아버지와 다투고 돌아섰다가 비명을 듣고 풀숲으로 다시 달려갔을 때까지 그 잠깐 사이에 대체 무슨 일이 일어난 것일까? 이 무슨 날벼락 같은 운수란 말인가? 뭐가 됐든 아주 참혹하고 치명적인 일이

벌어졌다. 대체 무슨 일이었을
까? 상처를 보면 의사로서
뭔가 직감할 수 있을
까? 나는 벨을
눌러서 검시
보고서가 고
스란히 게재
된 지역 주간 신
문을 갖다 달라고 했다. 검시에 참여한 외과 의사는 좌측 두정
골의 후부 3분의 1과 좌측 후두골 절반이 둔기로 강타당해 여
러 조각으로 골절되었다는 소견을 밝혔다. 나는 내 머리에 해
당 부위를 짚어보았다. 뒤에서 가격당한 게 분명했다. 그건 어
느 정도 피고에게 유리한 사실이었다. 부자가 말다툼할 때 서
로 마주 보고 있던 모습이 목격되었기 때문이다. 그렇다고 크
게 유리할 것도 없었다. 아버지가 등을 돌린 순간 가격했을 가
능성도 있으니 말이다. 어쨌든 홈즈가 관심을 가질 수도 있는
대목이었다.

그리고 피살자는 죽어가면서 기묘하게도 쥐에 관해 이야기
했다. 그건 대체 무슨 뜻이었을까? 헛소리일 리가 없었다. 불
시에 가격당해 죽어가는 사람이 정신 착란을 일으키는 경우
는 흔치 않다. 그렇다. 오히려 자신이 당한 일을 설명하려고
한 말일 가능성이 높다. 하지만 무슨 말을 하려고 했던 걸까?
나는 그럴싸한 답을 찾아내려고 머리를 쥐어짰다. 그리고 또

하나, 매카시의 아들 제임스가 봤다는 회색 옷이 떠올랐다. 그 말이 사실이라면 살인자는 도주하다가 자신의 의복 일부, 아마도 망토 같은 걸 흘린 게 분명하다. 그리고 대담하게도 아들이 등을 돌리고 앉아 있는 틈을 타서 가져간 것이다. 서로 여남은 걸음이나 떨어져 있었을까?

모든 게 의혹투성이였다. 정말 있을 법하지 않은 일들이 뒤범벅된 모양새랄까! 레스트레이드 경위의 생각에도 수긍이 갔지만, 셜록 홈즈를 굳게 믿는 나로서는 청년이 결백하다는 단서를 찾아낼 수도 있다는 희망 역시 버릴 수 없었다.

셜록 홈즈는 느지막이 돌아왔다. 레스트레이드 경위가 읍내 숙소로 돌아가서 홈즈는 혼자 돌아왔다.

"기압계 눈금을 보니 여전히 높군." 홈즈가 자리에 앉으며 말했다. "우리가 현장에 나가 보기 전까지 비가 오면 안 되지. 또 세밀하고 꼼꼼한 작업을 무리 없이 하려면 몸을 최상의 컨디션으로 유지해야 해. 장시간 여행으로 지친 몸을 이끌고 현장 조사를 하고 싶지는 않았거든. 어쨌든 젊은 매카시는 만나보고 왔지."

"그래, 뭘 좀 알아냈나?"

"아니, 전혀."

"실마리 하나 못 건졌단 말이야?"

"전혀. 진범을 알고 있어서 감싸주려는 건가 하는 생각도 잠깐 들었어. 그런데 역시나 아니더군. 아무것도 모르기는 매한가지인 것 같아. 머리가 영리한 편은 아니야. 미남에 마음도 곧고 착해 보였지만."

"여자 보는 안목도 없는 것 같은데. 터너 양같이 매력적인 아가씨와 결혼하기를 꺼리는 걸 보면." 내가 말했다.

"아, 실은 거기엔 가슴 아픈 사연이 있더군. 사실 청년은 터너 양을 미친 듯이, 말도 못 하게 미친 듯이 사랑하고 있어. 그런데 한 2년 전, 그러니까 젊은 매카시가 어려서 철없던 시절에 브리스틀에 있는 어느 술집 여자의 유혹에 넘어가 등기소에서 덜컥 혼인신고를 해버렸다네. 그때 터너 양은 기숙 학교에 다니느라 5년 동안 이곳에 없었으니까 그녀를 잘 모를 때였지. 그 사실을 아는 사람은 아무도 없었지만, 청년은 그 상태에서 터너 양과의 결혼이 불가능하다는 걸 잘 알고 있었지. 그 심정을 상상해봐. 할 수만 있다면 간이라도 빼주고 싶은 심정인데 할 수는 없고. 그런데 그 사실을 모르는 아버지는 왜 안 하느냐고 몰아붙이니 미칠 노릇이었을 거야. 사건 당일 아버지가 터너 양에게 청혼하라고 다그치자 팔을 치켜든 것도, 다 그런 이유에서 잠시 이성의 끈을 놓친 거지. 또 누가 봐도 무서운 아버지가 그 사실을 알았다가는 집에서 쫓겨날 텐데, 그러면 생계 수단도 변변찮은 청년은 살길이 막막했겠지. 지난 사흘간 브리스틀에 다녀온 이유도 술집에 다니는 아내 때문이었어. 물론 아버지는 아들이 어디에 있었는지 전혀 몰랐지. 이 점을 기억해두게. 아주 중요한 대목이거든. 그런데 불행 중 다행이라고나 할까. 신문을 본 술집 여자가 제임스가 심각한 사건에 휘말려 교수형을 당할지도 모른다는 사실을 알고 청년을 헌신짝처럼 차버렸지. 그리고 자기는 이미 남편이 있는 몸이라는 편지를 보내왔대. 남편이 버뮤다 조선소에 있다면서 말이야. 이제 그 둘은 아무런 관계도 없는 사이가 돼버린 거야. 이게 그나마 옥중에 내린 단비야. 그 소식에 매카시 청년이 위안을 받은 것 같아."

"하지만 매카시 청년이 결백하다면 대체 누가 그런 짓을 한 걸까?"

"아, 누구냐고? 두 가지 진술에 주목해봐. 하나는 피살자가 연못에서 누군가를 만나기로 했다는 건데, 그게 아들일 리 없어. 아들은 집에 없었고 언제 돌아올 줄도 몰랐으니까. 다른 하나는 아들이 돌아온 줄 모르던 피살자가 '쿠이!'라고 외쳤다는 거야. 이 두 가지가 수수께끼를 풀어줄 열쇠야. 그 밖의 사소하고 자잘한 문제들은 내일로 미뤄두고, 이제 소설가 조지 메러디스에 대한 얘기나 해볼까."

홈즈가 예상한 대로 비는 오지 않았다. 맑은 아침 하늘은 구름 한 점 없이 쾌청했다. 레스트레이드 경위는 9시에 마차를 가지고 찾아왔고, 우리 셋은 해설리 농장과 보스콤 연못으로 출발했다.

"오늘 아침에 좋지 않은 소식을 들었습니다." 레스트레이드 경위가 말했다. "터너 씨는 병세가 위중해 회복할 가망이 없다고 합니다."

"꽤 고령이시죠?" 홈즈가 물었다.

"예순 살가량 됐을 겁니다. 하지만 외국에 살면서 몸을 버린 탓에 꽤 오랫동안 앓았다더군요. 이번 일로 받은 충격도 있고요. 매카시 씨의 오랜 친구였으니까요. 덧붙여 말하자면, 매카시 씨의 은인이라고도 할 수 있죠. 해설리 농장을 무료로 빌려줬다고 하니."

"거참 흥미롭군요." 홈즈가 말했다.

"아, 그럼요! 매카시를 숱하게 도왔다더군요. 옛 친구에게 터너 씨가 베푼 친절이 여기서는 꽤나 유명한 얘기죠."

"그렇군요. 그런데 좀 이상하지 않습니까? 터너 씨가 베푼 은덕으로 먹고사는 빈털터리 주제에, 막대한 재산을 상속받게 될 터너 씨의 딸과 자기 아들을 결혼시키겠다고 매카시 씨가 떠들고 다닌 것 말입니다. 자기 아들이 청혼만 하면 나머지는 저절로 이뤄질 것처럼 호언장담했다더군요. 더구나 딸의 말로는, 터너 씨는 결혼을 반대했다고 합니다. 여기서 어떤 추리가 가능하지 않습니까?"

"추리 얘기가 왜 안 나오나 했어요." 레스트레이드 경위가 나에게 눈을 찡긋해 보이며 말했다. "홈즈 씨, 나는 사실에 맞서기도 벅찹니다. 온갖 가설과 공상을 뒤쫓을 여력이 없습니다."

"당신 말이 맞소." 홈즈가 고상하게 응수했다. "사실에 맞서는 게 벅찰 거요."

"아무튼 내가 간파한 사실이 하나 있는데, 당신은 그게 통 눈에 안 들어오는 모양입니다." 레스트레이트가 흥분해서 말했다.

"그 사실이라는 게…."

"매카시 씨가 아들 손에 살해됐다는 사실이오. 그걸 부정하는 가설을 세우는 건 달빛을 쫓는 것이나 마찬가지요."

"음, 그래도 달빛이 안개보다는 밝잖소." 홈즈가 껄껄 웃으며 대꾸했다. "저기 왼쪽에 보이는 게 해설리 농장이겠군요."

"네, 맞습니다."

농장 가옥은 슬레이트 지붕을 얹은 이층집으로 널찍하고 안락해 보였다. 널따랗게 퍼진 노란 이끼가 잿빛 벽에 군데군데 붙어 있었다. 창문에는 커튼이 쳐져 있고, 굴뚝에서는 연기가 피어오르지 않아서, 비극적인 사건의 그림자가 여전히 있다는 인상을 주었다. 우리는 현관문을 두드렸다. 하녀가 홈즈의 요청대로 주인이 마지막으로 집을 나설 때 신고 있던 부츠를 보여주었다. 또 사고 당일에 신었던 것은 아니지만 아들의 부츠도 가져다주었다. 홈즈는 일고여덟 군데의 치수를 꼼꼼히 잰 뒤 마당으로 안내해달라고 요청했고, 마당에서 굽이진 길을 따라

보스콤 연못으로 향했다.

단서를 좇을 때면 셜록 홈즈는 전혀 딴사람이 되었다. 베이커 스트리트의 말수 적고 논리적인 사색가로만 홈즈를 알고 있는 사람이라면, 이 둘이 같은 사람이라는 걸 알아채지 못할 것이다. 홈즈의 얼굴이 달아오르며 표정이 심각해졌다. 눈썹을 바짝 당기고, 두 눈을 강철같이 번뜩였다. 고개는 내려가고 어깨는 구부정해졌다. 앙다문 입에 길고 탄탄한 목에는 힘줄이 불거져 나왔다. 콧구멍은 사냥감을 쫓는 순전히 동물적인 육감으로 벌름거리는 듯했고, 마음은 자기 앞에 놓인 문제에 온전히 정신이 팔려 질문을 건네도 듣는 둥 마는 둥 귓등으로 흘려버리거나, 기껏해야 성급하고 신경질적으로 한두 마디를 내뱉을 뿐이었다. 홈즈는 말없이 민첩하게 풀밭 사이로 난 길을 걸어서 숲을 지나 보스콤 연못으로 향했다. 그 일대가 다 그렇듯이 사건 현장은 질척거리는 습지라 길바닥이나 길 양쪽에 있는 좁다란 풀밭에도 많은 발자국이 찍혀 있었다. 홈즈는 빠른 걸음으로 걷다가 이따금 멈춰 서서 꼼짝도 하지 않았다. 한번은 아예 풀밭에 들어갔다 나왔다. 레스트레이드 경위와 나는 홈즈를 뒤따라갔다. 경위는 홈즈를 무심하게 바라보며 코웃음을 쳤지만, 나는 홈즈가 분명한 목적이 있을 때만 행동한다는 걸 잘 알기에 내 친구의 일거수일투족을 주시했다.

갈대로 둘러싸인 보스콤 연못은 폭이 50미터 정도였고, 해설리 농장과 부유한 터너 씨의 사유지 경계에 자리 잡고 있었다. 저 멀리 숲 위로 솟아나온 빨간 첨탑이 보였다. 부유한 지주 터너 씨의 저택이었다. 연못에서 해설리 농장으로 가는 길에는 숲이 무성히 우거져 있었다. 숲 언저리와 갈대 기슭 사이에는 너비가 스무 걸음쯤 되는 눅눅하고 무른 풀밭이 길게 뻗어 있었다. 레스트레이트 경위는 시신이 발견된 지점을 정확히 짚어주었다. 바닥이 젖어 있어서 가격당한 피살자가 쓰러지면서 남긴 흔적이 내 눈에도 고스란히 들어올 정도였다. 홈즈의 열중한 표정과 골똘히 응시하는 눈을 보니 내 친구가 짓눌린 풀 위에서 많은 사실을 읽어내고 있다는 걸 짐작할 수 있었다. 킁킁거리며 냄새를 쫓는 개처럼 여기저기 뛰어다니던 홈즈가 갑자기 레스트레이드 경위를 돌아보았다.

"대체 연못에는 왜 들어갔죠?" 홈즈가 물었다.

"갈퀴로 여기저기를 좀 훑어봤소. 살인 도구나 다른 증거물을 끌어 올릴 수도 있으니까요. 그런데 대체 어떻게…."

"쯧, 시간도 없는데! 안쪽으로 휘어진 당신 왼쪽 발자국이 사방에 널려 있으니 눈먼 두더지라도 알 수 있을 거요. 그런데 당신 발자국이 갈대 사이로 사라졌으니 뻔하지. 아, 사람들이 떼로 몰려와 이곳을 진창으로 만들어놓기 전에 내가 먼저 왔더라면 일이 한결 수월했을 텐데. 이건 별장지기 일행이 다녀간 자국이로군. 시신 주변으로 서너 명의 발자국이 잔뜩 찍혀 있어. 그런데 여기 세 줄은 동일한 사람의 것이군."

홈즈가 돋보기를 꺼내더니 더 자세히 보기 위해 바닥에 엎드렸다. 그리고 혼잣말을 하듯 쉼 없이 얘기했다.

"이건 매카시 청년의 발자국이군. 자국을 보니 두 번은 걸어서 오갔고, 한 번은 뛰어왔어. 그래서 발자국이 깊이 파였는데도 뒤꿈치 자국은 거의 보이지 않는 거야. 이건 그 친구의 증언을 뒷받침하는 증거가 되겠군. 그 청년은 아버지가 쓰러져있는 걸 보고 달려왔어. 이건 아버지가 서성이던 자국이고. 그럼 이건 뭐지? 이건 아들이 아버지 얘기를 들으며 서 있을 때찍힌 엽총 개머리판 자국이야. 아하! 이것 봐라! 까치발, 까치발로 걸은 자국이야! 구두코가 네모진 게 흔치 않은 부츠군. 발자국이 왔다가, 갔다가, 다시 왔군. 물론 망토를 가지러 온거겠지. 그럼 이건 어디서 온 걸까?"

홈즈는 풀숲을 오르락내리락 뛰어다니며 발자국을 잃어버리기도 하고 다시 찾아내기도 했다. 마침내 우리는 숲 가장자리에 자리 잡은 울창한 너도밤나무 그늘 아래에 들어서게 되었다. 근처에서 가장 큰 나무였다. 홈즈는 거목 뒤로 돌아가서 다시 한 번 바닥에 얼굴을 바짝 들이댔다. 이윽고 만족스러

운 듯 탄성을 작게 내지르고는 한참 동안 그곳에 머물렀다. 낙엽과 삭정이를 뒤집어보고 내 눈에는 그저 흙으로 보이는 것들을 봉투에 주워 담기도 했다. 또 바닥뿐만 아니라 팔을 길게 뻗어 나무껍질에도 돋보기를 들이댔다. 이끼 사이에 울퉁불퉁한 돌멩이 하나가 떨어져 있었는데, 홈즈는 그 돌멩이도 찬찬히 살펴보더니 챙겨 들었다. 그리고 숲 속 오솔길을 따라 큰길로 나왔다. 거기서부터는 어떤 흔적도 남아 있지 않았다.

"상당히 흥미로웠어." 홈즈가 평소의 침착한 태도로 돌아와 말했다. "오른쪽에 보이는 저 회색 집이 별장지기가 사는 곳이겠군. 들어가서 모런 양과 얘기를 나눠봐야겠어. 어쩌면 간단한 전갈을 남겨야 할지도 모르겠군. 그리고 돌아가서 점심을 들기로 하지. 두 사람이 먼저 마차로 가 있으면 내가 곧 뒤따라갈게."

10분 후 우리는 다시 마차에 올라타고 로스로 향했다. 홈즈는 숲에서 주운 돌멩이를 들고 있었다.

"흥미로운 걸 발견했소, 레스트레이트 경위." 홈즈가 돌을 내밀며 말했다. "범인은 이걸 사용해 살인을 저질렀어요."

"아무 흔적도 없잖소."

"그렇죠."

"그러면 그게 뭔지 어떻게 알았소?"

"돌 밑으로 풀이 자라고 있었어요. 그곳에 떨어진 지 며칠 안 됐다는 뜻이죠. 근처에 이 돌이 원래 놓여 있었을 만한 장소도 찾을 수 없었고, 상처 모양과도 일치합니다. 다른 무기를 쓴 흔적은 없었어요."

"그럼 살인자는?"

"키가 큰 왼손잡이 남자죠. 오른쪽 다리를 절 겁니다. 밑창이 두꺼운 사냥 부츠와 회색 망토를 걸치고, 담뱃대를 사용해 인도산 시가를 피우죠. 또 날이 무딘 주머니칼을 가지고 다닙니다. 그 밖에도 몇 가지 특징이 더 있지만 범인을 찾아내는데 이 정도면 충분할 거요."

레스트레이드 경위가 웃음을 터뜨렸다.

"별 확신이 안 서는군요. 추리가 아무리 그럴싸하다 해도, 우리는 깐깐하고 완고한 영국 배심원을 상대해야 한다는 걸 잊지 마시오."

"두고 보면 알겠죠." 홈즈가 태연히 대꾸했다. "당신은 당신 방식대로, 나는 내 방식대로 합시다. 오후에는 좀 바쁠 겁니다. 저녁 기차로 런던에 돌아가야 하니까."

"사건을 해결하지도 않고 떠난다고요?"

"아뇨, 해결하고 가는 거죠."

"하지만 수수께끼는?"

"이미 풀렸습니다."

"그럼 범인은 누굽니까?

"내가 말한 신사요."

"하지만 그게 누구란 말이오?"

"찾기가 그리 어렵지 않을 겁니다. 인구도 많지 않은 동네니까."

레스트레이드 경위가 어깨를 으쓱하더니 입을 뗐다. "나는 현실적인 사람입니다. 다리를 저는 왼손잡이 신사를 찾자고 이 동네를 헤집고 다닐 수는 없소. 그랬다가는 런던 경찰국의 웃음거리나 될 게 뻔하죠."

"좋습니다." 홈즈가 차분하게 말했다. "어쨌든 기회는 줬으니까요. 자, 당신 숙소에 다 왔군요. 그럼 안녕히 가십시오. 떠나기 전에 연락하겠소."

레스트레이드 경위를 숙소에 내려주고 우리는 호텔로 돌아왔다. 방에 들어서자, 식탁 위에는 벌써 점심이 차려져 있었다. 홈즈는 난처한 입장에 놓인 사람처럼 괴로운 표정으로 생각에 잠겨 있었다.

"이봐, 왓슨." 식탁이 치워지자, 홈즈가 입을 열었다. "여기 좀 앉아보게. 할 얘기가 있어. 어찌해야 할지 몰라서 말이야. 자네의 조언이 필요해. 담배라도 한 대 피우면서 내 말을 들어봐."

"어서 말해봐."

"음, 이 사건을 생각해보면, 매카시 청년의 진술에서 중요한 점은 두 가지야. 우리 둘 다 이 두 가지 사실에 즉각 주목했어. 비록 나는 매카시 청년이 결백하다고 생각했고, 자네는 그 반대로 생각했지만 말이야. 하나는 아버지가 아들을 보기도 전에 '쿠우이!'라고 외쳤다는 사실이고, 다른 하나는 죽어가면서 엉뚱하게 쥐 얘기를 내뱉었다는 사실이지. 사실 아버지는 몇 마디를 중얼거렸다는데 아들이 알아들은 단어는 쥐가 전부였지. 우선 우리의 수사는 이 두 가지 사실을 살펴보는 데서 출발해야 해. 청년이 한 말이 전부 사실이라는 가정하에서 말이야."

"그럼 '쿠우이'는 어떻게 이해하지?"

"분명 아들을 부르는 소리는 아니었을 거야. 아버지는 아들이 브리스틀에 있는 줄 알았으니까. 아들이 우연치 않게 그 소리가 들릴 정도로 가까운 거리에 있었던 거지. 아버지가 '쿠우이'라고 외친 건, 만나기로 약속한 상대에게 신호를 보내기 위해서였어. 특이하게도 '쿠우이'는 오스트레일리아에서 사람을 부르는 소리야. 오스트레일리아 사람들 사이에서 사용되는 말이지. 바로 이 점에서 매카시 씨가 보스콤 연못에서 만나기로 한 사람은 오스트레일리아에서 살았던 사람일 거라고 추정할 수 있어."

"그렇다면 쥐에 관한 건?"

셜록 홈즈는 잘 접힌 신문을 주머니에서 꺼내더니 탁자 위에 펼쳐놓았다.

"영국령 식민지, 오스트레일리아의 빅토리아 주 지도야. 지난밤에 브리스틀에 전보를 쳐서 이걸 구했지." 홈즈가 지도의 한 부분을 손으로 가렸다. "이걸 읽어봐."

"어래트ARAT." 내가 읽었다.

홈즈가 손을 들어 올렸다. "지금은?"

"밸러래트BALLARAT."

"맞아. 아버지가 내뱉은 단어는 이거였어. 아들은 마지막 두

음절ARAT만 듣고 쥐a-rat라고 생각했던 거야. 실은 아버지가 살인자의 이름을 말하려고 했던 거야. 밸러래트의 아무개 씨라고."

"대단해!" 내가 탄성을 질렀다.

"그 정도야 뻔하지. 이제 수사 범위도 상당히 좁혀졌어. 그리고 아들의 진술이 정확하다고 가정하면, 범인은 회색 옷을 갖고 있었지. 그럼 이제 막연하기만 했던 용의자의 몽타주를 회색 망토를 걸친 오스트레일리아 밸러래트 출신의 사람이라는 것까지 좁힌 거지."

"정말 그렇군."

"또 하나, 범인은 그 지역에 사는 사람이야. 연못은 농장이나 사유지를 거쳐야만 갈 수 있어서 외부인이 쉽게 들어갈 수 있는 곳이 아니거든."

"그렇지."

"이제 오늘 있었던 답사에 대해 얘기해보지. 현장 풀숲을 조사해서 범인의 자질구레한 특징들을 알아냈고, 그걸 멍청한 레스트레이드 경위에게 알려줬어."

"어떻게 알아낸 거야?"

"내 방식을 잘 알잖아. 사소한 것들에 대한 관찰을 토대로 해서 알아낸 거야."

"키는 보폭을 보고 어림잡았을 테지. 부츠도 발자국을 보고 알아냈겠지."

"맞아. 특이한 부츠야."

"하지만 다리를 전다는 건?"

"오른쪽 발자국이 항상 왼쪽보다 희미했어. 오른쪽 발에 무게가 덜 실린다는 뜻이지. 왜냐고? 발을 절었으니까. 범인은 절름발이야."

"그럼 왼손잡이라는 건?"

"검시 보고서에 진술된 상처의 특징에 자네도 주목했지. 범인은 매카시 씨 뒤로 바짝 다가온 뒤 왼쪽 머리를 가격했지. 왼손잡이가 아니라면 그럴 수 없어. 범인은 부자가 말다툼을 벌이는 동안 나무 뒤에 서 있었어. 거기서 담배도 피웠지. 내가 그곳에서 담뱃재를 찾아냈거든. 담뱃재면 또 내 전공 아닌가. 그게 인도산 시가라는 걸 쉽게 알아보았지. 자네도 알다시피 내가 이쪽에 관심이 있어서 파이프, 시가, 궐련이 탈 때 만들어지는 재 140종에 관한 논문을 발표한 적도 있잖은가. 담뱃재를 발견한 뒤 주위를 둘러보다가 범인이 이끼 사이에 내던진 담배꽁초를 찾아냈지. 역시 인도산 시가였어. 말아서 포장한 곳은 네덜란드 로테르담이었지만."

"그렇다면 담뱃대를 사용했다는 건?"

"꽁초를 보니 사람 입에 들어간 흔적이 없더군. 담뱃대를 썼다는 얘기지. 끄트머리를 뭔가로 잘라냈던데 입으로 뜯은 건 아니었어. 절단면이 깔끔하지 않은 걸 보고 날이 무딘 주머니칼을 썼을 거라고 추리했지."

"홈즈, 범인이 빠져나갈 수 없게 그물을 단단히도 쳤군. 자네가 무고한 생명을 하나 살렸어. 교수대에 선 청년의 목을 죄여오던 밧줄을 끊어준 셈이야. 이 모든 사실이 가리키고 있는 방향을 볼 때 범인은 바로….”

“존 터너 씨입니다.” 호텔 웨이터가 객실 문을 열며 외친 뒤 손님을 안으로 안내했다.

절뚝거리는 다리를 천천히 옮기며 방에 들어선 남자는 기묘한 분위기를 풍겼다. 앞으로 굽은 어깨가 노쇠한 나이를 짐작케 했지만, 주름이 깊게 파인 우락부락한 얼굴과 장대한 골격은 기골이 범상치 않다는 인상을 주었다. 헝클어진 수염, 희끗한 머리, 툭 불거진 채 처진 눈썹이 어우러져 전체적인 인상에 왠지 모를 위엄과 권위를 더했다. 그러나 잿빛을 띤 얼굴은 창백했고, 입술과 콧방울은 푸르죽죽한 기운이 도는 게 척 봐도 심각한 만성 질환에 시달리고 있는 게 분명했다.

“여기, 소파에 앉으십시오.” 홈즈가 온화하게 말했다. “제 전갈을 받으셨죠?”

“그렇소, 별장지기가 전해주더군. 사람들 이목을 피하기 위해 여기서 나를 보자고 했다던데.”

“제가 댁에 들르면 괜스레 수군거리는 사람들이 있을 겁니다.”

“그런데 왜 날 보자고 했소?”

노인은 내 친구를 건너다보았다. 대답을 듣지 않아도 안다는 듯이, 노곤해 보이는 두 눈에는 절망이 서려 있었다.

"맞습니다." 홈즈가 말했다. 노인의 질문이 아닌 표정에 대한 대답이었다. "그렇습니다. 저는 매카시 사건에 대해 전부 알고 있습니다."

노인이 두 손에 얼굴을 묻었다. "오, 신이시여!" 노인이 부르짖었다. "하지만 그 젊은이에게 해를 끼칠 생각은 없었소. 정말이지 순회재판에서 그 젊은이가 불리해지면 솔직하게 털어놓을 참이었소."

"그런 말씀을 들으니 기쁘군요." 홈즈가 심각하게 말했다.

"사랑하는 딸아이만 없었다면 진작 자백했을 게요. 하지만 아비가 체포되었다는 소식을 들으면 그 애 마음이 얼마나 아프겠소. 가슴이 무너져 내릴 거요."

"그런 일은 없을 수도 있습니다." 홈즈가 말했다.

"뭐라고요?"

"저는 경찰이 아닙니다. 이곳으로 절 부른 사람도 다름 아닌 따님입니다. 지금 따님의 입장을 대변하고 있죠. 매카시 청년은 풀려나야 합니다."

"나는 죽어가고 있소." 터너 노인이 말했다. "오랫동안 당뇨병을 앓아왔소. 앞으로 한 달이나 살 수 있을지 모르겠다고 의사가 고개를 흔듭디다. 하지만 감옥에서보다는 내 집에서 임종을 맞고 싶소."

홈즈가 일어나 펜과 종이 한 다발을 챙겨 탁자 앞에 앉았다.

"걱정 말고 진실을 말씀해주십시오. 제가 사실을 받아 적을 테니 나중에 서명하시면 됩니다. 왓슨이 증인이 되어줄 겁니다. 매카시 청년이 마지막 궁지에 몰리게 되면 이 자백서를 내보일 수도 있습니다. 하지만 꼭 필요한 경우가 아니라면 절대로 공개하지 않겠다고 약속합니다."

"좋습니다." 노인이 말했다. "순회재판 때까지 내가 살아 있을지 의문이오. 그러니 나로서는 아무래도 상관없지만, 앨리스가 충격받는 일이 없길 바랄 뿐이오. 그럼 이제부터 사실을 털어놓겠소. 사연은 오랜 세월을 거슬러 올라가야 하지만, 말로 풀면 그리 오래 걸리지 않을 거요.

당신들은 죽은 매카시가 어떤 자인지 상상도 못 할 게요. 그 자는 인두겁을 쓴 악마와 같았소. 정말이지, 그런 인간의 마수가 뻗치지 않도록 신이 당신을 지켜주길! 그자는 지난 20년 동안 날 손아귀에 쥐고 흔들었소. 내 삶을 완전히 망가뜨렸지. 내가 어떻게 그자의 마수에 걸려들게 되었는지 말해주리다.

1860년대 초, 오스트레일리아의 한 광산에 가 있던 때였소. 당시 나는 혈기왕성한 청년이었소. 뭐가 됐든 두려운 것도 거리낄 것도 없었지. 그러다 나쁜 패거리들과 어울리게 되었소. 매일같이 술을 진탕 마셔댔고, 광산에서도 별 수확이 없자 도적질을 하기 시작했소. 그러니까 노상강도가 된 거지. 우리 패거리는 여섯이었는데, 목장을 털기도 하고 광산으로 가는 마차를 습격하기도 하면서 거칠 것 없이 멋대로 살았소. 그때 난 밸러래트의 블랙잭이라는 별명으로 불렸지. 지금도 식민지에서는 밸러래트 갱으로 알려진 우리 일당을 모르는 사람이 없을 게요.

어느 날 우리는 금궤 수송 마차가 밸러래트에서 멜버른으로 향해 간다는 정보를 입수했지. 숨어서 기다렸다가 마차를 덮쳤소. 호송병이 여섯이고, 우리 일당도 여섯이니 해볼 만했지. 첫 총격전에서 호송병 셋이 말에서 고꾸라졌소. 하지만 우리 일당도 셋이나 죽은 뒤에야 금 궤짝을 챙길 수 있었지. 나는 마부의 머리에 총을 겨눴소이다. 그게 바로 매카시였소. 아, 그때 방아쇠를 당겼어야 하는데. 놈은 작은 눈을 희번덕거리며 나를 뚫어지게 쳐다봤소. 마치 내 얼굴을 머릿속에 낱낱이 새겨두려는 듯이 말이오. 하지만 난 놈을 살려주었소. 우리는 금궤를 갖고 튀었고 부자가 되어 잉글랜드로 건너왔소. 우리를 의심하는 사람은 아무도 없었지. 친구들과 헤어진 나는 어딘가 정착해서 조용하고 떳떳한 삶을 꾸려나가겠다고 결심했소. 나는 때마침 매물로 나온 이 부동산을 샀고, 돈을 번 방식을 참회하는 뜻에서 조금씩 선행을 베풀기도 했소. 결혼도 했지. 아내는 일찍 세상을 떴지만, 눈에 넣어도 아프지 않을 딸 앨리스를 남겨주었소. 아무것도 모를 아기였을 때도 앨리스는 고사리 같은 손으로 나를 바른길로 이끌어주는 것 같았소. 세상 어떤 것도 나를 그렇게 바꿔놓지 못했는데 말이요. 한마디로 나는 새사람으로 거듭났소. 그리고 과거를 속죄하기 위해 최선을 다했지. 매카시가 검은손을 뻗치기 전까지는 모든 게 평온했다오.

그날 나는 무슨 투자 건으로 런던에 들렀소. 리젠트 스트리트를 지나는데, 무엇 하나 제대로 걸친 것 없는 영락없는 거지꼴을 하고 있는 매카시를 봤소.

'이런, 드디어 만났군, 잭.' 매카시가 내 팔을 치며 말했소. '우리 한 가족처럼 잘 지내보자고. 나와 내 아들, 이렇게 둘인데 자네가 좀 돌봐 줘야겠어. 싫다면, 뭐 그것도 괜찮아. 여기는 법치 국가 잉글랜드 아닌가. 사방에 널린 게 경찰인데, 내 말 한마디면.'

이렇게 해서 매카시 부자는 내가 있는 서부 시골로 내려오게 됐소. 그리고 내가 가진 땅 중 가장 노른자위 땅을 거저 차지한 채 무위도식하며 지냈지. 매카시를 떼어낼 길이 없었소. 그때부터 내겐 평화도 안식도 없었소. 그렇다고 매카시의 존재를 머릿속에서 지울 수도 없었지. 내가 가는 곳마다 이를 드러내며 교활하게 웃는 얼굴이 나를 지켜보고 있었으니까. 앨리스가 자라자 상황은 더 악화되었소. 내가 가장 두려워한 걸 그자가 눈치채버린 것이오. 내 과거가 경찰보다 앨리스에게 알려지는 걸 내가 가장 두려워한다는 사실 말이오. 그자는 원하는 건 뭐든지 가져야 했고, 나는 두말없이 주었소. 그게 땅이든, 돈이든, 집이든, 뭐든지 말이오. 하지만 매카시는 마침내 내가 줄 수 없는 걸 요구했소. 바로 앨리스였소.

아시다시피 매카시의 아들은 장성해 어엿한 성인이 됐지요. 내 딸애도 다 큰 데다 내 건강이 나쁘다는 게 알려지자, 그자는 내 재산을 몽땅 차지할 수 있는 방법을 생각해낸 것 같았소. 하지만 그것만큼은 양보할 수 없었지. 당연히 거절했소이다. 그 저주받은 핏줄이 내 집안에 섞이는 걸 두고 볼 수 없었으니까. 내가 매카시의 아들을 싫어한 건 아니오. 하지만 그자의 피를 물려받았잖소. 내겐 그것만으로도 반대할 이유가 충분했소. 난 완강히 버텼소. 매카시가 협박하기 시작했지만, 나는 마음대로 해보라고 했지. 결국 우리는 두 집 사이에 있는 연못에서 만나 결판을 짓기로 했소.

연못으로 가보니 매카시가 아들과 얘기를 나누고 있더군요. 그래서 나무 뒤에서 담배를 피며 매카시가 혼자 남을 때까지 기다렸소. 그런데 그자의 말을 듣고 있자니 속에서 쓴 물이 올라오고 부아가 머리끝까지 치밀어 올랐소. 매카시는 아들에게 내 딸과 결혼하라고 온갖 성화를 부리고 있었소. 정작 내 딸이 어떻게 생각할지는 안중에도 없었지. 내 딸이 거리에서 몸 파는 여자라도 된 것처럼 말이오. 나쁜 아니라 내게 가장 소중한 딸이 그런 작자의 손아귀에 휘둘릴 수밖에 없다고 생각하니 치가 떨렸소. 이 악연의 고리를 끊을 수 없을까? 나는 이미 죽은 몸이나 마찬가지요. 아직 정신도 또렷하고 사족도 그런대로 쓸 만하지만, 내 운명은 이미 정해져 있소. 아, 내 과거와 내 딸! 저 사악한 혓바닥을 잠재워야만 내 과거도, 내 딸도 그자에게서 완전히 벗어날 수 있을 거라 생각했소. 그래서 그렇게 했소, 홈즈 씨. 다시 그 순간으로 돌아간다 해도 나는 그렇게 할 것이오. 이미 숱한 죄를 저지른 나는 속죄하기 위해 순교자처럼 살려고 애썼소. 한데 딸애가 나를 옭아맨 올가미에 똑같이 걸려 몸부림칠 것을 생각하니 견딜 수가 없었소. 나는 독이 서린 사악한 짐승을 내리치듯 그자를 사정없이 내리쳤소. 일 말의 가책도 없이 말이오. 그자가 내지른 비명을 듣고 아들이 달려왔지만, 나는 이미 숲 속으로 몸을 숨긴 뒤였소. 도망치다 떨어뜨린 망토를 가지러 다시 가야 했지만 말이오. 신사 여러분, 이게 사건에 대한 내 고백이자 진실이오."

"노인장을 심판하는 건 제 소관 밖입니다." 노인이 진술서에 서명하는 동안 홈즈가 말했다. "우리가 그런 시험에 들지 않기를 바랄 뿐이죠."

"나도 그러길 바라오. 이제 어떻게 할 생각이오?"

"노인장의 건강을 고려해서 아무것도 안 할 생각입니다. 곧

순회재판보다 더 높은 법정에 서서 자신이 저지른 행동을 해명해야 된다는 걸 잘 알고 계실 겁니다. 이 진술서는 보관해두겠습니다. 만약 청년이 유죄판결을 받게 된다면 이걸 내놓을 수밖에 없을 겁니다. 그렇지 않는 한, 이 진술서가 세상의 빛을 보는 일은 없을 겁니다. 노인장이 세상에 있든 없든 비밀은 안전하게 지켜질 겁니다."

"그럼 모두 안녕히!" 노인이 엄숙하게 말했다. "덕분에 임종을 평안히 맞게 됐구려. 두 분에게도 삶의 마지막 순간이 찾아올 거요. 그때 내게 베푼 선행을 생각하면 마음이 한결 평안해질 게요."

노인은 거구의 몸을 후들거리며 곧 쓰러질 듯 비틀거리면서 천천히 방을 나갔다.

"이럴 수가!" 홈즈가 오랜 침묵을 깨며 말했다. "운명은 왜 힘없고 가련한 미물들에게 이런 장난을 치는 걸까? 이런 이야기를 듣고 있자니 백스터의 말이 떠오르는군. '가라사대, 신의 은총이 없었다면 셜록 홈즈 너도 그리되었으리라.'"

제임스 매카시는 순회재판에서 풀려났다. 홈즈가 작성해 변호사에게 넘겨준 이의 제기가 받아들여진 덕분이었다. 터너 노인은 그 후 일곱 달을 더 살았지만 이제는 고인이 되었다. 그 아들과 딸은 자신들의 과거에 한때 드리워진 먹구름에 대해서는 아무것도 모른 채 행복하게 살아갈 것이다.

5
다섯 개의 오렌지 씨앗

1882년에서 1890년 사이에 셜록 홈즈가 다룬 숱한 사건에 관한 내 기록을 들춰보면, 기이하고 흥미진진한 얘깃거리가 워낙 많아서 어느 것을 고르고 어느 것을 버려야 할지 한참을 고민해야 할 정도다. 이미 신문 보도를 통해 세간의 이목을 한바탕 받은 사건도 있고, 내 친구가 지닌 특별한 재능을 발휘할 여지가 없었던 탓에 조용히 묻힌 사건도 있다. 또 홈즈의 분석 능력으로도 해결하지 못해, 이야기로 치자면 시작은 있는데 결말이 없는 사건도 있다. 그런가 하면 부분적으로만 해결되어 홈즈가 신봉하는 완벽한 논리적 증거보다는 어림짐작과 추측을 빌려서 설명해야 하는 사건도 있다. 이 가운데 후자에 속하는 것이긴 하지만, 내용이 몹시 기이하고 결말 또한 놀라운 것이라 여기에 풀어놓고 싶은 사건이 하나 있다. 물론 그 사건의 수수께끼가 완벽하게 풀리지 않았고, 앞으로도 깨끗하게 풀릴 가망은 없지만 말이다.

내 기록에 의하면, 1887년에는 꽤 흥미로운 사건과 별 시답잖은 사건들이 연이어 일어났다. 그해 열두 달 동안 벌어진 사건 가운데 패러돌 챔버 사건, 가구 창고의 지하실에서 호화스러운 사교 모임을 운영했던 아마추어 걸인 협회 사건, 영국 범선 '소피 앤더슨호' 실종 사건, 그라이스 패터슨이 우파 섬에서 겪은 기묘한 사건, 끝으로 캠버웰 독살 사건 등이 단연 눈에 띈다. 특히 캠버웰 사건은 아직도 생생하게 기억하는 이들이 있을 것이다. 셜록 홈즈는 피살자의 시계태엽을 감아보고는 시계가 두 시간 앞당겨졌으며, 따라서 고인이 그 시간이 되기 전에 잠자리에 들었다는 사실을 밝혀냈다. 이 추리가 사건 해결에 결정적인 역할을 했다. 언젠가 이 모든 사건들이 세상의 빛을 볼 날이 있을 것이다. 하지만 그 어느 것도 내가 이제부터 말하고자 하는 사건의 독특한 배경이며 기묘한 성격을 따라올 수 없을 것이다.

때는 9월 말, 추분의 폭풍이 유난히 기세를 떨치던 날이었다. 온종일 바람이 씽씽 불었고 빗줄기가 유리창을 연신 두들겨댔다. 그래서 인간의 손으로 빚어낸 도시, 런던 한복판에 앉아 있어도 평소와는 다른 자연의 원초적인 힘을 인식하지 않을 수 없었다. 거대한 자연은 마치 우리에 갇힌 야수처럼 문명이라는 창살 사이로 인류를 향해 울부짖었다. 어스름한 어둠이 밀려오자, 폭풍우는 점차 거세졌고 바람은 굴뚝 안에서 아이처럼 흐느끼며 울어댔다. 셜록 홈즈는 침울한 표정으로 벽난로 한쪽에 앉아 사건 기록에 색인을 달고 있었고, 나는 맞은편에 앉아서 클라크 러셀이 쓴 멋진 해양 소설에 푹 빠져 있었다. 얼마나 심취했는지 포효하는 폭풍우가 어느덧 소설 속에 휘몰아치기 시작하더니, 창을 두드리는 빗소리는 뱃전을 강타하는 파도 소리로 바뀌어 있었다. 아내가 친정에 가 있는 동안 나는 베이커 스트리트의 하숙집에서 지내고 있었다.

"어라." 나는 책에서 고개를 들고 홈즈를 쳐다보며 말했다. "초인종 소리가 난 것 같은데. 이 밤중에 누구지? 자네 친구 아닐까?"

"친구라면 자네 하나지. 나는 손님을 부르지도 않아." 홈즈가 대답했다.

"그럼 의뢰인인가?"

"그렇다면 아주 중대한 일인가 보군. 웬만한 일이 아니고서야 이런 시간에 이 궂은 날씨를 뚫고 발걸음을 할 리가 없잖나. 하지만 내 생각에는 주인아주머니의 친구일 것 같네."

셜록 홈즈의 예상은 빗나갔다. 복도에서 발소리가 들리더니 이내 누군가 문을 두드렸다. 홈즈는 긴 팔을 뻗어 자기를 비추던 램프를 손님이 앉게 될 빈 의자 쪽으로 돌렸다.

"들어오시죠." 홈즈가 말했다.

문이 열리고 기껏해야 스물두엇쯤 돼 보이는 청년이 들어왔다. 말끔한 용모와 단정한 매무새에 어딘가 세련되고 기품 있는 태도가 엿보였다. 손에 들고 있는 우산에서는 빗물이 뚝뚝 떨어졌고, 긴 우비는 흠뻑 젖어 반들거리는 것이 얼마나 지독한 악천후를 뚫고 왔는지를 짐작케 했다. 램프 불빛 속에서 청년은 주변을 불안하게 둘러보았다. 얼굴은 창백했고, 두 눈은

근심에 짓눌린 사람처럼 무거워 보였다.

"먼저 사과드립니다." 청년이 금테 코 안경을 추켜올리며 말했다. "불쑥 찾아와서요. 게다가 아늑한 실내에 빗물까지 선사하고 말았군요."

"외투와 우산을 주시죠." 홈즈가 말했다. "여기 걸어놓으면 곧 마를 겁니다. 흠, 남서부에서 왔군요."

"네, 호섬에서 왔습니다."

"구두 콧등에 뒤범벅된 점토와 백악토는 흔히 볼 수 있는 게 아니죠."

"조언을 구하러 왔습니다."

"조언이야 얼마든지 해드리죠."

"그리고 도움도."

"그건 장담할 수 없군요."

"홈즈 씨의 명성을 듣고 찾아왔습니다. 탱커빌 클럽 스캔들에 휘말린 프렌더개스트 소령님을 구해주셨다면서요."

"아, 맞아요. 소령이 카드 게임에서 속임수를 쓴다는 누명을 썼죠."

"소령님 말로는, 홈즈 씨가 나서면 해결 못 할 문제가 없다던데요."

"얘기가 부풀려졌군요."

"그리고 홈즈 씨는 실패하신 적이 없다고 하셨어요."

"네 번 있습니다. 세 번은 남자, 한 번은 여자한테 당했죠."

"하지만 숱한 성공에 비하면 그 정도쯤은 새 발의 피 아닌가요?"

"대부분 성공했다는 건 사실이긴 합니다."

"그럼 제 문제도 가능하겠군요."

"우선 의자를 난로 앞으로 끌어당겨 앉아보세요. 그리고 무슨 일인지 자세히 설명해보세요."

"이건 평범한 사건이 아니에요."

"내게 넘어온 사건 중에 평범한 사건은 없습니다. 내가 최후의 항소심이랄까요."

"물론 그렇겠죠. 그렇대도 감히 말씀드리자면, 저희 집안에 일어난 일보다 더 기괴하고 불가사의한 사건은 아직 들어보지 못하셨을 겁니다."

"꽤나 흥미롭군요. 중요한 사실부터 차근차근 풀어보세요. 자세한 질문은 나중에 할 테니까요."

청년은 의자를 끌어당겨 앉더니 눅눅하게 젖은 발을 불 앞에 내밀었다.

"제 이름은 존 오픈쇼입니다. 하지만 제 자신과 이 끔찍한 사건이 직접적으로 연관된 건 아닙니다. 가문에 대대로 내려오는 문제랄까요. 사건을 제대로 이해하려면 처음으로 거슬러 올라가 얘기를 시작해야 할 것 같군요.

제 할아버지는 아들 둘을 두셨습니다. 한 분은 큰아버지인 일리어스고, 다른 한 분은 아버지 조지프입니다. 아버지는 코번트리에서 작은 공장을 운영하셨는데, 자전거가 발명되면서 공장이 날로 커졌어요. 아버지는 터지지 않는 오픈쇼 타이어의 특허권으로 큰 성공을 거두셨죠. 그래서 그걸 팔고 은퇴하셨을 때는 재산이 상당했습니다.

큰아버지 일리어스는 젊은 시절 미국으로 건너가 플로리다에서 대농장을 경영하셨는데, 꽤 성공하셨다고 들었습니다. 남북전쟁이 터지자 잭슨 장군이 지휘하는 부대로 들어가 싸우다가 나중에는 후드 장군 밑으로 들어가 대령까지 진급했다고 합니다. 그리고 리 장군이 항복하자 농장으로 돌아가 3~4년을 더 머무셨어요.

그러다가 1869년인가 1870년경에 유럽으로 돌아와서 호셤 근처의 서식스 지역에 작은 땅을 구입하셨어요. 큰아버지는 미국에서 막대한 재산을 모으셨지만, 결국 그곳을 등지셨어요. 그 이유는 흑인을 혐오하고 그들에게 참정권을 주자는 공화당 정책을 반대했기 때문이었죠. 좀 유별난 분이셨어요. 성미가 급하고, 화가 나면 욕을 걸걸하게 내뱉으셨죠. 또 사교성이라고는 전혀 찾아볼 수 없었어요. 호셤에 사는 동안 시내에 발을 들여놓은 적이 한 번도 없을 거예요. 집 주위에 정원과 목초지가 두세 개 있어서 그곳에 가끔 나가 운동을 하시기도 했지만, 몇 주 동안 방에 틀어박혀 한 발자국도 움직이지 않을 때가 부지기수였어요. 브랜디 애주가에 골초셨지만, 사교 모임이라면 질색하셨죠. 친구도 사귀지 않고 동생조차 멀리하셨죠.

하지만 큰아버지는 저만은 개의치 않으셨어요. 실은 저를 좋아하셨죠. 열두 살 때인가 저를 처음 봤을 때부터요. 1878년, 그러니까 큰아버지가 영국으로 건너온 지 8~9년쯤 되던 해였을 거예요. 저를 데리고 살고 싶다고 아버지께 간청하셨죠. 저에게 나름대로 자상하게 대해주셨어요. 술을 마시지 않을 때는 저와 주사위 놀이를 하거나 체스를 두는 걸 좋아하셨고, 하인이나 상인들 앞에서 저를 본인의 대리인으로 내세우셨죠. 그 바람에 열여섯 살 무렵에 저는 그 집의 주인이나 다름없었어요. 집 열쇠들을 제가 다 보관했기 때문에 큰아버지의 생활을 방해하지만 않는다면 가고 싶은 곳은 어디든 들어가고, 하고 싶은 일은 뭐든 할 수 있었어요. 하지만 한 가지 특별한 예외가 있었죠. 다락방 중에 창고로 쓰던 방이 있었는데, 언제나 잠겨 있었고 저뿐 아니라 어느 누구도 들어가지 못하게 하셨죠. 소년다운 호기심이 발동해 열쇠 구멍으로 안을 들여다본 적이 있지만, 여느 창고에나 있을 법한 낡은 트렁크와 짐 꾸러미 말고는 별다를 게 없었습니다.

1883년 3월의 어느 날 아침, 외국 우표가 붙은 편지 한 통이 식탁 위 대령님의 접시 앞에 놓여 있었어요. 큰아버지가 편지를 받다니 이상한 일이었습니다. 항상 현금을 썼기 때문에 청구서가 날아올 일도, 편지를 주고받을 친구도 딱히 없으셨거든요.

'인도라!'

편지를 집어 든 큰아버지가 말했어요.

'퐁디셰리 우체국 소인이군. 이게 대체 뭐지?'

얼른 편지를 뜯자, 작고 바싹 마른 오렌지 씨앗 다섯 개가 접시 위로 후두두 떨어졌습니다. 저는 그걸 보고 웃음이 나왔지만, 큰아버지의 얼굴을 보자 웃음이 싹 달아났죠. 안색이 잿빛으로 변한 채로 입은 놀라 벌어지고 눈은 휘둥그레져서 봉투를 노려보고 계셨어요. 봉투를 쥔 손은 부들부들 떨고 계셨죠.

'K. K. K!'

큰아버지가 비명을 지르듯 외쳤어요.

'오 맙소사, 드디어 죗값을 치를 날이 왔구나!'

'그게 뭔데 그러세요, 큰아버지?' 제가 외쳤어요.

'죽음.'

큰아버지는 이 말만 내뱉고는, 겁에 질려 벌벌 떠는 저를 식탁에 남겨두고 방으로 들어가 버리셨습니다. 편지 봉투를 집어 들고 접힌 날개를 젖혀보니, 풀칠 바로 위에 빨간 잉크로 휘갈겨 쓴 세 개의 'K' 자가 연달아 보였습니다. 봉투 안에는 다섯 개의 마른 오렌지 씨앗밖에 없었어요. 큰아버지가 그토록 강렬한 공포에 휩싸인 이유가 무엇이었을까요? 저는 식탁에서 일어나 계단을 올라가다가 큰아버지와 마주쳤습니다. 한 손에는 다락방 열쇠가 틀림없는 녹슨 열쇠를, 다른 손에는 금고처럼 보이는 작은 놋쇠 상자를 들고 계셨어요.

'어디 멋대로 해보라고 해! 난 절대로 쓰러지지 않을 테다.'

큰아버지가 다짐하듯 소리쳤어요.

'메리한테 가서 오늘 밤 내 방에 불을 지피라고 일러라. 그리고 호섭에 가서 변호사 포덤을 모셔 오라고 해.'

저는 시키는 대로 했어요. 변호사가 도착하자 큰아버지가 저도 부르셨지요. 들어가 보니 벽난로에서는 불길이 활활 타고 있었는데, 종이를 태웠는지 검은 재가 수북이 쌓여 있었어요. 그 옆에는 뚜껑이 활짝 열린 놋쇠 상자가 속이 텅 빈 채 놓여 있었죠. 저는 상자를 흘긋 보다 깜짝 놀랐어요. 아침에 본 K 자 세 개가 뚜껑에도 쓰여 있었어요.

'존.' 큰아버지가 입을 열었어요. '내 유언장의 증인이 되어 다오. 내가 소유한 모든 재산, 아울러 거기에 따르는 모든 권리나 채무를 나의 동생, 즉 네 아버지에게 물려주고자 한다. 그러면 나중에 너에게 상속될 게다. 내 유산을 무사히 건사해서 누릴 수 있다면 그보다 더 좋은 일은 없겠지. 하지만 만약 그럴 수 없는 경우가 생긴다면, 얘야, 내가 충고하는 대로 악랄한 적들에게 모든 걸 미련 없이 넘겨주거라. 너한테 이런 양날의 칼을 물려주게 되어서 미안하구나. 하지만 앞으로 일이 어찌 될지 나도 알 수 없구나. 포덤 씨가 가리키는 곳에 서명하거라.'

저는 시키는 대로 서류에 서명했고 변호사는 서류를 가지고 돌아갔습니다. 짐작하시겠지만 그 특이한 사건은 제게 깊은 인상을 남겼어요. 저는 그 일에 대해 이리저리 생각해보고 곱씹어봤지만 어찌 된 일인지 도통 짐작할 수 없었습니다. 그 뒤로도 남겨진 막연한 두려움은 완전히 떨쳐버릴 수 없었죠. 다행히 시간이 지나고 별 탈 없는 평범한 일상이 계속되면서 불안감이 많이 누그러졌어요. 하지만 큰아버지는 달라지셨어요. 전보다 더 많은 술을 들이켰고 사람을 만나는 일은 더욱 꺼리셨죠. 문을 걸어 잠근 채 방에 틀어박혀 계실 때가 대부분이었지만, 가끔씩 한창 달아오르는 술기운을 빌려 현관문을 박차고 뛰어나갈 때도 있었어요. 그런 날이면 권총을 들고 정원을 누비며, 아무도 두렵지 않고 인간이든 악마든 우리 안의 양처럼 자신을 가둘 수 없을 거라며 고래고래 소리치셨죠. 그러나 흥분이 가라앉으면, 언제 그랬냐는 듯이 허겁지겁 방으로 뛰어 들어가 자물쇠를 잠그고 빗장을 걸었습니다. 마치 영혼의 뿌리까지 공포에 잠식당해 대항할 배짱이 모두 동난 사람처럼 말이죠. 그럴 때는 아무리 추운 날이라 해도 큰아버지의 얼굴은 대야에서 막 꺼낸 것처럼 땀에 젖어 번들거렸어요.

홈즈 씨의 인내심이 더 시험에 들지 않도록 이제 이 사건의 결말을 말해드리죠. 어느 날 밤, 큰아버지는 술에 취한 채 또 밖으로 뛰쳐나갔다가 다시는 돌아오지 않았습니다. 우리는 곧 수색에 나섰죠. 그리고 정원 아래쪽에서 녹색 이끼가 잔뜩 껴 있는 작은 연못에 얼굴을 박은 채 고꾸라져 있는 큰아버지를 발견했습니다. 폭행을 당한 흔적은 전혀 없었고, 연못의 깊이가 고작 60센티미터밖에 되지 않았기 때문에 배심원은 평소 그분의 괴팍한 성향을 고려해 '자살'이라는 판결을 내렸습니다. 하지만 큰아버지가 죽음 앞에서 얼마나 움츠러들었는지를 잘 아는 저로서는 그분이 그런 식으로 죽음을 자청했다는 게 도저히 믿기지 않았습니다. 하지만 사건은 그렇게 종결되었

고, 토지와 1만 4000파운드가량의 유산은 아버지가 물려받게
되었습니다."

"잠깐만요." 홈즈가 중간에 끼어들었다. "정말 이제껏 들어
보지 못한 남다른 일을 겪으셨군요. 큰아버지가 그 편지를 받
은 날과 자살로 추정되는 사건이 발생한 날은 언제입니까?"

"편지가 도착한 날은 1883년 3월 10일이고, 돌아가신 건 그
로부터 7주 뒤인 5월 2일 밤이었습니다."

"그렇군요. 계속하세요."

"아버지가 호섬의 저택을 물려받으신 뒤, 저는 항상 잠겨 있
던 문제의 다락방을 면밀히 조사하고 싶다고 부탁드렸어요.
거기서 놋쇠 상자를 찾아냈지만 내용물은 이미 파기된 뒤였
죠. 뚜껑 안쪽에는 종이쪽지가 하나 붙어 있었어요. K. K. K.라
는 이니셜이 쓰여 있었고, 그 밑에 '편
지, 비망록, 영수증, 명단'이라고 적
혀 있더군요. 저는 대령님이 파기
한 서류가 바로 이것일 거라고
짐작했어요. 그 외에는 큰아버
지의 미국 생활이 어떠했는지
보여주는 문서와 서류가 여
기저기에 흩어져 있을 뿐
별다른 물건
은 없었습니
다. 그중 일

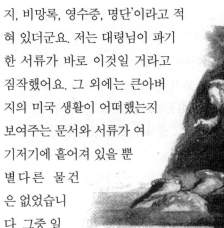

부는 남북전쟁에 관한 것이었어요. 큰아버지가 주어진 임무를 잘 수행해서 용감한 병사로 이름을 날렸다는 내용이었죠. 또 일부는 남부 재건의 움직임이 활발했던 시기에 만들어진 문서 같은데, 당시 정치적인 상황이 담겨 있었어요. 그걸 보니 큰아버지는 북부에서 내려온 철새 같은 정치인들에 대한 반대 운동에 열렬히 동참하셨던 것 같아요.

어쨌거나 아버지는 1887년 초에 호셤으로 오셨어요. 모든 일이 별 탈 없이 잘 흘러가는 듯 보였습니다. 이듬해 1월이 되기 전까지는 말이죠. 새해로 바뀌고 4일째 되던 날이었습니다. 아침 식사를 하려고 식탁에 앉았는데, 아버지가 갑자기 날카로운 비명을 질렀습니다. 한 손에는 갓 뜯은 편지 봉투가 들려 있었고, 다른 손바닥 위에는 마른 오렌지 씨앗 다섯 개가 놓여 있었죠. 제가 큰아버지 얘기를 할 때면 아버지는 황당무계한 소리라며 웃으셨는데, 막상 똑같은 일이 자신에게 벌어지자 당혹스럽고 겁이 나는 듯 보였습니다.

'이게 대관절 무슨 일이냐?' 아버지가 말을 더듬었습니다.

제 마음은 납덩이처럼 무거워졌습니다. 'K. K. K.예요.'

아버지가 봉투 안을 들여다보았어요. '정말 그렇구나!' 아버지가 외쳤습니다. '여기에 그 글자가 쓰여 있군. 그런데 그 위에 쓰인 말은 도대체 뭐지?'

저는 아버지 어깨 너머로 편지를 들여다봤습니다.

'문서를 해시계 위에 두어라.'

'문서? 해시계?' 아버지가 물었습니다.

'해시계라면 정원에 있는 걸 말할 거예요. 거기 말고는 없으니까요.' 제가 대답했어요. '하지만 서류라면 이미 태워서 없앴을 텐데.'

'쳇!' 아버지가 짐짓 호기를 부리며 말씀하셨어요. '여기는 문명국이야. 이런 바보 같은 장난질에 놀아날 순 없지. 대체 이 편지 쪼가리는 어디서 온 거야?'

'스코틀랜드 동부에 있는 던디에서요.' 제가 우표에 찍힌 소인을 보고 대답했어요.

'돼먹지 않은 장난질 같으니.' 아버지가 화를 내셨죠. '해시계며 서류가 대관절 나랑 무슨 상관이란 말이야? 이따위 뚱딴지같은 소리는 신경 쓸 필요 없다.'

'경찰에 알려야 해요.' 제가 말했어요.

'그래 봐야 조롱만 사게 될 거야. 그건 안 될 일이지.'

'그럼 제가 할게요.'

'아니, 안 된다. 이런 장난질에 괜한 법석 떨 필요 없어.'

계속 얘기했지만 완고한 아버지는 생각을 굽히지 않으셨어요. 하지만 저는 불길한 예감에 일이 손에 잡히지 않았습니다. 편지가 온 지 사흘째 되던 날, 아버지는 포츠다운 힐 요새의 사령관이자 오랜 친구인 프리바디 소령님을 만나기 위해 집을 나서셨어요. 아버지가 외출하신다니 내심 기뻤습니다. 집에서 멀어질수록 위험에서도 멀어질 거라고 생각한 거죠. 하지만 그건 제 착각이었어요. 아버지가 떠난 다음 날, 프리바디 소령님한테서 속히 와달라는 전보를 받았습니다. 아버지가 그 일대에 흔히 널린 석회암 채굴장의 갱으로 추락해 두개골이 깨지는 중상을 입었다는 겁니다. 당장 달려갔지만, 혼수상태에 빠진 아버지는 끝내 의식을 회복하지 못한 채 숨을 거두셨어요. 아버지는 땅거미가 질 때 패어럼에서 돌아오시던 중이었는데, 그곳 지리가 익숙하지 않은 데다 갱은 보호 울타리도 없이 방치된 상태였다더군요. 이런 이유로 배심원은 주저하지 않고 '사고사'라는 판결을 내렸어요. 저는 아버지의 죽음과 관련된 모든 사실을 철저히 조사했지만 타살을 암시하는 단서는 찾지 못했습니다. 폭행의 흔적도, 발자국도, 도난당한 물품도 없었고, 길가에서 수상한 사람을 목격했다는 증언도 없었습니다. 하지만 제 마음은 마치 가시방석에 앉은 것처럼 편치 않았어요. 저는 악랄한 흉계가 아버지를 옭아매 죽음에 이르게 했다고 확신했습니다.

유산은 이렇게 불길한 사고들을 거쳐 제게 오게 되었습니다. 홈즈 씨는 왜 집을 처분해버리지 않았는지 궁금하실 겁니다. 저는 이 모든 고난이 큰아버지의 인생에 얽힌 어떤 사건에서 비롯된 것이니, 제가 어느 곳에 가서 살든 위험하기는 마찬가지라고 믿었습니다.

1885년 1월, 아버지가 안타깝게 돌아가신 뒤로 2년 8개월이라는 시간이 무사히 흘렀어요. 그동안 저는 호섬에서 행복하게 지냈습니다. 그러면서 희망을 품기 시작했습니다. 우리 가문에 내린 저주도 앞 세대에서 멈추고 이젠 완전히 물러갔다고 생각했죠. 하지만 너무 섣불리 안심했나 봐요. 바로 어제 아침, 아버지에게 떨어졌던 불똥이 똑같은 모습으로 제게도 떨어졌습니다."

청년이 양복 조끼에서 구겨진 편지 봉투를 꺼냈다. 봉투를 털자 작고 마른 씨앗 다섯 개가 탁자 위로 떨어졌다.

"이게 그 봉투입니다." 청년이 말을 이었다. "소인은 런던 동부로 찍혀 있어요. 안에는 아버지가 받은 것과 똑같은 말이 쓰여 있습니다. 'K. K. K.' 그리고 '문서를 해시계 위에 두어라.'"

"그래서 어떻게 했습니까?" 홈즈가 물었다.

"아무것도 하지 않았습니다."

"아무것도요?"

"사실대로 말하면…." 청년이 희고 여윈 손으로 얼굴을 감쌌다. "저는 절망 속에 빠져 있습니다. 꿈틀거리며 다가오는 뱀을 보고도 꼼짝 못하는 가련한 토끼가 된 기분입니다. 저항할 수 없는 냉혹한 악마의 손아귀에 붙들려 도망갈 길도, 막을 방법도 깜깜하다고 할까요."

"쯧쯧!" 셜록 홈즈가 혀를 찼다. "행동을 해야죠, 젊은이. 아니면 목숨을 잃어요. 기운을 차리는 것만이 살길입니다. 절망에 빠져 있을 시간이 없어요."

"경찰에게 찾아가 봤어요."

"아!"

"하지만 경찰들은 제 얘기를 듣는 동안 히죽거리더군요. 경감님은 그 편지들은 모두 짓궂은 장난일 뿐이고, 가족들의 죽음 또한 배심원이 판단했던 대로 단순한 사고라는 말만 되풀이했어요. 결국 이 둘 사이에는 아무런 연관성이 없다는 견해였죠."

홈즈가 주먹을 불끈 쥐고 공중에 휘둘렀다. "이런 바보 천지들 같으니라고!"

"그래도 저와 함께 있을 경찰을 한 명 집으로 파견해주었어요."

"오늘 밤 그 경찰과 함께 온 겁니까?"

"아니오. 그 경찰의 임무는 집을 지키는 거니까요."

홈즈가 다시 한 번 허공에 대고 화풀이를 했다.

"왜 지금 왔습니까? 그러니까 왜 곧장 나를 찾아오지 않았느냐고요?" 홈즈가 말했다.

"홈즈 씨를 몰랐습니다. 오늘에서야 프렌더개스트 소령님을 찾아가 고민을 털어놓다가 홈즈 씨에게 가보라는 충고를 들었거든요."

"편지를 받은 지 이틀이 다 되어가는군요. 더 빨리 행동했어야 하는 건데. 방금 보여준 것 외에 다른 증거물은 없나요? 도움이 될 만한 단서 같은 건?"

"한 가지 더 있습니다." 존 오픈쇼가 말했다. 젊은 오픈쇼는 외투 주머니를 뒤지더니 색이 바랜 푸르스름한 종이 한 장을 꺼내 탁자 위에 올려놓았다.

"큰아버지가 문서를 불태우던 날, 잿더미 속에서 미처 덜 탄 종이 쪼가리가 삐죽 튀어나온 걸 봤어요. 그게 이런 색이었던 걸로 기억합니다. 이 종이는 큰아버지의 방바닥에서 발견했어요. 아마 다른 서류들 틈에 끼어 있다가 다 타버리기 전에 날아가서 소각되지 않은 것 같아요. 씨앗이라는 말이 나오기는 하는데 도움이 될지는 모르겠습니다. 무슨 일기의 한 페이지 같아요. 글씨체는 틀림없는 큰아버지의 필적이에요."

홈즈가 램프를 끌어당겼고 우리 둘은 고개를 숙여 종이를 살펴보았다. 가장자리가 뜯겨진 흔적을 보니 정말 일기장 같은 데서 찢어낸 것 같았다. 맨 위에는 '1869년 3월'이라는 제목이 적혀 있었고, 그 아래에는 수수께끼 같은 말들이 적혀 있었다.

4일. 허드슨 도착. 똑같은 행동 강령.

7일. 세인트 오거스틴의 매콜리, 패러모어, 존 스웨인에게 씨앗 발송.

9일. 매콜리 해결.

10일. 존 스웨인 해결.

12일. 패러모어 방문. 이상 무.

"고맙습니다!" 홈즈가 종이를 다시 접어 의뢰인에게 돌려주며 말했다. "지금 꾸물거릴 시간이 없어요. 이 문제를 논의할 시간도 아껴야 하니 당장 돌아가서 행동을 취하세요."

"제가 뭘 해야 하죠?"

"할 일은 단 하나, 반드시 지체 없이 실행해야 합니다. 먼저 우리에게 보여준 종이를 놋쇠 상자에 넣으십시오. 그리고 쪽지도 함께 넣어야 해요. 모든 문서는 큰아버지가 태워 없앴고, 남은 건 이 한 장이 전부라는 내용을 쓰세요. 상대가 마음을 돌릴 정도로 강력하게 호소해야 합니다. 그런 다음 그자들이 지시한 대로 해시계 위에 상자를 올려놓으십시오. 아시겠죠?"

"잘 알겠습니다."

"복수나 앙갚음, 이런 건 당분간은 생각하지 마세요. 그건 나중에 법으로 할 수 있을 겁니다. 우리는 이제 그물을 짜기 시작했는데, 상대는 이미 촘촘한 그물을 쳐놓은 판국입니다. 그러니 당장은 급한 불부터 꺼야죠. 먼저 수수께끼를 풀고, 죄인을 벌하는 건 그다음 일입니다"

"고맙습니다." 청년이 일어서서 외투를 걸치며 말했다. "덕분에 기운도 얻고 희망도 생겼습니다. 반드시 일러주신 대로 하겠습니다."

"일분일초도 지체하지 마세요. 그리고 무엇보다 당분간 몸 조심하세요. 지금 일촉즉발의 상황인 건 분명하니까요. 집에는 어떻게 돌아갈 건가요?"

"워털루 역에서 출발하는 기차를 탈 거예요."

"아직 9시가 안 됐군. 거리는 아직 사람들로 붐빌 테니 크게 위험하지는 않을 겁니다. 그래도 각별히 조심해야 합니다."

"총을 챙겨왔습니다."

"다행이군요. 내일 당장 본격적인 조사에 착수하겠습니다."

"그럼 호섬에서 만나뵐 수 있는 건가요?"

"아니요, 이 사건의 비밀이 묻혀 있는 곳은 런던입니다. 그러니 이곳을 파헤쳐야 합니다."

"그럼 저는 하루 이틀 내에 다시 찾아뵙겠습니다. 상자와 문서에 관한 소식을 듣고서요. 홈즈 씨가 조언해준 대로 하겠습니다."

청년이 우리와 악수를 나누고 방을 나섰다. 밖에서는 바람이 여전히 휘몰아쳤고, 거센 빗줄기가 창문을 후두두 때렸다. 종잡을 수 없이 기묘한 이야기는 세찬 파도에 떠밀려 뭍에 나온 해초 한 가닥처럼 우리 앞에 불시에 들이닥쳤다가 거친 대자연 속으로 다시 홀연히 빨려 들어가 버린 것 같았다.

셜록 홈즈는 앞으로 고개를 빼더니 빨갛게 달아오른 난롯불을 굽이 보며 한참을 말없이 앉아 있었다. 그러다 파이프에 불을 붙이고 의자에 등을 기댄 채 희푸른 연기 줄기가 앞다투어 천장으로 올라가는 모습을 지켜보았다.

"왓슨, 내 보기에는 말이야." 홈즈가 마침내 입을 열었다. "여태껏 이보다 더 기괴한 사건은 없었던 것 같아."

"'네 사람의 서명'은 빼고."

"그래. 그건 빼고. 하지만 내가 보기에 존 오픈쇼라는 청년은 숄토 형제보다 더 위험한 불구덩이에 걸려들어 가고 있어."

"자네는 그 불구덩이가 뭔지 감을 잡은 거지?"

"어떤 위험인지는 당연히 파악했지."

"그래? 그게 뭔가? 대관절 K. K. K.는 누구지? 대체 왜 그 불행한 일가를 뒤쫓는 거야?"

눈을 지그시 감은 셜록 홈즈가 양쪽 팔꿈치를 팔걸이에 올린 채 손가락 끝을 맞댔다.

"이상적인 추리가라면 말이야, 사실 하나만 주어져도 충분하다네. 그 하나에 모든 게 내포되어 있기 때문에 그걸 다각도로 조명하면, 현재까지 발생한 일련의 사건뿐 아니라 앞으로 파생될 결과까지 추리해낼 수 있지. 프랑스의 동물학자인 퀴비에가 뼈 하나만 가지고도 동물의 전체 모습을 정확하게 그려낼 수 있었던 것처럼, 일련의

사건을 잇는 고리 하나만 제대로 이해해도 이성적인 관찰자라면 사건의 앞뒤, 전후에 대해서도 정확하게 그려낼 수 있지. 우리가 아직 결과를 그려내진 못했지만, 추리력을 발휘하면 풀어낼 수 있을 거야. 감각과 느낌에 의존한 채 해결하려다 실패한 문제들도 이

성적으로 접근하면 풀 수 있기 마련이지. 하지만 예측의 기술을 최고의 경지로 끌어올리기 위해서 추리가는 자신이 가진 모든 지적 자산을 활용할 줄 알아야 하네. 하지만 그에 앞서 온갖 지식을 이미 쌓아둔 경우에만 가능한 얘기지. 요즘처럼 무상 교육을 받고 백과사전이 널린 시대라도 만물박사가 되는 일은 쉽지 않아. 그렇다고 자신의 분야에 도움이 될 만한 지식을 제대로 갖추는 게 불가능한 일만도 아니야. 나는 그렇게 하려고 애써왔으니까 말이야. 내 기억에는 우리가 알고 지낸 지 얼마 안 됐을 때 자네가 내 지식의 한계를 아주 명확하게 정의한 적이 있잖나."

"맞아."

내가 웃으며 대꾸했다.

"특이한 기록이었지. 내가 기억하기로는 자네의 철학, 천문학, 정치학은 0점이었어. 식물학은 들쑥날쑥하다고 적었고, 런던에서 80킬로미터 이내에 있는 지역에서 묻혀온 흙이라면 다 구별해낼 수 있을 정도로 지질학에 해박하다고 썼지. 화학 지식은 괴짜스러웠고, 해부학 지식은 체계적이지 않다고 기록했지. 세간의 이목을 끈 사건이나 범죄 기록에 관한 것이라면 유일무이함. 바이올린, 복싱, 검도, 법 분야에서 상당한 실력자이며, 코카인과 니코틴 중독자임. 당시 내 분석의 핵심 골자가 이 정도는 됐을 거야."

홈즈가 마지막 항목에 이르자 싱긋 웃었다.

"흠, 전에도 말했지만 거듭하자면, 인간은 작은 뇌 속에 다락방을 만들어 당장 쓸모 있는 가구로 채워 넣어야 해. 나머지는 서재라고 이름 붙인 창고에 싹 치워버리고 필요할 때마다 꺼내 쓰고 말이야. 그런데 오늘 밤에 들어온 사건 같은 경우라면 모든 자원을 총동원할 필요가 있지. 옆 책장에서 미국 백과사전 K 항목 좀 꺼내줘. 고맙네. 그럼 이제 상황을 검토해서 어떤 결론을 유추해낼 수 있는지 보자고. 먼저 오픈쇼 대령이 미국을 떠날 수밖에 없었던 이유가 분명히 있을 거라는 가정에서 출발해보세. 그 정도 나이가 되어 새삼스럽게 생활 습관을 바꿀 사람도 별로 없겠지만, 특히 플로리다의 화창한 날씨와 영국의 외딴 시골에서의 삶과 맞바꿀 사람이 몇 명이나 되겠어. 대령이 극단적인 칩거 생활을 선택한 것은 아마 누군가 또는 무엇이 두려웠기 때문일 거야. 그렇다면 대령이 미국을 떠난 이유도 어떤 두려움 때문이었다는 가설이 유력해. 두려움의 실체가 무엇인지 알기 위해서는 대령과 두 상속자 앞으로 날아온 섬뜩한 편지로 추리하는 수밖에. 편지 세 통에 찍힌 소인이 기억나나?"

"첫 번째는 퐁디셰리, 두 번째는 던디, 세 번째는 런던이야."

"런던 동부지. 그 사실에서 어떤 걸 추론할 수 있겠나?"

"세 곳 모두 항구 도시야. 그러니 편지를 쓴 자가 배를 타고 있었다는 것."

"훌륭해. 단서를 하나 얻은 거야. 범인은 배를 타고 있었을 확률이 매우 높아. 이제 다른 점을 살펴보지. 퐁디셰리의 경우 협박에서 사건이 터지기까지 7주가 걸렸고, 던디의 경우는 협박에서 실행까지 고작 사나흘밖에 안 걸렸어. 이게 무슨 뜻일까?"

"여행 거리의 차이 아닐까?

"하지만 편지가 도착하는 데도 시간이 걸려."

"그렇다면 잘 모르겠는걸."

"적어도 범인이 탄 배가 범선이었다는 걸 추정해볼 수 있어. 놈은 임무에 착수하기에 앞서 특이한 방식으로 경고나 징표를 보내는 것 같아. 자네도 봤다시피, 던디에서 경고 편지가 날아온 뒤 얼마 지나지 않아 신속하게 범행이 이루어졌지. 만약 범인이 인도의 퐁디셰리에서 증기선을 타고 왔다면 편지가 도달한 시기와 비슷하게 도착했을 걸세. 하지만 사실상 7주나 더 걸렸지. 그 7주는 편지를 나르는 우편선과 편지를 쓴 범인이 탄 범선 간의 속도 차이였을 거야."

"가능한 얘기야."

"가능한 것 이상이야. 그럴 확률이 매우 높아. 지금 이 사건이 얼마나 긴박한지, 그리고 내가 왜 오픈쇼 청년에게 몸조심하라고 거듭 말했는지도 이해가 갈 거야. 범인이 편지를 보낸 다음 호섬에 도착했을 무렵에 항상 사건이 터졌어. 그런데 이번 편지는 런던에서 발송됐으니 범행이 지연될 거라고 기대할 수 없어."

"이런 맙소사!" 내가 소리쳤다. "그렇게 집요하게 쫓으며 괴롭히는 이유가 대체 뭐지?"

"오픈쇼 대령이 가지고 있던 문서가 범선에 탄 범인 일당에게는 목숨을 걸 정도로 중요한 물건이겠지. 범인은 틀림없이 한 명 이상일 거야. 혼자라면 검시 배심원을 감쪽같이 속일 정도로 교묘하게 두 사람을 해치우는 건 불가능할 테니 말이야. 범행에 가담한 건 여럿, 게다가 결단력이 뛰어나고 지략에 능한 자들이야. 그리고 문서가 누구 손에 있든 간에 그걸 차지하기 위해 끈질기게 쫓고 있어. 이 모든 점을 미루어볼 때 K. K. K.는 한 개인의 이니셜이 아니라 어떤 단체의 상징 같은 거야."

"하지만 어떤 단체?"

"자네 혹시…." 셜록 홈즈가 나를 향해 몸을 낮추더니 소리 죽여 물었다. "'쿠 클럭스 클랜'이라고 들어본 적 없어?"

"아니, 전혀."

홈즈가 무릎 위에 백과사전을 펼쳐놓고 책장을 넘겼다. "아, 여기 있군."

쿠 클럭스 클랜Ku Klux Klan은 소총의 공이치기를 뒤로 잡아당길 때 나는 소리를 본떠 지은 기이한 이름이다. 무서운 이 비밀 조직은 미국 남북전쟁이 끝난 뒤 남부의 전역 군인들이 결성한 조직으로 삽시간에 미국 전역으로 퍼져나갔으며, 특히 테네시, 루이지애나, 캐롤라이나, 조지아, 플로리다 지부가 활발한 활동으로 유명하다. 정치적인 이상을 이룬다는 목적 아래, 주로 흑인 유권자에게 테러를 가하거나 자신들을 반대하는 자를 살해하거나 국외로 추방하는 일에 앞장섰다. 이 단체는 표적이 된 상대에게 테러를 가하기 전에 다소 별난 방법으로 경고를 보냈다. 특이하지만 보면 바로 알아챌 수 있는 형상의 징표를 보내는 게 그 방법인데, 어느 지역에서는 떡갈나무의 잔가지를, 또 어떤 지역에서는 멜론 씨앗이나 오렌지 씨앗을 보냈다. 징표를 받은 사람은 즉각 기존의 정치적 견해를 바꾸겠다고 공표하거나 국외로 도피해야만 했다. 경고를 무시한 사람은 예외 없이 기이하고 급작스러운 죽음을 맞이했다. 빈틈없는 조직력과 체계적인 행동력을 갖췄기 때문에 이 단체에 맞서고도 목숨을 건진 사례나 테러를 가한 범인을 색출하는 데 성공했다는 기록은 찾아보기 힘들다. 쿠 클럭스 클랜은 미국 정부와 남부 지성인들의 노력에도 아랑곳하지 않고 한동안 위세를 떨쳤다. 1869년에 다소 급작스럽게 해체되었지만, 그 이후에도 이 단체의 소행과 유사한 형태의 테러가 산발적으로 발생했다.

홈즈가 책을 내려놓으며 말했다. "오픈쇼 대령이 그들의 문서를 들고 미국을 뜰 무렵, 이 비밀 단체가 불현듯 해체되었어. 두 사건이 일어난 시점이 공교롭게도 일치하지. 하지만 이건 우연이 아니라 어떤 인과 관계일 거야. 그러니 대령과 그 일가를 집요하게 추적한 것도 놀랄 일이 아니지. 그 명단과 일기에는 남부에서 내로라하는 고위층 인사들의 이름이 적혀 있었을 거야. 기록을 되찾기 전까진 발 뻗고 잘 수 없는 사람도 많을 걸."

"그럼 우리가 봤던 종이는….'

"우리가 짐작한 대로겠지. 내 기억이 맞다면, 거기에 'A, B, C에게 씨앗 발송'이라고 적혀 있었어. 그건 테러 대상자에게 경고를 보냈다는 뜻이지. 이어서 A와 B 제거 또는 추방했다는 얘기가 나오고, 끝으로 C를 방문했다는 기록이 나왔지. 아마 안타깝게도 C는 불길한 일을 당했을 거야. 의사 양반, 우리가 이 어두운 사건에 한 줄기 빛을 비출 수 있을 거야. 그사이 오픈쇼 청년이 살길은 내 충고대로 하는 것뿐인 것 같군. 오늘 밤에는 더 이상 할 수 있는 일이 없는 것 같으니 내 바이올린이나 좀 건네주게. 30분 정도라도 끔찍한 날씨도, 그리고 더 끔찍한 인간사도 잊어버릴 수 있게.'

이튿날 아침, 날이 개었고 태양은 도시 상공에 드리워진 희뿌연 장막을 뚫고 차분히 빛나고 있었다. 거실로 내려가 보니, 셜록 홈즈는 이미 아침을 먹고 있었다.

"자네를 기다릴 시간이 없었네."

홈즈가 말했다.

"오늘은 오픈쇼 사건으로 정신없이 바쁠 것 같아서 말이야."

"어떻게 하려고?"

"그건 첫 번째로 알아볼 조사 결과에 달렸지. 결국 호섭에 가봐야 할지도 몰라."

"먼저 호섬에 가보는 게 아니고?"

"아니, 런던에서 시작할 거야. 저기 초인종을 울리면 하녀가 자네에게 커피를 가져다줄 거야."

나는 커피를 기다리는 동안 아직 펼쳐보지 않은 조간신문을 집어 들었다. 신문 일 면에 나온 기사 제목이 눈에 들어온 순간, 가슴이 철렁 내려앉았다.

"홈즈, 이미 늦었어!" 내가 소리쳤다.

"아!" 홈즈가 잔을 내려놓으며 말했다.

"우려하던 바가 현실이 됐군. 어떻게 된 건가?"

차분한 목소리였지만, 나는 홈즈가 심하게 동요하고 있다는

걸 느꼈다.

"오픈쇼라는 이름이 눈에 띄길래 봤더니 '워털루 다리의 비극'이라는 제목의 기사야. 내용을 읽어보겠네."

어젯밤 9시에서 10시 사이, H 지구의 쿡 순경은 워털루 다리 근처에서 근무를 서던 중 살려달라는 비명과 함께 누군가 물에 빠지는 소리를 들었다. 길 가던 시민들이 발 벗고 나섰지만, 껌껌한 데다 거센 폭풍우가 가세한 탓에 인명 구조는 실패로 돌아갔다. 그러나 경보를 울려 달려온 해양 경찰의 협력으로 시신을 건지는 데는 성공했다. 익사자는 주머니에 들어 있던 봉투에 적힌 대로, 호섬 부근에 거주하는 존 오픈쇼로 밝혀졌다. 존 오픈쇼는 워털루 역에서 출발하는 마지막 열차를 잡아타기 위해서 서둘러 역으로 가던 중, 칠흑 같은 어둠 속에서 길을 잃고 증기선 선착장에서 발을 헛디딘 것으로 추정된다. 시신에는 폭행의 흔적이 전혀 없기 때문에 불행한 사고로 목숨을 잃은 것으로 보인다. 정부 당국은 이 사고를 계기로 강변 선착장의 안전 상태에 관심을 갖고 점검해야 할 것이다.

우리는 몇 분 동안 말없이 앉아 있었다. 그렇게 침울하고 약해진 홈즈를 보기는 처음이었다.

"내 자존심에 금이 갔군." 홈즈가 마침내 입을 열었다. "유치한 감정이긴 하지만 자존심이 상처를 입었네. 이로써 이 사건은 내 개인적인 문제가 되었군. 내가 살아 있는 한, 내 손으로

이 악당들을 잡고야 말겠어. 내게 도움을 청하러 온 청년을 죽음으로 내몰았다니…!"

홈즈가 의자에서 튕겨져 나오듯 벌떡 일어섰다. 창백한 얼굴이 벌겋게 달아오른 채, 길고 마른 손을 신경질적으로 움켜쥐었다 폈다 하면서 방 안을 이리저리 서성였다.

"간사한 악마들 같으니라고! 그 친구를 어떻게 제방 밑으로 유인했지? 그쪽은 역으로 가는 직선 경로가 아닌데. 궂은 밤이었지만 다리 위에 사람이 많아서 범행을 저지르기 쉽지 않았을 텐데. 왓슨, 누가 이기는지 두고 보세. 난 지금 나가 봐야겠어!"

"경찰서로?"

"아니, 내가 경찰이 되겠어. 내가 거미줄을 치면 경찰이 파리라도 잡겠지만, 그 전엔 아무것도 못 해."

그날은 하루 종일 환자를 돌보느라 저녁 늦게야 베이커 스트리트로 돌아왔다. 셜록 홈즈는 집에 없었다. 10시가 가까워질 무렵, 홈즈가 창백하고 노곤한 얼굴로 나타났다. 내 친구는 찬장으로 가서 빵 한 덩어리를 집어 들더니 게걸스럽게 먹어 치운 다음, 물을 연신 들이켰다.

"배가 많이 고팠나 보군."

"하루 종일 굶었거든. 먹는 걸 까맣게 잊고 있었어. 아침 이후로 아무것도 못 먹었거든."

"아무것도?"

"응, 끼니를 생각할 틈이 없었어."

"하려던 일은 어떻게 됐어?"

"아주 잘됐어."

"단서를 찾은 거야?"

"이 손안에 꽉 쥐고 있지. 오픈쇼를 대신해 복수할 날도 머지않았어. 왓슨, 이번에는 우리가 놈들에게 그 악마 같은 징표를 보내세. 어때, 괜찮은 생각이지?"

"뭐라고?"

홈즈가 찬장에서 오렌지를 하나 꺼내 쪼갠 뒤 씨를 발라냈다. 그리고 씨앗 다섯 개를 추려내어 편지 봉투에 넣었다. 봉투 안쪽에는 'S. H.가 J. O.에게'라고 쓰고, 겉봉에는 '미국 조지아주, 서배너 항, 론스타호, 제임스 캘훈 선장 앞'이라고 썼다.

"배가 항구에 들어서면 이 편지가 캘훈 선장을 기다리고 있을 거야." 홈즈가 킬킬거리며 말했다. "이것 때문에 날밤을 지새우겠지. 자, 운명의 계시를 받아라. 네놈이 오픈쇼에게 그랬던 것처럼."

"캘훈 선장이 누군데?"

"일당의 우두머리야. 다른 녀석들도 처리해야 하지만, 우선 이자부터."

"어떻게 알아낸 거야?"

홈즈가 주머니에서 큼지막한 종이 한 장을 꺼냈다. 거기엔 날짜와 이름들이 빽빽이 적혀 있었다.

"이걸 건지느라 하루 종일 고생했지." 홈즈가 말했다. "오늘 로이드 선박 협회를 찾아가 철 지난 등기부며 해묵은 서류철을 전부 뒤졌어. 1883년 1월에서 2월 사이에 인도의 퐁디셰리 항구에 들른 모든 선박이 그 후 어느 행선지로 향했는지를 추적하려고 말이야. 그 기간 동안 보고된 선박 중 용적톤수가 맞는 배는 서른여섯 척이더군. 그 가운데 '론스타호'가 단연 눈에 띄었어. 런던에서 떠났다고 보고되어 있었지만, 미국의 어느 주에서 따온 이름이 눈에 띄었거든."

"텍사스일 거야."(론스타는 텍사스 주의 별칭이다. 주기州旗에 별이 하나만 그려져 있기 때문에 론 스타Lone Star, 즉 '외로운 별'이라는 별명을 얻었다─옮긴이)

"어느 주인지는 확실히 짚어낼 수 없었지만, 어쨌든 미국 국적의 선박이 틀림없다고 생각했어."

"그다음은?"

"던디 항의 기록을 뒤졌지. 등기부를 뒤져서 론스타호가 1885년 1월에 거기 있었다는 사실을 알아냈어. 의심은 확신으로 변했지. 그리고 내친김에 현재 런던에 기항 중인 선박들도 조사했지."

"그랬더니?"

"론스타호는 지난주부터 런던에 정박했더군. 나는 앨버트 부두로 가서 그 배가 오늘 아침 일찍 사바나 항을 향해 출항했다는 사실을 알아냈지. 그레이브젠드로 전보를 보내 확인해보니 론스타호가 몇 시간 전에 그곳을 지났다고 하더군. 동풍이 불고 있으니 지금쯤은 굿윈샌즈를 지나 와이트 섬 근처까지 갔겠지."

"이제 어떻게 할 건가?"

"아, 벌써 손을 써놨지. 내가 알아본 결과, 그 배에 미국 토박이라고는 선장과 선원 둘뿐이더군. 나머지는 핀란드나 독일 출신이었어. 또 배에 짐을 실어 나른 하역 인부에게서 그 세 명이 어젯밤 배에서 내렸다는 정보도 알아냈지. 그들이 탄 배가 사바나 항에 닿을 무렵이면 이 편지를 실은 우편선도 이미 도착해 있을 거야. 그리고 사바나 경찰에게 전문을 보내 살인 혐의로 수배 중인 용의자 세 명을 체포해달라고 요청할 걸세."

하지만 아무리 치밀하고 완벽하게 세운 계획일지라도, 인간의 계획에는 허점이 생기기 마련이다. 존 오픈쇼 살해범들은 오렌지 씨앗을 끝내 받지 못했고, 그들 못지않게 영리하고 끈질긴 인간이 뒤를 쫓고 있다는 사실 또한 영영 알지 못했다. 그해의 추분 강풍은 유난히 길고 거셌다. 우리는 사바나 항으로부터 론스타호의 소식이 전해지기를 애타게 기다렸지만 어떤 소식도 들려오지 않았다. 그러다 마침내 듣게 된 소식은 대서양 어디선가 부서진 선미 파편이 파도 사이에 떠다니는 것이 발견되었는데, 거기에 'L. S.'라는 글자가 새겨져 있었다고 한다. 론스타호의 운명에 대해서 아는 건 그게 전부다.

6
입술이 뒤틀린 남자

　아이자 휘트니는 심각한 아편 중독자다. 세인트 조지 신학 대학에서 학장을 지낸 작고한 일리어스 휘트니의 동생인 아이자가 아편에 중독된 것은 대학 시절 바보 같은 장난에서 시작되었다. 드 퀸시(영국의 비평가이자 수필가,《어느 아편 중독자의 고백》으로 유명하다—옮긴이)가 환각에 대해 묘사해놓은 글을 읽고 똑같이 느껴보겠다며 담배를 아편 팅크(생약을 알코올 등에 담가 녹이거나 우린 액체—옮긴이)에 흠뻑 적셔 피운 것이다. 그러나 숱한 사람들이 이미 경험했듯이, 아이자 휘트니 역시 그런 습관은 들이는 건 쉽지만 버리기는 훨씬 어렵다는 사실을 알게 되었다. 그리고 오랜 세월을 아편의 노예로 살아가면서 친구들과 친척들에게 혐오와 동정의 대상으로 전락하고 말았다. 핏기 없이 누렇게 뜬 얼굴, 몽롱하게 반쯤 들어 올린 눈꺼풀, 바늘 끝만 하게 줄어든 눈동자를 하고 의자 위에 한껏 웅크려 앉아 있는 몰골을 보고 있노라면 영락없이 망가지고 쇠락한 귀족이 떠오른다.

1889년 6월 어느 날 밤, 하품을 하며 시계를 쳐다보게 되는 시간 즈음 누군가 초인종을 울렸다. 나는 허리를 일으켜 앉았고 아내는 뜨개질 거리를 무릎에 내려놓았다. 아내의 얼굴에 실망하는 기색이 언뜻 스쳤다.

"환자인가 봐요! 또 나가 봐야 할 모양이에요."

고단한 하루를 마치고 막 돌아온 차라 신음 소리가 절로 새어 나왔다.

문이 열리고 다급한 말소리가 들리더니, 이내 리놀륨 바닥 위로 종종걸음을 치는 소리가 났다. 이윽고 방문이 와락 열리더니 어두운색의 옷을 입고 검은 베일을 쓴 여인이 들어왔다.

"이렇게 늦은 시간에 찾아와서 죄송합니다." 여인이 입을 떼더니 갑자기 자제력을 잃고 아내에게 달려갔다. 그러고는 아내의 목에 팔을 두르고 어깨에 기대어 흐느끼기 시작했다. "아, 큰일 났어! 제발 날 좀 도와줘." 우리를 찾아온 손님이 외쳤다.

"무슨 일인가요?" 아내가 여인의 베일을 들어 올리며 물었다. "케이트 휘트니! 깜짝 놀랐잖아. 들어올 때는 너인지 전혀 몰라봤어."

"어떻게 해야 할지 몰라서 너한테 곧장 달려온 거야."

항상 그런 식이었다. 슬픔에 빠진 사람들은 등대로 날아든 새처럼 아내를 찾아왔다.

"잘 왔어. 포도주와 물을 좀 마셔봐. 의자에 편히 앉아서 무슨 일인지 말해봐. 혹시 불편하면 남편한테 가서 자라고 할까?"

"아, 아니야, 괜찮아. 나는 의사 선생님의 조언도 필요하거든. 아이자 일이야. 그이가 이틀 동안 집에 들어오지 않았어. 무슨 일이라도 생겼을까 봐 걱정돼 미칠 것 같아."

케이트 휘트니라는 여인이 남편 일로 우리를 찾아온 건 처음이 아니었다. 그때마다 나는 의사로서, 아내는 동창이자 오랜 친구로서 온갖 말을 건네며 케이트를 안심시키고 위로했다. 케이트는 남편이 어디에 있는지 아는 걸까? 남편을 찾아서 데려오는 게 가능할까?

가능해 보였다. 케이트의 말에 따르면, 최근 들어 아이자는 병이 도질 때마다 런던의 동쪽 끝에 있는 아편굴을 찾아갔다고 했다. 지금까지 아이자의 아편 잔치는 하루를 넘기지 않았으며, 저녁이 되면 기진맥진한 몸을 끌고 집으로 돌아왔다. 그런데 이번에는 어찌 된 영문인지 아편의 마력이 이틀 내리 계속되고 있었다. 아무래도 선착장의 하류 인생들 틈에 끼어 아편 독을 들이켜고 있거나 약 기운이 사그라질 때까지 시체처럼 잠들어 있는 게 뻔했다. 케이트는 어퍼스완덤 레인에 있는 '골드 바'를 가면 남편을 만날 수 있을 거라고 확신했다. 하지만 케이트가 무엇을 할 수 있을까? 젊고 소심한 여자가 그런 곳에 가서 불량배들 사이에서 남편을 데리고 나온다는 것은 너무 무모하지 않은가?

사정이 이러하니 해결책은 하나밖에 없었다. 내가 케이트와 함께 가면 되는 것 아니겠는가? 그 순간 또 다른 생각이 떠올랐다. 구태여 케이트가 갈 필요가 있을까? 내가 아이자 휘트니의 주치의인 만큼 아이자도 내 말을 무시하지는 못할 것이다. 혼자 가는 편이 일을 처리하기에도 훨씬 수월할 터였다. 나는 케이트가 말해준 장소에 정말 아이자가 있다면 두 시간 안에 마차에 태워 집에 보내겠다고 약속했다. 그리고 10분 후 안락의자와 아늑한 거실을 뒤로한 채 마차를 타고 시내 동쪽으로 달려갔다. 그때에도 별 희한한 심부름이라는 생각이 들긴 했지만, 그건 앞으로 일어날 일에 비하면 아무것도 아니었다.

모험의 첫 단계는 순탄하게 넘어갔다. 어퍼스완덤 레인은 템스 강 북쪽 기슭에서 런던 브리지의 동쪽까지 이어진 부두 뒤편에 숨어 있는 음산하고 지저분한 골목이었다. 싸구려 옷가게와 술집 사이로 나 있는 가파른 돌계단을 따라 내려가니 동굴의 어귀같이 생긴 검은 입구가 나타났다. 내가 찾고 있던 아편굴이었다. 나는 마부에게 기다리라고 말한 뒤, 아편쟁이들의 끊임없는 발길 탓에 가운데가 닳고 움푹 꺼진 계단을 내려갔다. 문 위에 걸린 석유램프의 가물거리는 불빛에 의지해 문고리를 찾아내어 안으로 들어서니 천장이 낮고 기다란 방이 나타났다. 실내에는 갈색 아편 연기가 자욱했고, 나무 침상들이 이민선의 선실처럼 계단식으로 늘어서 있었다.

어둠 속에서 해괴한 자세로 누워 있는 사람들이 어렴풋이 눈에 들어왔다. 휘어진 어깨에 무릎이 뒤틀려 누워 있는가 하면, 뒤로 젖혀진 머리에 턱을 치켜든 사람도 있었다. 여기저기서 멍한 눈동자를 들어 올려 새로운 방문객을 응시하기도 했다. 금속제 파이프 끝에 눌러 담은 아편이 타들어 가다 멈출 때마다 검은 그림자들 사이로 동그랗고 자그마한 불빛이 빨갛게 타올랐다가 다시 희미해지기를 반복했다. 대부분 조용히 누워 있었지만, 혼잣말을 중얼거리거나 기괴할 정도로 낮고 단조로운 음성으로 대화하는 사람도 있었다. 말소리는 봇물 터지듯이 갑자기 흘러나왔다가 뚝 끊겨 돌연 침묵 속으로 빠져들었다. 다들 말만 주저리 늘어놓을 뿐, 어느 하나 옆 사람의 말에 귀 기울이는 사람은 없었다. 안쪽 구석에는 벌건 숯이 타고 있는 작은 화로가 놓여 있었고, 그 옆에는 키가 크고 몸이 여윈 노인이 삼발이 의자에 앉아 있었다. 노인은 팔꿈치를 무릎에 올리고 두 주먹으로 턱을 괸 채 물끄러미 화롯불을 응시하고 있었다.

내가 안으로 들어서자, 얼굴빛이 누르스름한 말레이시아 종업원이 파이프와 약을 냉큼 챙겨 오더니 빈 침상으로 나를 안내하려 했다.

"고맙지만, 여기 머무르려고 온 게 아닐세." 내가 말했다. "아이자 휘트니라고, 내 친구가 여기 있는데 그 친구한테 볼일이 있네."

그러자 내 오른쪽에서 부스럭거리는 소리가 나더니 누군가 인기척을 냈다. 어둠 속을 가만히 들여다보니, 창백한 낯빛에 한층 더 수척해진 아이자 휘트니가 덥수룩한 몰골로 나를 쳐다보고 있었다.

"아니 이런! 왓슨 아닌가!" 아이자가 말했다. 가련하게도 아이자는 마치 모든 신경들이 경련을 일으킨 듯 근육을 씰룩거리며 떨고 있었다. "왓슨, 지금 몇 시지?"

"11시가 다 됐네."

"오늘이 무슨 요일인가?"

"6월 19일 금요일이네."

"맙소사! 나는 오늘이 수요일이라고 생각했는데. 아냐, 수요일 맞잖아. 왜 나를 놀라게 하는 거야?"

아이자는 두 팔에 얼굴을 파묻고 새된 목소리로 흐느끼기 시작했다.

"이 친구야, 오늘은 금요일이라고. 이틀 사이에 자네 아내가 자네를 얼마나 걱정했겠는가. 부끄러운 줄 알아야지!"

"맞아. 하지만 왓슨, 자네가 뭘 잘못 알고 있는 거야. 나는 여기 온 지 몇 시간밖에 안 됐어. 파이프 세 대, 아니 네 댄가. 몇 대나 피웠는지 잊어버렸군. 어쨌든 자네와 같이 집에 가야겠어. 케이트를 걱정시키고 싶지는 않으니까…. 불쌍한 우리 케이트. 나 좀 잡아주게. 마차는 가지고 왔나?"

"그래, 대기시켜놨네."

"그럼 그걸 타고 가야겠군. 먼저 계산을 해야 할 텐데. 왓슨, 얼마인지 좀 알아봐 줘. 몸에 기운이 하나도 없는 게 아무것도 못 하겠어."

나는 양쪽으로 침상이 늘어선 비좁은 통로에 들어섰다. 감각을 마비시키는 지독한 연기를 마시지 않기 위해 숨을 참으며 지배인을 찾아 두리번거렸다. 화로 옆에 앉아 있던 키 큰 노인 옆을 지나치는데, 누군가 내 옷자락을 잡아당겼고 낮은 목소리로 속삭였다.

"나를 지나쳐 가. 그런 다음 뒤를 돌아봐."

분명 환청은 아니었다. 나는 아래를 내려다보았다. 아무리 봐도 노인 말고는 그런 말을 건넬 사람이 없었다. 하지만 노인은 여전히 약에 흠뻑 취해 있었다. 깡마른 몸에 얼굴은 주름투성이었고, 노쇠한 나이 탓에 등이 구부정했다. 몹시 나른한 듯 아편 파이프는 손가락 사이에서 흘러내려 무릎 사이에 대롱대롱 매달려 있었다. 나는 앞으로 두 발짝을 간 다음 뒤를 돌아보았다가 깜짝 놀라 외마디 비명을 지를 뻔했다. 노인이 나 말고는 아무도 볼 수 없도록 등을 돌렸는데, 어느새 노인의 몸은 꼿꼿하게 펴지고 주름살은 사라졌으며 흐릿하던 눈이 예리하게 반짝였다. 바로 셜록 홈즈였다. 내가 화들짝 놀라는 모습을 보고 흐뭇하다는 미소를 짓더니 가까이 오라는 신호를 슬쩍 보냈다. 그리고 사람들을 향해 얼굴을 반쯤 돌렸는데, 순식간에 휘청거리는 몸에 입 싼 노인네의 모습으로 돌아가 있었다.

"홈즈!" 내가 나직이 속삭였다. "대체 이 소굴에서 뭘 하는 거야?"

"최대한 목소리를 낮춰. 나는 아직 가는귀가 먹진 않았어. 저 아편쟁이 친구를 처리하고 나서 잠깐 얘기 좀 해."

"밖에 마차를 대기시켜놨어."

"그럼 어서 저 친구를 태워서 집으로 보내. 안심해도 될 거야. 저렇게 맥도 못 추는데 뭔 짓을 할 수 있겠나. 그리고 아내에게 보낼 쪽지를 써서 마부 편에 보내는 게 좋겠어. 오늘 밤 자네는 나와 운명을 함께할 거라는 내용을 담아서 말이지. 내가 5분 내로 나갈 테니 밖에서 만나세."

셜록 홈즈의 요청은 어떤 것이든 거절하기가 어려웠다. 내 친구의 말은 항상 명확했으며, 은근한 카리스마가 느껴지기 때문이다. 어차피 휘트니를 마차에 태워 보내면 내 임무는 사실상 끝난 것이니, 그 뒤에 뭘 하든 자유였다. 홈즈에게는 평범한 일상이겠지만 내게는 독특한 모험이니 동참할 수 있다면 뭘 더 바라겠는가. 나는 아내에게 쪽지를 쓰고 휘트니의 아편 값을 치른 다음 마차에 태웠다. 그리고 마차가 어둠을 뚫고 달려가는 모습을 지켜보았다. 잠시 후 노인 하나가 아편굴을 빠져나왔고, 나는 노인과 함께 거리를 걸어 내려갔다. 셜록 홈즈는 구부정한 자세로 발을 끌며 비칠거렸다. 그렇게 두 블록이 지나자, 홈즈는 주위를 재빨리 둘러보더니 허리를 쭉 펴고는 큰 소리로 한바탕 웃어댔다.

"왓슨, 자네는 내가 드디어 아편에까지 손을 댔다고 생각했겠군. 코카인 주사며, 자네가 의사로서 잔소리를 늘어놓았던 온갖 나쁜 습관으로도 모자라서 말이야."

"거기서 자네를 보고 화들짝 놀라긴 했지."

"자네를 보고 놀란 나만 할까."

"나야 친구를 찾으러 갔을 뿐이야."

"나는 적을 찾으러 갔을 뿐이지."

"적?"

"그래. 나의 천적, 아니, 나의 먹잇감을 찾으러 갔다고 해야 할까. 간단하게 말해주겠네, 왓슨. 나는 지금 범상치 않은 일을 조사 중이야. 그래서 아편쟁이들이 두서없이 주절거리는 말에서 단서를 찾을 수도 있겠다는 생각에 그 소굴을 찾아간 거라네. 만약 내 정체가 들통 났더라면 내 목숨은 한 시간도 안 되어 골로 갔을걸. 전에도 그런 식으로 아편굴을 써먹은 적이 있어서, 그곳을 운영하는 교활한 인도 선원이 나에게 복수하려고 이를 갈고 있거든. 그 건물 뒤편에는 폴 부두 쪽으로 숨겨진 문이 하나 있는데, 달도 없는 밤이면 그곳으로 뭔가 버려진다는 이야기를 엿들을 수 있었어."

"뭐야! 설마 시체는 아니겠지?"

"맞아, 시체. 저 아편굴에서 죽어 나간 가엾은 녀석들 한 명당 1000파운드씩 받으면 우리는 엄청난 부자가 될 거야. 템스 강변에서 가장 지독한 죽음의 덫을 꼽으라면 단연 거기지. 네빌 세인트 클레어도 거기에 들어갔다가 영영 빠져나오지 못한 것 같아. 그런데 우리가 탈 마차가 이쯤 어디에 있을 텐데."

홈즈가 양쪽 검지를 입에 물고 날카롭게 휘파람을 불었다.

화답이라도 하듯 멀리서 비슷한 휘파람 소리가 나더니, 이내 말발굽 소리와 덜컹거리는 바퀴 소리가 들려왔다.

"어때, 왓슨?" 마차 양옆에 달린 랜턴이 두 줄로 긴 노란 불빛을 쏘며 어둠 속을 치달려 올 때 홈즈가 말했다. "나와 같이 갈 텐가?"

"내가 도움이 된다면야."

"아, 믿을 만한 전우는 항상 도움이 되지. 더구나 사건 기록자라면 더더욱 그렇지. 시더스 저택에서 내가 묵을 방에는 침대도 널찍하다네."

"시더스 저택?"

"응. 세인트 클레어 씨의 집이야. 조사하는 동안 거기서 지낼 계획이야."

"거기가 어딘데?"

"켄트 주의 리 근처야. 여기서 11킬로미터 거리지."

"하지만 사건에 대해 나는 아는 게 없는데."

"물론 그렇겠지. 이제 곧 알게 될 거야. 자, 올라타게. 수고했네, 존. 이젠 가보게. 여기 하프 크라운이 있네. 내일 11시쯤에 다시 볼까? 말고삐를 이리 주고.

그럼 잘 가게!"

홈즈는 말을 향해 채찍을 가볍게 휘둘렀다. 마차는 인적이 드문 어둠침침한 거리를 달리기 시작했다. 길이 점점 넓어지더니 이윽고 난간을 두른 넓은 다리 위를 건너고 있었다. 다리 밑으로 컴컴한 강물이 완만하게 흘러갔다. 다리를 건너자 벽돌과 회반죽으로 이뤄진 황량한 거리가 다시 나왔다. 순찰을 도는 경찰의 규칙적이고 육중한 발소리나 술꾼들이 흥얼거리는 노랫가락, 대뜸 외치는 고함 소리만이 거리의 정적을 이따금 깨뜨렸다. 밤하늘에는 구름 조각이 난파선의 잔해처럼 유유히 흘러다녔고, 구름 사이로 별이 한두 개씩 희미하게 반짝였다. 홈즈는 말없이 마차를 몰았다. 고개를 숙이고 깊은 생각에 빠진 모양이었다. 옆에 앉아 있던 나는 도대체 어떤 사건이기에 홈즈가 이토록 머리를 쥐어짜고 있는지 궁금했지만, 생각의 흐름을 끊을까 봐 말을 붙이지 못했다. 몇 킬로미터를 더 달렸을까. 마차가 교외의 별장 지대로 접어들자, 홈즈가 몸을 부르르 떨고 어깨를 으쓱하더니 파이프에 불을 붙였다. 비로소 어느 정도 만족스러운 결과를 얻어낸 모양이었다.

"왓슨, 자네는 침묵할 줄 아는 굉장한 재능을 가졌지. 친구로서 더 이상 바랄 게 없어. 정말이지 오늘 같은 날 말할 상대가 있다는 건 정말 큰 복이야. 내 생각이란 게 썩 즐겁고 유쾌한 건 아니니까. 방금 전까지 오늘 밤 문 앞에서 나를 맞아줄 부인에게 무슨 말을 해야 할지 고민하고 있었어."

"자네는 내가 사건에 대해 아는 게 없다는 사실을 깜박한 모양이군."

"리에 도착하기 전까지 설명할 시간이 될 거야. 이번 사건은 터무니없을 정도로 단순해 보이지만 아직까지 갈피를 못 잡고 있어. 실마리는 꽤 있는데, 막상 손에 잡히는 단서는 하나도 없어. 이제 사건을 간단명료하게 설명해주지. 혹시 자네가 이 암흑 속에서 번득이는 섬광을 찾아낼지도 모르니까."

"어서 얘기해봐."

"몇 년 전, 정확히 말하면 1884년 5월, 네빌 세인트 클레어라는 신사가 리에 나타났어. 돈이 꽤 많아 보였지. 큰 저택을 사서 정원도 아름답게 가꾸고 여유로운 생활을 했지. 시간이 지나면서 이웃들과도 점점 친해지고, 1887년에는 그 지역 양조장 주인의 딸과 결혼해서 두 아이를 두었지. 신사는 특별한 직업은 없었지만 여러 회사 일에 관여하고 있어서, 아침이면 시내로 나갔다가 저녁때가 되면 항상 캐논 스트리트에서 출발하는 5시 14분 기차를 타고 집으로 돌아왔어. 세인트 클레어의 현재 나이는 서른일곱이고, 온화한 성품에 좋은 남편이자 다정한 아버지라는 평판이 자자하더군. 세인트 클레어를 아는 사람들은 모두 좋은 이야기만 했어. 현재까지 확인된 부채가 88파운드 10실링이야. 하지만 캐피탈 앤드 카운티스 은행에 220파운드에 달하는 예금이 있어. 그러니까 돈 문제로 고민하지는 않았을 거야.

지난 월요일, 네빌 세인트 클레어 씨는 평소보다 이른 시간에 시내로 떠났어. 집을 나서기 전에 오늘 두 가지 중요한 일을 처리해야 한다고 했다더군. 돌아오는 길에 어린 아들한테 장난감 블록 한 상자를 사다 주겠다는 말도 덧붙였대. 그리고 정말 우연히도 같은 날 세인트 클레어 부인 역시 시내로 외출할 일이 생겼지. 남편이 떠난 직후, 부인은 마침 기다리던 귀중한 물건이 애버딘 선박 회사 사무실에 보관되어 있으니 찾아가라는 내용의 전보를 받은 거야. 그 선박 회사 사무실은 프레스노 스트리트에 있어. 런던 지리에 밝다면 잘 알겠지만, 프레스노 스트리트는 오늘 밤 우리가 만났던 어퍼스완덤 레인에서 갈라져 나온 샛길 아닌가. 세인트 클레어 부인은 점심을 먹고 시내로 출발했어. 시내에서 쇼핑을 좀 하고 회사 사무실에 가서 소포를 찾은 후 기차역으로 돌아가려고 스완덤 레인에 들어섰지. 마침 시계를 보니 정확히 4시 35분이었지. 지금까지 잘 이해했지?"

"아주 명확해."

"자네도 월요일이 얼마나 무더웠는지 기억할 거야. 세인트 클레어 부인은 천천히 발걸음을 떼면서 마차를 잡아탈 요량으로 주위를 두리번거렸어. 거리며 동네가 마음에 들지 않았거든. 그렇게 좌우를 살피며 스완덤 레인을 걸어가고 있는데, 갑작스러운 탄성, 아니 어쩌면 비명인지도 모르는 외마디 소리에 고개를 들었다가 깜짝 놀라 그 자리에서 얼어붙고 말았지. 2층 창문에서 남편이 자신을 내려다보고 있었다는 거야. 부인이 보기에는 남편이 손짓을 하며 자신을 부르는 것 같았대. 부인이 열린 창문으로 똑똑히 본 남편 얼굴은 잔뜩 겁에 질린 표정이었다더군. 남편은 아내를 향해 미친 듯이 두 손을 흔들다가 창문에서 갑자기 사라졌어. 마치 누군가가 뒤에서 세차게 잡아당긴 것처럼 말이야. 그런데 여성이 가진 예리한 눈썰미로 세인트 클레어 부인은 한 가지 야릇한 점을 발견했어. 남편은 집을 나설 때 입고 있던 어두운색의 코트를 여전히 걸치고 있었는데, 안에 칼라도 넥타이도 안 보였다는 거야.

남편에게 불길한 일이 생겼다고 직감한 부인은 계단을 뛰어내려가 그 집으로 들어갔지. 그 집은 자네가 나를 만난 아편굴이었어. 부인이 앞쪽 방을 가로질러 2층으로 향하는 계단에 올라서려 하자, 아까 내가 말한 인도 선원 녀석이 어느새 계단 발치에 나타나더니 부인의 앞을 가로막아 섰어. 그러고는 부인을 뒤로 떠밀기 시작했어. 거기서 조수로 일하는 덴마크 녀석까지 합세해 부인을 거리로 밀어냈지. 부인은 미칠 듯한 의혹과 두려움에 사로잡혀 거리를 뛰어내려 가다가, 운 좋게도 프레스노 스트리트에서 순찰 구역으로 가고 있던 경위와 경찰 몇 명을 마주치게 되었지. 경위와 경찰 둘이 부인의 뒤를 따라가 끈질기게 저항하는 집주인을 뿌리치고 세인트 클레어 씨가 마지막으로 모습을 보였다던 방으로 올라갔어. 하지만 세인트 클레어 씨의 흔적은 어디에도 없었어. 아무리 살펴봐도 2층에 있었던 사람이라고는 원래 거기에 사는 것 같은 흉측하게 생긴 불구자뿐이었지. 불구자와 인도 선원은 오후 내내 그 방에 아무도 없었다고 주장했어. 두 녀석이 너무나 완강하게 부인하자 경위가 갈피를 못 잡고 동요하기 시작했고, 결국 부인이

착각했다는 쪽으로 생각을 굳힐 때쯤이었지. 부인이 느닷없이 비명을 지르며 탁자 위에 놓인 작은 전나무 상자를 향해 달려갔어. 뚜껑을 열어젖히자, 그 속에서 장난감 블록이 작은 폭포처럼 우르르 쏟아져 나왔지. 그건 세인트 클레어 씨가 집에 올 때 사다 주겠다고 약속한 장난감이었어.

새로운 증거가 나타난 데다 불구자가 당황한 기색을 보이자, 경위는 문제가 심각하다는 것을 깨달았지. 경찰이 모든 방을 샅샅이 조사해본 결과, 그곳에서 끔찍한 범죄가 일어났다는 결론을 내렸어. 앞쪽 방은 간소한 가구가 배치된 응접실로 작은 침실로 이어져 있었는데, 그 침실 창문으로 부두 뒤편이 보였지. 그리고 부두와 침실 창문 사이에는 좁다란 자투리땅이 있었는데, 썰물 때는 바닥이 드러났다가 밀물 때는 바닷물이 적어도 1.5미터 높이까지 차오르는 곳이었지. 침실 창문은 큼직한 크기에 위아래로 움직여 여닫을 수 있었어. 그런데 자세히 살펴보니 창틀에 핏자국이 묻어 있고, 침실의 마룻바닥에도 핏방울이 떨어져 있었어. 앞쪽 방의 커튼을 젖히자 뒤쪽에서 네빌 세인트 클레어 씨의 옷가지가 쏟아져 나왔지. 부츠, 양말, 모자, 시계까지 코트를 제외한 모든 물건이 고스란히 남아 있었지. 하지만 어떤 옷에서도 별다른 폭행의 흔적은 없었어. 그리고 옷 외에 다른 흔적도 찾지 못했어. 세인트 클레어 씨가 침실 창문을 통해서 밖으로 나간 것은 분명했어. 출구라고 할 만한 게 그 창문 하나뿐이었으니까. 그런데 창틀의 핏자국은 세인트 클레어 씨가 헤엄쳐서 무사히 빠져나갔을지도 모른다는 기대조차 저버리게 만드는 불길한 징조였지. 게다가 비극이 벌어질 당시에는 파도가 최대 만조를 기록했거든.

그러면 이제 현재 사건에 직접 관련된 것으로 의심되는 악당들에 대해 살펴보세. 인도 선원은 악랄한 전력을 가진 녀석이야. 하지만 세인트 클레어 부인 얘기에 따르면, 그 녀석은 남편이 창가에서 사라진 지 몇 초도 안 되어 계단 발치에 서 있었다고 했으니 기껏해야 방조자 역할이나 했을 거야. 그 선원 녀석은 모든 질문에 자기는 아는 바가 없다는 대답으로 일관했어. 그 방에 세 들어 사는 불구자 휴 분이 무슨 짓을 했는지 자기는 아무것도 모르며 실종된 신사의 옷이 그 방에서 발견된 경로에 대해서도 자신은 일말의 책임도 없다고 주장하고 있어.

집주인 인도 선원 얘기는 이 정도로 해두고, 아편굴 2층에 세 들어 산다는 불구자를 살펴보세. 분명 네빌 세인트 클레어를 마지막으로 본 자야. 이름은 휴 분으로, 흉한 외모 덕분에 시내를 자주 오가는 사람이라면 그자를 모르는 사람이 없다네. 경찰의 단속을 피하기 위해 밀랍 성냥을 파는 척하기도 하지만, 사실 그자의 본업은 구걸이야.

스레드니들 스트리트를 따라 내려가다 보면, 왼편 담벼락에 오목하게 들어가 눈길을 끄는 곳이 있지. 바로 거기가 그 녀석이 매일같이 출근하는 곳이야. 다리를 꼬고 앉아 무릎에 성냥 몇 개를 올려놓고 온종일 거기 앉아 있다네. 그러면 그 애처로운 광경에 못 이긴 수많은 사람들이 기름때에 절은 가죽 모자

에 적선의 동전을 던져주지. 나는 그
자의 직업에 대해 자세히 알기 전
에 한두 번 지켜본 적이 있는데,
그 짧은 시간에 얼마나 짭짤
한 수입을 거두는지를 보
고 깜짝 놀랐어. 그 행색
은 한번쯤 쳐다보지 않고
는 못 배길 정도야. 산발
을 한 오렌지색 머리하며
창백한 얼굴은 끔찍한 흉터로
일그러져 있는데, 흉터 부근의 피부가 수축된 바람에 윗입술
가장자리가 위로 말려 올라가 있어. 그뿐이 아니야. 턱은 불도
그처럼 생긴 데다 날카롭고 까만 두 눈은 머리 색깔과 선명한
대조를 이루니, 웬만한 걸인들 속에서도 단연 돋보이는 존재
야. 게다가 행인들이 던지는 짓궂은 농담도 척척 받아치는 재
치까지 갖췄어. 우리가 찾고 있는 신사를 마지막으로 본 자가
바로 이 아편굴 세입자일세."

　"하지만 불구자라면서! 그런 사람이 한창 젊은 사내를 어떻
게 힘으로 이길 수 있겠나?"

　"불구라고 하지만 걸을 때 다리를 조금 절 뿐이야. 그것만
빼면 힘이 넘치고 건강해 보여. 왓슨, 자네는 의사니 이런 것
에 대해 잘 알겠지. 팔다리에서 한쪽이 약해지면 그걸 보상하
기 위해 신체 다른 부분이 유난히 강해지는 경우 말이야."

"얘기를 계속해보게."

"세인트 클레어 부인은 창틀에 묻은 핏자국을 보고 그만 기절하고 말았지. 부인이 있어봐야 별 도움이 안 될 테니, 경찰이 부인을 마차에 태워 집에 데려다주었지. 이 사건을 맡은 바턴 경위는 현장을 샅샅이 뒤져봤지만, 실마리가 될 만한 단서는 전혀 찾지 못하고 조사를 끝내야 했어. 특히 휴 분이라는 녀석을 즉각 체포하지 않은 건 경찰의 실수였다네. 몇 분이긴 하지만 그사이 인도인 친구와 입을 맞출 틈을 준 거야. 하지만 경찰은 곧 실수를 깨닫고 녀석을 체포해서 조사하고 있지만, 혐의를 입증할 만한 증거는 발견하지 못했어. 오른쪽 셔츠 소매에 핏자국이 묻어 있었지만, 녀석은 자신의 약손가락을 가리키며 손톱 근처를 베어 나온 피라고 해명했네. 그리고 창틀의 핏자국도 자기가 좀 전에 창가에 서 있을 때 묻은 게 틀림없다고 주장했지. 휴 분은 네빌 세인트 클레어라는 남자는 본 적도 없다고 펄펄 뛰면서, 그자의 옷가지들이 자기 방에서 발견된 것에 대해서는 자신도 영문을 모르기는 마찬가지라고 말했다네. 창문을 통해 남편을 보았다는 부인의 주장은 어떻게 된 것이냐고 묻자, 부인이 미친 게 아니면 꿈을 꾼 거라고 단언했지. 녀석은 거세게 항의했지만 결국 경찰서로 연행되었고, 경위는 썰물이 빠지면 새로운 단서가 나타날지도 모른다는 생각에 그곳에 남았어.

그리고 경위의 예상은 적중했어. 물론 질퍽한 진흙탕 위에서 발견된 게 우리가 염려하던 건 아니었지만 말이야. 그러니까 물이 빠지면서 강바닥에서 모습을 드러낸 건 네빌 세인트 클레어 씨가 아니라 세인트 클레어 씨의 코트였어. 그 코트 주머니 안에서 무엇을 발견했는지 짐작할 수 있겠나?"

"감도 안 잡히는걸."

"그래, 짐작할 수 없을 거야. 1페니와 반 페니 동전들이 주머니를 꽉 채우고 있었어. 1페니짜리 동전이 421개, 반 페니짜리 동전은 270개나 됐지. 옷이 파도에 휩쓸려 가지 않을 만도 하지. 하지만 인간의 몸이라면 얘기가 달라지지. 썰물이 들어올 때, 부두와 그 집 사이에는 격렬한 소용돌이가 생기거든. 그래서 무거운 외투는 가라앉고 벌거벗은 시체는 강 속으로 빨려 들어갔다는 건 충분히 가능한 일이지."

"하지만 다른 옷가지가 방에서 모두 발견됐다면서. 그럼 시체에 코트 하나만 입혔단 말이야?"

"그게 아니지, 의사 양반. 내가 사실을 그럴듯하게 꿰맞춰 설명해보겠네. 휴 분이라는 자가 네빌 세인트 클레어를 창밖으로 내던졌다고 가정해보자고. 그걸 본 사람은 아무도 없었지. 그다음에 휴 분은 어떻게 했을까? 우선 확실한 범행 증거가 되는 옷가지를 없애야 한다는 생각이 번뜩 떠올랐을 거야. 그래서 코트를 움켜쥐고 창밖으로 던지려는 순간, 옷이 가라앉지 않고 떠오를 수 있다는 걱정이 들었겠지. 시간은 많지 않았어. 아래층에서는 막무가내로 올라오려는 세인트 클레어 부인을 막느라 한바탕 실랑이를 벌이는 소리가 들렸겠지. 어쩌면 한 패거리인 인도 선원으로부터 경찰이 달려오고 있다

는 얘기를 이미 들었을지도 모르지. 머뭇거릴 시간이 없었어. 그래서 구걸해서 모은 돈을 숨겨둔 비밀 장소로 황급히 달려가, 코트가 확실히 가라앉도록 동전을 손에 잡히는 대로 주머니에 쑤셔 넣었지. 코트를 밖으로 내던지자 아래층에서 올라오는 세찬 발걸음 소리가 들렸어. 경찰이 들이닥치기 일보 직전이니 나머지 옷들은 시작도 못 한 채 창문이나 겨우 닫을 수 있었겠지."

"정말 그럴듯한 얘기군."

"더 나은 설명이 나오기 전까지는 이 가설이 가장 유력해. 앞서 말했듯이, 분은 체포되어 경찰서로 연행됐지만 과거 전력을 살펴봐도 별다른 혐의점을 찾지 못했나 봐. 오랫동안 구걸을 직업으로 삼아 살아왔지만, 죄를 짓지 않고 얌전히 지내온 모양이야. 여기까지가 현재 상황이고, 앞으로 풀어야 할 문제가 더 많아. 네빌 세인트 클레어는 아편굴에서 무엇을 하고 있었으며, 거기서 무슨 일이 생긴 걸까? 그리고 세인트 클레어 씨는 지금 어디 있을까? 휴 분은 세인트 클레어 씨의 실종과 어떤 관계가 있을까? 이 중 어떤 것도 해결될 기미가 보이지 않아. 처음에는 정말 단순한 사건 같았는데 갈수록 첩첩산 중이니, 내가 겪은 온갖 사건 가운데서도 가장 까다로운 축에 속할 거야."

셜록 홈즈가 기이한 사건에 대해 차근히 풀어놓는 동안 마차는 런던 외곽을 질주했다. 이윽고 집들이 드문드문한 시내 변두리까지 통과한 뒤, 길 양옆으로 울타리를 친 시골길에 덜컹거리며 들어섰다. 하지만 홈즈가 얘기를 끝마쳤을 무렵, 우리는 한적한 시골 마을 두 곳을 이미 지나고 있었다. 이따금 아직 불을 밝힌 창문에서 희미한 불빛이 새어 나오는 게 보였다.

"리의 변두리까지 왔군. 잠깐 사이에 우리는 영국의 세 주를 지나왔어. 미들섹스 주에서 출발해 서리 주의 한 귀퉁이를 가로질러 켄트 주까지 온 거지. 나무 사이로 불빛이 보이나? 저곳이 시더스 저택이야. 등불 옆에 부인이 앉아 있겠군. 아마 귀를 쫑긋 세우고 있어서 말발굽 소리는 이미 들었을 거야."

"그런데 베이커 스트리트의 집을 놔두고 왜 여기까지 온 거야?"

"여기서 조사해야 할 게 많거든. 친절하게도 세인트 클레어 부인이 자유롭게 쓸 수 있는 방을 두 개나 내주었어. 자네는 내 친구이자 동료이니 부인이 반길 거야. 염려하지 말게. 왓슨, 남편에 대한 소식이 없는데 부인 얼굴을 보려니 마음이 괴롭군. 다 왔군. 그렇지, 워, 워!"

커다란 저택은 널따란 정원 안에 자리 잡고 있었다. 우리가 저택 앞에 마차를 세우자 마구간 소년이 달려 나와 말고삐를 잡았다. 마차에서 뛰어내린 나는 홈즈를 따라 저택으로 향하는 좁고 구부러진 자갈길을 걸어 올라갔다. 집 앞에 가까워지자, 문이 활짝 열리더니 금발에 체구가 아담한 여자가 입구에 나와 섰다. 하늘거리는 실크 모슬린으로 만든 드레스를 입었는데, 목과 손목에는 폭신해 보이는 분홍색 시폰 장식이 풍성하게 달려 있었다. 환한 불빛을 등지고 서 있는 탓에 몸의 윤곽이 드러났다. 한 손으로 문을 짚고, 다른 손은 조바심이 난 듯 반쯤 들어 올렸으며, 몸은 살짝 구부리고 머리와 얼굴은 앞으로 내밀고 있었다. 간절함이 서린 두 눈과 벌린 입술을 보니 질문을 가까스로 참고 있는 듯했다.

"세상에나, 혹시?" 부인은 두 사람이 들어오는 걸 보고 기뻐 소리를 쳤다가, 내 친구가 고개를 내두르며 어깨를 으쓱해 보이자 이내 실망하며 한숨을 내쉬었다.

"좋은 소식이 없나요?"

"네."

"나쁜 소식은요?"

"없습니다."

"그것만도 어디예요. 어서 들어오세요. 온종일 이리저리 뛰어다녔으니 얼마나 피곤하시겠어요."

"이쪽은 제 친구이자 의사인 왓슨 선생입니다. 여러 사건에서 제게 큰 도움을 주었습니다. 운 좋게도 우연히 이 친구를 만나 함께 사건을 조사하려고 데리고 왔습니다."

"이렇게 뵙게 되어 반갑습니다." 세인트 클레어 부인이 내 손을 따뜻하게 잡으며 말했다. "손님 대접이 소홀해도 너그럽게 이해해주세요. 아시다시피 갑작스런 일을 당해서 경황이 없어요."

"부인, 저는 별의별 일을 다 겪은 사람입니다. 설령 그렇지 않더라도 그런 걱정은 하지 마세요. 저는 부인이나 이 친구에게 조금이라도 도움이 될 수 있다면 그것으로 족합니다."

"그렇다면 셜록 홈즈 씨." 불이 환히 켜진 식당에 들어서면서 부인이 말했다. 식탁에는 저녁 식사가 차갑게 식은 채 놓여 있었다. "한두 가지 솔직하게 여쭤보고 싶은 게 있어요. 그러니 솔직하게 답해주세요."

"물론이죠, 부인."

"제 기분에 대해서는 걱정하지 마세요. 흥분해서 날뛰거나 기절하는 일은 없을 테니까요. 그저 홈즈 씨 본심에서 우러나오는 솔직한 의견을 듣고 싶을 뿐이에요."

"무엇에 대해서요?"

"정말 진심으로 네빌이 살아 있다고 생각하세요?"

셜록 홈즈가 질문에 당혹해하는 것 같았다.

"이제 솔직하게 말해주세요!" 부인은 벽난로 앞에 깔린 양탄자 위에 선 채로 등나무 의자에 기대앉은 홈즈를 예리하게 내려다보며 되물었다.

"그럼 솔직하게 말하죠, 부인. 전 그렇지 않다고 생각합니다."

"그이가 죽었다고 생각하시나요?"

"그렇습니다."

"살해된 건가요?"

"확신하긴 이르지만, 아마도요."

"그럼 그 일이 벌어진 날은 언제죠?"

"월요일입니다."

"그렇다면 홈즈 씨, 오늘 그이로부터 받은 이 편지를 어떻게 설명하시겠어요?"

셜록 홈즈는 전기 충격을 받은 사람처럼 의자에서 벌떡 일어났다.

"뭐라고요!" 홈즈가 고함을 질렀다.

"네, 바로 오늘이에요." 부인이 싱글거리며 작은 종이쪽지를 들어 보였다.

"좀 봐도 될까요?"

"물론이죠."

홈즈가 종이를 황급히 낚아채 식탁 위에 펼쳐놓더니 램프를 당겨서 꼼꼼히 살펴보았다. 나도 자리에서 일어나 홈즈의 어깨 너머로 편지를 유심히 살펴보았다. 조잡스러운 봉투에 그레이브젠드 소인이 찍혀 있었고, 소인에 찍힌 날짜는 오늘이었다. 아니 이미 자정이 훨씬 지났으니 어제 날짜가 찍혀 있었다.

"형편없는 악필이군." 홈즈가 중얼거렸다. "부인, 이건 분명 남편의 필체가 아니군요."

"하지만 안에 든 건 남편이 쓴 게 맞아요."

"누가 봉투에 주소를 썼든 간에, 쓰던 도중에 주소를 물어보러 가야 했군요."

"그걸 어떻게 아시죠?"

"받는 사람의 이름은 보시다시피 진한 검은색입니다. 이건 잉크가 저절로 말랐다는 뜻이죠. 나머지 글씨는 회색에 가까운데, 쓰고 난 다음 압지(잉크나 먹물을 빨아들이는 종이―옮긴이)로 눌러줬기 때문입니다. 주소를 한숨에 다 쓰고 압지를 사용했다면 검은 글씨가 남아 있을 리 없죠. 그런데 이 사람은 이름을 쓴 다음, 잠시 쉬고 다시 주소를 썼습니다. 주소가 익숙하지 않았기 때문이겠죠. 물론 사소한 사실이지만, 사소해 보이는 것만큼 의미심장한 건 없습니다. 이제 편지를 볼까요. 하! 여기 뭔가를 동봉했군요."

"네, 반지가 들어 있었어요. 그이의 도장 반지요."

"이게 남편의 필체인 게 확실합니까?"

"그이의 필체 중 하나예요."

"하나?"

"그이가 뭔가를 급히 쓸 때 나오는 필체예요. 평상시 필체와는 많이 다르지만, 전 알아볼 수 있어요."

여보, 놀라지 마오. 다 잘될 거라오. 일에 착오가 생겨서 바로잡으려면 시간이 좀 걸릴 것 같소. 인내를 가지고 기다려주오.
— 네빌

"책에서 떼낸 면지에 연필로 썼군. 종이는 8절지 크기에 워터마크는 없군요. 엄지손가락이 더러운 남자가 오늘 그레이브젠드에서 부쳤군요. 하! 제가 크게 잘못 안 게 아니라면, 씹는 담배를 즐기는 사람이 봉투의 날개를 붙였군요. 부인, 이게 남편의 필체라는 데 한 치의 의심도 없이 확실합니까?"

"네, 틀림없이 네빌이 쓴 거예요."

"그리고 누군가가 오늘 날짜로 그레이브젠드에서 부쳤다

이거군. 음, 세인트 클레어 부인, 그렇다면 먹구름이 걷혔습니다. 위험이 완전히 사라졌다고 말할 수는 없지만요."

"홈즈 씨, 그럼 그이가 살아 있는 거죠?"

"이 모든 게 우리를 따돌리려는 교묘한 속임수가 아니라면요. 하지만 알고 보면 그 반지로는 아무것도 증명할 수 없습니다. 남편에게서 빼앗은 것일 수도 있으니까요."

"아니, 아니에요. 이, 이건, 그이가 직접 쓴 게 맞아요!"

"하지만 월요일에 쓴 걸 오늘 부쳤을 가능성도 있어요."

"그럴 수도 있겠죠."

"만약 그렇다면 그 사이에 많은 일이 일어났을 수 있습니다."

"오, 홈즈 씨, 제 희망을 꺾지 말아 주세요. 전 그이가 무사하다는 걸 알고 있어요. 우리 부부는 서로 예민하게 교감하기 때문에 그이에게 나쁜 일이 생겼다면 제가 모를 리가 없어요. 그이를 마지막 본 날도 그랬어요. 그이가 침실에서 칼로 살짝 베였는데, 그 순간 식당에 있던 저는 무슨 일이 생겼다는 걸 직감하고 2층으로 뛰어 올라갔지요. 그런 사소한 일에도 제 마음이 민감하게 반응하는데, 그이가 죽었다면 어찌 모를 수가 있겠어요?"

"여자의 직감이 추리가의 논리보다 더 값진 단서가 될 수 있죠. 그 점이야 이미 숱하게 경험해봐서 잘 알고 있습니다. 그리고 이 편지는 부인의 주장을 뒷받침해주는 아주 강력한 증거입니다. 하지만 남편분이 살아 있고 편지를 쓸 수 있다면, 왜 부인 앞에 나타나지 않는 걸까요?"

"그건 정말 모르겠어요. 생각할 수조차 없어요."

"월요일에 집을 나서기 전에 특별히 남긴 말은 없었나요?"

"없었어요."

"그리고 스완덤 레인에서 남편을 보고 놀랐다고요?"

"정말 깜짝 놀랐어요."

"창문은 열려 있었나요?"

"네."

"그때 부인을 부른 것 같았다고요?"

"그랬던 것 같아요."

"하지만 남편의 입에서 나온 건 알 수 없는 비명이었다면서요?"

"맞아요."

"그게 도와달라는 소리였다고 생각하신 거죠?"

"네, 그이는 손을 흔들었어요."

"소리는 깜짝 놀라서 외쳤을 수도 있겠군요. 뜻밖에 부인을 보고 당황한 나머지 손을 들어 올렸을 수도 있고요."

"그랬을 수도 있죠."

"누군가 남편을 뒤에서 잡아당겼다고 생각하셨죠?"

"정말 느닷없이 사라졌거든요."

"놀라서 뒷걸음질 쳤을 수도 있습니다. 그 방에서 다른 사람을 보지 못했나요?"

"네. 흉측하게 생긴 그 남자가 자기밖에 없었다고 자백했고, 인도 선원은 계단 발치에 있었어요."

"그렇죠. 부인이 보기에 남편분의 옷은 평소와 같았나요?"

"칼라도 넥타이도 없었어요. 목 부근의 맨살이 드러나 있는 걸 똑똑히 봤어요."

"남편분이 스완덤 레인 얘기를 한 적은 없습니까?"

"아뇨."

"아편을 피우는 낌새가 있었나요?"

"전혀요."

"고맙습니다, 세인트 클레어 부인. 워낙 중요한 사실들이라 명확하게 정리해두고 싶었거든요. 이제 저녁을 간단히 먹고 쉬어야겠군요. 내일은 아주 바쁜 날이 될 것 같습니다."

부인은 우리에게 2인용 침대가 놓인 널찍하고 안락한 방을 내주었다. 오늘 밤의 모험으로 지친 나는 침대 속을 파고들었다. 하지만 셜록 홈즈는 풀리지 않는 문제가 있으면 며칠이건, 심지어 일주일 내내 쉬는 법이 없는 사람이었다. 결국 수수께끼를 풀거나, 아니면 자료가 부족하다는 결론이라도 날 때까지 모든 각도에서 생각을 거듭하고 사실들을 이리저리 재조합해보는 것이다. 오늘도 홈즈는 밤새도록 앉아 있을 준비를 하는 게 분명했다. 홈즈는 코트와 조끼를 벗고 헐렁한 푸른색 가운으로 갈아입은 다음, 방 안을 이리저리 돌아다니며 침대에서는 베개를, 소파와 안락의자에서는 방석을 가져다 모아 왔다. 그걸 가지고 낮고 긴 동양식 좌식 소파를 만든 다음, 그 위에 다리를 꼬고 앉았다. 그 앞에는 1온스의 살담배(shag, 칼로 썬 담배—옮긴이)를 쌓아두었고, 옆에는 성냥 한 갑을 갖다 놓왔다. 램프의 희미한 불빛 속에서 홈즈가 해묵은 브라이어 파이프를 입에 문 채 천장 한구석을 물끄러미 응시하며 앉아 있는 모습이 보였다. 푸른 담배 연기가 굽이치며 피어올랐고, 독수리처럼 강인하고 날카로운 이목구비는 불빛을 받아 빛났다. 내가 잠에 빠져들 무렵에도, 그리고 갑작스런 탄성에 놀라 눈을 떴을 때도 홈즈는 변함없이 그 자세로 앉아 있었다. 방 안에는 여름의 이른 아침 햇살이 내리쬐고 있었다. 홈즈는 여전히 파이프를 입에 물고 있었고, 실내에는 매캐한 담배 연기로 가득 차 있었다. 다만 간밤에 수북이 쌓여 있던 살담배는 사라지고 없었다.

"일어났나, 왓슨?" 홈즈가 물었다.

"응."

"아침 드라이브 어떤가?"

"좋지."

"그럼 옷을 입게. 아직 아무도 안 일어났지만 마구간 소년이 자는 곳을 알고 있으니, 곧 마차를 끌고 나갈 수 있을 거야."

홈즈가 말했다. 혼자 나직이 웃는 홈즈의 눈은 반짝였으며, 간밤의 우울한 사색가의 모습은 온데간데없었다.

나는 옷을 입으면서 시계를 흘긋 보았다. 일어난 사람이 없을 법도 했다. 시계는 4시 25분을 가리키고 있었다. 준비를 다 끝내기도 전에 홈즈가 돌아와 소년이 말을 준비하고 있다는 말을 전했다.

"오늘 내 사소한 이론을 실험해볼까 해." 부츠를 신으며 홈즈가 말했다. "이보게, 왓슨. 지금 자네 앞에는 유럽 최고의 바보가 서 있다네. 여기서 발에 걷어차여서 채링 크로스까지 날아간다 해도 할 말이 없지. 하지만 이제 사건의 열쇠를 찾은 것 같아."

"열쇠? 어디에 있는데?" 내가 웃으며 물었다.

"욕실에." 홈즈가 대답했다. "아, 정말이지 농담이 아니야." 의심스럽다는 내 표정을 보더니 홈즈가 이어 말했다. "방금 전 욕실에 있었거든. 거기서 가지고 나왔지. 여기 여행용 가방 안에 챙겨넣어놨네. 어서 출발하세, 친구. 이 열쇠가 자물쇠에 들어맞는지 아닌지 곧 알게 될 거야."

우리는 슬그머니 아래층으로 내려와 밝은 아침 햇살 속으로 나왔다. 우리가 탈 마차는 이미 나와 있었고, 옷도 제대로 걸치지 못한 소년이 말고삐를 잡고 서 있었다. 우리는 마차에 뛰어올라 런던 로드를 달리기 시작했다. 채소를 실은 시골 짐마차 몇 대만이 잠에서 깨어나 도시를 향해 움직이고 있을 뿐, 길 양쪽의 마을은 꿈속의 도시처럼 조용하고 생기 없이 늘어서 있었다.

"정말 특이한 사건이었어." 홈즈가 채찍을 가볍게 휘둘러 말을 재촉하며 이야기했다. "나는 눈뜬장님이나 마찬가지였어. 그래도 영영 모르는 것보다는 늦게라도 깨달은 게 다행이지."

런던 시내에 들어서 서리의 거리를 질주하는 동안 가장 일찍 아침잠에서 깬 사람들이 졸린 눈으로 창문 밖을 내다보기 시작하는 시간이 되었다. 워털루 브리지 로드를 지나 템스 강을 건넌 뒤 웰링턴 스트리트를 따라 치달려 오른쪽으로 확 꺾어 들어가니 보 스트리트였다. 셜록 홈즈는 경찰에게도 유명한 인물이어서 경찰국 입구에 서 있던 두 명의 순경이 깍듯이 경례했다. 한 명이 말고삐를 잡는 동안, 다른 한 명이 우리를 안내했다.

"누가 근무 중입니까?" 홈즈가 물었다.

"브래드스트리트 경위입니다."

"아, 브래드스트리트 경위, 잘 지내십니까?" 키가 크고 뚱뚱한 경찰관 한 명이 경찰모와 정복 차림으로 판석이 깔린 통로를 걸어왔다. "브래드스트리트, 어디서 조용히 얘기 좀 할 수 있을까요?"

"물론이죠, 홈즈 씨. 내 방으로 들어가시죠."

방은 작은 사무실처럼 보였다. 커다란 장부가 탁자 위에 놓여 있고, 벽에는 전화기가 걸려 있었다. 경위는 자신의 책상 앞에 앉았다.

"무얼 도와드릴까요, 홈즈 씨?"

"휴 분이라는 걸인을 만나러 왔소. 네빌 세인트 클레어 씨의 실종 사건에 연루된 혐의를 받고 있는 자요."

"아, 그자는 좀 더 조사할 게 있어서 다시 연행해 유치 중입니다."

"그렇다고 들었습니다. 지금 여기 있나요?"

"유치장에 있죠."

"소란을 피우지는 않던가요?"

"아, 아주 얌전해요. 그런데 더러운 놈이죠."

"더럽다고요?"

"네, 간신히 손은 씻게 했어요. 그런데 얼굴은 여전히 숯검정처럼 시꺼메요. 사건이 종결되면 형무소 목욕탕에서 씻길 겁니다. 그자를 한번 보면 왜 목욕이 필요한지 알 겁니다."

"꼭 보고 싶군요."

"그러세요? 그거야 어렵지 않습니다. 이리 오십시오. 가방은 여기 두고 가셔도 됩니다."

"아뇨, 가져가겠습니다."

"좋을 대로 하세요. 그럼 이리 따라오세요." 브래드스트리트 경위는 우리를 이끌고 좁은 복도를 지나, 잠긴 문을 열고 나선식 계단을 내려갔다. 하얗게 벽을 칠한 복도에 이르자 양쪽으로 문이 줄줄이 나 있었다.

"오른쪽 세 번째 방에 있습니다." 경위가 말했다 "여기입니다!" 경위가 문 위에 있는 판자를 조용히 밀고 안을 들여다보았다.

"자고 있군요." 브래드스트리트가 말했다. "잘 보일 겁니다."

우리도 창살 틈새 사이로 안을 들여다보았다. 남자는 얼굴을 우리 쪽으로 향하고 누운 채 깊이 잠들어 있었다. 깊고 느린 숨소리가 들렸다. 체격은 보통이었고, 직업에 맞게 추레한 옷을 걸치고 있었다. 누더기 코트에 난 구멍으로 변색된 셔츠가 삐져나와 있었다. 남자는 경위가 말한 것처럼 정말 더러웠다. 하지만 얼굴을 덮고 있는 검은 땟자국도 혐오스런 몰골을 완전히 감춰주지는 못했다. 널따랗게 부르튼 흉터가 눈에서 턱까지 비스듬히 뻗어 있었고, 흉터 주변에는 피부가 수축되어 윗입술 한쪽이 말아 올라가 치아 세 개가 으르렁거리듯 드러나 있었다. 붉은 머리카락은 산발이 되어 눈과 이마를 가리고 있었다.

"정말 볼만하지 않습니까?" 경위가 말했다.

"정말 좀 씻겨야겠군요." 홈즈가 대답했다. "그럴 줄 알고 제가 알아서 챙겨온 게 있습니다." 이렇게 말하며 홈즈가 가져온 가방을 열었다. 그리고 놀랍게도 아주 큼지막한 목욕용 스펀지를 꺼냈다.

"하하! 홈즈 씨는 정말 재밌는 분이시군요." 경위가 껄껄거렸다.

"이제 문을 최대한 조용히 열어주세요. 이자를 사람답게 좀 꾸며줍시다."

"뭐, 안 될 것도 없죠. 저래서야 보 스트리트 유치장의 자랑거리가 될 수 있겠습니까?" 말이 끝나자 경위가 열쇠를 살그머니 밀어 문을 열었고, 우리 모두는 숨을 죽인 채 안으로 들어갔다. 잠들어 있던 걸인이 몸을 뒤척이며 살짝 돌

더니 다시 깊은 잠으로 빠져들었다. 홈즈는 물 항아리 위로 허리를 숙여 스펀지를 적신 다음, 사내의 얼굴을 가로로 한 번, 세로로 한 번 힘껏 문질렀다.

"자, 여러분께 소개합니다." 홈즈가 외쳤다. "켄트 주, 리 근교에 사는 네빌 세인트 클레어 씨입니다."

내 평생 그런 광경은 처음이었다. 스펀지가 지나가자 남자의 얼굴이 흡사 나무껍질처럼 벗겨져 내렸다. 덕지덕지 붙은 때 구정물이 일순간 사라졌다. 얼굴을 가로지르는 끔찍한 상처도, 비웃는 듯한 비뚤어진 입술도 사라졌다. 뒤엉킨 빨간 머리를 획 잡아채 벗기자 세련된 이목구비의 남자가 부스스 일어나 앉았다. 침대 위에 앉아 있는 사람은 창백하고 슬픈 얼굴

에 머리는 검은색이고 피부는 매끈했다. 남자는 주위를 두리 번거리며 눈을 비볐다. 그러다 갑자기 정체가 탄로 난 것을 알 아차리자, 비명을 지르며 재빨리 얼굴을 베개에 파묻었다.

"세상에, 이럴 수가! 정말 실종된 사람이잖아. 사진을 봐서 알아요." 경위가 소리쳤다.

남자가 자포자기한 듯 대범하게 말했다. "에라, 모르겠다. 그래서요, 대체 무슨 죄로 절 잡아 가둘 겁니까?"

"그야 네빌 세인트 클레어 씨를 죽인… 아, 이런, 자살을 시 도하면 몰라도 그걸로 기소할 수는 없겠군." 경위가 애통하다 는 듯이 말했다. "경찰 생활 27년 동안 내 별의별 일을 다 봐왔 지만 이런 일은 처음이오."

"내가 네빌 세인트 클레어라면 어떤 범죄도 일어나지 않았 다는 걸 뜻하죠. 그렇다면 나는 지금 불법 감금되어 있는 겁니 다."

"범죄는 아닐지라도 큰 잘못을 저질렀습니다." 홈즈가 말했 다. "아내를 믿었으면 애당초 이런 일도 없었겠죠."

"아내 때문이 아니라 아이들 때문이었습니다." 죄수가 신음 했다. "정말이지 아이들에게 부끄러운 아버지가 될까 봐 그랬 습니다. 맙소사. 이렇게 들통 나버렸으니 어쩌면 좋지?"

셜록 홈즈가 세인트 클레어의 옆에 앉더니 가만히 어깨를 두드려주었다.

"당신이 재판을 받게 된다면 세간의 이목을 피할 수 없겠죠. 하지만 경찰 당국에 당신을 기소할 근거가 없다는 걸 설득시킬 수 있다면, 이 사연이 구구절절 신문에 실릴 이유는 없습니다. 당신이 우리에게 사실을 털어놓으면 브래드스트리트 경위가 그걸 기록해 정식으로 관계 당국에 제출할 테고, 그러면 이 사건은 법정으로 가지 않을 겁니다."

"정말 고맙습니다!" 남자가 복받쳐 오르는 목소리로 소리쳤다. "제 비천한 비밀이 밝혀져 가족들에게 오명을 남기느니 차라리 감옥행, 아니 사형이라도 묵묵히 받아들일 생각이었습니다.

내 얘기를 남들 앞에서 털어놓는 건 이번이 처음입니다. 아버지는 체스터필드 학교의 교장이셨고, 그곳에서 저는 훌륭한 교육을 받았습니다. 젊어서 여행도 많이 다니고 배우 생활도 하다가, 나중에는 런던의 어느 석간 신문사의 기자가 되었습니다. 어느 날 편집장이 런던의 걸인들에 관한 연재 기사를 내고 싶다고 해서 제가 쓰겠다고 나섰습니다. 바로 그때부터 내 인생의 모험이 시작되었습니다. 기사에 쓸 사실을 얻기 위해서는 직접 걸인이 되는 수밖에는 없었지요. 배우 생활을 하면서 분장 비법을 배웠는데, 분장실에서 내 솜씨는 꽤나 알아줬습니다. 실력을 유감없이 발휘할 기회였죠. 나는 얼굴에 칠을 하고 최대한 불쌍하게 보이려고 큼지막한 상처도 만들었죠. 또 입술 한쪽을 까뒤집은 뒤 살색 반창고를 오려 붙여 고정시켰습니다. 그리고 빨간 머리 가발을 쓰고, 의상도 궁상스럽게 갖춰 입은 다음 런던 시내에서 가장 붐비는 곳에 자리를 잡았습니다. 성냥팔이로 위장했지만 사실은 구걸을 했죠. 7시간 동안 열심히 일하고 저녁에 집에 돌아가 돈을 세어보니 놀랍게도 26실링 4펜스나 되었습니다.

기사를 쓰고 나서 한동안 그 일은 잊고 지냈습니다. 그런데 얼마 후 친구에게 보증을 서줬다가 25파운드를 내라는 법원의 명령을 받았죠. 그만한 돈을 구할 데가 없어 고심하던 차에 문득 기발한 생각이 떠올랐습니다. 채권자에게 2주의 말미를 달라고 사정하고 신문사에는 휴가를 냈습니다. 그리고 변장을 하고 나가 시내에서 구걸을 했습니다. 열흘 만에 돈을 마련해서 빚을 갚을 수 있었죠.

짐작하시겠지만 문제는, 이제 더 이상 일주일 내내 고생해서 2파운드를 버는 생활을 하기가 힘들어졌다는 겁니다. 얼굴에 검댕이 칠을 하고, 땅바닥에 모자를 내려놓은 뒤 가만히 앉아 있기만 하면 하루 만에 그만한 돈을 벌 수 있으니까요. 자존심과 돈 사이에서 한동안 고민했지만 결국 돈이 이겼죠. 그날로 기자직을 내던지고 처음으로 구걸을 한 구석자리로 매일같이 출근했어요. 흉측하게 분장한 얼굴로 동정심을 자극하면서 주머니를 채웠죠. 비밀을 아는 사람은 오직 단 한 사람뿐이었습니다. 내가 세 들어 있는 스완덤 레인의 아편굴 주인 말입니다. 거기서 나는 아침마다 지저분한 거지로 변신했고, 저녁이면 잘 차려입은 신사의 모습으로 다시 변했습니다. 그 녀석, 그러니까 인도 선원에게 방세를 후하게 쳐주었습니다. 제 비밀이 새 나가지 않게 말입니다.

얼마 지나지 않아 상당한 돈을 모을 수 있었습니다. 런던의 거지라고 해서 누구나 1년에 700파운드 넘게 벌 수 있는 건 아닙니다. 저에게는 뛰어난 분장 실력이 있었고, 거기에다 재치 있게 말을 받아치는 재능도 도움이 되었죠. 말솜씨는 하면 할수록 늘어서 저는 시내에서 꽤 유명한 인물이 되었죠. 1페니짜리 동전이 온종일 비처럼 쏟아졌어요. 간간이 은화도 섞여 있었죠. 아무리 운수 나쁜 날이라도 2파운드를 채우지 못한 날은 드물었습니다.

돈이 모일수록 욕심도 덩달아 커졌습니다. 교외에 집도 사고, 드디어 결혼도 하게 되었습니다. 제 진짜 직업이 뭔지 의심하는 사람은 아무도 없었습니다. 사랑스러운 아내는 무슨 사업인지는 몰라도 제가 시내에서 사업을 하는 걸로 알고 있습니다.

지난 월요일 하루 일을 마치고 아편굴 위의 방에서 옷을 갈아입고 있을 때였습니다. 우연찮게 창밖을 내다보았는데 아내가 밖에 서서 저를 바라보고 있는 게 아니겠어요? 너무 놀라고 당황해서 저도 모르게 비명이 튀어나왔습니다. 그리고 손을 올려 얼굴을 가렸죠. 내 비밀을 아는 인도 선원에게 달려가 누구도 방에 올라오지 못하도록 막아달라고 신신당부했습니다. 아래층에서 아내의 목소리가 들렸지만, 당장은 올라오지 못할 거라고 생각했습니다. 나는 재빨리 옷을 벗어 던지고 거지 옷으로 갈아입었어요. 순식간에 칠도 하고 가발도 썼죠. 아내의 눈썰미로도 이런 완벽한 분장을 알아채지 못할 거라는 자신이 든 순간, 문득 방 안을 수색하면 옷 때문에 내 정체가 들통 날 수 있다는 생각이 들었어요. 창문을 황급히 열다가 힘을 너무 주는 바람에 그날 아침에 침실에서 베인 상처가 다시 벌어지고 말았어요. 아무튼 코트를 손에 쥐었지요. 구걸한 동전을 주머니에 채워 넣은 뒤라 코트는 묵직했어요. 그걸 창문 밖으로 내던지자 이내 템스 강물 속으로 사라지더군요. 다른 옷들도 그렇게 하려는 순간, 경찰들이 계단을 뛰어 올라왔어요. 몇 분후 저는 네빌 세인트 클레어로 밝혀지는 대신 그자를 죽인 살해범으로 체포되었어요. 차라리 다행이라는 생각이 들었습니다.

이제 더 이상 설명할 게 없는 것 같군요. 최대한 오랫동안 정체가 들통 나지 않도록 더러운 얼굴을 씻지 않았습니다. 아내가 심히 걱정하고 있으리라는 걸 알기에 경찰이 감시하지 않는 틈을 타서 걱정하지 말라고 급하게 휘갈겨 쓴 편지와 함께 반지를 빼서 인도 선원에게 맡겼습니다."

"그 편지는 어제서야 도착했습니다."

"맙소사! 아내가 일주일 동안 얼마나 애가 탔을까!"

"경찰이 그 인도 선원을 감시했습니다." 브래드스트리트 경위가 말했다. "그래서 들키지 않고 편지를 부치기가 어려웠을 겁니다. 아마 아편굴에 온 다른 뱃사람에게 맡겼는데, 그 사람이 며칠 동안 잊어버렸을 수도 있죠."

"맞습니다." 홈즈가 동의한다는 듯이 고개를 끄덕이며 말했다. "틀림없을 그랬을 겁니다. 그런데 구걸을 해서 문제가 된 적은 없었습니까?"

"여러 번 있었지요. 하지만 그까짓 벌금이 대수였겠습니까?"

"하지만 이제는 그만둬야 합니다." 브래드스트리트 경위가 말했다. "이 일을 조용히 넘기고 싶다면, 휴 분은 더 이상 존재해서는 안 됩니다."

"제 모든 걸 걸고 그만둘 것을 맹세하겠습니다."

"그렇다면 이 일은 더 이상 진행할 필요가 없겠군요. 하지만 당신이 또다시 거리에서 구걸하는 모습이 발각된다면, 그때는 모든 사실을 공개할 수밖에 없습니다. 홈즈 씨, 덕분에 문제가 해결되었으니 경찰이 또 한 번 큰 신세를 졌군요. 어떻게 진상을 파악하셨는지 그 비결을 알고 싶습니다."

"그 비결은 말입니다." 내 친구가 말했다. "베개 다섯 개를 깔고 앉아 밤새도록 살담배를 피워댄 덕분이죠. 왓슨, 지금 베이커 스트리트로 마차를 몰고 가면 아침 식사 시간에 맞춰 도착할 수 있을 거야."

7
푸른 석류석

크리스마스 이틀 뒤 아침, 나는 연말 인사차 셜록 홈즈의 집에 들렀다. 홈즈는 진자줏빛 가운을 입은 채 소파에 느긋하게 앉아 있었다. 오른쪽으로 팔을 뻗으면 손이 닿는 곳에 파이프 걸이가 있었고, 방금 막 살펴본 듯한 조간신문이 구겨진 채로 근처에 쌓여 있었다. 소파 옆에는 나무 의자가 하나 놓여 있었는데, 등받이 모서리에는 아주 추레하고 볼품없는 중절모가 걸려 있었다. 빳빳한 펠트로 만든 모자는 몇 군데가 해지다 못해 갈라진 지경이라서 쓰고 다니기에는 우세스러울 정도였다. 의자 위에 확대경과 핀셋이 놓여 있는 것으로 보아 모자는 조사하느라 그렇게 걸어놓은 것 같았다.

"일하는 중인데 내가 방해한 모양이군."

내가 말했다.

"전혀 아닐세. 조사 결과를 의논할 친구가 왔으니 나야 되레 반갑지. 아주 사소한 일이긴 하지만." 홈즈가 엄지손가락으로 낡은 모자를 가리켰다. "그래도 몇 가지 흥미로운 점이 있어.

배울 점도 있고 말이야."

나는 홈즈의 안락의자에 앉아 탁탁거리며 타오르는 벽난로에 손을 녹였다. 살을 에는 한파가 몰려온 통에 창문에는 성에가 두껍게 끼어 있었다.

"아마 겉보기에 평범해 보이는 저 모자에 실은 무시무시한 사연이 숨겨져 있나 보군. 자네는 모자를 단서로 수수께끼를 해결하고 범죄를 응징하려는 거겠지."

"아니, 아니야. 범죄는 아닐세." 셜록 홈즈가 웃으며 말했다. "수십 제곱킬로미터 안에 400만 명이나 되는 사람들이 서로 부대끼며 살다 보니 생길 수 있는 조금 별난 사건 중 하나랄까. 사람이 밀집한 곳이면 작은 행동 하나하나가 서로 얽히고 설킨 결과 별의별 사건이 다 생기기 마련이지. 그중에 범죄는 아니지만 혀를 내두를 만한 기묘한 일도 벌어지는 게 당연하고. 우리만 해도 이미 그런 경우를 겪지 않았나."

"그렇지. 내가 최근에 기록한 여섯 건의 사건 가운데 법에 저촉되지 않는 사건이 세 건이야."

"그렇지. 자네는 지금 아이린 애들러 사진을 되찾으려고 한 일, 메리 서덜런드 양이 의뢰했던 황당한 사건, 입술이 비틀어진 남자와 함께한 우리의 모험을 말하는 거겠지. 이 단순한 사건도 그런 범주에 넣어야 할 걸세. 종군 후 수위로 있는 피터슨 알지?"

"알지."

"이건 피터슨의 전리품일세."

"피터슨의 모자로군."

"아니, 그게 아니야. 피터슨이 주운 거지. 임자가 누군지는 아직 몰라. 낡아빠진 모자로만 보지 말고 지적 호기심을 자극하는 문제로 한번 살펴봐. 먼저 모자가 여기까지 오게 된 사연을 얘기해주지. 이 모자는 크리스마스 아침에 포동포동하게 살찐 거위 한 마리와 함께 우리 집에 왔어. 그 거위는 지금쯤 피터슨네 집 화덕에서 노릇하게 구워지고 있을 거야.

자초지종은 이렇다네. 크리스마스 새벽 4시쯤, 아주 올곧은 양반인 피터슨이 흥겨운 송년 모임에서 빠져나와 토트넘 코트 로드를 따라 집으로 돌아가는 길이었지. 피터슨의 앞에 키 큰 사내가 흰색 거위를 어깨에 들쳐 메고 비칠거리며 걸어가는 모습이 가스등 불빛에 보였다네. 그런데 구지 스트리트 모퉁이에 이르렀을 때, 그 사내와 건달패거리 사이에 시비가 붙었다는군. 건달 하나가 사내의 모자를 쳐서 떨어뜨리자, 사내는 방어하려고 지팡이를 머리 위로 휘두르다가 그만 뒤편에 있는 가게 창을 부수고 말았지. 피터슨은 사내를 도우려고 앞으로 달려갔어. 그런데 그 사람은 창문을 깨뜨려서 당황한 데다 경찰처럼 보이는 제복 입은 남자가 달려오자, 거위를 던져버리고 토트넘 코트 로드 뒤편의 미로 같은 골목으로 사라져버렸어. 건달패거리 역시 피터슨을 보고 줄행랑을 쳤지. 그래서 피터슨만 홀로 전쟁터에 남아 찌그러진 모자와 죄 없는 거위 한 마리를 전리품으로 얻게 된 걸세."

"그다음에 주인에게 돌려줬겠지?"

"아, 그러기에는 문제가 있다네. 거위의 왼쪽 발에 '헨리 베이커 부인에게'라고 적힌 작은 카드가 묶여 있고, 모자 안감에 'H. B.'라는 이니셜이 꽤 선명하게 보여. 하지만 이 도시 안에 베이커라는 성씨만 해도 수천 명은 될 테고, 그중 헨리 베이커라는 이름도 수백 명은 될 텐데 주인을 찾아 돌려주기가 어디 쉽겠어."

"그래서 피터슨은 어떻게 했는데?"

"크리스마스 아침에 모자와 거위를 가지고 나를 찾아왔지. 내가 아주 사소한 문제에도 큰 흥미를 갖는다는 걸 기억한 모양이야. 거위는 오늘 아침까지 보관했지. 날씨 탓에 살짝 얼었지만 더 이상 지체하지 말고 먹어야 할 것 같더군. 그래서 주운 사람에게 다시 가져가라고 했지. 거위가 마지막 숙명을 다하도록 말이야. 그리고 크리스마스 저녁 식사를 잃어버린 이름 모를 신사의 모자는 아직 여기 있다네."

"그 신사가 분실 광고를 내지는 않았나?"

"아니."

"그럼 대체 무슨 단서로 그 사람을 찾을 건가?"

"최대한 추리해볼 수밖에."

"그 모자를 가지고?"

"그렇지."

"농담이로군. 이 낡고 해진 모자에서 뭘 알아낼 수 있겠나?"

"이 확대경을 받아. 자네는 내 방식을 잘 알잖아. 이 물건을 쓰고 다닌 남자가 어떤 사람일 것 같나?"

나는 그 누더기 같은 물건을 집어 들고 다소 가엾다는 마음으로 뒤집어보았다. 뻣뻣하고 낡았다는 점만 빼면 흔히 볼 수 있는 둥근 모양의 검은 모자였다. 안감으로 붉은색 실크를 덧댔지만 색이 많이 바래 있었다. 상표는 보이지 않았고, 홈즈가 말했듯이 'H. B.'라는 이니셜이 한쪽에 휘갈겨져 있었다. 모자를 머리에 고정시키는 끈을 매달 수 있게 챙에 구멍을 뚫어놓았지만, 고무줄은 달려 있지 않았다. 그 밖에 곳곳이 갈라지고, 먼지가 수북했으며, 몇 군데 얼룩도 눈에 띄었는데, 색이 바랜 부분을 감추려고 잉크 칠을 하다 생긴 자국 같았다.

"내 눈에는 아무것도 안 보이는데." 홈즈에게 모자를 돌려주며 내가 말했다.

"그 반대야, 왓슨. 자네는 이미 다 봤다네. 다만 본 것으로부터 추리해내지 못할 뿐이야. 그렇게 소심해서 제대로 된 추리를 할 수 있겠나."

"그럼 자네가 말해보게. 이 모자에서 뭘 추리할 수 있어?"

홈즈가 모자를 집어 들더니 생각을 곱씹어보는 특유의 시선으로 모자를 살펴보기 시작했다.

"생각보다 알아낼 수 있는 게 적겠군. 하지만 몇 가지 추리는 거의 분명한 사실일 테고, 몇 가지는 적어도 가능성이 아주 높은 얘기일 거야. 이 사람은 지능이 아주 높아 보이는군. 그리고 3년 전까지만 해도 꽤나 부유했는데 지금은 불운의 나락에 빠져 생활이 궁핍해졌어. 준비성이 상당히 많은 편이었지만 지금은 예전보다 덜하지. 정신적으로 나약해졌다는 뜻이야. 아마 가세가 기울면서 불운이 정신에도 나쁜 영향을 끼쳤던 모양이야. 술을 많이 마시는 습관도 생겼지. 아내의 애정이 식었다는 것도 분명한데, 아마 그런 이유 때문일 거야."

"너무하는군, 홈즈!"

"하지만 자존심을 다 버린 건 아니야." 홈즈는 내 항의를 무시하고 말을 이었다. "이 사람은 앉아서 일하는 생활을 계속하고 있어. 밖에는 거의 나가지 않고 건강 상태도 그리 좋아 보이지 않는군. 나이는 중년이고 머리는 희끗한데, 최근 며칠 사이에 이발을 했고 라임 크림을 머리에 발랐군. 빤한 사실들은 이 정도야. 덧붙이자면, 이 사람의 집에 가스등을 설치하지 않았다는 것도 거의 맞을 거야."

"홈즈, 지금 농담하는 거지?"

"그럴 리가. 기껏 다 말해줬더니 아직도 어떻게 알아냈는지 안 보인다는 말인가?"

"내가 멍청하다는 건 확실하군. 솔직히 말하면 자네 추리를 도통 따라가지 못하겠어. 이를테면 모자 주인이 지능이 높다는 건 어떻게 알아낸 거야?"

대답 대신 홈즈는 모자를 머리에 걸쳤다. 모자가 이마를 덮고 콧등까지 내려왔다.

"이건 부피 문제야." 홈즈가 말했다. "이렇게 뇌가 크다면 분명 그 안에 든 것도 많겠지."

"그럼 생활이 궁핍해졌다는 건?"

"이 모자는 3년 정도 된 거야. 챙이 평평하다 끝만 말린 게 당시 유행이었지. 이건 최고급 모자야. 골이 지게 짠 실크로 띠를 두르고 안감도 아주 훌륭하지. 3년 전에는 이렇게 값비싼 모자를 살 수 있었는데, 그 후로 새로 장만하지 못했다는 건 형편이 궁핍해졌다는 증거지."

"음, 과연 그렇군. 하지만 준비성이 상당하고 정신적으로 나약해졌다는 얘기는?"

셜록 홈즈가 껄껄 웃었다.

"이게 바로 준비성이지."

홈즈가 모자챙에 뚫어놓은 작은 구멍을 손가락으로 가리키며 말했다. "이렇게 만들어 파는 모자는 없다네. 이 남자가 구명을 내달라고 주문한 거라면 준비성이 상당하다는 걸 뜻하지. 바람이 불어서 날아갈까 봐 미리 예방책을 낸 거잖아. 하지만 고무줄이 끊어졌는데도 새로 끼우지 않은 걸 보면 준비성이 예전만 못하다는 거고, 그건 곧 정신력도 예전 같지 않다는 걸 말하지. 반면 잉크를 덧발라 모자 얼룩을 감추려고 애쓴 걸 보면 자존심을 완전히 버린 건 아니라는 증거야."

"자네 추리는 정말 그럴듯하군."

"그 밖에 모자 주인이 중년이고, 머리가 희끗하며, 최근에 이발을 했고, 라임 크림을 쓴다는 점은 모두 모자 안감의 아랫부분을 살펴보고 얻은 결론이야. 확대경으로 보면 잘린 머리카락이 잔뜩 보이는데, 이발사가 가위로 잘라낸 듯 반듯한 모양이야. 머리카락은 모두 끈적끈적하게 달라붙어 있는데, 라임 크림의 독특한 향이 풍겼지. 그리고 이 먼지 입자는 자네 눈에도 보일 거야. 이건 거리에서 달라붙는 잿빛 흙먼지가 아니라 집에 흔히 생기는 보풀 같은 갈색 먼지야. 모자가 줄곧 집 안에 걸려 있었다는 뜻이지. 모자 안쪽에 보이는 물 자국은 모자를 쓴 사람이 땀을 많이 흘렸다는 명확한 증거인데, 건강 상태가 좋지 않다는 걸 암시하지."

"그렇다면 그 사람의 아내 얘기는? 아내의 애정이 식었다고 했잖아."

"이 모자는 솔질을 하지 않은 지 몇 주는 됐을 거야. 왓슨, 자네가 일주일 치 먼지가 수북이 쌓인 모자를 쓰고 나가든 말든 자네 아내가 신경도 안 쓴다면, 불행히도 자네 아내의 애정이

식은 거라고 걱정해야 되지 않을까?"

"하지만 독신일 수도 있잖아."

"아니지. 아내에게 줄 화해의 선물로 거위를 가져가고 있었으니까. 거위 발에 매달린 카드를 생각해보게."

"자네는 정말 척이면 척이군. 그런데 집에 가스등이 없다는 건 어떻게 추리한 건가?"

"촛농 자국 한두 개야 우연히 묻었다고 볼 수도 있지만, 그런 자국이 댓 개 이상 된다는 건 불을 켠 양초를 자주 들고 다녔다는 뜻이지. 아마 밤마다 한 손에는 모자를, 다른 손에는 촛농이 흘러내리는 양초를 들고 계단을 올라갔을 거야. 아무튼 가스등에서 촛농이 묻었을 리는 없겠지. 만족할 만한 답이 됐나?"

"음, 정말 대단하네." 나는 웃으며 말했다. "하지만 자네가 말했다시피 범죄가 일어난 것도 아니고, 거위를 잃어버린 것 말고는 다른 피해도 없으니 이 모든 추리가 쓸데없는 정력 낭비인 것 같네."

셜록 홈즈가 뭐라고 대답하려고 입을 연 순간, 문이 벌컥 열리더니 수위 피터슨이 방으로 뛰어들어 왔다. 얼굴이 벌겋게 상기된 채 놀라서 넋이 나간 사람 같았다.

"홈즈 씨! 거위, 거위가 말입니다!" 피터슨이 숨을 헐떡거렸다.

"뭐? 거위가 뭐 어쨌다는 건가? 살아나서 부엌 창문으로 날아가기라도 했나?" 홈즈가 소파에서 몸을 비틀어 돌려 피터슨의 흥분한 얼굴을 바라보았다.

"이걸 보십시오, 홈즈 씨! 아내가 거위 모이주머니에서 찾아
낸 겁니다!"

피터슨이 손을 펴 보였다. 손바닥만 한 가운데에 휘황찬란
하게 빛나는 푸른 보석이 있었다. 크기는 콩보다 약간 작았지
만, 순도와 광채 때문에 손바닥의 오목한 공간에 전깃불이 들
어온 것처럼 반짝거렸다.

셜록 홈즈가 휘파람을 불며 허리를 꼿꼿이 세워 앉았다.

"이런 세상에, 피터슨! 정말 진귀한 걸 발견했군. 자네도 이
게 뭔지 알겠지?"

"다이아몬드 아닌가요? 귀한 보석이요. 유리를 지우개 자르

듯이 자를 수 있다죠."

"이건 단순한 보석이 아니네. 세상에 단 하나밖에 없는 보석이야."

"그렇다면 이게 바로 모카 백작 부인의 푸른 석류석!" 내가 소리쳤다.

"맞았어. 요즘 〈타임스〉에서 매일같이 광고를 내는 통에 크기와 모양을 몰라볼 수가 없지. 이건 정말 희귀한 거라 그 가치를 어림잡기도 힘들지. 현상금으로 내건 1000파운드는 시장 가격의 20분의 1도 분명 안 될 거야."

"1000파운드요! 오, 신이시여 감사합니다." 수위는 의자에 털썩 주저앉아 우리 둘을 번갈아 쳐다보았다.

"그건 현상금이지. 보석에 애틋한 추억이 얽혀 있나 보더군. 백작 부인이 보석을 되찾을 수만 있다면 재산의 반이라도 내놓겠다고 한 걸 보면 말이야."

"내 기억이 맞는다면 코스모폴리탄 호텔에서 잃어버린 것 같은데." 내가 말했다.

"맞아. 12월 22일. 바로 닷새 전이네. 배관공 존 호너가 백작 부인의 보석함에서 이걸 훔친 혐의를 받고 있지. 그 정황이 명백해서 순회재판에 회부되었어. 여기 어디에 그 기사가 있을 거야."

홈즈가 날짜를 살피며 신문을 뒤적거리다 한 장을 쑥 뽑더니 반으로 접은 다음 읽기 시작했다.

코스모폴리탄 호텔 보석 도난 사건

26세의 배관공 존 호너가 이달 22일, 푸른 석류석으로 알려진 값비싼 보석을 모카 백작 부인의 보석함에서 훔친 혐의로 기소되었다. 코스모폴리탄 호텔의 사무장인 제임스 라이더가 증언한 내용은 다음과 같다. 라이더는 사건 당일 헐거워진 벽난로의 두 번째 쇠창살을 수선하기 위해 호너를 모카 백작 부인의 옷 방으로 데리고 갔다. 라이더는 호너와 함께 있다가 호출을 받고 방을 떠났다. 돌아와 보니 호너는 사라지고 없었고 옷장 서랍은 모두 뜯겨 열려진 상태였으며, 작은 모로코 상자는 텅 빈 채로 화장대 위에 널브려져 있었다. 나중에 밝혀진 바에 따르면, 그 상자는 백작 부인이 푸른 석류석을 보관하는 장소였다. 라이더는 즉시 비상벨을 울렸고, 호너는 같은 날 저녁에 체포되었다. 하지만 호너의 몸은 물론 그의 방까지 수색했으나 보석은 발견되지 않았다. 백작 부인의 하녀인 캐서린 큐색은 도난 현장을 발견하고 놀라서 소리치는 라이더의 목소리를 듣고 옷 방으로 급히 달려갔으며, 현장은 라이더가 묘사한 바와 같다고 증언했다. 브래드스트리트 경위의 말에 따르면, 호너는 체포 당시 미친 듯이 저항하며 자신의 결백을 완강히 주장했다고 한다. 호너에게 절도 전과가 있다는 사실이 밝혀지면서 치안판사는 즉결심판을 거부하고 이 사건을 순회재판에 회부했다. 심리 과정 내내 격양된 반응을 보이던 호너는 치안판사의 말을 듣고 기절해서 법정에서 실려 나갔다.

"흠! 경찰 당국이 하는 일이 다 그렇지." 홈즈는 잠시 생각에 잠기는 듯하더니 신문을 내던지며 말했다. "강탈당한 보석 상자에서 시작된 일이 토트넘 코트 로드에서 주운 거위의 모이주머니 속에서 끝이 났군. 이제 우리가 해결해야 할 문제는 이 둘 사이에 대체 어떤 일들이 벌어졌느냐 하는 거군. 왓슨, 재미 삼아 해본 추리가 갑자기 중요한 정보가 됐군. 더 이상 무해하고 천진난만한 일이 아니야. 여기 보석이 있네. 보석은 거위에서 나왔고, 거위는 남루한 모자 주인 헨리 베이커라는 신사한테서 왔고, 그 신사는 좀 전에 자네에게 지루하도록 얘기한 특징을 지닌 인물이지. 그러니 이제 본격적으로 해야 할 일은 신사를 찾아내 이 수수께끼 같은 사건에서 그 신사가 무슨 역할을 했는지 알아내는 거야. 우선 가장 간단한 방법을 시도해보세. 석간신문에다 광고를 내는 거야. 만약 안 되면 또 다른 수를 생각해봐야겠지."

"뭐라고 쓸 건가?"

"연필과 거기 종이 한 장만 주게. 자, 그러면….

구지 스트리트 모퉁이에서 거위 한 마리와 검은 펠트 중절모를 습득함. 헨리 베이커 씨는 오늘 저녁 6시 30분에 베이커 스트리트 221B번지로 와서 찾아가시기 바람.

이 정도면 간단명료하겠지."

"물론이야. 그런데 그 사람이 이걸 볼까?"

"틀림없이 신문을 눈여겨볼 거야. 가난한 남자가 적잖은 손실을 입었으니까. 실수로 창문을 깨서 놀란 데다 피터슨이 달려왔으니 당장은 도망갈 생각밖에 못 했을 테지. 하지만 거위를 충동적으로 내동댕이치고 와서 속 쓰리게 후회하고 있을 거야. 그러니 신문에 자신의 이름이 실리면 보지 않을 수 없겠지. 게다가 그자를 아는 사람들도 그 사실을 알려줄 테고. 피터슨, 이걸 받게. 광고 대행사로 곧장 달려가서 석간신문에 내달라고 해줘."

"어느 신문이요?"

"〈글로브〉, 〈스타〉, 〈펠멜〉, 〈세인트 제임시즈〉, 〈이브닝 뉴스〉, 〈스탠더드〉, 〈에코〉, 그 밖에 생각나는 대로 모두."

"잘 알겠습니다. 그럼 이 보석은?"

"아, 보석은 내가 보관하도록 하지. 고맙네. 그리고 피터슨, 돌아오는 길에 거위 한 마리 좀 사다 주겠나? 자네 식구들이 지금 먹고 있는 것 대신 그 신사에게 줄 놈이 하나 필요하니까."

수위가 나간 후에 홈즈는 보석을 들어 올려 빛에 비춰보았다.

"정말 아름답군." 홈즈가 말했다. "반짝거리는 광채 좀 봐. 물론 이건 범죄의 핵이기도 하네. 좋은 보석은 다 그렇지. 악마가 즐겨 쓰는 미끼랄까. 크고 오래된 보석일수록 한 면 한 면이 다 피로 얼룩져 있다고 보면 될 거야. 이 보석은 20년이 채 안 된 거야. 중국 남부에 있는 아모이 강기슭에서 발견되었지.

석류석의 모든 특징을 갖고 있으면서도 특이하게 붉은빛이 아닌 푸른빛을 띠고 있네. 발견된 지 얼마 되지 않았지만, 벌써 재앙의 역사를 가지고 있어. 40그레인짜리 탄소 결정체가 두 건의 살인, 황산 투척, 자살 그리고 몇 번의 도난 사건을 불러일으켰지. 이토록 예쁘고 자그마한 것이 교수대와 감옥으로 가는 지름길인 걸 누가 알았겠나? 이제 이건 내 튼튼한 금고에 넣어두고 백작 부인에게 우리가 이걸 가지고 있다고 연락해야겠군."

"호너라는 사람은 결백하다고 생각하나?"

"알 수 없지."

"그럼 헨리 베이커라는 사람이 이 사건과 연관되어 있을까?"

"내가 보기에 헨리 베이커는 전적으로 결백할 가능성이 더 높아. 어깨에 메고 가던 거위가 순금 거위보다도 훨씬 값비싸다는 걸 몰랐으니까 말이야. 하지만 그자가 광고를 보고 찾아오면 간단한 실험을 통해 알아볼 생각이네."

"그럼 그때까지는 할 일이 없겠군."

"그렇지."

"그렇다면 나는 가서 환자를 좀 봐야겠어. 그래도 자네가 말한 시간까지는 돌아올 걸세. 나도 복잡하게 얽힌 사건이 어떻게 해결되나 보고 싶으니까 말이야."

"나야 좋지. 저녁은 7시에 먹을 거야. 아마도 멧도요 요리일 거야. 이번 일을 보니, 나도 허드슨 부인에게 멧도요의 모이주머니를 잘 살펴보라고 해야겠군.”

일이 좀 늦어져서 내가 베이커 스트리트에 다시 갔을 때는 6시 30분이 조금 지난 시간이었다. 홈즈의 집에 가까워지자 스코틀랜드식 베레모를 쓴 키 큰 남자가 문밖에서 기다리고 있는 게 보였다. 남자는 코트 단추를 턱 밑까지 채우고 부채꼴 창에서 쏟아지는 밝은 조명 안에 서 있었다. 내가 문 앞에 다다르자 때마침 문이 열렸고, 나는 그 남자와 함께 홈즈의 방으로 올라갔다.

“헨리 베이커 씨군요.”

홈즈가 안락의자에서 일어나 다정하고 따뜻하게 방문객을 맞았다. 내 친구는 맘만 먹으면 언제든 온화한 모습을 보일 수 있었다.

“벽난로 앞에 앉으세요, 베이커 씨. 저녁 바람이 꽤 쌀쌀하군요. 제가 보기에는 당신은 겨울보다는 여름 체질이신 것 같군요. 아, 왓슨, 딱 맞춰 와주었네. 베이커 씨, 저게 당신 모자 맞습니까?”

“예, 제 모자가 틀림없습니다.”

베이커 씨는 덩치가 크고 둥그런 어깨에 머리도 거대했다. 넓적하고 지적인 얼굴에 희끗한 백발이 섞인 갈색 턱수염을 기르고 있었다. 불그스레한 코와 뺨, 약간씩 떨리는 손을 보니 홈즈가 추측했던 베이커 씨의 몸 상태가 생각났다. 낡은 검은 프록코트의 앞 단추를 끝까지 채워 올렸고, 목깃도 위로 바짝 세우고 있었다. 코트 소매 밖으로 드러난 여윈 손목을 보니 안에 셔츠를 받쳐 입지 않은 모양이었다. 신중하게 단어를 골라가며 띄엄띄엄 말을 이어가는 모습이 전체적으로 불운한 지식인 같은 분위기를 풍겼다.

"여기에 며칠 동안 보관하고 있었습니다." 홈즈가 말했다. "분실한 사람이 신문에 광고를 낼 거라고 생각했어요. 보낼 주소와 함께요. 왜 광고를 내지 않으셨는지 모르겠군요."

방문객이 다소 무안하다는 듯 웃었다.

"요즘 제 형편이 전과 같지 않아서요. 제게 시비를 건 건달 무리가 모자와 거위를 모두 가져갔으리라 생각했습니다. 그래서 가망도 없는 일에 허튼 돈을 쓰고 싶지 않았어요."

"그럴 만하군요. 그런데 거위 말인데요, 우리가 먹어버려야 했습니다."

"먹어버렸다고요?" 앉아 있던 방문객이 놀라서 몸을 반쯤 일으켰다.

"네, 그대로 뒀다면 어차피 버려야 했을 겁니다. 하지만 저 선반 위에 무게도 거의 같고 아주 신선한 거위가 있으니 저걸 대신 가져가는 건 어떻겠습니까?"

"오, 그럼요. 그렇게 하죠." 베이커 씨는 안도의 한숨을 내쉬었다.

"물론 그전 거위의 깃털, 발, 모이주머니 등은 아직 있습니다. 그러니 원하신다면…."

신사가 웃음을 터뜨렸다. "제 일화를 빛내줄 기념품이 될지는 몰라도 거위 부속물을 가지고 뭘 할 수 있을지 모르겠군요.

아닙니다. 괜찮으시다면 선반에 놓여 있는 저 훌륭한 거위만으로 만족하겠습니다."

셜록 홈즈는 나를 건너다보며 어깨를 살짝 으쓱해 보였다.

"그러시면 모자는 여기, 거위는 저기 있습니다." 홈즈가 말했다. "그건 그렇고, 전에 거위는 어디서 구했는지 알려주실 수 있나요? 제가 새 요리 애호가인데, 그만한 놈은 좀처럼 보지를 못해서 말입니다."

"물론이지요." 베이커 씨는 일어서서 새로 얻은 거위를 옆구리에 챙겨 안으며 말했다. "박물관 근처에 있는 '알파인'이라는 술집에 자주 가는 동료가 너덧 명 있습니다. 물론 낮에는 박물관에서 일을 하고요. 그런데 사람 좋은 술집 주인 윈디게이트 씨가 금년에 거위 클럽을 만들었어요. 매주 몇 펜스씩 내면 크리스마스에 각자 거위 한 마리씩 받는 겁니다. 저는 꼬박꼬박 돈을 냈고, 뒷일은 잘 아실 겁니다. 정말 큰 신세를 졌습니다. 아무래도 스코틀랜드식 베레모는 제 나이에도 품격에도 어울리지 않았거든요."

신사는 과장된 몸짓으로 우리 두 사람을 향해 정중하게 고개를 숙여 보이더니 성큼성큼 걸어 나갔다.

"헨리 베이커 씨는 이 정도면 됐고." 문을 닫으며 홈즈가 말했다. "베이커 씨는 이 일에 대해 아무것도 모르는 게 확실하군. 왓슨, 배고픈가?"

"별로."

"그럼 저녁은 나중에 때우기로 하고, 기왕 나선 김에 단서를 찾아서 가볼까?"

"좋고말고."

밤공기가 매서웠다. 우리는 얼스터코트를 걸치고 안에 스카프까지 둘러맸다. 밖으로 나오자 구름 한 점 없는 하늘에서 별들이 차갑게 빛나고 있었다. 길을 오가는 행인들의 입김이 여기저기서 권총을 쏜 것처럼 하얗게 피어오르고 있었다. 우리는 병원가를 지나 윔폴 스트리트, 할리 스트리트, 위그모어 스트리트를 거쳐 옥스퍼드 스트리트에 들어섰다. 걷는 내내 얼어붙은 거리에 발자국 소리가 크고 청명하게 울려 퍼졌다. 이윽고 15분 만에 우리는 블룸즈버리에 있는 '알파인'에 도착했다. 그곳은 홀본으로 향하는 거리의 모퉁이에 있는 작은 술집이었다. 홈즈는 문을 밀고 들어가 발그스레한 얼굴에 흰색 앞치마를 두른 주인에게 맥주 두 잔을 주문했다.

"맥주가 당신네 거위만 같다면 맛이 아주 일품이겠군요." 홈즈가 말했다. "거위요?" 주인이 놀란 듯 되물었다.

"네, 한 30분 전에 헨리 베이커 씨와 얘기를 나눴습니다. 여기 거위 클럽의 회원이라고 하던데요."

"아! 그렇군요. 하지만 그건 우리 집 거위가 아닙니다."

"그래요? 그럼 누구네 거죠?"

"그게, 코번트 가든에 있는 상인한테서 24마리를 샀습니다."

"아, 그쪽이라면 나도 좀 아는데, 상인 누구죠?"

"주인 이름이 브레킨리지입니다."

"아! 제가 모르는 사람이군요. 주인장, 그럼 새해에는 더 건강하고 번창하기를 바랍니다. 안녕히 계십시오."

"이제 브레킨리지를 찾아야겠군." 얼음장같이 차가운 바깥 공기를 쐬자 홈즈가 코트 단추를 채우며 말했다. "왓슨, 이걸 잊지 말게. 이편에서 우리가 쫓고 있는 건 평범한 거위 한 마리지만, 사건의 반대편에는 우리가 결백을 증명해주지 않으면 7년간 옥살이를 해야 할 사람이 있다는 걸 말이야. 조사 결과 호너가 범인이라는 사실만 더 명확해질 수도 있어. 그렇더라도 우리는 지금 경찰이 놓친 단서를 잡은 거야. 우리에게 둘도 없는 기회가 주어진 거지. 그러니 끝까지 한번 추적해보자고. 그럼 남쪽을 향해, 빠르게 전진!"

우리는 홀본을 지나 엔델 스트리트까지 내려간 뒤, 빈민가의 구불구불한 길을 통과해 코번트 가든 시장에 도착했다. 커다란 가게 중 한 곳에 브레킨리지라는 간판이 걸려 있었다. 각진 얼굴에 구레나룻을 단정하게 기른 주인이 말처럼 생긴 인상을 풍기며 점원 소년을 도와 가게 문을 내리고 있었다.

"안녕하세요. 날씨가 꽤 춥군요." 홈즈가 말했다.

상점 주인이 고개를 끄덕이고는 무슨 일이냐는 눈길로 내 동료를 쳐다보았다.

"거위가 다 팔렸나 봅니다." 홈즈가 텅 빈 대리석 판 진열대를 가리키며 말했다.

"내일 아침에 500마리가 들어올 거요."

"그럼 너무 늦어요."

"그럼 불이 켜진 가게에 가보쇼. 몇 마리 남아 있을게요."

"아, 이 가게를 소개받고 왔습니다만."

"누구한테요?"

"알파인 주인이요."

"아, 맞소. 그 집에 24마리를 보내주었소."

"거위들이 아주 좋더군요. 그런 거위를 대체 어디서 들여오셨습니까?"

예상치 못한 일이 벌어졌다. 그 질문에 상점 주인이 발끈 화를 낸 것이다.

"이봐요, 선생." 주인이 양손을 허리에 얹더니 고개를 치켜세우며 언성을 높였다. "도대체 속셈이 뭡니까? 솔직히 말해 보시오."

"뭘 더 솔직히 말하라는 거죠? 알파인에 보낸 거위를 누구한테 샀는지 알고 싶을 뿐입니다."

"아, 그렇다면 당신한테는 더 이상 할 말이 없으니 그만 가쇼!"

"별 질문도 아닌데 왜 그렇게 발끈하는 겁니까?"

"발끈이라고! 이보쇼. 당신도 나처럼 시달려보고 나서 말을 하시오. 좋은 물건을 받고 합당한 돈을 냈으면 그걸로 끝이지, 어째서 그 거위들은 어디에 있느냐, 누구한테 팔았느냐, 얼마면 그 거위를 되살 수 있느냐 하면서 나를 들들 볶는 거요? 누가 들으면 세상에 거위라고는 그것들밖에 없는 줄 알겠소."

"나는 그런 질문을 해댄 사람들과 아무 상관도 없는 사람입니다." 홈즈가 무심하게 말했다. "말해주기 싫다면 내기는 물 건너갔군. 그뿐이요. 새에 관해서라면 내가 옳다는 데 언제나 돈을 걸 준비가 되어 있지. 그래서 내가 먹은 그 거위를 시골에서 길렀다는 데 5파운드를 건 겁니다."

"그렇다면 그 5파운드를 잃은 셈이요. 그건 시내에서 기른 거니까." 상점 주인이 퉁명스럽게 말했다.

"절대 그럴 리가 없어요."

"그렇다니까."

"믿을 수 없습니다."

"어릴 적부터 이 바닥에서 잔뼈가 굵은 나보다 당신이 더 잘 안다고 생각하는 거요? 분명히 말해두건대, 알파인으로 간 거위들은 모두 시내에서 키운 것이오."

"아무리 그렇게 우긴다 해도 믿을 수 없습니다."

"그럼 내기하시겠소?"

"그래 봤자 당신 돈만 잃을 거요. 내가 옳다는 걸 난 잘 아니까 말이오. 하지만 1파운드를 걸죠. 순전히 고집불통인 당신에게 한 수 가르쳐주기 위해서요."

상점 주인이 음산한 얼굴로 낄낄대며 웃었다. "빌, 장부를 가져오너라."

작은 소년이 얇고 자그마한 공책 한 권과 기름때에 절은 커다란 장부 한 권을 가져오더니 매달린 등불 아래 놓았다.

"자, 그럼 옹고집 양반." 상점 주인이 말했다. "오늘 장사는 이걸로 끝인 줄 알았더니만 당신 덕분에 거위 한 마리 더 팔게 생겼군. 이 작은 공책 보이시오?"

"그런데요?"

"이건 내가 거위를 들여오는 판매처 명부요. 보이죠? 자, 이쪽에 적힌 게 시골 사육 업자들 이름이고, 이름 뒤에 있는 숫자는 큰 장부 몇 쪽에 가면 거래 명세가 적혔는지를 말해주는 거요. 자 그럼, 이번에 이쪽에 빨간 잉크로 적힌 거 보이죠? 이건 도시에 있는 공급 업자들 이름이오. 세 번째 이름이 보이죠? 어디 직접 읽어보시오."

"오크쇼트 부인, 브릭스턴 로드, 117번지, 249쪽." 홈즈가 읽었다.

"좋소. 이제 장부를 펴봅시다."

홈즈는 공책에 적힌 숫자를 찾아 장부를 펼쳤다. "여기 있군. '오크쇼트 부인, 브릭스턴 로드 117번지, 달걀 및 가금류 판매업자.'"

"자, 가장 최근에 기입한 게 보이시오?"

"12월 22일, 거위 24마리, 7실링 6페니."

"바로 그거요. 그리고 그 밑에는?"

"알파인의 윈디케이트 씨에게 판매. 12실링."

"자, 그래도 못 믿겠소?"

셜록 홈즈는 몹시 분하다는 모습이었다. 주머니에서 금화를 한 닢 꺼내 대리석 판 위로 던지더니 화가 치밀어 할 말을 잃어버린 사람처럼 홱 하니 돌아섰다. 그리고 몇 미터 지나서 가로등 아래 멈춰 서더니 특유의 나직한 웃음을 한바탕 터뜨렸다.

"저런 식으로 구레나룻을 기르고 스포츠 신문을 주머니에 꽂고 다니는 사람치고 내기에 안 넘어오는 사람이 없지." 홈즈가 말했다. "내기가 아니었다면 100파운드를 줘도 지금처럼 완벽한 정보를 빼낼 수 없었을 거야. 왓슨, 이제 조사도 막바지에 이른 것 같아. 지금 결정해야 할 문제는 오늘 밤 바로 오크쇼트 부인을 찾아갈까, 아니면 내일로 미룰까 하는 거야. 저 퉁명스런 주인장 얘기로 봐서는 우리 말고도 이 일에 열성인 사람이 있는 게 분명해. 그러면…."

홈즈가 돌연 말을 멈췄다. 우리가 방금 발길을 돌린 가게에서 요란하게 실랑이를 벌이는 소리가 들려왔기 때문이다. 돌아서서 그쪽을 바라보니 흔들리는 램프가 흩뿌린 노랗고 둥근 불빛 한가운데에 쥐같이 생긴 왜소한 남자가 서 있었다. 상점 주인 브레킨리지는 가게 문에 버티고 선 채, 겁먹어 잔뜩 움츠린 남자를 향해 사납게 주먹을 흔들고 있었다.

"네 녀석이며, 그 거위며 모두 진절머리가 난다고." 주인이 소리쳤다. "죄다 지옥에나 가버려. 그따위 멍청한 얘기로 나를 계속 괴롭히면 다음번에는 개를 풀어서 쫓아버릴 거야. 오크쇼트 부인을 이리 데려와. 그럼 대답해줄 테니. 네놈이 대체 무슨 상관이야? 내가 당신한테 그 거위를 사기라도 했어?"

"아닙니다. 하지만 그중 하나가 제 것이었습니다." 왜소한 사내가 우는소리를 했다.

"그럼 오크쇼트 부인한테 가서 물어봐."

"오크쇼트 부인은 당신한테 가보라고 했습니다."

"그러면 프로이센 왕한테 물어보든지. 내가 알 게 뭐야. 꼴도 보기 싫으니 저리 썩 꺼져!" 주인이 사납게 앞으로 쫓아 나오자 사내가 어둠 속으로 부리나케 달아났다.

"하! 브릭스턴 로드까지 안 가도 되겠는걸." 홈즈가 속삭였다. "나를 따라와. 저 녀석이 어떤 놈인지 한번 알아보자고." 내 동료는 불이 켜진 가게 주변에서 어슬렁대는 사람들 무리를 지나 왜소한 사내를 재빨리 따라잡더니 그자의 어깨를 툭 쳤다. 사내가 깜짝 놀라며 돌아봤는데, 가스등에 비친 얼굴을 보니 하얗게 질려 있었다.

"아니, 누구시죠? 왜 그러세요?" 사내가 떨리는 목소리로 물었다.

"죄송합니다만." 홈즈가 부드러운 말투로 얘기했다. "어쩌다 보니 아까 상점 주인과 얘기하는 걸 우연히 듣게 됐습니다. 내가 당신을 도울 수 있을 것 같아서요."

"당신이요? 누구시죠? 대체 어떻게 그 일을 아십니까?"

"내 이름은 셜록 홈즈입니다. 남들이 모르는 걸 알아내는 게 내 일이죠."

"하지만 당신이 이 일을 알 리가 없을 텐데요?"

"미안하지만 전부 알고 있습니다. 당신이 진 빠지게 찾아다니는 거위는 브릭스턴 로드의 오크쇼트 부인이 브레킨리지라는 이름의 상점 주인에게 팔았고, 그 후 알파인 주점의 윈디게이트 씨에게 넘어간 다음, 윈디게이트 씨가 만든 클럽의 한 회

원인 헨리 베이커 씨에게 갔지요."

"오, 드디어 제가 찾아 헤매던 분을 만났군요." 왜소한 남자가 바르르 떨리는 손을 내밀며 소리쳤다. "이 일에 제가 얼마나 관심이 많은지 모르실 겁니다."

셜록 홈즈는 지나가는 사륜마차를 큰 소리로 불러 세웠다. "이런 얘기는 바람이 몰아치는 시장 바닥보다는 안락한 방에서 하는 게 낫겠네요." 홈즈가 말했다. "그런데 먼저 이렇게 기꺼이 도와드리게 된 분의 성함을 알고 싶군요."

남자는 순간 주저했다. "저는 존 로빈슨이라고 합니다." 사내는 곁눈질을 하며 대답했다.

"아니, 아니죠. 본명 말입니다." 홈즈가 부드럽게 말을 이었다. "무슨 일이든 가명을 쓰는 사람과 있으면 어색해서요."

낯선 남자의 하얀 볼이 금세 붉게 물들었다. "아, 그러시다면 제 본명은 제임스 라이더입니다." 남자가 말했다.

"아, 그렇군요. 코스모폴리탄 호텔의 사무장이시군요. 마차에 오르시죠. 곧 당신이 알고 싶은 걸 모두 이야기해드리겠습니다."

덩치 작은 사내가 두려움과 희망이 뒤섞인 눈길로 우리 둘을 차례로 힐끔거렸다. 이 기회가 뜻밖의 횡재인지 재앙인지 헷갈리는 눈치였다. 사내가 마차에 오르고 30분을 달린 뒤, 우리는 베이커 스트리트의 거실로 돌아왔다. 사내는 마차를 타고 오는 내내 아무 말도 없었지만, 높고 가는 숨소리와 주먹을 쥐었다 폈다 하는 모습으로 보아 잔뜩 긴장한 모양이었다.

"다 왔습니다!" 우리가 나란히 거실로 들어선 후 홈즈는 흥겨운 목소리로 말했다. "이런 날씨에는 역시 벽난로가 제격이죠. 라이더 씨, 추워 보이는군요. 등나무 의자에 앉으세요. 이야기를 하기 전에 슬리퍼로 갈아 신어야겠군요. 자, 그럼 그 거위들이 어떻게 되었는지 알고 싶다는 거죠?"

"네, 선생님."

"아니, 거위들이 아니라 그 거위라고 해야겠군요. 당신이 관심을 두고 있는 놈은 단 한 마리니까 말입니다. 흰 꼬리에 검은 줄무늬가 있는 놈이죠."

감정이 한껏 격양된 라이더가 몸을 떨며 물었다. "오, 선생님, 그 거위가 어디로 갔는지 말씀해주시겠습니까?" 사내가 외쳤다.

"여기 왔었습니다."

"여기요?"

"그렇소. 그런데 알고 보니 아주 특별한 거위더군요. 당신이 그토록 큰 관심을 보인 이유를 알 만합니다. 죽어서도 알을 낳았거든요. 그렇게 아름답고 밝게 빛나는 파란 알은 내 평생 처음이었습니다. 이 방에 고이 모셔놨어요."

방문객은 휘청거리며 일어서더니 오른손으로 벽난로 선반을 붙잡았다. 홈즈가 금고를 열고 푸른 석류석을 꺼내 들었다. 석류석은 하늘의 별처럼 영롱한 빛을 사방으로 뿜어냈다. 라이더는 보석을 자기 것이라고 주장해야 할지, 제 것이 아니라고 부인해야 할지 모르겠다는 듯이 일그러진 얼굴로 바라보고만 있었다.

"게임은 끝났어, 라이더." 홈즈가 조용히 말했다. "이봐, 정신 차려! 그러다 난롯불 속에 빠지겠어. 왓슨, 라이더를 부축해서 의자에 좀 앉혀주게. 큰 죄를 저지를 배짱도 없는 녀석이군. 브랜디로 목을 좀 축여주게나. 그래! 이제 좀 사람 같아 보이는군. 약해 빠진 놈 같으니라고!"

사내는 휘청거리다 거의 쓰러질 뻔했지만, 브랜디를 조금 마시자 볼에 옅은 혈색이 돌았다. 그러고는 겁에 질린 눈으로 홈즈를 바라보았다.

"나는 사건의 연결 고리들이 어떻게 이어졌는지 거의 다 파악하고 있어. 필요한 증거도 모두 확보했지. 그러니 네게서 들어야 할 말도 별로 없어. 그래도 사건을 완벽하게 마무리 짓자면 사소한 것까지 확실히 밝혀두는 게 좋겠지. 라이더, 모카 백작 부인의 이 푸른 보석에 대해서는 어디서 들었나?"

"캐서린 큐색이 말해줬습니다." 라이더가 갈라진 목소리로 말했다.

"그랬군. 백작 부인의 하녀였어. 일확천금을 한번에 손에 넣을 수 있다는 유혹을 이기지 못했군. 하긴 더 나은 사람들도 그래 왔지. 하지만 네가 쓴 방법은 아주 비열한 짓이었어. 내가 보기에는 라이더, 네놈한테는 악당 기질이 있는 것 같아. 배관 공인 호너가 비슷한 전과가 있다는 걸 알고, 쉽사리 호너에게 혐의를 뒤집어씌울 생각을 하다니. 그래서 어떻게 했을까? 공범 큐색과 함께 너는 백작 부인의 방에 약간의 일거리를 만들고 일부러 호너를 불렀지. 호너가 떠나자 보석 상자에서 물건을 훔친 뒤 비상벨을 울렸어. 그 불운한 사내는 곧장 체포되었고, 너는….”

라이더는 갑자기 양탄자 위로 몸을 던지더니 내 동료의 다리에 매달렸다.

“제발 한 번만 용서해주세요!” 라이더는 새된 목소리로 외쳤다. “제 아버지를 생각해서요! 제 어머니를 봐서요! 그분들의 가슴이 찢어질 거예요. 전에는 한 번도 이런 짓을 한 적이 없어요. 다시는 안 그러겠습니다. 맹세해요. 성경에 대고 맹세할게요. 오, 제발, 재판에 넘기지 말아 주세요. 제발요!”

“의자로 돌아가!” 홈즈가 단호하게 말했다. “지금이라도 엎드려 비는 건 다행이지만, 영문도 모르는 일로 갇혀 있는 불쌍한 호너 생각은 눈곱만큼도 하지 않는군.”

“홈즈 씨, 제가 떠나겠습니다. 이 나라를 뜨겠습니다. 그러면 호너에 대한 혐의도 풀릴 겁니다.”

“흠, 그건 나중에 얘기하도록 하지. 지금은 그다음 어떻게 했는지 사실대로 말하는 게 중요해. 어떻게 해서 보석이 거위

뱃속에 들어가게 됐고, 또 그 거위가 시장에 나오게 되었지? 진실만을 말하는 게 좋을 거야. 그것만이 살길이니까."

라이더는 바싹 마른 입술을 혀로 축였다.

"사실 그대로 말씀드리겠습니다. 호너가 체포되자 당장 보석을 챙겨 나와야겠다는 생각이 들었습니다. 경찰이 언제 들이닥쳐 제 몸이나 제 방을 수색할지 모르니까요. 호텔에는 안전하게 숨겨둘 곳이 없는지라 무슨 볼일이 있는 것처럼 호텔을 빠져나와 누나 집으로 갔습니다. 누나는 오크쇼트라는 남자와 결혼해서 브릭스턴 로드에서 살고 있어요. 닭이나 거위 같은 걸 키워 시장에 내다 파는 일을 하면서요. 길에서 마주친 사람이 모두 경찰이나 형사 같아 보였습니다. 아주 추운 밤이었는데도 가는 동안 얼굴에서 땀이 비 오듯 쏟아졌어요. 누나가 얼굴이 창백하다며 무슨 일이 있느냐고 물을 정도였죠. 저는 호텔에서 보석을 도난당해 걱정되어서 그렇다고 대충 둘러댔어요. 그리고 뒷마당으로 가서 파이프 담배를 피우며 어찌해야 좋을지 궁리했어요.

제게는 모즐리라는 친구가 하나 있습니다. 나쁜 길로 빠져 펜턴빌에서 수감 생활을 막 마치고 나온 친구였죠. 언젠가 녀석이 도둑질하는 방법과 훔친 장물을 처분하는 방법에 대해서 해준 얘기가 떠올랐어요. 그 친구에 대해서는 좀 알았기 때문에 믿을 만하다는 생각이 들었죠. 그래서 곧장 친구가 사는 킬번으로 가서 제 고민을 털어놓기로 결심했어요. 그 녀석이라면 보석을 어떻게 하면 돈으로 바꿀 수 있을지 가르쳐줄 테니까요. 하지만 거기까지 안전하게 가는 게 문제였어요. 호텔에서 누나 집까지 오는 동안 겪었던 고통이 떠올랐죠. 언제 잡혀서 수색을 당할지 모르는데, 만약 보석이 조끼 주머니에 튀어나오기라도 하면 큰일이잖아요. 그때 저는 벽에 기대서서 발치에서 뒤뚱거리며 돌아다니는 거위들을 바라보고 있었습니다. 그 순간 기발한 생각이 번뜩 떠올랐어요. 최고의 형사도 속일 수 있는 꼼수였지요.

그 묘수는 누나가 몇 주 전에 크리스마스 선물로 거위 한 마리를 주겠다고 한 말에서 시작됐어요. 누나는 한번 뱉은 약속을 어기는 법이 없으니, 지금 거위를 한 마리 골라 그 안에 보석을 넣은 뒤 킬번까지 가져가면 되겠다는 생각이 들었죠. 저는 흰색 꼬리에 줄무늬가 있는 튼실한 놈을 하나 골라 뒷마당에 있는 헛간까지 몰고 갔어요. 거위를 붙잡고 부리를 억지로 벌린 다음 보석을 목구멍 깊숙이 집어넣었습니다. 거위가 꿀꺽 삼키더군요. 보석이 식도를 지나 모이주머니까지 내려가는 게 느껴졌습니다. 하지만 거위가 푸드덕거리며 버둥거리는 바람에 누나가 무슨 일인가 싶어서 밖으로 나왔어요. 누나에게 변명을 하려고 몸을 돌리는 사이 그놈이 제 손을 빠져나가 무리 속으로 달아나고 말았죠.

'젬, 거위 가지고 뭐하는 거야?' 누나가 물었어요.

'아, 전에 누나가 크리스마스 선물로 거위 한 마리를 나한테 주겠다고 했잖아. 그래서 어떤 놈이 제일 토실한지 살펴보고 있었어.' 제가 둘러댔죠.

'아, 네 건 이미 따로 골라놨어. 젬의 거위라고 부르고 있지. 저쪽에 있는 크고 하얀 놈이야. 26마리가 있는데 한 마리는 네 거고, 한 마리는 우리 거, 나머지 24마리는 시장에 내다 팔 거야.'

'고마워, 매기 누나. 그런데 누나만 괜찮다면 방금 들고 있던 놈을 가져갈게.'

'네 거위가 3파운드는 족히 더 나갈 텐데. 너를 위해 특별히 살찌웠거든.'

'괜찮아. 나는 다른 놈으로 하고 지금 가져갈게.'

'아, 그렇다면 좋을 대로 하렴.' 누나가 살짝 토라져서 말했죠. '어떤 놈을 가져갈 건데?'

'저기 하얀 꼬리에 줄무늬가 있는 놈이야. 가운데서 오른쪽에 있는 놈으로 할게.'

'아, 알았어. 그럼 죽여서 가져가.'

홈즈 씨, 저는 누나가 말한 대로 했어요. 그리고 거위를 가지고 킬번까지 갔지요. 친구에게 내가 한 일을 털어놨어요. 그런 얘기를 스스럼없이 털어놓을 수 있는 친구였거든요. 친구가 숨이 넘어갈 듯이 웃더군요. 우리는 칼을 들고 와서 거위의 배를 갈랐죠. 그런데 심장이 멎는 줄 알았어요. 보석이 온데간데 없이 사라졌더군요. 뭔가 큰 착오가 있었다는 걸 직감했죠. 그래서 거위를 그대로 놔둔 채 누나 집으로 뛰어갔습니다. 허겁지겁 뒷마당으로 들어갔지만 거기엔 거위가 한 마리도 보이지 않았어요.

'누나, 거위들 다 어디 갔어?' 제가 소리쳐 물었죠.

'도매상으로 보냈지.'

'도매상 어디?'

'코번트 가든에 있는 브레킨리지.'

'그런데 줄무늬 꼬리를 가진 놈이 또 있었어? 내가 고른 놈과 똑같이 생긴 놈이 또 있었느냐고?'

'응, 젬. 줄무늬 꼬리가 두 마리 있었는데, 어찌나 비슷하게 생겼던지 나도 구분이 안 되던걸.'

그때서야 상황 파악이 됐죠. 저는 브레킨리지라는 자를 찾아 부리나케 달려갔습니다. 그런데 거위를 한번에 다 팔았더군요. 어디에다 팔았는지를 물어봤지만, 오늘 밤 직접 만나보셨으니 아시겠지만 한마디도 알려주지 않더군요. 누나는 제가 미쳐가고 있다고 생각해요. 어떤 때는 제가 봐도 정말 미친 것 같아요. 이제 저는… 도둑으로 낙인찍힌 놈이죠. 제 양심을 판 대가는 만져보지도 못하고 말이죠. 오, 신이시여! 어리석은 저를 용서하세요!"

라이더는 두 손으로 얼굴을 가리고 어깨를 들썩이며 격렬하게 흐느꼈다.

한동안 침묵이 계속됐다. 라이더의 무거운 숨소리와 셜록 홈즈가 탁자 끝을 손가락으로 툭툭 치는 규칙적인 소리만 들릴 뿐이었다. 갑자기 내 친구가 자리에서 일어서더니 문을 활짝 열었다.

"나가!" 홈즈가 말했다.

"뭐라고요, 선생님? 아, 정말 감사합니다."

"더 이상 아무 말도 하지 마. 나가!"

더 이상 무슨 말이 필요하겠는가. 라이더가 문으로 돌진하더니 계단을 우당탕거리며 내려갔다. 이내 쾅하고 현관문이 닫히는 소리가 나더니 거리를 정신없이 달려가는 발소리가 들려왔다.

"왓슨, 내가 경찰의 무능력을 메워주려고 고용된 사람은 아니잖아." 파이프에 손을 뻗으며 홈즈가 말했다. "호너가 위험한 상황이라면 얘기가 달라지겠지만, 이 녀석이 나타나 호너에게 불리한 증언을 할 리는 없을 테니 사건은 곧 기각되겠지. 내가 죄인을 풀어준 것처럼 보이겠지만, 한 영혼을 구제한 셈이기도 해. 그 녀석은 이번에 혼쭐이 났으니 다시는 나쁜 짓을 하지 않을 거야. 오히려 지금 감옥으로 보낸다면 평생 감옥을 드나들며 살게 될 걸세. 게다가 지금은 용서의 계절 아닌가. 특이하고 묘한 사건을 기막힌 우연으로 접하게 된 것이니, 이 사건을 해결한 것보다 더 큰 보상이 어디 있겠어. 의사 선생, 초인종을 좀 울려주게. 이제 새로운 걸 탐구해보는 게 좋겠어. 이번에도 새가 주인공일 테니 어디 한번 마음껏 파헤쳐 보자고."

8
얼룩 끈

지난 8년간 내 친구 셜록 홈즈의 추리 방식을 연구하면서 기록한 70여 건의 사건들을 살펴보면, 수많은 비극과 우스꽝스러운 일화와 그저 기묘하기만 한 사건들로 가득할 뿐 평범하거나 진부한 사건은 하나도 찾아볼 수 없다. 홈즈가 부를 얻기 위해서가 아니라 탐정으로 사건을 해결해나가는 과정을 즐겼기 때문에 기이하거나 터무니없을 정도로 별난 사건이 아니면 손도 대지 않으려 했기 때문이다. 하지만 다채로운 여러 사건 중에서도 서리 주 스토크 모런 지역에서 유명한 로일럿 일가에 관한 사건은 유독 끔찍하고 기이한 것이었다.

문제의 사건이 일어난 때는 베이커 스트리트에서 홈즈와 함께 하숙하던 총각 시절로 거슬러 올라간다. 이 일을 비밀에 부치겠다는 약속을 하지 않았더라면 진작 기록에 남겼을 것이다. 그런데 우리가 침묵을 약속했던 의뢰인이 지난달 불시에 세상을 뜨는 바람에 비로소 입을 열 수 있게 되었다. 항간에는 그라임스비 로일럿 씨의 죽음을 둘러싸고 온갖 소문이 돌았다. 특히 진실보다 훨씬 끔찍하게 부풀려진 말들이 여전히 무성해 이제라도 사건의 진상을 밝히는 편이 차라리 나을 것이다.

1883년 4월 초, 어느 날 아침 눈을 떠보니 평소 늦잠을 즐기던 홈즈가 말끔하게 옷을 갖춰 입고 내 침대 옆에 서 있었다. 벽난로 선반 위의 시계는 이제 겨우 7시 15분을 가리키고 있었다. 나는 놀란 눈을 끔벅이며 홈즈를 올려다보았다. 규칙적으로 생활하는 터라 조금 화가 났던 것 같기도 하다.

"왓슨, 잠을 깨워서 미안해." 홈즈가 말했다. "하지만 오늘 아침은 그게 우리의 운명인 걸 어쩌겠나. 누군가 허드슨 부인의 잠을 깨웠고, 화가 난 허드슨 부인은 나를, 그리고 나는 자네를 깨우고 있지."

"무슨 일인데? 불이라도 난 거야?"

"아니. 의뢰인이야. 젊은 숙녀가 잔뜩 흥분한 상태로 찾아와서 나를 꼭 만나야겠다고 했나 봐. 지금 거실에서 기다리고 있어. 이른 아침부터 런던 거리를 헤치고 달려와 자는 사람을 침대에서 불러낼 정도면 뭔가 다급한 사정이 있지 않겠어? 만약 흥미로운 사건이라면 자네가 한순간도 놓치고 싶어 하지 않을 테니 혹시나 해서 깨운 거야."

"잘했어, 친구. 그런 일이라면 놓칠 수 없지."

홈즈의 수사 방식을 지켜보는 것보다 더 즐거운 일은 없었다. 특히 눈 깜짝할 새 끝나는 홈즈의 추리는 직관에 의존한 것처럼 보이지만 사실은 항상 논리적인 단서 위에서 전개된다. 이를 사건 해결의 실마리로 삼아 얽힌 문제를 신속하게 풀어나가는 홈즈의 모습을 보면 누구라도 감탄을 금치 못할 것이다. 황급히 옷을 챙겨 입고 홈즈와 함께 거실로 내려갔다. 검은 드레스를 입고 촘촘히 드리워진 베일로 얼굴을 가린 숙녀가 창가에 앉아 있다가 우리가 들어서자 일어났다.

"안녕하세요, 아가씨." 홈즈가 쾌활하게 말했다. "제가 셜록 홈즈입니다. 이쪽은 의사인 왓슨 선생입니다. 제 절친한 친구이자 동료이니 편하게 말씀하셔도 됩니다. 하! 고맙게도 허드슨 부인이 이미 벽난로에 불을 지펴주셨군요. 불 가까이 앉으세요. 추워서 떨고 계시군요. 몸을 녹일 수 있는 따뜻한 커피를 한잔 가져다 달라고 해야겠어요."

"추워서 떨고 있는 게 아니에요." 홈즈의 말대로 자리를 옮

겨 앉은 숙녀가 낮은 목소리로 말했다.

"그럼 왜죠?"

"무서워서요, 홈즈 씨. 두려움 때문입니다." 숙녀가 베일을 걷어 올리며 대답했다. 숙녀는 애처로울 정도로 불안해 보였다. 잿빛 안색, 일그러진 표정, 흔들리는 눈동자는 누군가에게 쫓기는 사냥감처럼 겁에 질려 있었다. 얼굴이나 몸매를 보면 30대인 것 같지만 머리에는 희끗희끗한 새치가 섞여 있었고, 초췌한 얼굴에는 지친 기색이 역력했다. 홈즈는 모든 것을 꿰뚫어 보는 시선으로 아가씨를 재빨리 훑어보았다.

"무서워할 것 없어요." 홈즈가 허리를 굽혀 숙녀의 팔을 토닥거리며 진정시키듯 부드럽게 말했다. "우리가 곧 해결해드리겠습니다. 오늘 아침에 기차를 타고 오셨군요."

"그럼 저를 아시는군요?"

"아닙니다. 단지 장갑을 낀 왼손에 왕복 기차표 반쪽을 쥐고 있는 게 보여서요. 이른 새벽에 집을 나서서 이륜마차를 타고 궂은 길을 한참 달려서야 역에 도착했군요."

숙녀가 화들짝 놀라더니 어리둥절한 표정으로 내 친구를 쳐다보았다.

"신기해하실 것 없습니다, 아가씨." 내 친구가 웃으며 말했다. "왼쪽 소매에 진흙이 예닐곱 군데 튀었는데, 자국이 채 마르지 않을 걸 보니 갓 생긴 거로군요. 그런 식으로 진흙을 튀기는 건 이륜마차밖에 없죠. 그리고 마부의 왼편에 앉아 오셨군요."

"어떻게 알아내셨는지는 몰라도 전부 다 맞히셨어요. 6시가 되기 전에 집을 나와서 20분을 달려 레더헤드에 도착했어요. 거기서 첫차를 타고 워털루에 왔죠. 더 이상 이 상황을 견딜 수 없었거든요, 홈즈 씨. 이런 긴장 상태가 계속된다면 저는 정말 미쳐버릴 거예요. 제게는 믿고 의지할 만한 사람이 없어요. 단 한 명도요. 저를 걱정해주는 사람이 하나 있지만, 그분 처지도 저를 돕기에는 역부족이죠. 홈즈 씨 얘기는 파린토시 부인한테서 들었어요. 부인이 큰일을 당했을 때 도와주셨다고요. 이 주소도 부인이 알려주신 거예요. 아, 홈즈 씨, 저 역시 도와주실 수 없나요? 적어도 저를 둘러싼 컴컴한 어둠을 밝혀줄 한 줄기 빛이라도 던져주세요. 지금 당장 보답하긴 힘들지만 한두 달 후면 결혼을 해요. 그때가 되면 제 재산을 마음대로 할 수 있으니 은혜도 갚을 수 있을 거예요."

홈즈는 책상으로 가서 자물쇠를 연 다음 상담한 사건을 기록해둔 작은 수첩을 꺼냈다.

"파린토시라." 홈즈가 말했다. "아, 기억나는군요. 오팔 보석 머리 장식에 관한 사건이었군요. 왓슨, 자네를 만나기 전 일이야. 아가씨 사건도 기꺼이 맡겠습니다. 파린토시 부인의 사건 못지않은 관심을 쏟을 테니 염려하지 마십시오. 보답에 관해서라면 제게는 일 자체가 보답이죠. 제가 쓰게 될 비용을 보상하고 싶으시다면 언제든 형편이 될 때 지불하시면 됩니다. 자그럼, 무슨 일인지 최대한 상세히 말해주세요."

"아아! 지금 제 상황에서 가장 끔찍한 건 제가 느끼는 두려움이 너무 막연하다는 거예요. 제 눈에는 분명 의심스러운 상황인데, 남들 눈에는 하찮고 사소한 일로 비춰지는 거죠. 다른 사람도 아니고 제가 서슴없이 도움과 조언을 요청할 수 있는 그이조차도 제 얘기를 신경과민에서 비롯된 망상이라고 생각해요. 그이가 대놓고 그런 말을 한 건 아니지만, 제 시선을 피하며 달래는 말만 늘어놓는 걸 보면 알 수 있어요. 하지만 홈즈 씨는 인간의 내면에 겹겹이 감춰진 사악함을 꿰뚫어 보실 줄 안다고 들었어요. 그러니 제가 이 위험을 어떻게 헤쳐나가야 하는지 알려주실 수 있을 거예요."

"귀 기울여 듣고 있으니 말해보세요."

"제 이름은 헬렌 스토너입니다. 의붓아버지와 함께 살고 있는데, 그분은 로일럿 가문의 마지막 후손이죠. 로일럿 가문은 서리 주 서쪽 끝에 위치한 스토크 모런 지역에서 가장 유서 깊은 색슨계 가문입니다."

홈즈가 고개를 끄덕였다. "그 이름은 저도 잘 알고 있습니다."

"로일럿 가문은 한때 잉글랜드에서 가장 부유한 가문으로 손꼽혔답니다. 영지가 북쪽으로는 버크셔 주, 서쪽으로는 햄프셔 주까지 뻗어 있었어요. 하지만 지난 100년 동안 방탕하고 씀씀이가 헤픈 네 명의 상속자를 거치면서 몰락의 길을 걷기 시작하더니, 섭정 시대에 이르러서는 도박에 빠진 후손 하나가 집안을 완전히 말아먹었다고 들었어요. 남은 재산이라고는 몇 평의 땅과 200년 된 저택 한 채뿐인데, 그마저도 여기저기에 저당 잡혀 있는 걸로 알고 있어요. 마지막 상속자는 허울만 귀족일 뿐 그 저택에 남아 빈곤한 생활을 근근이 이어갔어요. 마지막 상속자의 외아들이었던 의붓아버지는 새로운 상황에 적응해야 한다는 걸 깨닫고, 친척에게 돈을 빌려 의대를 졸업한 뒤 당시 영국령 인도의 수도였던 캘커타로 갔습니다. 훌륭한 의술과 강인한 성격 덕에 캘커타에서 커다란 병원도 세울 수 있었죠. 그런데 어느 날 집 안에서 도난 사건이 벌어지고, 화를 참지 못한 의붓아버지가 현지인 집사를 때려죽이고 말았어요. 가까스로 사형은 면했지만 오랜 옥살이를 해야 했죠. 형기를 마친 뒤 결국 침울하고 낙담에 빠진 채 잉글랜드로 돌아오게 되었어요.

로일럿 씨는 스토너 부인, 그러니까 벵골 포병대 스토너 소장의 젊은 미망인이었던 제 어머니와 인도에 있을 때 결혼했습니다. 언니인 줄리아와 저는 쌍둥이였는데, 어머니가 재혼할 당시 두 살밖에 되지 않았어요. 어머니는 상당한 재산이 있었어요. 1년에 1000파운드가 넘는 수입이 들어왔는데, 함께 사는 동안에는 의붓아버지가 모두 관리하도록 유언을 남기셨어요. 저희가 결혼을 할 경우 연간 일정액을 나눠준다는 조건을 달아서요. 어머니는 잉글랜드로 귀국한 지 얼마 지나지 않아 돌아가셨어요. 크루 역 근처에서 발생한 열차 사고로 변을 당하셨죠. 그러자 로일럿 씨는 런던에서 개원하려던 계획을 접고 우리를 데리고 스토크 모런으로 내려갔어요. 그때부터 선조가 물려준 옛집에서 함께 살게 되었죠. 어머니가 남겨주신 돈만으로도 생활하기에 충분해서 새로운 출발을 가로막는 건 아무것도 없어 보였습니다.

하지만 그 무렵부터 의붓아버지는 끔찍하게 변해갔어요. 마을 사람들은 스토크 모런의 로일럿 일가가 고향집에 돌아왔다고 기뻐했지만, 아버지는 이웃과 친구들을 모두 멀리하면서 집 안에 틀어박혀 있기 일쑤였어요. 그렇게 두문불출하다가 외출이라도 하는 날이면 길에서 마주치는 사람이 누가 됐든 우선 싸우기부터 하셨죠. 광기에 가까운 난폭한 기질은 로일럿 가문의 남자들이 대대로 물려받은 집안 내력인데, 의붓아버지는 열대 지방에서 오래 지낸 탓에 더 심해진 것 같아요. 불미스러운 싸움이 계속해서 벌어졌고, 그중 두 번은 즉결심판까지 가서야 끝이 났죠. 결국 의붓아버지는 마을에서 공포의 대상이 되었어요. 사람들은 이제 양아버지의 꽁무니만 봐도 자리를 피할 정도예요. 힘도 굉장히 센 데다 한번 화가 나면 걷잡을 수 없으니까요.

지난주에는 동네 대장장이 한 명을 다리 난간 너머로 내동댕이쳐 개울에 빠뜨리셨어요. 제가 여기저기서 돈을 끌어 모아다 주고서야 사건을 겨우 무마시킬 수 있었죠. 친구도 사귀지 않는 양아버지가 유일하게 호의를 베푸는 사람은 떠돌이 집시예요. 가문의 사유지 중 가시나무로 뒤덮인 숲 일부를 야영지로 내주기까지 했답니다. 그 보답으로 아버지는 집시들의 텐트에 들러 환대를 받기도 하고, 때로는 몇 주씩 그들과 어울려 유랑 생활을 즐기기도 해요. 또 인도 동물에 대한 애정이

남달라서 몇 마리를 인도 현지에서 영국에 들여오기도 했어요. 지금 이 순간에도 치타와 개코원숭이가 자유롭게 정원을 활보하고 있을 거예요. 마을 사람들은 이제 집주인뿐 아니라 그 동물들도 무서워하고 있어요.

충분히 짐작이 가시겠죠? 불쌍한 언니 줄리아와 제 삶은 그리 즐겁지 않았어요. 집에 붙어 있겠다는 하인도 없었기 때문에 오랫동안 집안일도 도맡아 해왔죠. 숨을 거둘 때 줄리아는 고작 서른이었지만, 머리는 이미 희끗하게 센 상태였어요. 저처럼 말이죠."

"그럼 언니분이 죽었습니까?"

"2년 전에요. 지금 말씀드리고 싶은 것도 언니의 죽음에 관한 거예요. 이제까지 말씀드린 대로 살다 보니 비슷한 신분의 또래 남자를 만날 기회가 없었어요. 그런데 의붓아버지의 허락을 받아 이모를 잠깐씩 보러 갈 수 있었어요. 아너리아 웨스트페일 이모는 결혼을 하지 않고 해로 근처에 사시죠. 2년 전 크리스마스에 줄리아는 이모 댁에 갔다가 휴직 중인 해군 소령을 만나 약혼하게 되었어요. 언니가 집에 돌아와 의붓아버지에게 이 사실을 알렸고, 의붓아버지 또한 결혼을 반대하지 않았어요. 하지만 결혼을 2주 앞두고 끔찍한 사건이 벌어졌고, 그 일로 저는 유일한 친구를 영영 잃고 말았어요."

셜록 홈즈는 두 눈을 감은 채 머리에 쿠션을 베고 의자 깊숙이 등을 기대어 앉아 이야기를 듣고 있었다. 하지만 이 대목에서 눈을 반쯤 뜨더니 방문객을 건너다보며 말했다.

"조목조목 상세히 말씀해주세요."

"그건 어렵지 않아요. 그날의 끔찍했던 기억이 뇌리에 생생하게 남아 있거든요. 스토크 모런의 저택은 말씀드린 대로 낡고 해묵은 건물이에요. 그래서 건물의 한쪽 부분만 사용하고 있어요. 침실은 모두 1층에 있고, 건물 중앙에 거실이 있어요. 첫 번째 방은 의붓아버지, 두 번째 방은 언니 줄리아, 세 번째 방이 제 침실이에요. 침실끼리 통하는 문은 없고, 방문은 전부 복도를 향해 나 있어요. 제 말이 이해되세요?"

"완벽하게요."

"침실에는 정원 쪽으로 창문이 나 있어요. 그 운명의 밤, 의붓아버지는 평소보다 일찍 방으로 들어가셨어요. 하지만 잠을 자러 간 게 아니라는 걸 우리는 알았죠. 의붓아버지가 즐겨 피는 인도산 담배의 독한 연기 때문에 줄리아 언니가 제 방으로 건너왔으니까요. 우리는 다가오는 결혼식에 대해 이런저런 얘기를 한참 동안 나눴어요. 11시가 되자 언니가 자기 침실로 돌아가야겠다며 일어섰죠. 그리고 제 방을 나서려다 갑자기 문 앞에 멈춰 서더니 저를 돌아봤어요.

'저기, 헬렌.' 언니가 불렀어요. '혹시 한밤중에 휘파람 소리 들은 적 있니?'

'아니.' 제가 대답했어요.

'설마 네가 잠결에 부는 건 아니겠지?'

'물론이지. 그런데 왜?'

'며칠 전부터 새벽 3시 정도면 낮고 선명한 휘파람 소리가 들려. 내가 잠귀가 밝아서 그런지 그 소리에 꼭 잠이 깨거든. 어디서 들리는 건지 잘 모르겠어. 옆방인 것 같기도 하고, 정원 잔디밭인 것 같기도 하고…. 혹시 너도 그 소리를 들었나 싶어 물어본 거야.'

'난 못 들었어. 숲 속에 있는 별스런 집시들이 낸 소리일 거야.'

'아마 그렇겠지. 그럼 잔디밭에서 들려왔다는 건데, 너는 왜 못 들었을까?'

'아, 그건 내가 깊이 잠들어서 그럴 거야.'

'응, 아무튼 별로 중요한 일은 아니니까.' 언니는 제게 웃어 보이고 방을 나갔어요. 잠시 후 옆방에서 방문을 잠그는 소리가 들렸어요."

"그렇군요." 홈즈가 말했다. "매일 밤 잠들기 전에 항상 방문을 잠그나요?"

"네, 언제나요."

"왜죠?"

"아까 말씀드렸듯이 의붓아버지가 키우는 치타와 개코원숭이 때문이에요. 문을 잠그지 않으면 왠지 안심이 안 되거든요."

"그렇군요. 계속 이야기를 들려주세요."

"그날 밤은 좀처럼 잠이 오지 않았어요. 왠지 모르게 자꾸만 불길한 예감이 들었거든요. 언니와 제가 쌍둥이라고 한 말 기억하시죠? 우리 둘의 영혼은 서로 연결되어 있어서 미묘하게 통하는 구석이 많았죠. 그날 밤은 날씨도 심란했어요. 바람이 거세게 몰아치고, 빗방울은 연신 창문을 때려댔죠. 광폭한 비바람 소리를 뚫고 겁에 질린 여자의 세찬 비명 소리가 들려왔어요. 언니의 목소리였죠. 저는 침대에서 튀어나와 숄을 걸치고 복도로 뛰쳐나갔어요. 제 방문을 열 때 언니가 얘기한 낮은 휘파람 소리가 들린 것도 같아요. 곧이어 철컹하고 무거운 쇳조각이 바닥에 떨어지는 듯한 소리가 들렸어요. 복도를 달려가는데 방문 자물쇠가 열리더니 문이 서서히 열리기 시작했어요. 저는 그 안에서 무엇이 나올지 몰라서 공포에 질린 채 멍하니 쳐다보았어요. 그런데 열린 문틈 사이로 모습을 드러낸 건 줄리아 언니였어요. 복도 불빛에 비친 언니의 얼굴은 새하얗게 질려 있었죠. 손은 도움을 청하는 듯 허공을 더듬거렸고, 몸은 마치 술에 취한 사람처럼 흐느적거렸어요. 얼른 달려가서 감싸 안았는데, 그 순간 언니는 무릎에 힘이 풀렸는지 바닥에 스르르 쓰러졌어요. 그러고는 끔찍한 고통에 놓인 사람처럼 몸을 뒤틀었고, 팔다리는 무섭게 경련을 일으켰어요. 처음에는 언니가 나를 알아보지 못하는 줄 알았어요. 그런데 제가 몸을 숙이자 언니가 평생 잊지 못할 목소리로 외쳤어요.

'오, 하나님! 헬렌, 그건 끈이었어! 얼룩 끈!'

언니는 허공에 손가락을 들더니 의붓아버지 방을 가리켰어요. 무슨 말을 더 하려는 듯 보였지만, 경련이 다시 시작되어 말을 이을 수 없었죠. 저는 의붓아버지를 소리쳐 부르며 뛰어갔어요. 의붓아버지는 가운을 입은 채로 방에서 서둘러 나오고 있었어요. 하지만 의붓아버지가 옆에 왔을 때 언니는 이미 의식을 잃은 상태였어요. 아버지는 언니 입에 브랜디를 흘려 넣고 의사를 부르러 사람을 보냈어요. 하지만 모든 노력은 수포로 돌아갔습니다. 언니는 의식을 회복하지 못한 채 그대로 죽음의 늪으로 빠져들고 말았어요. 이것이 제가 사랑하는 언니의 끔찍한 최후였어요."

"잠시만요." 홈즈가 말했다. "휘파람 소리와 쇳소리를 들었다고 했죠? 확실한가요?"

"검시관도 같은 질문을 하더군요. 분명 들었다고 생각되지만 또 모르죠. 밖에서는 바람이 휘몰아쳤고 낡은 집은 곳곳이 삐거덕거렸으니 제가 착각했을 가능성도 있으니까요."

"언니는 옷을 차려입고 있었나요?"

"아뇨, 잠옷만 입은 상태였어요. 오른손에는 까맣게 탄 성냥을, 왼손에는 성냥갑을 들고 있었어요."

"뭔가에 놀라서 잠이 깬 뒤 성냥불을 켜서 주변을 살펴본 모양이군요. 아주 중요한 대목이에요. 그래서 검시관은 어떤 결론을 내리던가요?"

"검시관은 꼼꼼하게 사건을 조사했어요. 의붓아버지의 행적이 동네에서 워낙 악명을 떨쳤기 때문일 거예요. 하지만 언니의 죽음을 속 시원히 밝혀줄 원인은 찾지 못했어요. 방문은 안에서 굳게 잠겨 있었고, 창문은 튼튼한 덧문이 달려 있으며, 밤마다 두꺼운 쇠 빗장까지 걸어놓는다고 증언했어요. 벽도 일일이 두드려가며 조사했지만 어느 곳도 빈 공간이 없었어요. 바닥도 철저하게 조사했지만 결과는 같았죠. 굴뚝의 폭이 넓긴 했지만 네 개의 큼직한 꺾쇠로 막혀 있었어요. 언니가 죽음을 맞을 때 방에 혼자 있었다는 건 의심할 여지가 없었어요. 게다가 폭행을 당한 흔적도 전혀 없었고요."

"독살 흔적은요?"

"의사들이 검사해봤지만 이렇다 할 결과는 없었어요."

"그렇다면 무엇 때문에 언니가 죽었다고 생각하세요?"

"공포, 그리고 그로 인한 신경 발작이 언니의 목숨을 앗아갔다고 믿어요. 무엇이 그토록 무서웠는지 짐작할 수 없지만요."

"사고 당시 집시들이 숲에 있었나요?"

"네, 항상 근처에 머물고 있어요."

"아, 그런데 그 끈, 얼룩 끈이라는 게 뭔지 짐작이 가시나요?"

"어떤 때는 정신 착란에서 나온 헛소리일 거라는 생각이 들기도 하고, 어떤 때는 '끈band'이라는 단어에 '떼'나 '무리'라는 의미도 있으니, 숲 속에 모여 사는 집시 무리를 가리킨 게 아닐까 하는 생각도 들어요. '얼룩'이라는 말을 왜 붙였는지는 의아하지만, 집시들이 머리에 두르는 얼룩무늬 손수건을 얘기하려고 한 말일 수도 있어요."

홈즈는 만족하지 못하겠다는 표정으로 고개를 내저었다.

"미궁에 빠진 문제로군요. 계속 얘기해주세요."

"그 후로 2년이 지났어요. 혼자 남은 저에게는 예전보다 더 외로운 나날의 연속이었죠. 그런데 한 달 전, 몇 년 동안 알고 지내던 친구가 청혼을 해왔습니다. 이름이 퍼시 아미티지로, 리딩 근방의 크레인 워터에 사는 아미티지 씨네 둘째 아들이에요. 의붓아버지도 결혼을 반대하지 않아서 올봄에 결혼식을 올리기로 했어요. 그런데 이틀 전부터 저택의 서쪽에서 무슨 공사를 시작하더니 제 침실 벽에 구멍이 뚫렸지 뭐예요. 하는 수 없이 저는 언니가 죽음을 맞이한 방으로 옮겨야 했어요. 언니가 쓰던 그 침대에서 자야 했죠. 그러니 간밤에 제가 얼마나 큰 공포에 떨었을지 한번 상상해보세요. 침대에 누워 언니의 비극적 운명을 생각하며 잠을 이루지 못하고 있었어요. 그런데 한밤의 침묵을 깨고 언니의 죽음을 예고했던 낮은 휘파람 소리가 들려왔어요. 튀어 오르듯 침대에서 일어나 황급히 램프에 불을 붙였지만 방 안에는 아무것도 없었어요. 하지만 화들짝 놀란 가슴이 진정되지 않고 도저히 침대에 다시 누울 수 없었어요. 그래서 옷을 챙겨 입고 날이 밝자마자 집을 빠져나왔답니다. 그러고는 맞은편에 있는 크라운 여관에서 이륜마차를 불러 타고 레더헤드 역으로 가서, 홈즈 씨에게 조언을 구해야겠다는 생각 하나만으로 아침부터 여기로 달려온 거예요."

"현명하게 처신하셨어요." 내 친구가 말했다. "그런데 얘기는 이게 전부인가요?"

"네, 이게 다예요."

"아닙니다, 스토너 양. 당신은 지금 의붓아버지를 감싸고 있군요."

"네? 무슨 말씀이신지?"

홈즈는 대답 대신 스토너 양의 무릎에 놓인 손을 덮고 있던 검은 레이스 장식을 밀어 올렸다. 엄지와 나머지 네 손가락에 눌려 생긴 검푸른 멍 자국이 하얀 손목에 찍혀 있었다.

"학대를 당하셨군요."

숙녀가 얼굴을 붉히며 멍든 손목을 황급히 가렸다. "원래 좀 거친 분이세요. 자기가 얼마나 힘이 센지도 아마 모르실 거예요."

오랜 침묵이 흘렀다. 홈즈는 두 손으로 턱을 괴고 타다타닥

소리를 내며 타고 있는 벽난로만 바라보았다.

"이건 아주 심각한 사건입니다." 홈즈가 드디어 입을 열었다. "행동을 옮기기 전에 제가 알고 싶은 게 수천 가지는 더 되지만, 일분일초도 지체할 수 없을 것 같군요. 오늘 우리가 스토크 모런에 가면 의붓아버지 몰래 그 방들을 살펴볼 수 있을까요?"

"때마침 아버지가 오늘 중요한 일이 있어서 런던에 간다고 말씀하셨어요. 아마 밤이 돼서나 돌아오실 테니 방해받지 않고 조사할 수 있을 거예요. 가정부가 한 명 있긴 하지만, 늙고 어수룩해서 제가 잠시 다른 곳으로 보내도 눈치채지 못할 거예요."

"좋습니다. 왓슨, 자네도 이 여행이 싫지 않지?"

"물론."

"그럼 우리 둘이 같이 가기로 하지. 아가씨는 어떻게 하실 건가요?"

"저는 시내에 나온 김에 한두 가지 볼일을 더 보려고요. 하지만 늦어도 정오 기차로 돌아갈 거예요. 두 분이 오시는 시간에 맞춰서요."

"그럼 오후 일찍 가도록 하죠. 그전에 사소한 일 몇 가지를 처리해야 하니까요. 좀 더 있다가 아침이라도 드시고 가시겠어요?"

"아니요. 가봐야 해요. 이렇게 고민을 털어놓고 나니 마음이 한결 가벼워졌어요. 그럼 오후에 다시 뵐게요." 숙녀는 두꺼운 검은 베일을 다시 늘어뜨리더니 조용히 방을 빠져나갔다.

"왓슨, 자네는 어떻게 생각하나?" 홈즈가 의자에 등을 기대며 물었다.

"아주 어둡고 음침한 사건 같아."

"어둡고 음침한 건 분명해."

"아가씨가 말한 대로 바닥과 벽에 문제가 없고, 문이나 창문, 굴뚝으로도 사람이 들어올 수 없다면 스토너 양의 언니가 방 안에 혼자 있다가 수수께끼 같은 죽음을 맞이했다고 생각할 수밖에."

"그렇다면 한밤중에 들려왔다던 휘파람 소리는 뭘까? 죽어갈 때 남긴 이상한 말은?"

"그건 잘 모르겠어."

"한밤중의 휘파람 소리, 의사라는 의붓아버지와 친하게 지내는 집시 떼, 의사 양반 입장에서는 의붓딸을 시집보내지 않는 게 훨씬 이득일 테고, 언니가 죽기 전에 남긴 '끈'이라는 말, 그리고 마지막으로 헬렌 스토너 양이 들었다는 철컥하는 쇳소리라. 그 소리는 아마 창 덧문에 걸린 빗장을 걸 때 난 소리였을 거야. 이 단서들을 잘 연결해보면 수수께끼를 풀 수 있을 것도 같아."

"한데 집시들이 뭘 어떻게 했을까?"

"그건 알 수 없어."

"그 추리에 허점이 많은 것 같은데."

"나도 그렇게 생각하네. 오늘 우리가 스토크 모런에 가는 것도 그런 이유 때문이지. 허점이 치명적인 것들인지 아니면 설명될 수 있는 것들인지 알아보려고 말이야. 그런데 아니, 이건 뭐야!"

내 친구가 느닷없이 소리를 질렀다. 문이 벌컥 열리더니 거구의 사내가 문틀에 떡하니 나타났기 때문이다. 사내는 의사와 농부의 옷차림을 뒤섞어놓은 듯한 독특한 행색을 하고 있었다. 검은 중산모를 쓰고 긴 프록코트를 걸치고 있었지만, 다리에는 긴 각반을 착용하고, 손에는 사냥용 채찍이 들려 있었다. 큰 키 때문에 모자 봉우리가 문틀에 닿았고, 떡 벌어진 어깨는 문설주에 닿을 정도였다. 주름이 가득하고 햇볕에 누렇게 그을린 커다란 얼굴은 무섭게 화가 난 표정으로 우리 두 사람을 번갈아가며 노려보고 있었다. 움푹 파인 눈, 사나운 시선, 가늘고 높게 치솟은 코는 흉폭하고 늙은 맹금류를 닮아 있었다.

"누가 홈즈냐?" 난데없이 나타난 불청객이 물었다.

"제 이름입니다만, 누구신지요?"

"스토크 모런의 그라임스비 로일럿이다."

"그러시군요. 들어와서 앉으시지요." 홈즈가 상냥하게 말했다.

"그따위 호위는 집어치우고, 내 의붓딸이 여기 왔었지. 그애를 뒤쫓아왔지. 그 애가 무슨 말을 했나?"

"이맘때치고 날이 너무 춥군요." 홈즈가 말했다.

"그 애가 뭐라고 말했는지를 묻잖아?" 나이 든 사내가 사납게 소리를 질렀다.

"크로커스도 곧 활짝 필 거라 하더군요."

"하! 지금 날 놀리는 거냐?" 불청객이 한 걸음 앞으로 내딛더니 손에 들고 있던 채찍을 흔들어댔다. "이 불한당 같은 놈, 내가 너를 모를 줄 아느냐! 네 얘기를 들은 적 있지. 이 오지랖 넓은 훼방꾼 놈아!"

내 친구의 입가에 미소가 번졌다.

"이 참견쟁이!"

미소가 더욱 커졌다.

"런던 경찰의 졸개 같은 놈!"

홈즈는 마침내 껄껄대며 웃음을 터뜨렸다. "말씀을 맛깔나게 잘하시네요. 나가실 때 문 좀 닫아주세요. 찬바람이 심하게 들어와서 말입니다."

"할 말이 끝나면 어련히 알아서 갈 거다. 내 일에 감히 참견하지 마라. 그 애가 여기 왔다는 걸 알고 있어. 내가 뒤쫓아왔으니까! 난 만만한 상대가 아니야. 나와 맞붙었다간 어떻게 되는지 보고 싶어?" 사내가 재빨리 앞으로 다가오더니 햇볕에 그을린 우람한 두 손으로 쇠 부지깽이를 집어 들고 활처럼 구부러뜨렸다.

"봤지? 내 손에 걸리고 싶지 않으면 잠자코 있는 게 좋을 거야." 사내는 휘어진 부지깽이를 벽난로에 집어 던지고는 성큼성큼 걸어서 방을 나가 버렸다.

"꽤 귀여운 분이군." 홈즈가 웃으며 말했다. "덩치는 더 작아도 나도 힘깨나 쓰는데 말이야. 좀 더 있었다면 내 손아귀 힘도 그리 약하지 않다는 걸 보여줬을 텐데." 이렇게 말하며 홈즈가 휘어진 부지깽이를 집어 들어 단숨에 원래대로 펴놓았다.

"나를 경찰 나부랭이와 혼동하다니 기분이 조금 상하는군. 하지만 덕분에 이번 사건에 더욱 구미가 당기는걸. 저 불한당에게 뒤를 밟힌 아가씨에게 별일이 없어야 할 텐데. 그럼 왓슨, 이제 아침을 시켜볼까? 그다음 나는 민법 박사 회관에 들러볼 생각이야. 거기서 이 사건에 도움이 될 만한 자료가 있나 찾아봐야겠어."

홈즈는 오후 1시가 다 되어서야 돌아왔다. 숫자와 글씨를 휘갈겨 쓴 파란 종이 한 장을 손에 들고 있었다.

"작고한 부인의 유언장을 보고 오는 길이야. 유산으로 남긴 투자액 가치가 지금은 어느 정도 되는지 알아보고 왔어. 부인이 사망할 당시에는 그 가치가 줄잡아 1100파운드 가까이 됐는데, 농산물 가격이 떨어져 지금은 750파운드가 채 안 되더군. 딸들은 결혼할 경우 각각 250파운드씩 받을 권리가 생기지. 따라서 두 딸이 모두 결혼한다면 그 노인네의 수중에 떨어지는 돈은 쌈짓돈 정도나 될까. 둘 중 하나만 결혼해도 로일럿 씨 입장에서는 치명타인 셈이야. 로일럿 씨가 딸들의 결혼을 막아야 할 동기가 충분하다는 걸 알게 됐으니 오전 나들이가 헛걸음은 아니었어. 왓슨, 꾸물거릴 시간이 없어. 심각한 사건이야. 더구나 우리가 끼어들었다는 걸 그 노인네가 알아챘으니 서두르는 게 좋겠어. 자네가 채비를 마치는 대로 마차를 불러 워털루 역으로 가자고. 권총도 챙겨 넣게. 쇠 부지깽이를 맨손으로 주무를 정도의 신사와 맞붙으려면 엘리 넘버 투가 제격이지. 거기다 칫솔 하나만 더 챙기면 준비는 끝난 거야."

워털루 역에 도착한 우리는 운 좋게도 레더헤드행 기차에 바로 올라탈 수 있었다. 그리고 레드헤드 역 앞에 있는 여관에서 마차를 잡아타고 서리 주의 아름다운 시골길을 7~8킬로미터 정도 달렸다. 날씨가 더할 나위 없이 좋았다. 태양이 눈부시게 빛났고, 하늘에는 폭신한 뭉게구름이 떠다녔다. 나무와 길가 덤불에는 이제 막 돋아난 푸른 새싹들이 고개를 내밀고 있었고, 촉촉한 흙냄새가 기분 좋게 코끝을 간질였다. 이렇게 아름다운 봄날에 음산한 사건을 조사하러 간다는 사실에 새삼 기분이 묘해졌다. 마부 옆에 팔짱을 끼고 앉은 홈즈는 눈을 가릴 정도로 모자를 푹 눌러쓰고, 턱은 가슴에 파묻은 채로 깊은 생각에 빠져 있었다. 그러다 갑자기 몸을 움찔하더니 내 어깨를 툭 치며 목초지 건너편을 가리켰다.

"저길 봐!" 홈즈가 말했다.

완만한 비탈을 따라 나무들이 빽빽이 들어서 있고, 정상 부근에는 작은 숲이 우거져 있었다. 나뭇가지들 사이로 해묵은 저택의 잿빛 박공지붕 꼭대기와 높다란 마룻대가 보였다.

"스토크 모런인가요?" 홈즈가 물었다.

"네, 그라임스비 로일럿 선생의 저택입지요." 마부가 대답했다.

"저택 일부를 수리 중인데, 건물 공사 현장으로 가주세요."

"마을은 저깁니다요." 마부가 왼쪽을 가리켰다. 저택에서 조금 떨어진 곳에 옹기종기 모여 있는 지붕들이 보였다. "저기 저택으로 가실 거라면 이쪽 계단으로 올라간 다음 오솔길을 따라 걷는 편이 더 빠릅니다요. 저기, 저 아가씨가 걷고 있는 길로 말이죠."

"저 아가씨는 스토너 양 같은데." 홈즈가 내리쬐는 햇볕을 손으로 가리며 말했다. "그래요, 그게 좋겠군요."

우리는 마차에서 내려 요금을 치렀다. 마차는 레더헤드를 향해 덜컹거리며 돌아갔다.

"내 생각에는 말이야." 계단을 오르며 홈즈가 말했다. "마부가 우리를 건축가로 보거나 공사 현장에 볼일이 있어서 여기를 왔다고 생각하는 편이 낫다고 여겼어. 그러면 쓸데없는 소문이 퍼지지 않을 테니까. 안녕하세요, 스토너 양. 약속한 대로 이렇게 왔습니다." 아침에 봤던 의뢰인이 바삐 다가오더니 반가운 얼굴로 우리를 맞았다.

"두 분을 얼마나 애타게 기다렸는지 몰라요." 스토너 양이 우리의 손을 따스하게 잡으며 말했다. "모든 일이 순조롭게 돌아가고 있어요. 의붓아버지는 런던에 가서서 저녁때까지는 돌아오지 않으실 거예요."

"우리는 이미 의사 선생님을 만나 뵙는 영광을 누렸습니다." 홈즈가 아침에 있었던 일을 간추려 설명했다. 이야기를 듣던 스토너 양은 입술까지 창백해졌다.

"맙소사! 그러니까 저를 미행한 거로군요."

"그런 것 같습니다."

"눈치가 백 단인 분이라 한시라도 마음을 놓을 수가 없어요. 돌아와서 제게 뭐라고 하실까요?"

"자기 앞가림을 하느라 정신없을 겁니다. 지금쯤 자신보다 한 수 위인 사람이 자신을 뒤쫓고 있다는 사실을 알아차렸을 거예요. 오늘 밤엔 방문을 꼭 잠그고 그자가 들어오지 못하도록 단단히 조심하세요. 만약 폭력을 휘두르면 해로에 있는 이모 댁으로 피신시켜드리겠습니다. 자, 그럼 시간이 얼마 없으니 문제의 방으로 이동해 조사해볼까요?"

스토크 모런 저택은 이끼가 가득 낀 잿빛 석조 건물이었다. 높다란 중앙 건물 양쪽으로 두 개의 부속 건물이 게의 집게발처럼 곡선을 이루며 뻗어 있었다. 왼쪽 건물은 유리창이 깨져 곳곳을 나무판자로 막아놓았고, 지붕도 한쪽이 내려앉아 폐가처럼 보였다. 중앙의 건물 상태는 조금 더 나아 보였으나 크게 다르지 않았다. 그러나 오른쪽 건물은 제법 신식이었다. 창문에는 커튼이 드리워져 있고, 굴뚝에서 푸른 연기가 피어오르는 걸 보니 가족이 실제로 생활하는 공간임을 알 수 있었다. 벽 끝에 인부들이 딛고 설 수 있는 비계(건물 공사를 할 때 높은 곳에서 인부들이 발판으로 딛고 서서 일을 할 수 있도록 가로세로로 나무나 쇠 파이프를 얽어서 설치한 시설―옮긴이)가 세워져 있고 벽에는 구멍이 뚫려 있었는데, 정작 인부는 한 명도 눈에 띄지 않았다. 홈즈는 손질한 지 오래된 잔디밭을 천천히 오가며 창문 바깥쪽을 유심히 살펴보았다.

"그러니까 이쪽 방이 아가씨가 자는 침실이고, 가운데 방은 언니의 침실, 그리고 옆으로 건물 중앙과 가까운 방이 로일럿 씨의 침실이죠?"

"맞아요. 그런데 제가 지금 가운데 방에서 자고 있어요."

"방을 수리하는 동안이겠군요. 그런데 저 귀퉁이 벽을 시급히 고쳐야 할 이유라도 있나요?"

"없어요. 저를 제 방에서 내쫓으려는 핑계 같아요."

"아! 의미심장한 말이군요. 방 뒤쪽으로 좁고 기다란 복도가 나 있고, 방문은 모두 복도 쪽으로 나 있다고 했죠? 복도에도 물론 창문이 나 있겠죠?"

"네, 하지만 굉장히 작아요. 사람이 드나들기에는 너무 작을 거예요."

"스토너 양와 언니분 모두 밤에 문을 잠갔다고 했으니 복도에서는 누가 들어갈 수는 없었겠군요. 이제 그럼 방에 들어가서 덧문에 빗장을 걸어주시겠습니까?"

스토너 양이 곧 홈즈가 시킨 대로 덧문을 걸어 잠갔고, 홈즈는 열린 창문을 꼼꼼히 살폈다. 그러고는 덧문을 열어보려고 갖은 방법을 다 써보았지만 성공하지 못했다. 빗장을 들어 올릴 요량이었지만 덧문 틈새로 칼끝도 들어가지 않았다. 돋보기를 들고 경첩도 조사했지만 쇠로 만든 경첩은 육중한 돌벽에 단단히 고정되어 있었다.

"흠!" 홈즈가 당혹스럽다는 듯 턱을 만지작거렸다. "내 추리에 빨간불이 켜졌군. 덧문에 빗장까지 걸려 있으면 아무도 창을 통해 들어갈 수 없겠는걸. 그렇다면 안에 들어가서 실마리를 찾아봐야겠군."

작은 옆문으로 들어가자 하얗게 회칠한 복도가 나왔다. 벽면에는 방문 세 개가 나란히 나 있었다. 홈즈가 세 번째 침실은 살펴보지 않겠다고 해서 우리는 곧장 두 번째 침실로 갔다. 스토너 양이 요즘 지내고 있는 침실이자 언니가 쓰다 최후를 맞이한 그 침실이었다. 방은 아담하고 수수했다. 낮은 천장에 벽난로가 입을 벌리고 있어서 고풍스러운 시골집 분위기가 물씬 풍겼다. 한쪽 구석에는 갈색 장롱이 세워져 있었고, 다른 쪽에는 하얀 침대보를 씌운 좁은 침대가 놓여 있었다. 창문 왼쪽으로는 화장대가 있었다. 그 밖에 가구라고는 작은 등나무 두 개가 전부였다. 방 한가운데는 기계로 짠 네모난 윌턴 카펫이 깔려 있었다. 바닥과 벽에 쓰인 널빤지는 모두 벌레 먹은 갈색 참나무였는데, 어찌나 낡고 색이 바랬는지 집을 지은 뒤 한 번도 갈지 않은 것 같았다. 홈즈는 의자 하나를 한쪽 구석으로 끌어다 놓고 앉아 눈을 사방으로 굴리며 내부를 구석구석 살펴보았다.

"저 줄은 어디와 연결되는 겁니까?" 한참 만에 홈즈가 침대 옆으로 늘어져 있던 굵은 줄을 가리키며 물었다. 줄의 끄트머리에 달린 장식 술이 베개 위에 놓여 있었다.

"가정부의 방과 연결된 거예요."

"다른 것들보다 새것처럼 보이는군요."

"네, 설치한 지 1~2년밖에 안 됐을 거예요."

"언니분이 부탁한 건가요?"

"아뇨, 사용했다는 얘기를 들어본 적이 없어요. 우리 자매는 필요한 건 스스로 챙기는 게 몸에 배었거든요."

"그렇다면 저런 멋진 설렁줄은 애당초 필요 없었다는 얘기군요. 괜찮으시면 잠시 마룻바닥을 조사해보겠습니다."

홈즈는 돋보기를 손에 들고 바닥에 바짝 엎드려서 민첩하게 기어 다니며 마루 틈새를 살폈다. 같은 방법으로 벽에 붙은 널빤지도 조사했다. 그 후 침대로 가서 한동안 침대를 응시하다 다시 벽을 위아래로 훑어보았다. 그리고 마지막으로 설렁줄을 손에 쥐고 세게 잡아당겼다.

"이런, 가짜였어."

"소리가 안 나요?"

"네, 어디에도 연결되어 있지 않은 설렁줄이라. 아주 흥미로운 사실이군요. 저 위를 보세요. 환기구의 조그만 구멍에 있는 고리가 보이죠? 거기에 끈을 묶어놓았군요."

"별일이네요! 전혀 몰랐어요."

"정말 희한하군!" 홈즈가 줄을 당기며 중얼거렸다. "이 방에는 아주 별난 구석이 몇 가지 있어요. 예를 들면 환기구가 옆 방과 연결되어 있어요. 어떤 멍청한 작자가 환기구를 다른 방을 향해서 뚫느냐는 거죠. 이왕 뚫는 거라면 바깥쪽을 향하도록 만드는 게 당연하죠."

"사실 그 환기구도 생긴 지 얼마 안 됐어요." 아가씨가 말했다.

"저 줄을 만들어 달았을 때쯤인가요?" 홈즈가 물었다.

"네, 그 무렵 집 안 몇 군데를 손봤거든요."

"먹통 설렁줄에 엉터리 환기구라, 참 흥미로운 공사로군요. 스토너 양, 괜찮다면 이제 안쪽 방도 한번 살펴보고 싶습니다."

로일럿 씨의 방은 의붓딸의 방보다 조금 더 넓을 뿐 간소하기는 마찬가지였다. 캠핑용 야전 침대, 전문 서적이 빼곡하게 꽂힌 나무 책장, 침대 옆에 놓인 안락의자, 벽에 붙여놓은 평범한 나무 의자, 둥근 탁자, 그리고 커다란 철제 금고가 전부였다. 홈즈는 천천히 방 안을 돌아보며 모든 물건을 예리한 눈으로 살펴보았다.

"이 안에는 뭐가 들었죠?" 홈즈가 금고를 가볍게 두드리며 물었다.

"아버지 서류들이요."

"아! 안을 본 적이 있으시군요?"

"몇 년 전에 딱 한 번이요. 서류가 가득했던 걸로 기억해요."

"혹시 고양이 같은 게 들어 있지는 않았나요?"

"설마요. 말도 안 돼요!"

"그런데 이걸 보세요!" 홈즈가 금고 위에 놓인 작은 우유 접시를 들어 올렸다.

"고양이는 기르지 않아요. 치타와 개코원숭이는 있지만."

"아, 물론 그렇죠! 하지만 치타를 큰 고양이로 친다 해도 이 우유 정도는 간에 기별도 안 갈 겁니다. 그런 점에서 한 가지 확인해보고 싶은 게 있습니다." 홈즈가 나무 의자 앞에 웅크리고 앉더니 의자에 걸터앉는 부분을 주의 깊게 살펴보았다.

"고맙습니다. 이걸로 됐어요." 홈즈가 자리에서 일어나 돋보기를 주머니에 넣었다. "이것 봐! 여기에 재미있는 물건이 있군!"

홈즈의 시선을 잡아끈 것은 침대 모서리에 걸려 있는 작은 채찍이었다. 끝 부분이 고리 모양으로 묶여 있었다.

"왓슨, 어떻게 생각하나?"

"평범한 채찍 같아 보이네. 하지만 끝을 왜 저렇게 묶어놨는 지는 모르겠군."

"평범한 채찍이 아니야. 아, 이런! 정말 악이 판치는 세상이 야. 좋은 두뇌를 나쁜 일에 쓸 때가 최악이지. 충분히 살펴본 것 같군. 스토너 양, 이제는 잔디밭을 거닐고 싶군요."

조사 현장에서 돌아서는 홈즈의 얼굴은 전과 같지 않게 어 두워져 있었고, 표정도 심하게 일그러져 있었다. 우리는 한동 안 잔디밭을 거닐었다. 스토너 양과 나는 홈즈가 깊은 상념에 서 빠져나올 때까지 말없이 지켜보았다.

"잘 들어주세요, 스토너 양." 마침내 홈즈가 입을 열었다. "무슨 일이 있더라도 제 말대로 해야 합니다."

"반드시 그럴게요."

"일이 너무 심각하니 한시도 지체해서는 안 됩니다. 제 말대 로 하지 않으면 목숨이 위험할 수도 있습니다."

"반드시 말씀하신 대로 할게요."

"일단 오늘 밤 이 친구와 내가 아가씨 방에서 지낼 겁니다."

뜬금없는 말에 스토너 양과 내가 놀라서 홈즈를 멍하니 바 라보았다.

"네, 꼭 그래야만 합니다. 저쪽에 보이는 게 여관이죠?"

"네, 크라운 여관이에요."

"잘됐군요. 거기서 당신의 방 창문이 보이나요?"

"물론이에요."

"의붓아버지가 돌아오면 머리가 아픈 척하고 방으로 들어가 계세요. 그런 다음 아버지가 침실로 들어가는 기척이 들리면, 방의 덧문을 열고 걸쇠도 풀어둔 뒤 램프를 창틀에 올려놓으세요. 그게 우리에게 보내는 신호가 될 겁니다. 그리고 필요한 물건을 챙겨서 조용히 원래 쓰던 방으로 가세요. 수리 중이긴 하지만 하룻밤 정도는 별 무리 없이 지낼 수 있을 겁니다."

"아, 그거야 어렵지 않죠."

"그다음 일은 우리에게 맡겨주세요."

"어떻게 하실 건가요?"

"언니분의 방에서 밤을 보내면서 한밤중에 나는 이상한 소리의 정체를 밝혀볼까 합니다."

"홈즈 씨, 벌써 뭔가를 알아내셨군요." 스토너 양이 내 동료의 소매에 손을 얹으며 말했다.

"그런지도 모르죠."

"그렇다면 제발 말씀해주세요. 언니가 죽은 이유가 도대체 뭐였는지요."

"그건 좀 더 확실한 증거를 확보한 뒤에 말씀드려야 할 것 같군요."

"그렇다면 제 생각이 맞는지 그것만이라도 알려주세요. 언니가 무언가에 소스라치게 놀라서 죽은 게 맞나요?"

"아뇨, 그런 것 같지 않습니다. 훨씬 더 명백하고 구체적인 원인이 있을 겁니다. 자, 스토너 양, 이제 우리는 떠나야 합니다. 로일럿 선생이 우리를 본다면 모든 일은 허사로 돌아갈 겁니다. 그럼 몸조심하시고 용기를 잃지 마세요. 제가 일러준 대로만 하면 위험은 곧 물러날 겁니다."

우리는 크라운 여관에서 어렵지 않게 침실과 거실이 있는 방을 빌릴 수 있었다. 방이 2층에 있었기 때문에 창문으로 스토크 모런 저택의 입구와 침실이 있는 건물이 훤히 내다보였다. 날이 어둑해지자 그라임스비 로일럿 선생이 탄 마차가 지나갔다. 마차를 몰고 가는 자그마한 소년 옆에서 로일럿 씨의 우람한 몸이 보였다. 소년이 육중한 철문을 여느라 한참 동안 애를 먹자, 로일럿 씨가 우레와 같은 목소리로 호통을 치며 꽉 쥔 주먹을 세차게 흔들어대는 모습이 보였다. 마차가 들어가고 몇 분 후 거실에 불이 켜지자 나무 사이로 불빛 하나가 새어 나왔다.

"왓슨, 자네에게 같이 가자고 하기가 망설여지네. 큰 위험이 기다리고 있거든." 서서히 짙어가는 어둠 속에 앉아 있는데 홈즈가 말했다.

"내가 도움이 되겠어?"

"자네가 옆에 있어주면 큰 도움이 되지."

"그렇다면 함께 가겠네."

"정말 고마워."

"위험하다고 말하는 걸 보니 자네는 그 방에서 내가 보지 못한 걸 봤나 보군."

"아냐, 나는 그저 추리를 더 했을 뿐이야. 내가 본 건 자네도 모두 봤을 거야."

"내 눈에 특별히 걸리는 건 설렁줄뿐이네. 그것도 어떤 이유에서 달아놓은 건지는 도통 모르겠지만 말이야."

"환기구도 봤잖아?"

"봤지. 하지만 두 방 사이에 작은 구멍이 난 게 그리 이상한 일인지는 모르겠어. 크기도 작아서 쥐 한 마리도 드나들기 힘들겠던데 말이야."

"나는 이곳에 오기 전부터 방 사이에 환기구가 있을 거라고 예상했지."

"설마, 홈즈!"

"그래, 정말일세. 언니 줄리아 양이 로일럿 씨의 담배 냄새 때문에 자신의 방으로 건너왔다는 스토너 양의 말 기억하지? 그건 두 방이 분명 통한다는 걸 뜻하지. 다만 너무 작아서 검시관의 눈에 띄지 않은 거야. 이 모든 걸 바탕으로 나는 환기구가 있을 거라고 추리한 걸세."

"하지만 그깟 구멍 좀 나 있다고 해될 일이 있겠어?"

"우연의 일치로 보기에는 너무 수상하잖아. 환기구가 만들어지고, 줄이 매달리고, 그리고 공교롭게도 침대에서 자던 여자가 죽었다. 뭔가 이상하지 않나?"

"무슨 관련이 있는지 잘 모르겠어."

"침대에서 특이한 점을 보지 못했나?"

"아니."

"그 침대는 바닥에 꺾쇠로 고정되어 있었어. 그렇게 움직이지 못하게 해놓은 침대가 어디 흔한가?"

"흔치 않지."

"줄리아 양이 사용하던 침대는 옮길 수 없게 되어 있어. 설령줄, 아니 소리도 안 나는 먹통이니 그냥 밧줄이지. 침대는 항상 환기구와 밧줄로 이어진 그 위치에 있을 수밖에 없는 거야."

"홈즈! 자네가 무슨 말을 하는지 어렴풋이나마 알 것 같아. 음흉하고 끔찍한 범죄가 일어나기 직전에 우리가 가까스로 도착했군."

"정말 음흉하고 끔찍하지. 의사가 나쁜 길로 빠지면 일급 범죄자가 될 수 있지. 냉철한 심장과 우수한 두뇌를 함께 가지고 있으니까. 파머와 프릿처드(가족과 동료를 독살한 의사들, 특히 파머는 최소한 15명을 독살한 것으로 추정되며 '독살의 왕자'라는 별명으로 불렸다—옮긴이)가 이 방면에서 최고였는데, 로일럿 선생은 이들보다 한 수 위야. 하지만 우리가 로일럿 씨의 허를 찌를 수 있을 거야. 아무래도 오늘 밤에는 끔찍한 일을 치르게 될 테니, 그전까지는 담배나 피우면서 마음을 편히 가져보세."

9시가 되자 나무 사이로 보이던 불빛이 사라지고 저택은 암흑에 잠겼다. 두 시간이 스멀스멀 흘러갔다. 이윽고 11시를 알리는 종소리가 들렸다. 그때 앞쪽에서 밝은 불빛 하나가 나타났다.

"우리 신호일세. 가운데 창이야." 홈즈가 벌떡 일어서며 말했다.

홈즈는 여관을 나서며 주인과 몇 마디 주고받았다. 친구를 방문하게 되었는데, 늦은 시간이라 어쩌면 그곳에서 묵게 될 것 같다는 말이었다. 잠시 뒤 우리는 어두운 길거리로 나섰다. 차가운 밤바람이 얼굴을 쓸고 지나갔다. 앞에서 반짝이는 노란 불빛만이 엄중한 임무를 띤 우리의 길을 밝혀주고 있었다.

낡은 담벼락에는 오랫동안 방치된 틈새가 여기저기에서 입을 벌리고 있어 저택 영지로 들어가는 일은 어렵지 않았다. 나무 사이를 빠져나와 잔디밭을 건너서 창문을 넘어 들어가려는 찰나, 월계수 덤불에서 얼굴이 섬뜩하게 일그러진 어린아이 같은 게 불쑥 튀어나왔다. 그러더니 잔디 위에 누워 팔다리를 꼬고 흔든 다음, 재빠르게 잔디밭을 가로질러 어둠 속으로 사라졌다.

"맙소사!" 내가 속삭였다. "자네도 봤나?"

홈즈도 적잖이 놀랐던지 내 손목을 세게 쥐어 잡았다. 하지만 이내 낮은 웃음을 터뜨리더니 내 귀에 대고 속삭였다.

"아주 멋진 가정이야. 이 가족의 일원인 개코원숭이야."

나는 로일럿 씨가 아낀다는 이색적인 동물들에 대해서 까맣게 잊고 있었다. 치타도 있다고 했으니 이 녀석이 언제 우리를 덮칠지 모를 일이었다. 이제 고백하건대, 나는 홈즈를 따라 침실로 들어가 신발을 벗은 뒤에야 마음을 놓을 수 있었다. 내 친구는 조용히 덧문을 닫고 램프를 탁자 위로 옮긴 후 방 안을 둘러보았다. 모든 게 낮에 본 그대로였다. 홈즈가 내 옆으로 살그머니 다가와 귀에 두 손을 모아 대더니 개미 목소리같이 작고 나직하게 속삭였다.

"아주 조그만 소리만 나도 우리 계획은 끝장이야."

나는 알아들었다는 표시로 고개를 끄덕였다.

"불을 끄고 기다리세. 환기구로 불빛이라도 새 나가면 큰일이니까."

나는 다시 고개를 끄덕였다.

"잠들지 말게. 목숨이 걸린 일이야. 만일을 위해 권총을 준비해둬. 나는 침대에 앉을 테니 자네는 저쪽 의자에 앉게."

나는 권총을 꺼내 탁자 귀퉁이에 올려놓았다.

홈즈는 가늘고 기다란 막대기를 가져와 침대 위에 올려놓았다. 그 옆에 성냥갑과 짧고 몽똑한 초도 같이 놓았다. 그러고 나서 램프를 끄자 어둠이 밀려왔다.

뜬눈으로 지새운 그 무시무시한 밤을 어떻게 잊을 수 있을까? 방 안에는 적막이 흘렀다. 숨소리조차 들리지 않았지만, 나는 조금 떨어진 곳에 내 친구가 눈을 크게 뜨고 나처럼 신경을 곤두세우고 있다는 걸 알고 있었다. 덧문으로는 한 줄기 빛도 새어들지 않았기 때문에 우리는 칠흑 같은 어둠 속에 앉아 있어야 했다. 밖에서 이따금 밤새의 울음소리가 들렸다. 한번은 창가에서 고양이의 가늘고 긴 울음소리 같은 것도 들렸다. 정말로 치타가 자유롭게 주위를 활보하고 있는 모양이었다. 15분마다 울리는 교회의 종소리가 멀리서 들려왔다. 그 15분이 얼마나 길던지! 시계가 12시를 알리고, 1시, 2시, 3시가 되었지만 우리는 여전히 숨죽인 채 무슨 일이 일어나기만을 기다리며 앉아 있었다.

그때 갑자기 환기구에서 섬광이 번쩍 일었다. 불빛은 금세 사라졌지만, 기름 타는 냄새와 달궈진 금속 냄새가 코를 찔렀다. 옆방에서 누군가 가리개를 씌운 램프에 불을 켠 것이다. 뭔가 조용히 움직이는 소리가 나지막이 들리더니 곧 잠잠해졌다. 그러나 냄새는 더 강해졌다. 그 뒤로도 나는 30분간 들려오는 소리에 온 신경을 기울인 채 앉아 있었다. 별안간 또 다른 소리가 들려왔다. 아주 부드럽고 나지막한 게 마치 끓는 주전자에서 한 줄기의 수증기가 빠져나오는 듯한 소리였다. 그 순간 홈즈가 재빨리 침대에서 일어나더니 성냥불을 켰다. 그러고는 지팡이로 설렁줄을 사정없이 후려치기 시작했다.

"봤나, 왓슨?" 홈즈가 외쳤다. "봤어?"

나는 아무것도 보지를 못했지만, 홈즈가 성냥불을 켠 순간 낮지만 청명한 휘파람 소리는 분명히 들었다. 하지만 피로한 눈에 환한 불빛이 별안간 번뜩이는 바람에 눈이 부셔서 내 친구가 인정사정없이 내리친 게 무엇인지는 보지 못했다. 하지만 공포와 혐오가 가득 담긴 채 핏기 하나 없이 창백해진 홈즈의 얼굴은 똑똑히 볼 수 있었다.

내 친구가 지팡이를 내리치던 손을 멈추고 환기구를 올려다보고 있을 때였다. 갑자기 밤의 적막을 깨는 끔찍한 비명 소리가 들렸다. 여태껏 들어보지 못한 그 소름 끼치는 비명은 고통과 공포와 분노가 한데 뒤섞인 채 점점 더 커졌다. 나중에 듣기를, 그 소리는 근처 마을 사람은 물론 마을에서 한참 떨어져

있는 사제관에서 잠을 자던 사람까지 다 깨울 정도로 컸다고
했다. 비명 소리에 우리의 심장도 차갑게 얼어붙는 듯했다. 우
리는 마지막 메아리가 적막 속으로 완전히 잦아들 때까지 가
만히 서로를 바라보고만 있었다.

"대체 무슨 소리야?" 내가 숨 막힌 듯 겨우 입을 떼며 물었
다.

"모든 게 끝났다는 뜻이지. 결국 이렇게 되는 게 최선의 결
말일 거야. 권총을 챙기게. 로일럿 씨의 방에 가봐야지."

홈즈는 어두운 표정으로 램프를 밝히고 앞장서서 복도를 걸
어갔다. 문을 두 번 두드렸지만 아무 대답이 없자, 홈즈가 손
잡이를 돌리고 안으로 들어갔다. 나도 권총을 세워 든 채 뒤를
바짝 따라갔다.

눈앞에는 기이한 광경이 펼쳐져 있었다. 탁자 위에는 가리
개가 반쯤 열린 램프가 놓여 있었고, 열린 틈새로 새 나오는
불빛이 문이 반쯤 열린 철제 금고를 비추고 있었다. 탁자 옆에
있는 나무 의자에는 그라임스비 로일럿 선생이 긴 회색 가운
을 입은 채 앉아 있었다. 가운 밑으로는 발목이 드러나 보였는
데, 뒤축이 없는 빨간 터키식 슬리퍼를 신고 있었다. 무릎 위에
는 낮에 보았던 긴 채찍이 놓여 있었다. 로일럿 씨는 턱을 위
로 치켜들고 공포에 질린 눈으로 천장 한구석을 응시하고 있
었다. 이마에는 갈색 얼룩무늬가 들어간 이색적인 노란 끈을
두르고 있었는데, 머리를 빙 둘러 단단히 묶은 것 같았다. 우리
가 들어갔는데도 로일럿 씨는 입을 열지도, 몸을 움직이지도

않았다.

"끈이야! 얼룩 끈!" 홈즈가 속삭였다.

나는 앞으로 한 걸음 내디뎠다. 그 순간 묘한 머리 끈이 스르르 움직이기 시작하더니, 머리카락 속에서 웅크리고 있던 다이아몬드 꼴 머리를 한껏 치켜들고 부풀은 목을 내밀었다.

"늪살무사!" 홈즈가 소리쳤다. "인도에서 가장 치명적인 독사지. 물린 지 10초 내에 죽었을 거야. 뿌린 대로 거둔다고, 로일럿 씨는 제 무덤을 제 손으로 판 꼴이야. 우선 저놈을 우리 안에 다시 가두고, 스토너 양을 안전한 곳으로 보내야겠어. 경찰에게는 그다음에 알려도 늦지 않을 거야."

홈즈가 로일럿 씨의 무릎에 놓여 있던 채찍을 잽싸게 집어 들고 채찍 고리를 뱀의 목에 걸었다. 그리고 로일럿 씨의 머리 위에 똬리를 튼 뱀을 들어 올린 뒤 팔을 뻗어 철제 금고 안으로 던져 넣고 문을 닫았다.

이상이 스토크 모런의 그라임스비 로일럿 씨의 죽음에 관한 진상이다. 겁에 질려 있는 스토크 양에게 우리가 어떻게 슬픈 소식을 전했고, 해로에 사는 이모에게 보살핌을 받을 수 있도록 그 숙녀를 어떻게 아침 기차로 태워 보냈으며, 로일럿 씨가 위험한 애완동물을 부주의하게 다루다가 죽음을 맞이했다는 결론에 이르기까지 경찰의 조사가 얼마나 더디게 진행됐는지 등을 구구절절 설명해서 안 그래도 긴 이야기를 더 늘릴 필요는 없다는 생각이다. 그 사건에 대해 내가 미처 이해하지 못한 점은 다음 날 돌아오는 기차 안에서 셜록 홈즈가 이야기해 주었다.

"왓슨, 나도 처음에는 완전히 잘못된 결론을 내리고 있었어. 충분하지 못한 자료를 가지고 추리하는 게 얼마나 위험한 일인지 다시 한 번 느꼈다네. 숲에 상주하는 집시들의 존재 때문에 줄리아 양이 성냥불을 켜고 언뜻 본 걸 설명한 '끈'이라는 말을 나는 '떼'라고 해석했고, 그 오해로 내 추리는 완전히 엉뚱한 방향으로 가고 말았지. 하지만 다행히도 창문이나 복도로 난 문을 통해 누구도 방 안으로 들어갈 수 없다는 사실을 알고 곧바로 추리를 수정했지.

내 관심은 환기구와 설렁줄로 빠르게 넘어갔지. 설렁줄은 모양만 그럴싸한 장식에 불과했고, 침대는 바닥에 고정되어 있다는 걸 알아내자 순간 강한 의혹이 생겼어. 그 줄은 환기구 구멍에서 침대로 뭔가를 보내기 위한 다리 역할을 했을 거라는 추측을 해봤지.

그 무언가가 뭘까? 순간 뱀이 떠올랐어. 로일럿 씨가 인도의 동물을 구해 기르고 있었으니, 내 추리가 비로소 올바른 방향으로 가고 있다는 느낌이 들더군. 어떤 화학 검사에서도 발견되지 않는 독을 쓴다는 묘수는 비상한 두뇌에 냉혹한 심장을 가진, 동양에서 경험을 쌓은 사람만이 생각해낼 수 있는 거야. 뱀의 독이 즉각적인 효과를 나타낸다는 사실도 그자에게는 매력적으로 보였겠지. 게다가 뱀이 문 흔적은 두 개의 작고 검은 구멍이라 여간 날카로운 눈을 지닌 검시관이 아니라면 발견하기 힘들지.

그다음 실마리는 휘파람이었지. 물론 로일럿 씨는 날이 밝아 희생자가 발견되기 전에 뱀을 다시 불러들여야 했을 거야. 우리가 봤듯이 아마 우유를 이용해 휘파람 소리를 들으면 돌아오도록 훈련시켰을 거야. 로일럿 씨는 적당한 시간에 뱀을 환기구 안에 들여보냈겠지. 그럼 뱀이 줄을 타고 침대로 내려 갔을 거야. 뱀이 자는 사람을 꼭 물라는 법은 없어. 하루, 이틀, 심지어 일주일 동안 용케 물리지 않을 수는 있지만 결국 언젠가는 물리고 말겠지.

로일럿 씨의 방에 들어가기 전에 여기까지 추리를 끝낸 상태였어. 방에 들어가 의자를 살펴보니 의자를 밟고 올라선 흔적이 있더군. 천장에 달린 환기구에 닿으려면 당연히 의자 위에 올라서야 했을 테지. 금고, 우유 접시, 그리고 동글게 말려 있던 채찍 고리를 보자 남아 있던 의혹이 말끔히 정리됐지. 헬렌 양이 들었다던 철컥하던 쇳소리도 틀림없이 그 무서운 뱀을 금고 안에 집어넣고 서둘러 문을 닫을 때 난 소리였을 거야. 그렇게 결론을 낸 뒤, 증거를 잡기 위해 내가 한 일은 자네도 잘 알겠지. 자네도 그놈이 쉬이익쉬이익 하는 소리를 들었을 거야. 나는 소리를 듣자마자 불을 켜고 뱀을 공격했지."

"그 바람에 뱀이 환기구 안으로 다시 들어갔군."

"그것도 독이 잔뜩 오른 채로 주인 품으로 돌아가게 만든 거지. 내가 휘두른 지팡이에 얻어맞고 뱀의 본성이 나타나 처음 본 사람에게 달려든 거야. 그렇게 보면 그라임스비 로일럿 선생의 죽음에 내게도 간접적인 책임이 있지. 양심의 가책이 그다지 느껴지지는 않지만 말이야."

9
기술자의 엄지손가락

우리가 가까이 지내는 동안 내 친구 셜록 홈즈가 맡은 사건 중에서 내가 소개한 사건은 단 두 건뿐이다. 해설리의 엄지손가락 사건과 광기 어린 워버튼 대령의 사건이 그것이다. 예리하고 독창적인 독자라면 워버튼 사건에서 더 큰 재미를 느끼겠지만, 기괴한 발단과 극적인 전개라는 면에서 엄지손가락 사건이 기록물로서는 더 큰 의미가 있을 거라고 판단된다. 비록 내 친구가 비상한 추리 실력을 마음껏 펼칠 기회가 적었지만 말이다. 이 이야기는 신문에도 몇 번 실린 적이 있다. 하지만 신문 기사가 대개 그렇듯, 지면 한 귀퉁이에 간추려놓은 이야기에서 감흥을 느끼기란 어려운 법이다. 하지만 사건이 눈앞에서 서서히 전개되고, 새로운 사실이 하나씩 밝혀지면서 미궁의 실타래가 슬슬 풀리는 이야기 방식은 읽는 이에게 큰 재미를 준다. 당시 이 사건은 내게 깊은 인상을 남겨 2년이 지난 지금도 그때의 기억이 생생하다.

사건은 1889년 여름, 내가 결혼한 지 얼마 지나지 않았을 때다. 당시 나는 다시 개업을 해서 홈즈와 베이커 스트리트에서 지내는 생활을 그만두었지만 여전히 그곳을 자주 찾았고, 내 친구를 설득해서 보헤미아 습성에서 벗어나 이따금 우리 집을 방문하게 하는 데 성공하기도 했다. 환자는 꾸준히 늘어 갔는데, 마침 패딩턴 역에서 그리 멀지 않은 곳에 살고 있었기 때문에 역무원 중에서도 환자가 몇 명 있었다. 그중 오랜 고통에 시달리던 역무원 하나가 나를 찾아온 뒤로 고질병이 낫자, 내 의술을 열성적으로 홍보하며 아픈 사람만 보면 내게 못 보내 야단이었다.

어느 날 아침, 7시가 채 안 됐을 무렵 하녀가 문을 두드리는 소리에 잠이 깼다. 패딩턴 역에서 온 두 남자가 진료실에서 기다리고 있다는 것이었다. 내 경험상 열차 환자는 사소한 병으로 찾아오는 경우가 별로 없기 때문에 나는 얼른 옷을 차려입고 황급히 아래층으로 내려갔다. 아래층에 거의 이르렀을 때, 나의 홍보인임을 자청한 역무원이 진료실에서 나오더니 등 뒤로 문을 꼭 닫았다.

"한 사람 데려다 놨습니다." 역무원이 엄지손가락으로 어깨 너머를 가리키며 소곤거렸다. "상태는 멀쩡합니다."

"그럼 무슨 일이죠?" 내 홍보인을 자처한 역무원이 마치 진료실에 이상한 생명체라도 가둬놓은 것처럼 행동했기 때문에 묻지 않을 수 없었다.

"새 환자예요." 역무원이 속삭였다. "도중에 딴 길로 새지 못하도록 제가 직접 데려오는 게 낫겠더라고요. 멀쩡하게 저 안에다 데려다 놨으니 저는 이제 가봐야겠군요. 의사 선생님처럼 저도 할 일이 많거든요." 그러고는 이 믿음직스러운 호객꾼은 내가 고맙다는 인사를 건넬 틈도 없이 휙 나가 버렸다.

진료실에는 한 신사가 탁자 옆에 앉아 있었다. 수수한 트위드 차림이었다. 가벼운 천 모자는 내 책 위에 놓여 있었고, 한쪽 손에 친친 감긴 손수건은 핏자국으로 온통 얼룩져 있었다. 나이는 스물다섯이 채 안 된 것처럼 보였는데, 강인하고 남성다운 인상을 풍겼지만 안색이 얼마나 창백한지 상당한 충격을 받아 혼이 다 빠져나간 사람처럼 보였다.

"의사 선생님, 이렇게 이른 시간에 찾아와서 죄송합니다." 환자가 말했다. "간밤에 아주 큰 사고를 당해서 어쩔 수 없었어요. 오늘 아침 기차를 타고 패딩턴 역에서 내려 병원을 찾았더니 친절한 분이 저를 여기까지 데려다주었습니다. 하녀에게 내 명함을 건네주었는데 저 보조 탁자에 올려놓더군요."

나는 명함을 집어 들었다. '빅터 해설리, 유압 기술자, 빅토리아 스트리트 16A번지 3층.' 아침 방문객의 이름, 직업, 주소는 이와 같았다. "기다리게 해서 죄송하군요." 내가 의자에 앉으며 말했다. "야간 출장에서 막 돌아온 모양입니다. 지루했겠어요."

"오, 간밤의 일은 결코 지루하다고 할 수 없어요." 신사는 이렇게 말하며 웃음을 터뜨렸다. 웃음소리가 점차 커지고 높아졌다. 신사는 의자에 기대고 앉아 옆구리를 들썩이며 계속 웃어댔는데, 정상적인 웃음이 아니라는 걸 의사로서 직감할 수 있었다. "그만 웃으세요!" 내가 큰 소리로 외쳤다.

"정신 차리시오!" 서둘러 유리 물병에서 물을 따라주었다.

하지만 소용없었다. 그런 발작성 웃음은 강인한 기질을 지 닌 사람이 엄청난 위기를 견딘 후에 흔히 겪는 증후군 중 하나 였다. 신사는 곧 정신을 되찾아 기진맥진하고 창백한 모습으 로 다시 돌아왔다.

"창피한 모습을 보였군요." 환자가 숨을 몰아쉬며 말했다.

"아닙니다. 이걸 좀 드시죠." 물에 브랜디를 섞어주었더니 핏기 없던 뺨에 혈색이 돌기 시작했다.

"좀 낫군요." 신사가 말했다. "의사 선생님, 그럼 이제 제 엄 지손가락을 한번 봐주세요. 아니 엄지손가락이 있었던 자리라 고 해야 할까요?" 환자가 동여맨 손수건을 풀고 손을 내밀었 다. 어지간히 단련된 담력이었지만 그 손가락을 보니 온몸에 소름이 돋았다. 손가락은 네 개뿐이었고, 엄지가 있어야 할 자 리에 빨간 해면질이 끔찍하게 다 드러나 있었다. 엄지 밑동까 지 거칠게 잡아 뜯긴 모양이었다.

"맙소사!" 내가 소리쳤다. "끔찍한 상처를 입으셨군요. 피를 많이 흘렸을 텐데요."

"네, 그랬습니다. 상처를 입고 기절했는데, 한참 동안 정신 을 잃었던 것 같아요. 정신을 차리고 보니 여전히 피가 흐르고 있더군요. 그래서 손수건 한쪽 끝으로 손목을 단단히 동여맨 다음 나뭇가지로 부목을 대서 다시 조여 묶은 겁니다."

"잘했어요! 외과 의사라고 해도 믿겠군요."

"그건 유체 역학의 문제니 제 직업과 관련된 분야라고도 할 수 있죠."

"이렇게 되려면 아주 무겁고 날카로운 도구였을 텐데요." 내가 상처를 살펴보며 말했다.

"큰 식칼 같은 것이었죠." 환자가 말했다.

"사고를 당하셨나 봅니다."

"그건 절대 아닙니다."

"네? 그럼 누가 죽이려고 달려든 겁니까?"

"정말 죽을 뻔했습니다."

"정말 끔찍한 얘기군요."

나는 상처를 깨끗하게 닦고 약을 바른 뒤 탈지면으로 덮고 소독 붕대를 감았다. 환자는 가끔씩 입술만 깨물 뿐 움찔거리지도 않고 가만히 누워 있었다.

"참을 만한가요?" 내가 치료를 끝내고 물었다.

"최고입니다! 브랜디도 마시고 붕대도 새로 감으니 새롭게 태어난 기분이에요. 아까는 기운이 하나도 없었는데, 이제 할 일을 할 수 있겠군요."

"그 사건 얘기는 하지 않는 편이 좋겠군요. 분명 신경에 무리가 갈 겁니다."

"아, 네. 지금은 하지 않겠지만 결국 경찰을 찾아가 신고해야 합니다. 선생님 앞이니까 하는 말인데, 이렇게 명백한 증거가 되는 상처를 입지 않았다면 경찰은 제 얘기를 믿어주지 않았을 겁니다. 아주 해괴한 사건인 데다가 그걸 증명할 만한 증거도 별로 없으니까요. 설령 믿어준다 해도, 제가 가지고 있는 단서가 워낙 막연하고 미비해서 사건을 해결하고 정의를 실현할 수 있을지도 의문입니다."

"아하!" 내가 소리쳤다. "그런 종류의 사건이라면 경찰서에 가기 전에 내 친구 셜록 홈즈에게 먼저 가볼 것을 적극 추천합니다."

"오, 그분 얘기를 들어본 적이 있습니다." 환자가 대답했다. "그분이 사건을 맡아주신다면 반가운 일이죠. 물론 경찰에게도 알려야 하겠지만요. 그럼 소개장을 써주시겠어요?"

"더 좋은 방법이 있습니다. 제가 직접 모셔다 드리죠."

"그렇게 해주신다면 감사할 따름이죠."

"그럼 마차를 불러서 같이 타고 갑시다. 지금 가면 아침 식사 시간에 딱 맞춰 도착할 수 있을 것 같군요. 어때요, 기력은 괜찮습니까?"

"네, 이야기를 털어놔야 속이 편해질 것 같습니다."

"그럼 하인을 시켜 마차를 부를게요. 곧 돌아오겠습니다." 나는 2층으로 뛰어 올라가 아내에게 상황을 간단히 설명했다. 그리고 5분 후 새로운 의뢰인과 함께 이륜마차에 올라타 베이커 스트리트로 향했다.

내 예상대로 셜록 홈즈는 가운을 입은 채 거실에서 어슬렁대고 있었다. 홈즈는 〈타임스〉에서 실종, 유실물 등에 대한 개인 광고란을 읽으며 식전 담배를 피우고 있었다. 그 담배는 전날 피우다 만 파이프에서 남은 찌꺼기를 모아 벽난로 선반에서 조심스레 말려둔 것이었다. 내 친구는 평소대로 편안하고 따뜻하게 우리를 맞이했고, 신선한 베이컨과 달걀을 청해서 함께 배불리 먹었다. 식사가 끝난 후 홈즈는 새로운 친구를 소파에 눕히고 베개를 머리에 받쳐주었다. 그리고 브랜디를 섞은 물 한잔을 의뢰인의 손이 닿는 곳에 놓아두었다.

"해설리 씨, 한눈에 봐도 흔치 않은 경험을 하신 것 같습니다." 홈즈가 말했다. "내 집처럼 생각하고 거기에 편히 누워 계십시오. 얘기는 할 수 있는 만큼만 하시고 피곤하면 언제든 말을 멈추세요. 브랜디를 한 모금 마시면 기력이 좀 보충될 겁니다."

"고맙습니다." 내 환자가 말했다. "의사 선생님께 치료를 받고 나니 다시 살아난 것 같았는데, 식사 대접까지 받으니 몸이 싹 다 나은 것 같습니다. 두 분의 소중한 시간을 낭비하지 않도록 제 기이한 경험을 바로 들려드리겠습니다."

홈즈는 예리하고 열정적인 본성을 피곤한 얼굴 표정과 무거운 눈꺼풀 뒤로 감춘 채 커다란 안락의자에 앉았다. 나는 의뢰인의 맞은편에 자리 잡았다. 그리고 우리는 방문객이 풀어놓는 이상야릇한 이야기에 조용히 귀를 기울였다.

"먼저 아셔야 할 게 있습니다." 의뢰인이 이야기를 시작했다. "저는 부모를 여읜 고아에 독신입니다. 현재 런던의 하숙집에서 혼자 살고 있어요. 직업은 유압 기술자죠. 그리니치에서 유명한 기업 '베너 앤드 매서슨'에서 7년간 수습공으로 일하며 꽤 많은 경험을 쌓았습니다. 그러다 2년 전에 수습 기간이 끝났고, 마침 돌아가신 아버지가 상당한 유산을 남겨주셨기 때문에 제 사업을 시작하기로 마음먹고 빅토리아 스트리트에 사무실을 하나 냈습니다.

자기 사업을 시작한 사람이라면 누구나 시행착오를 거치기 마련이지만, 저는 유난히 더 서글프고 힘들었습니다. 지난 2년 동안 들어온 일감이라고는 세 건의 상담과 한 건의 잔일이 전부였거든요. 벌어들인 수입도 총 27파운드 10실링에 불과했어요. 매일 아침 출근해 오전 9시부터 오후 4시까지 하는 일이라고는 좁은 사무실에 앉아 손님을 기다리는 게 고작이었습니다. 결국은 애당초 사업을 시작하지 말걸 하는 후회가 밀려오더군요.

그런데 어제 일이었습니다. 퇴근을 하려는데 사원이 들어오더니, 어떤 신사분이 사업차 나를 찾아왔다고 하더군요. 사원이 건네준 명함에는 '라이샌더 스타크 대령'이라는 이름이 새겨져 있었습니다. 사원을 뒤따라 대령이 곧 들어왔어요. 평균을 조금 웃도는 키에 몸이 비쩍 마른 사람이었습니다. 사실 그렇게 마른 사람은 처음 봤습니다. 얼굴은 뾰족한 턱과 날카로운 콧날만 남긴 채 깎아낸 것 같았고, 얇은 낯가죽이 도드라진 광대뼈를 팽팽하게 덮고 있었죠. 하지만 눈에 총기가 돌고 활기찬 걸음새에 당찬 태도를 보니 야윈 게 병 때문이 아니라 타고난 체질인 것 같더군요. 옷차림은 평범하지만 말끔했고, 나이는 제가 가늠하기에는 40대 정도로 보였습니다.

'당신이 해설리 씨요?' 손님의 말투에는 독일 억양이 섞여 있었어요. '누가 당신을 추천해서 찾아왔소이다. 일솜씨가 좋을 뿐 아니라 진중하고 입이 무겁다는 얘기를 들었소.'

저는 고개를 숙여 인사했습니다. 그런 칭찬을 들으니 여느 젊은이처럼 우쭐한 기분이 들더군요. '그렇게 좋은 말을 해준 분이 누군지 여쭤봐도 될까요?'

'지금은 말하지 않는 편이 좋을 것 같

소. 그 사람 말로는 당신이 양친을 모두 잃고 독신으로 런던에 혼자 살고 있다더군.'

'맞습니다.' 내가 대답했지요. '하지만 그런 사실이 제 업무나 자질과 무슨 상관이 있는지 모르겠군요. 저를 만나러 오신 이유가 일 때문인 걸로 알고 있습니다만.'

'맞소이다. 하지만 내 말이 쓸데없는 게 아니라는 걸 곧 알게 될 거요. 의뢰할 일이 있어서 찾아왔소. 그런데 이 일을 비밀에 부치는 것이 중요하오. 절대로 새 나가서는 안 되오. 아무래도 혼자 있는 사람이 가족에게 둘러싸인 사람보다 비밀을 지키기가 쉽지 않겠소?'

'비밀 엄수라면 믿으셔도 됩니다.'

이렇게 말하는 동안 대령이 나를 뚫어져라 쳐다보았는데, 지금까지 살아오면서 그렇게 의심스럽게 바라보는 눈초리는 처음이었어요.

'그럼 약속하는 거요?' 한참 만에 대령이 말했습니다.

'네, 약속드립니다.'

'일을 시작하기 전에도, 하는 도중에도, 끝낸 후에도 완벽하게 비밀을 지켜야 하오. 말이나 글로 언급하는 것도 일절 해서는 안 되오. 약속할 수 있겠소?'

'이미 약속한 것 같은데요.'

'좋소.' 갑작스럽게 대령이 벌떡 일어서더니 번개처럼 방을 가로질러 가서 문을 열어젖히더군요. 복도에는 아무도 없었습니다.

'이제 됐소.'

대령이 돌아와서 말했어요. '사원들은 항상 사장이 하는 일에 호기심을 갖기 마련이라 확인 좀 했소이다. 이제는 안심하고 이야기할 수 있겠소.' 대령이 내 앞으로 의자를 바짝 끌어당겨 앉더니 또다시 의심 가득한 눈빛으로 나를 찬찬히 뜯어보기 시작했습니다.

깡마른 신사의 해괴한 행동을 보고 있자니 왠지 모를 불쾌함과 함께 두려움 비슷한 감정이 스멀스멀 올라왔습니다. 손님을 잃고 싶지는 않지만 답답해서 더 이상 참을 수가 없었죠.

'대령님, 이제 그만 용건을 말해주시죠.' 제가 말했어요. '제가 시간이 남아도는 한량처럼 보이나 봅니다.' 세상에, 그런 말을 내뱉다니! 하지만 저도 모르게 튀어나온 말이었어요.

'하룻밤 일로 50기니면 어떻겠소?' 대령이 물었죠.

'썩 훌륭하군요.'

'하룻밤이라고 했지만 한 시간이면 끝날 거요. 이상이 생긴 유압 프레스를 보고 의견을 말해주면 되는 거니까. 문제가 뭔지 알려주면 기계를 고치는 건 우리가 직접 하리다. 이 정도면 할 만하겠소?'

'일은 간단한데 보수가 후하시군요.'

'바로 그거요. 오늘 밤 막차로 와주면 좋겠소.'

'어디로 가면 됩니까?'

'버크셔 주 아이퍼드요. 옥스퍼드서 경계 근처인데, 레딩에서 10킬로미터 정도 떨어진 곳에 있소. 패딩턴 역에서 기차를 타면 11시 15분 정도에 도착할 수 있을 거요.'

'좋습니다.'

'내가 마차를 갖고 마중 나가겠소.'

'그럼 시내에서 더 들어가야 하는 겁니까?'

'그렇소, 꽤 외곽에 있소이다. 아이퍼드 역에서 족히 10킬로미터는 더 가야 할 게요.'

'그렇다면 자정 전에 도착하기는 힘들겠군요. 그 시간이면 돌아올 기차 편이 없을 테니 그곳에서 하룻밤 자고 오는 수밖에 없겠군요.'

'그럼 임시 침상을 하나 내주겠소.'

'여러 가지로 불편해 보이는데, 좀 더 편한 시간에 가면 안 될까요?'

'기술자가 느지막하게 오는 게 제일 좋다고 판단했으니 그러는 거요. 그런 불편함을 감수하는 대가로, 아직 경력도 부족하고 유명하지도 않는 당신에게 이 분야의 일류 기술자에 버금가는 보수를 지불하는 거 아니겠소. 물론 지금이라도 빠지고 싶다면 얼마든지 그렇게 해도 좋소.'

50기니가 어른거렸습니다. 그 돈이면 얼마나 요긴하게 쓸 수 있을지 하는 생각이 들었죠. '아닙니다. 요구 조건에 기꺼이 맞춰드리겠습니다. 그런데 제가 할 일이 뭔지 좀 더 자세하게 알고 싶습니다.'

'좋소. 무슨 일이길래 비밀 엄수를 신신당부하는지 궁금하

기도 할 거요. 우리 얘기를 엿듣는 사람은 없겠죠?'

'물론입니다.'

'그러니까 일이 이렇게 된 겁니다. 아마 흡착성이 강한 토양 물질인 백토(풀러라는 사람이 발견해 풀러토土라고도 한다. 흡착성이 강한 토양 물질로 물이나 지방 따위를 흡수하는 성질 때문에 자연 표백제로 사용되기도 한다─옮긴이)라고 들어봤을 거요. 영국에서도 한두 지역에서만 나는 귀한 자원이라오.'

'그렇다고 들었습니다.'

'나는 얼마 전에 자투리땅을 하나 샀소. 레딩에서 16킬로미터 정도 떨어진 곳에 있는 손바닥만 한 땅이오. 운이 좋았는지 그 자투리땅에 백토가 매장되어 있다는 사실을 알게 됐소. 그런데 조사 결과 내 땅에 매장된 백토는 그 양이 미비하다더군. 대신 그 좌우로 상당한 양이 매장되어 있다는 거요. 내 땅은 양쪽의 두터운 백토 지층을 연결하는 미세한 지맥에 불과했던 거지. 문제는 좌우 땅이 이웃 사람들 소유라는 것이오. 내 이웃은 자기들 땅속에 금값에 버금가는 자원이 묻혀 있다는 걸 꿈에도 모르고 있소. 그래서 그들이 눈치채기 전에 땅을 사들이고 싶었소. 하지만 안타깝게도 내 수중에는 그만한 돈이 없었지. 이 얘기를 친구 몇 명에게 털어놨더니, 일단 내 땅에 매장된 백토를 몰래 파내 밑천을 마련한 뒤 이웃의 땅을 사라고 조언하더군. 그래서 우리는 한동안 백토를 캐내는 일을 해왔는데, 그 과정에서 일손을 줄일 겸 유압 프레스를 한 대 마련했소. 그런데 말했듯이 이 기계가 고장 나는 바람에 기술자의 조언이 필요하게 된 것이오. 우리는 이 모든 일을 철저히 비밀리에 진행하고 있는데, 유압 기술자가 코딱지만 한 우리 집에 왔다는 소문이라도 돌면 사람들이 곧 의심하게 될 거고, 그래서이 사실이 밝혀지면 우리의 계획도 끝장나고 말 것이오. 오늘밤 아이퍼드에 간다는 사실을 아무에게도 말하지 말라고 신신당부하는 건 다 이런 이유 때문이오. 내 말을 이해하겠소?'

'잘 알겠습니다. 그런데 한 가지 이해가 안 되는 점이 있습니다만.' 제가 말했죠. '그런 일에 유압 프레스가 무슨 소용인가요? 백토야 그냥 파내면 되잖아요. 제가 알기로는 채석장에서자갈을 캐내는 거나 다름없을 텐데요.'

'아! 우리만의 방식이 있소.' 대령이 대수롭지 않게 말했어요. '백토를 벽돌 모양으로 압축시키는 공법을 쓰고 있소. 그렇게 옮기면 사람들이 알아채지 못할 거 아니오. 하지만 그런 건중요하지 않소. 해설리 씨, 이제 당신에게 모든 걸 털어놓았으니 내가 당신을 얼마나 깊이 신뢰하는지 알 거요.' 이렇게 말하며 손님이 일어섰습니다. '그럼 아이퍼드에서 11시 15분에 봅시다.'

'그때까지 꼭 가겠습니다.'

'절대 아무에게도 말하지 마시오.' 대령은 마지막으로 의심스러운 눈초리로 나를 한참 바라보더니 차갑고 축축한 손으로내 손을 꽉 눌러 쥐었습니다. 그러고는 서둘러 방을 나갔습니다.

대령이 돌아간 뒤 냉정하게 다시 생각해보니 느닷없이 이게 다 무슨 일인가 싶은 생각이 들었어요. 물론 한편으로 기쁘기도 했죠. 그런 간단한 일에 통상적으로 측정되는 요금보다 열 배가 넘는 보수를 받을 수 있으니까요. 이 일을 계기로 또 다른 일이 연이어 들어올 수도 있고 말이죠. 하지만 한편으로는 손님의 표정이나 태도가 영 불쾌했고, 백토에 관한 이야기도 석연치 않은 구석이 많았어요. 꼭 한밤중에 가야 하는 이유도 그렇고, 내가 누군가에게 말할까 봐 그토록 불안해하는 모습도 이해되지 않았습니다. 하지만 이내 모든 걱정거리를 훌훌 날려버리고 저녁을 든든히 먹은 다음, 패딩턴 역까지 마차를 타고 달려가서 기차에 올라탔습니다. 대령이 요구한 대로 이 여행에 대해서는 아무에게도 말하지 않았죠.

레딩에서 기차를 갈아타려면 다른 역사로 가야 했습니다. 하지만 제시간에 아이퍼드행 막차를 탈 수 있었고, 11시가 지나서야 어둑해진 작은 역에 도착했어요. 그 역에 내린 승객은 저 하나뿐이었습니다. 승강장에도 등불을 들고 꾸벅꾸벅 졸고 있는 짐꾼 외에는 아무도 없더군요. 하지만 개찰구를 지나자, 아침에 본 손님이 맞은편 어둠 속에서 저를 기다리고 있는 모습이 보였습니다. 대령은 한마디 말도 없이 제 팔을 붙잡더니 재촉하듯 문이 열린 마차 안으로 저를 밀어 넣었습니다. 대령이 양쪽 창문을 닫고 나무 벽을 두드리자, 마차는 전속력으로 달리기 시작했습니다."

"말은 한 마리였나요?" 홈즈가 불쑥 끼어들었다.

"네, 한 마리였어요."

"말이 무슨 색인지 봤습니까?"

"네, 마차에 올라탈 때 봤어요. 마차 양옆에 달린 등불에 비치기로는 밤색이었습니다."

"피곤해 보이던가요, 생생하던가요?"

"아, 윤이 자르르 흐르는 게 아주 생생해 보였어요."

"고맙습니다. 끼어들어서 미안하군요. 흥미진진한 얘기를 계속 들려주세요."

"역에서 출발한 뒤 적어도 한 시간은 달렸을 겁니다. 라이샌더 스타크 대령은 10여 킬로미터라고 했지만, 달린 속도나 걸린 시간을 따져볼 때 20킬로미터는 되는 것 같았습니다. 옆에 앉은 대령은 가는 내내 아무 말도 없었습니다. 한두 번 대령을 바라봤는데, 그때마다 나를 뚫어지게 쳐다보고 있더군요. 시골길이라 그런지 길 상태가 좋지 않았습니다. 마차가 심하게 기우뚱대고 덜컹거렸거든요. 어디쯤 가고 있는지 창밖을 내다보려 했지만, 창이 뿌연 불투명 유리로 되어 있어서 가끔씩 지나치는 흐릿한 불빛 외에는 아무것도 볼 수 없었죠. 저는 지루함을 달래려고 이따금 대령에게 내키지 않은 말을 걸어보기도 했지만, 대령의 짤막한 대답에 대화는 곧 시들해지고 말았습니다. 마침내 덜컹거리던 도로가 잔잔한 자갈길로 바뀌더니 마차가 이내 멈춰 서더군요. 라이샌더 스타크 대령이 벌떡 일어나 마차에서 뛰어내렸습니다. 내가 뒤따라 내리자, 대령은 재빠르게 나를 붙들더니 열려 있는 현관으로 밀어 넣었습니다. 마차에서 내리자마자 곧장 집 안으로 들어갔기 때문에 집의 외관을 볼 틈도 없었죠. 제가 문지방을 넘자마자 등 뒤에서 문이 쾅하며 닫혔고, 덜컹거리는 마차 소리가 점점 멀어지는 게 희미하게 들렸습니다.

집 안은 칠흑같이 깜깜했어요. 대령이 뭐라 중얼거리며 성냥을 찾으려고 더듬거렸습니다. 그때 복도 끝에서 갑자기 문이 열리더니 기다란 황금색 빛줄기가 우리를 비추었습니다. 그 빛줄기가 점점 가까워지더니 한 여인이 손에 등불을 들고 나타났죠. 그 여인은 등불을 머리 위로 치켜들고 고개를 내밀어 우리를 살펴보았습니다. 노란 불빛 아래 예쁜 얼굴이 드러났어요. 검은 드레스가 불빛에 반짝이며 윤이 나는 걸로 봐서 비싼 천으로 만든 옷이라는 걸 알 수 있었죠. 여인이 외국어로 몇 마디 했는데 대령에게 뭔가 물어보는 것 같았어요. 대령이 퉁명스럽게 한두 마디 대답하자, 아름다운 여인은 깜짝 놀란 나머지 손에 든 등불을 떨어뜨릴 뻔했습니다. 스타크 대령은 여인에게 다가가서 귓전에 몇 마디 소곤거리더니 놀란 여인을 좀 전에 나온 방으로 다시 밀어 넣더군요. 그리고 등불을 손에 들고 돌아왔습니다.

'미안하지만 이 방에서 몇 분만 기다려주시오.' 대령이 다른 방문을 열면서 말했습니다. 평범하고 수수한 가구가 놓인 작고 조용한 방이었는데, 한가운데 놓인 둥근 탁자 위에는 독일어책이 몇 권 흩어져 있었습니다. 스타크 대령은 문 옆에 놓인 휴대용 오르간 위에 등불을 올려놓았습니다. '금방 돌아오겠소.' 이렇게 말하며 대령이 어둠 속으로 사라졌어요.

나는 탁자 위에 놓인 책들로 눈길을 돌렸습니다. 독일어를
전혀 모르지만, 그중 두 권은 과학 논문이고 나머지는 시집이
라는 것쯤은 짐작이 가더군요. 그다음 시골 풍경이라도 좀 내
다볼까 하는 생각에 창가로 가봤지만, 창은 참나무 덧문으로
막혀 있고 빗장까지 가로질러 채워놓았더군요. 집 안은 기묘
하리만치 조용했어요. 오래된 시계가 째깍거리는 소리가 복도
에 울려 퍼지는 것만 빼면 사방이 쥐 죽은 듯이 고요했습니다.
막연한 불안감이 덮쳐왔지요. 이 독일 사람들은 도대체 누구
며, 이렇게 적막하고 외딴 곳에서 뭘 하고 있는 걸까? 이곳은
대체 어디일까? 제가 아는 것은 아이퍼드 역에서 16킬로미터
정도 떨어진 곳이라는 것뿐, 동서남북조차 종잡을 수 없었어
요. 레딩을 비롯해 다른 마을 몇 곳이 그 반경 안에 있을 테니
그렇게 외진 곳이 아닐 수도 있었죠. 하지만 아주 적막하고 고
요한 게 시골에 있다는 건 분명했습니다. 저는 기운을 북돋울
요량으로 방 안을 서성이며 콧노래를 나지막이 흥얼거렸습니
다. 그리고 곧 50기니를 챙기게 될 거라는 생각만 했어요.

아무런 기척도 없던 적막 속에서 갑자기 방문이 서서히 열
리기 시작하더니, 어느새 복도에서 마주쳤던 여인이 문틈으로
모습을 드러냈습니다. 여인의 등 뒤로 어둠에 잠긴 복도가 보
였고, 방 안에 있던 등불이 여인의 아름답고 긴장한 얼굴 위로
밝은 빛을 쏟아냈습니다. 한눈에 보기에도 겁에 질려 있는 모
습이었죠. 그 모습을 보니 저도 가슴이 철렁하더군요. 그 여인
은 떨리는 손가락을 하나 펴 보이며 내게 조용히 하라는 신호

를 보낸 뒤, 놀란 망아지처럼 등 뒤의 어둠을 살피며 서툰 영어로 속삭였어요.

'난 떠날 거예요.' 여인이 침착하게 말하려고 안간힘을 쓰는 게 느껴졌어요. '떠날 거라고요. 난 여기 있으면 안 돼요. 당신도 떠나는 게 좋아요.'

'하지만, 부인.' 제가 말했습니다. '저는 아직 할 일이 있어요. 기계를 보기 전에는 갈 수가 없답니다.'

'그럴 만한 가치가 없어요.' 겁에 질린 여인이 이어서 말했어요. '저 문을 열면 나갈 수 있어요. 아직은 아무도 방해하지 않을 거예요.' 내가 웃으며 고개를 좌우로 내젓자, 여인은 돌연 조심스러운 태도를 바꾸더니 한 발 다가서더군요. 그러고는 두 손을 쥐어짜듯 모으고 속삭였습니다. '제발! 제발 너무 늦기 전에 여길 떠나세요!'

하지만 저는 고집이 센 편이라 누가 말리면 더 하고 싶어 하는 청개구리 심보가 있지요. 50기니의 보수며 여기까지 오느라 들인 공도 아까웠지만, 이 밤에 나간다면 어디로 가야 할지도 막막했습니다. 여기서 그만두면 모든 고생이 헛수고가 되지 않겠어요? 왜 내가 맡은 일을 하지도 않고 뒷문으로 몰래 달아나야 한다는 겁니까? 마땅한 보수도 챙기지 않고요. 그 여인은 제정신이 아닌 편집광일지도 모르잖아요. 여인의 애원에 마음이 흔들렸지만 단호하게 버텼습니다. 계속 머리를 휘저으며 여기 머물겠다고 딱 잘라 말했죠. 여인이 다시 간절하게 설득하려는 순간, 위층에서 문이 쾅 닫히더니 계단에서 누군가 내려오는 발소리가 들렸습니다. 여인은 잠시 귀를 기울이더니 자포자기한 듯 두 손을 들어 올려 보이더니 어둠 속으로 소리 없이 사라져버렸습니다.

이번에는 라이샌더 스타크 대령이 들어왔는데, 주름진 이중 턱에 친칠라 모피 같은 턱수염을 기른 땅딸막한 사내와 함께였습니다. 퍼거슨 씨라고 소개하더군요. '이쪽은 내 비서이자 관리인이오.' 대령이 말했습니다. '그런데 내가 문을 닫고 나간 걸로 기억하는데 어디선가 찬바람이 새 들어오는 것 같소.'

'아닙니다. 방이 조금 갑갑한 것 같아서 제가 방문을 열었습니다.'

이 말에 대령이 의심적은 눈초리로 나를 쏘아봤습니다. '그럼 어서 일을 시작해봅시다. 퍼거슨 씨와 내가 기계를 보여주리다.'

'모자를 쓰는 게 좋겠군요.'

'오, 아니요. 기계는 집 안에 있소.'

'네? 백토를 집 안에서 파낸다고요?'

'그게 아니라 집 안에서는 압축만 하는 거요. 하지만 그건 신

경 쓰지 마시오. 우리가 당신한테 바라는 건 기계를 점검해서 뭐가 잘못되었는지만 알려주면 되는 거요.'

우리는 다 같이 위층으로 올라갔습니다. 대령이 등불을 들고 앞장섰고, 뚱뚱한 관리인과 내가 뒤따라갔죠. 낡은 집은 마치 미로 같았습니다. 복도, 통로, 좁은 나선 계단, 키 작은 문들을 지나고 몇 세대를 거치며 가운데가 움푹 파인 문지방도 넘었습니다. 2층부터는 카펫도 깔려 있지 않고, 가구가 놓였던 흔적도 없었습니다. 벽의 회칠은 다 떨어져 나갔고, 녹색 빛을 띤 지저분한 얼룩마다 눅눅한 습기가 배어 있었습니다. 저는 되도록 태연한 척 행동했지만 머릿속에서는 여인의 경고가 자꾸만 떠올랐습니다. 떨쳐버리려고 할수록 더 강렬하게 생각났어요. 저는 두 명의 동행을 예리하게 살펴보았어요. 퍼거슨은 침울하고 말수가 적은 사람 같았어요. 몇 마디 하지 않았지만, 저와 같은 영국인이라는 것 정도는 알 수 있었죠.

라이샌더 스타크 대령이 마침내 나지막한 문 앞에 서더니 자물쇠를 열었습니다. 안에는 네모난 작은 방이 있었는데, 세 명이 한번에 들어가지 못할 정도로 좁았습니다. 퍼거슨이 밖에 남고 대령이 나를 안으로 안내했습니다.

'우리는 지금 유압 프레스 내부에 들어와 있소. 만약 누군가 밖에 있는 스위치를 켠다면 우리로서는 아주 불길한 일이 생기게 되는 거지. 이 작은 실내의 천장이 실은 하강하는 피스톤의 바닥이오. 몇 톤이나 되는 압력을 실은 채 내려와 이 금속 바닥에 닿게 되어 있소. 밖에 나가 보면 기계 측면에 물을 넣은 작은 실린더가 붙어 있소. 그건 당신도 잘 알고 있는 방법으로 힘을 받아 전달하고 증폭시키는 역할을 하는 거요. 기계가 잘 돌아가기는 하지만 가끔씩 뻑뻑해지면서 압력이 약간씩 새는 것 같으니, 당신이 잘 살펴보고 어떻게 고쳐야 할지 알려주시오.'

나는 등불을 받아 들고 기계를 철저히 점검했습니다. 정말 거대하더군요. 엄청난 압력을 만들어낼 수 있는 기계였죠. 밖으로 나가 작동 레버를 눌러보니 쉬익 하는 소리가 들리는 걸로 봐서 누수 문제가 있다는 걸 금방 알아챌 수 있었습니다. 아니나 다를까 측면 실린더 가운데 한 곳에서 물이 새서 역류하고 있더군요. 자세히 살펴보니 구동축 머리를 감싸고 있던 탄성 고무 하나가 오그라들어서 축받이 안을 꽉 막아주지 못하고 있더군요. 그 때문에 압력 약화가 발생하는 게 분명했습니다. 나는 대령에게 이 문제를 설명해주었고, 대령은 내 말을 주의 깊게 듣더니 수리 방법에 대해서 몇 가지 질문을 했어요. 질문까지 확실하게 답해준 다음 프레스 안으로 다시 들어가서 이것저것 살펴보았습니다. 궁금하던 게 몇 가지 있었거든요. 한눈에 봐도 백토에 관한 이야기는 꾸며낸 게 분명했어요. 벽돌을 찍어내는 일 따위에 이렇게 강력한 엔진을 쓴다는 것 자체가 터무니없는 얘기였죠. 사방 벽은 나무로 되어 있었지만, 바닥은 널찍한 철판이더군요. 바닥을 살펴보니 금속 부스러기가 잔뜩 깔려 있었어요. 저는 그게 뭔지 자세히 보려고 허리를 숙여 손으로 긁어봤습니다. 그때 독일어가 들려 고개를 들었더니, 대령이 하얗게 질린 얼굴로 나를 내려다보고 있었습니다.

'지금 뭐하는 게요?' 대령이 물었습니다.

대령이 교묘하게 꾸며낸 이야기에 제가 잘도 속아 넘어갔다고 생각하니 화가 치밀더군요. '당신의 백토를 감상하고 있던 중입니다.' 제가 말했습니다. '이 기계의 용도가 무엇인지 정확히 알았더라면 좀 더 좋은 조언을 해줄 수 있었을 텐데요.'

막상 말을 내뱉었지만 이내 제 경솔함을 후회했습니다. 대령의 얼굴이 심하게 굳어지더니 잿빛 눈에서는 사악한 광채가 번뜩였거든요.

'그래 좋아.' 대령이 말했어요. '이 기계가 어떤 건지 죄다 알려주마.' 대령은 뒤로 한 걸음 물러서더니 작은 문을 쾅 닫고 나가 열쇠를 돌려 문을 잠가버렸습니다. 나는 재빨리 문으로 달려가 문고리를 당겨봤지만, 문은 이미 단단히 잠긴 뒤였어요. 문을 발로 차고 온몸으로 밀며 별짓을 다 해봤지만 문은 옴짝달싹도 하지 않았어요.

'이봐요!' 내가 힘껏 소리 질렀어요. '이봐요! 대령님! 날 내

보내 주세요!'

적막 속에서 갑자기 무슨 소리가 들려왔어요. 가슴이 철렁 내려앉았죠. 철컥, 레버를 내리는 소리와 실린더에서 물이 쉬익 하며 새 나가는 소리였어요. 사악한 대령이 프레스를 작동시킨 겁니다. 바닥을 살펴보느라고 내려놓은 램프는 아직 그대로 있었습니다. 그 불빛에 비친 검은 천장이 덜컹거리며 움직이기 시작했습니다. 서서히 삐거덕거리며 내려오고 있었지만, 그 정도 압력이라면 1분 내로 제 몸뚱이를 으스러뜨려 가루로 만들어버릴 수 있다는 걸 저보다 더 잘 아는 사람은 없을 겁니다. 저는 비명을 지르며 온몸으로 문을 들이받고 손톱으로 열쇠 구멍을 긁어 파봤지만 소용이 없었습니다. 대령에게 제발 내보내 달라고 사정했지만, 제 애원은 무자비하게 철커덩거리는 기계 소리에 묻혀버렸습니다. 어느새 천장이 머리에서 두어 뼘 위까지 내려왔습니다. 손을 들어 올리자 딱딱하고 거친 천장 표면이 만져졌죠. 순간 내가 어떤 자세를 취하느냐에 따라 죽을 때 가해질 고통의 크기가 달라지겠다는 생각이 들었어요. 만약 엎드린다면 모든 압력이 등뼈에 가해질 겁니다. 척추가 댕강 부러지겠다는 생각이 들자 몸서리가 쳐지더군요. 그냥 똑바로 눕는 편이 낫겠다 싶었지만, 죽음의 그림자가 덜컹대면서 내려오는 걸 똑바로 바라보고 있을 용기가 있겠어요? 이윽고 똑바로 서 있을 수도 없는 상태가 되었어요. 그때 뭔가 눈 안에 번뜩 들어오면서 한 줄기 희망이 솟아났어요.

바닥과 천장은 쇠로 되어 있지만, 벽은 나무로 만들어져 있다고 이야기했죠? 마지막으로 주위를 황급히 둘러보니 두 개의 나무 벽널 틈새로 가느다란 노란 불빛이 새어 들어오는 게 보였어요. 벽널을 세차게 밀어붙이자, 작은 널빤지가 뒤로 밀려나면서 틈새가 점차 벌어졌어요. 죽음에서 빠져나갈 길을 찾은 게 꿈인지 생시인지 순간 헷갈릴 정도였죠. 하지만 곧 몸을 날렸습니다. 다음 순간 나는 정신이 반쯤 나간 상태로 프레스 바깥쪽에 나동그라졌어요. 벽널이 등 뒤에서 다시 닫혔는데, 등불이 으깨지는 소리와 두 금속 판때기가 맞닿는 육중한 소리가 들렸습니다. 내가 얼마나 아슬아슬하게 빠져나온 건지 깨닫자 등골이 오싹했어요.

누군가 미친 듯이 제 손목을 잡아당기길래 정신을 차려보니, 좁은 복도의 돌바닥에 제가 누워 있더군요. 어떤 여인이 저를 내려다보며 왼손으로는 저를 잡아끌고, 오른손으로는 촛불을 들고 있었어요. 제게 경고를 해주었던 그 착한 여인이었어요. 제가 바보같이 무시해버렸지만 말이에요.

'어서 가요! 어서요!' 여인이 다급한 목소리로 말했어요. '그들이 곧 올 거예요. 그리고 당신이 사라졌다는 걸 곧 알게 될 거예요. 오, 한시가 급해요. 어서 서둘러요!'

이번만큼은 충고를 그냥 흘려버리지 않았습니다. 나는 비틀거리며 일어나 여인을 따라 복도를 달려 나선 계단을 내려갔어요. 계단이 끝나자 다시 널찍한 복도가 나왔죠. 그때 다급한 발소리가 들려왔어요. 이윽고 두 사내가 주고받는 큰 말소리도 들렸죠. 한 명은 우리가 있던 복도에서, 다른 한 명은 그 아래층에서 뭔가를 외치고 있었어요. 나를 안내해주던 여인은 멈춰 서더니 안절부절 어쩔 줄 모르겠다는 듯 주위를 둘러봤어요. 그러더니 어느 방문을 벌컥 열어젖혔어요. 침실이었는데 창문으로 달빛이 환하게 쏟아지고 있었어요.

'이 길밖에 없어요. 높긴 하지만 뛰어내릴 수 있을 거예요.'

여인이 말하는데 복도 끝에서 불빛이 번쩍이더니 라이샌더 스타크 대령이 한 손에 등불을 들고, 다른 손에는 푸줏간에서 쓰는 큰 칼을 쥐고 달려오는 모습이 보였죠. 나는 침실로 서둘러 뛰어들어 가 창문을 활짝 열고 밖을 내다보았어요. 달빛 아래 놓인 정원은 고요하고 아름답고 안전해 보였습니다. 높이는 9미터가 넘지 않겠더군요. 창턱 위로 기어 올라가 뛰어내리려다 멈칫했습니다. 구세주 같은 여인과 나를 뒤쫓는 악당 사이에 오가는 말을 들어야 할 것 같았거든요. 여인이 행여 위험에 빠진다면 어떤 위험을 무릅쓰고라도 돌아가서 도울 작정이었어요. 그런 생각을 하고 있을 찰나, 대령이 문 앞에 나타나 여인을 밀치고 방 안으로 들어오려고 했어요. 하지만 여인은 그자를 두 팔로 붙들며 막아섰어요.

'프리츠! 제발!' 여인이 영어로 외쳤어요. '지난번에 한 약속 잊었어요? 다시는 그런 일이 없을 거라고 했잖아요. 저 사람은 말하지 않을 거예요! 오, 아무 말도 하지 않을 거라고요!'

'엘리제, 넌 미쳤어!' 여인을 뿌리치려고 애를 쓰며 대령이 소리쳤어요. '지금 다 같이 망하려고 작정했어? 저놈은 너무 많은 걸 봤어. 이거 놔, 비키라고!' 대령은 아가씨를 한쪽으로 밀어제

쳤습니다. 그리고 곧장 창문으로 돌진하더니 희번덕거리는 칼
을 내리쳤습니다. 그때 나는 뛰어내리려고 창턱을 손가락으로
움켜쥔 채 창밖에 매달려 있던 참이었어요. 순간 둔탁한 통증을
느끼며 손아귀에 힘이 풀렸고, 정원으로 떨어졌죠.

떨어진 충격으로 온몸이 후들거렸지만 다치지는 않았어요.
아직 위험에서 벗어나지 못했다는 것을 알기에 몸을 일으켜
있는 힘껏 덤불 사이로 달아났습니다. 그런데 갑자기 아찔한

현기증이 몰려오면서 속이 메슥거렸어요. 손이 욱신거리기에 내려다보니 엄지손가락이 잘려나갔고, 상처에서 피가 솟구치고 있더군요. 손수건으로 상처를 동여매려고 했는데, 귀에서 윙윙거리는 소리가 나더니 그만 정신을 잃고 장미 덤불에 쓰러져버렸어요.

기절한 채로 얼마나 시간이 흘렀는지 모르겠지만 아주 오래인 것만은 틀림없었어요. 정신을 차렸을 때는 달이 지고 새벽이 밝아오고 있었으니까요. 옷은 이슬에 젖어 축축했고, 코트 소매는 상처에서 난 피로 흥건히 젖어 있었어요. 욱신거리는 고통에 간밤의 모험이 낱낱이 되살아났죠. 나를 쫓는 악당에게서 아직 안전하지 않다는 생각에 몸을 일으켰습니다. 그런데 주위를 둘러보니 놀랍게도 그 집도, 정원도 온데간데없었습니다. 내가 누워 있던 곳은 대로변 울타리 한쪽 귀퉁이였어요. 길 아래쪽으로 기다란 건물이 한 채 보이기에 가까이 가봤더니, 글쎄 제가 간밤에 도착한 역이지 않겠어요? 손에 난 꼴사나운 상처가 아니었다면 한바탕 끔찍한 악몽을 꿨다고 생각했을 겁니다.

어안이 벙벙한 상태로 역으로 가서 아침 열차 시간을 물어봤어요. 레딩으로 가는 기차가 한 시간 내에 온다고 하더군요. 어제 봤던 짐꾼이 여전히 그 자리에 있었습니다. 짐꾼에게 다가가 혹시 라이샌더 스타크 대령이라는 사람을 아는지 물어봤더니 처음 듣는 이름이라고 하더군요. 간밤에 역에서 누군가를 기다리던 마차를 봤는지 물었지만 못 봤다고 대답했어요.

근처에 경찰서가 있느냐는 질문에 5킬로미터는 가야 된다고
했어요.

아프고 지친 몸으로 경찰서까지 간다는 건 무리였습니다.
그래서 일단 런던으로 돌아간 다음 경찰에 신고하기로 마음먹
었습니다. 런던에는 6시가 조금 지나서 도착했고 우선 상처를
치료받았습니다. 그리고 친절하신 의사 선생님이 이곳까지 데
려다 주셨습니다. 이제 얘기를 마쳤으니 이 사건은 홈즈 씨에
게 맡기고 저는 시키는 대로 하겠습니다.”

기이한 이야기는 끝이 났지만 우리는 잠시 침묵을 지키고
앉아 있었다. 그러다 셜록 홈즈가 책꽂이에 꽂힌 묵직한 스크
랩북들 가운데 하나를 꺼내 들었다.

“여기 당신의 귀를 번쩍 뜨이게 할 만한 광고가 있습니다. 1
년 전 모든 신문에 일제히 난 광고인데 한번 들어보세요.

사람을 찾습니다.
제레미아 헤일링, 26세, 유압 기술자. 이달 9일 저녁 10시에 하
숙집을 나간 이후 연락이 두절됨. 당시 옷차림은 이러이러함.

하! 보아하니 기계를 수리할 기술자가 필요한 게 이번만은
아니었던 것 같군요.”

“세상에나!” 내 환자가 외쳤다. “그래서 그 여인이 그런 말을
했군요.”

“틀림없을 겁니다. 그 대령은 냉혹하고 무자비한 사람이라

자신의 앞길을 가로막는 방해물은 가차 없이 없애버리는 게 분명합니다. 포획한 배에서 생존자를 깡그리 없애버리는 극악무도한 해적처럼 말이죠. 이렇게 지체할 시간이 없습니다. 해설리 씨, 당신 몸만 괜찮다면 당장 움직입시다. 우선 런던 경찰국에 들렀다가 아이퍼드로 출발합시다."

세 시간쯤 후 우리는 레딩에서 버크셔의 작은 마을로 향하는 기차에 올라탔다. 셜록 홈즈, 유압 기술자, 나 말고도 런던 경찰국의 브래드스트리트 경위와 사복형사 한 명이 동행했다. 경위는 그 지방의 육지 측량부 지도를 의자 위에 펼쳐놓고, 아이퍼드를 중심으로 컴퍼스로 원을 그리느라 분주했다.

"자, 다 됐어요. 이 원은 아이퍼드를 중심으로 반경 16킬로미터를 그린 겁니다. 우리가 찾는 집은 이 선 근처에 있을 겁니다. 해설리 씨, 분명 16킬로미터라고 하셨죠?"

"네, 마차로 한 시간은 족히 달렸어요."

"그렇다면 당신이 정신을 잃었을 당시, 그놈들이 16킬로미터를 다시 달려 당신을 도로 데려다 놓았다고 생각하는 겁니까?"

"그랬을 겁니다. 분명하지는 않지만 누군가 저를 들어서 옮긴 기억이 어렴풋이 나거든요."

"이해가 안 가는군요." 내가 끼어들었다. "정원에서 정신을 잃고 쓰러져 있는 당신을 발견했을 때 왜 목숨을 살려주었을까요? 여인의 간절한 애원에 악당의 마음이 약해진 걸까요?"

"그럴 리가 없습니다. 그런 냉혹한 얼굴은 제 평생 처음이었으니까요."

"아, 모든 게 곧 밝혀질 게요. 자, 이렇게 원을 그리기는 했지만, 그놈들의 집이 대체 어디에 있는 줄 알아야지 원."

"전 어딘지 손가락으로 짚을 수 있을 것 같군요." 홈즈가 조용히 말했다.

"정말입니까?" 경위가 큰 소리로 말했다. "어딘지 판단을 내리셨군요! 누구 의견이 홈즈 씨와 일치하는지 한번 봅시다. 나는 남쪽이라고 봅니다. 다른 곳보다 외진 곳이거든요."

"저는 동쪽으로 하겠습니다." 내 환자가 말했다.

"저는 서쪽이라고 봅니다. 그쪽에 한적한 작은 마을이 몇 개 있거든요." 사복형사가 말했다.

"그러면 나는 북쪽으로 하죠. 왜냐하면 그쪽에는 언덕이 없으니까요. 마차가 오르막을 달리는 건 못 느꼈다고 했거든요." 내가 말했다.

"이런, 의견이 각양각색이군요." 경위가 웃음을 터뜨렸다. "동서남북이 모두 나왔으니 문제는 원점이 됐어요. 홈즈 씨 의견에 승자가 갈리겠군요. 어디에 한 표 던지시렵니까?"

"여러분 모두 틀렸습니다."

"모두가 틀릴 수가 있나요?"

"오, 네. 그럴 수 있습니다. 장소는 바로 여깁니다." 홈즈가 원의 한복판을 짚었다.

"하지만 마차로 20킬로미터나 달렸는데요?" 깜짝 놀란 해설리 씨가 숨을 몰아쉬며 말했다.

"10킬로미터를 달렸다가 다시 10킬로미터를 되돌아온 거죠. 아주 간단해요. 마차에 올라탈 때 말에 윤이 흐르고 생생해 보였다고 했죠? 험준한 길을 20킬로미터나 달렸다면 과연 그게 가능할까요?"

"정말 그럴듯한 계략이군요. 그자들의 정체가 무엇인지는 의심의 여지가 없군요." 브래드스트리트 경위가 생각에 잠긴 채 말했다.

"그렇습니다." 홈즈가 말했다. "그자들은 대량 화폐 위조단입니다. 그 기계를 이용해서 아말감으로 가짜 은화를 만든 겁니다."

"솜씨 좋은 일당이 활개 치고 다닌다는 정보를 입수한 지는 꽤 되었습니다." 경위가 말했다. "하프 크라운짜리 동전을 수천 개씩 찍어내 유통시킨 자들이죠. 한번은 레딩까지 추적했다가 놓치고 말았어요. 홀연히 종적을 감추는 실력을 보면 아주 노련한 전문가들인 것 같아요. 하지만 이번에 운 좋게도 걸려들었으니 드디어 그

자들을 붙잡을 수 있겠군요."

하지만 경위의 바람은 이뤄지지 않았다. 범죄자들이 정의의 심판을 받을 운명이 아니었던 것이다. 기차가 아이퍼드 역에 들어설 때 근처 나무 덤불 뒤에서 거대한 연기 기둥이 치솟아 오르는 게 보였다. 마치 거대한 타조 깃털이 시골의 정경 위로 드리워진 것 같았다.

"어느 집에 불이라도 났나요?" 기차가 증기를 내뿜으며 역을 빠져나갈 때 브래드스트리트 경위가 물었다.

"네, 그렇습니다!" 역장이 말했다.

"언제 시작됐습니까?"

"간밤에 불이 났다고 들었습니다. 그런데 불길이 점차 거세지더니 지금은 집 전체가 화염에 휩싸였어요."

"누구 집인가요?"

"의사이신 베커 선생님 댁입니다."

"혹시나 말입니다." 기술자가 끼어들었다. "베커 선생이 독일인인가요? 아주 여윈 체구에 길고 날카로운 콧날을 가진?"

역장이 함박웃음을 터뜨렸다. "아닙니다. 베커 씨는 영국인이에요. 이곳 교구에서 그분보다 품이 큰 조끼를 입는 사람은 없을 겁니다. 그런데 신사 한 분이 함께 머물고 있어요. 환자라고 들었는데, 외국인이고 버크셔의 질 좋은 소고기로 영양 보충을 좀 해야 할 것같이 생겼죠."

역장의 말이 끝나기도 전에 우리는 서둘러 불이 난 곳으로 발걸음을 재촉했다. 길을 따라 야트막한 언덕 위에 올라서자 하얀 회칠을 한 큰 건물이 눈앞에 나타났다. 불길은 건물의 모든 틈새에서 비집고 나와 세차게 너울거렸다. 정원 앞에 세워진 세 대의 소방차가 불길을 잡으려고 애쓰고 있었지만 헛수고였다.

"바로 저깁니다!" 헤설리가 흥분하며 외쳤다. "자갈길이 나 있고, 제가 쓰러졌던 장미 덤불이 보여요. 저기 두 번째 창문에서 제가 뛰어내렸죠."

"적어도 그자들에게 복수는 했군요." 홈즈가 말했다. "프레스 안에 있던 기름 램프가 박살 나면서 나무 벽에 불이 옮겨붙은 게 분명합니다. 구경꾼들 가운데 간밤의 그자들이 있는지 두 눈을 크게 뜨고 한번 살펴보십시오. 진작 줄행랑을 쳐서 지금쯤이면 수백 킬로미터는 족히 달아났을 것 같지만요."

홈즈의 걱정은 사실이 되었다. 그 아름다운 여인과 사악한 독일인 그리고 침울한 영국인은 그날 이후로 지금까지 감감무소식이다. 그날 아침, 네다섯 명의 사람과 커다란 상자를 잔뜩 실은 마차가 레딩 방향으로 황급히 달려가는 걸 어느 농부가 보았지만, 그게 도망자들이 남긴 마지막 흔적이었다. 홈즈의 비상한 재주로도 그들의 묘연한 행방에 대한 단서를 찾지는 못했다.

소방대원들은 집 안에서 이상한 기계 장치들을 발견하고 어리둥절해했는데, 2층 창틀에서 잘려나간 지 얼마 안 된 엄지손가락을 발견하고는 더욱 어안이 벙벙해졌다. 해 질 무렵 고생 끝에 마침내 불길을 잡는 데 성공했다. 하지만 지붕은 이미 주저앉았고, 건물 전체는 폐허로 녹아내린 뒤였다. 그 거대한 기계도 비틀린 실린더 몇 개와 쇠 파이프 일부만 남아 있을 뿐, 불운한 기술자에게 쓰라린 경험을 안겨준 거대했던 원래의 모습은 찾아볼 수 없었다. 밖에 있던 헛간에서 다량의 니켈과 주석이 발견됐지만, 주화는 한 닢도 보이지 않아 마차에 싣고 간 우람한 상자에 무엇이 들었을지 짐작할 수 있었다.

유압 기술자가 정원에서부터 의식을 되찾은 곳까지 어떻게 운반되었는지는 영원히 수수께끼로 남을 뻔했지만, 부드러운 진흙 덕분에 문제가 해결되었다. 답은 간단했다. 기술자는 두 사람에 의해 옮겨졌다. 한 사람은 유난히 작은 발자국을, 다른 한 사람은 보통보다 훨씬 큰 발자국을 남겼다. 아마 동료에 비해 극악무도한 인물은 아니었던 과묵한 영국인이 여인을 도와 정신 잃은 남자를 안전한 곳으로 옮겨놓았을 확률이 가장 높았다.

"저에게는 정말 쓰디쓴 경험이었습니다!" 런던으로 돌아가는 기차에 몸을 실었을 때 기술자가 처량하게 말했다. "엄지손가락을 잃고 50기니의 보수도 놓쳤으니, 대체 내가 얻은 건 뭘까요?"

"경험이죠." 홈즈가 웃으며 말했다. "경험이라는 크나큰 간접 자산을 얻은 거죠. 이 일화를 이야기로 써내기만 한다면, 평생 떵떵거리며 회사를 꾸려나갈 수 있는 명성을 얻게 될 겁니다."

10
독신 귀족

세인트 사이먼 경의 결혼과 말 많고 탈 많던 파경은, 이 불운한 신랑이 속한 지체 높은 사교계에서도 더 이상 흥미로운 얘깃거리가 되지 못한 지 오래다. 연신 새롭게 떠오르는 소문과 더 자극적인 최신 화제에 밀려 4년이나 묵은 그 드라마는 대중의 관심에서 멀어진 것이다. 하지만 내가 보기에는 사건의 전체 정황이 대중에게 제대로 밝혀지지 않았을 뿐 아니라 내 친구 셜록 홈즈가 그 사건을 해결하는 데 큰 역할을 했기 때문에 홈즈의 사건 회고록을 완성하려면 이 별난 사건을 짧게나마 풀어두어야 할 것 같다.

내가 결혼하기 몇 주 전, 베이커 스트리트에서 아직 홈즈와 한집에서 살고 있을 때였다. 홈즈가 오후 산책을 하는 동안 탁자 위에는 편지 한 통이 내 친구를 기다리며 놓여 있었고, 나는 온종일 집 안에 틀어박혀 있었다. 날이 갑자기 흐려지더니 세찬 바람을 동반한 가을비가 내리기 시작하자, 아프가니스탄 전쟁 참전의 잔재로 내 다리에 남아 있던 제자일(영국-아프가니스탄 전쟁에서 아프가니스탄군이 사용했던 총. 당시 영국군의 브라운 베스 총의 사정거리에 비해 세 배 이상 되는 사정거리를 자랑했다.—옮긴이) 탄환 상처가 계속 욱신거렸기 때문이다. 나는 안락의자에 앉아 두 다리를 보조 의자에 올린 채 신문 더미에 파묻혀 기삿거리가 떨어질 때까지 신문을 읽어댔다. 그러다 마침내 신문을 한쪽으로 몽땅 밀어놓고 멍하니 누워 있었다. 문득 탁자 위에 놓인 한 통의 편지가 눈에 들어왔다. 겉봉에 커다랗게 찍힌 문장과 모노그램을 보자, 내 친구에게 편지를 보낸 귀족이 누구인지 은근히 궁금했다.

"아주 호사스러운 서신이 왔어." 홈즈가 들어오자 내가 말했다. "내 기억에 아침에 온 편지 두 통은 생선 장수와 승선 세관원이 보낸 것이었지?"

"맞아. 내가 받는 편지들은 다채롭다는 매력이 있지." 홈즈가 빙긋 웃으며 대답했다. "대개 신분이 시시할수록 얘기는 더 흥미진진한 법이지. 이건 별로 달갑지 않은 사교계 초대장 같아. 가봤자 하품이나 삼키며 허풍쟁이들을 상대해야 할 거야."

내 친구가 봉인을 뜯고 내용을 훑어봤다. "아, 이런, 이건 제법 흥미로울 것 같은데."

"그럼 초대장이 아니야?"

"응, 사건 의뢰야."

"귀족 의뢰인이라고?"

"잉글랜드의 최고 귀족에 속하는 사람이야."

"축하하네, 친구."

"빈말이 아니라, 왓슨, 나에게 의뢰인의 사회적 지위는 별로 중요하지 않아. 사건이 흥미롭냐 아니냐가 우선이지. 그런데 이번 일은 제법 재미있을 것 같아. 자네, 요즘따라 신문을 부쩍 열심히 읽는 것 같던데?"

"그런 것 같아. 달리 할 일이 있어야지." 구석에 쌓인 신문 더미를 가리키며 내가 처량하게 말했다.

"잘됐군. 자네가 최신 정보통 역할을 해주면 되겠어. 나야 범죄 기사나 개인 광고란밖에 안 읽으니 말이야. 개인 광고란은 언제나 유익한 정보로 가득하지. 아무튼 자네가 최근 소식에 빠삭하다면 세인트 사이먼 경의 결혼 기사도 읽어봤겠지?"

"아, 물론이야. 무척이나 흥미롭더군."

"그거 잘됐군. 지금 내가 들고 있는 이 편지가 세인트 사이먼 경이 보낸 거라네. 이걸 읽어줄 테니 신문을 뒤져서 관련 기사를 찾아봐 주게. 그럼 읽겠네.

친애하는 셜록 홈즈 씨에게
백워터 경이 당신의 통찰력과 판단이라면 무조건 믿고 따라도 좋다는 말을 해주었소. 그래서 홈즈 씨에게 찾아가 내 결혼식을 둘러싸고 벌어진 괴로운 일에 대해 상담하고자 합니다. 런던 경찰국의 레스트레이드 씨가 이미 수사에 뛰어들었지만, 그 경위는 당신이 협조하는 데 반대하지 않을뿐더러 사건 해결에 큰 도움이 될 거라고 장담했소. 오후 4시에 방문할 예정이니 그 시간에 다른 약속이 있더라도 이 문제의 시급한 중요성을 고려해 연기해주길 바랍니다.

　　　　　　　　　　　　　　　　　— 로버트 세인트 사이먼 드림

그로브너 대저택에서 보냈군. 깃펜을 사용했고, 불행히도 귀족의 고귀한 오른손 새끼손가락 바깥쪽에 잉크 얼룩이 묻었겠군." 홈즈가 편지를 접으며 말했다.

"4시라고 했지? 지금이 3시니까 한 시간 후면 오겠군."

"자네가 도와준다면 문제를 살펴볼 시간은 되겠어. 저 신문 더미를 뒤져서 관련 기사를 좀 추려주게. 시간 순으로 말이야. 그동안 나는 의뢰인이 어떤 사람인지 알아봐야겠어."

홈즈는 벽난로 선반 옆에 꽂아둔 참고 서적 가운데 빨간색 표지의 책을 한 권 뽑아 들더니 넘기기 시작했다.

"여기 있군." 홈즈가 의자에 앉아 무릎 위에 책을 펼쳐놓으며 말했다. "로버트 월싱엄 드 비어 세인트 사이먼 경. 밸모럴 공작의 차남.' 흠! '문장: 하늘색, 방패꼴 바탕에 중앙을 가로지르는 검은 가로띠에는 세 개의 마름쇠가 그려져 있음. 1846년 출생.' 그렇다면 현재 나이가 마흔한 살이니 혼기가 꽉 찼군. 지난 정부에서 식민지 차관을 지냈고, 공작인 아버지는 한때

외무 장관까지 역임했으며, 플랜태저넷 왕가의 직계 후손으로, 외가는 튜더 왕가야. 하! 쓸데없이 구구하기만 하지 정작 쓸 만한 내용은 하나도 없군. 실속 있는 정보는 자네한테 귀동냥하는 수밖에 없겠어."

"금방 찾아낼 수 있을 거야." 내가 말했다. "최근 일인 데다 아주 인상 깊은 사건이었거든. 자네한테 얘기하려다가 다른 사건을 조사 중이길래 말았지. 중간에 다른 일이 끼어드는 걸 싫어하잖아."

"그로브너 광장의 가구 마차 사건 말이지? 그건 이제 말끔하게 해결됐어. 사실 처음부터 빤한 사건이었지만 말이야. 찾아낸 신문 기사 좀 보여주게."

"이게 처음으로 실린 기사일 거야. 〈모닝 포스트〉 지의 인물 동정 칼럼인데, 날짜는 보다시피 몇 주 전이야.

경축! 소문에 따르면 밸모럴 공작의 차남 로버트 세인트 사이먼 경과 미국 캘리포니아 주 샌프란시스코에서 온 앨로이시어스 도런 씨의 외동딸 해티 도런 양이 약혼했으며, 곧 결혼식을 올릴 예정이라고 한다.

이게 전부라네."

"간단명료하군." 홈즈가 길고 마른 다리를 벽난로 쪽으로 쭉 뻗으며 말했다.

"같은 주, 사교계 신문 하나에 더 상세한 기사가 실렸지. 아,

여기 있군."

머지않아 결혼 시장에도 보호 무역 제도를 도입하자는 말이
나올 법한 상황이다. 현재의 자유 무역 원칙은 국산품에 지극
히 불리해 보이기 때문이다. 대영제국의 귀족 가문의 안주인
자리는 대서양을 건너온 아름다운 사촌들에게 차례차례로 넘
어가고 있다. 지난주 매력적인 침략자들이 거머쥔 전리품 목
록에 새로운 한 줄이 추가되었다. 지난 20년간 큐피드의 화살
을 무색하게 만들었던 세인트 사이먼 경이 캘리포니아 백만장
자의 아름다운 딸 해티 도런 양과 결혼할 예정이라고 정식으
로 밝힌 것이다. 웨스트베리 하우스 축제에서 우아한 자태와
뛰어난 용모로 눈길을 끌었던 도런 양은 무남독녀로, 지참금
액수가 여섯 자리 숫자를 훌쩍 넘을 것이며 장차 더 큰 유산을
상속받을 것으로 알려져 있다. 밸모럴 공작이 최근 몇 년 사이
에 대대로 소유해온 명화를 팔 수밖에 없었다는 것은 공공연
한 비밀이다. 현재 세인트 사이먼 경의 재산은 버치무어의 작
은 영지가 전부다. 그러니 이 결혼으로 이득을 보는 쪽은 공화
당의 숙녀에서 영국의 귀부인으로 유유히 탈바꿈하는 캘리포
니아 상속녀만은 아닐 것이다.

"다른 건 없어?" 홈즈가 하품하며 물었다.
"아, 있지. 아주 많아. 〈모닝 포스트〉에 또 다른 기사가 실렸
는데, 결혼식은 하노버 광장에 있는 세인트 조지 교회에서 친

지 대여섯만 초대해서 아주 조용하게 치를 예정이고, 식이 끝나면 랭커스터 게이트에 있는 앨로이시어스 도런 씨의 저택으로 돌아가 피로연을 가질 거라고 쓰여 있군. 그리고 이틀 뒤, 그러니까 지난주 수요일에 실린 짤막한 기사에는 결혼식이 거행됐고, 신혼여행은 페터스필드 근처에 있는 백워터 경의 영지에서 보내게 될 거라는 간단한 발표가 있었어. 신부가 사라지기 전에 나온 기사는 이게 전부야."

"뭘 하기 전이라고?" 화들짝 놀란 홈즈가 되물었다.

"신부가 홀연히 사라지기 전이라고."

"대체 언제 사라진 거야?"

"피로연 조찬에서."

"그렇군. 생각했던 것보다 더 재미있는 사건이 되겠군. 아주 극적이기도 하고 말이야."

"맞아. 나도 별스런 일이라고 생각했어."

"보통은 예식이 시작되기 전에 사라지지. 신혼여행을 가서 모습을 감춘 경우도 더러 있지만, 굳이 결혼식을 올리고 나서 그 직후에 사라지는 경우는 처음이군. 좀 더 상세하게 설명해 줘."

"미리 말해두지만 기사 내용이 자네 성에 안 찰 거야."

"그렇다면 우리가 채워 넣어야겠군."

"미흡하긴 해도 어제 조간신문에 단독 기사가 났어. 그럼 읽어볼게. 제목은 '세상에 이런 일이: 상류층 결혼식에 일어난 기묘한 사건'이야."

로버트 세인트 사이먼 경의 가족은 그의 결혼식을 둘러싸고 발생한 기묘한 사건 때문에 아직까지도 큰 충격과 고통에 빠져 있다. 어제 여러 신문을 통해 발표되었듯이 결혼식은 이틀 전 아침에 무사히 치러졌다. 하지만 이제야 소문으로 무성했던 말이 사실임이 확인되었다. 로버트 세인트 사이먼 경의 일가와 친지는 이 일을 쉬쉬하며 덮어버리려고 애를 썼지만, 지켜보는 눈들이 너무 많아지자 더 이상 모르쇠로 일관한다고 해서 대중의 입방아에 오르내리는 일을 막을 수 없다고 판단한 것이다.

하노버 광장에 있는 세인트 조지 교회에서 열린 결혼식은 신부의 아버지 앨로이시어스 도런 씨, 밸모럴 공작, 백워터 경, 신랑의 두 동생 유스터스 경과 클래러 세인트 사이먼, 그리고 앨리샤 휘팅턴이 하객으로 참석한 가운데 조촐하게 치러졌다. 식이 끝나자 하객 일행은 피로연 조찬을 위해 랭커스터 게이트에 있는 앨로이시어스 도런 씨 저택으로 이동했다. 그리고 저택에서는 정체불명의 한 여성이 자신이 세인트 사이먼 경의 약혼자라고 주장하며 저택으로 들어가려고 한 작은 소동이 한차례 벌어졌다고 한다. 그 여인은 한참 동안 소란을 피운 뒤에야 결국 집사와 하인에게 떠밀려 쫓겨났다. 다행히도 신부는 이 소동이 벌어지기 전에 집 안에 들어섰기 때문에 이 불쾌한 일을 목격하지는 못했다. 하지만 조찬 자리에 다른 사람들과 함께 앉아 있다가 갑자기 몸이 좋지 않다고 하소연하며 방

으로 올라갔다고 한다. 신부가 오랫동안 자리로 돌아오지 않자 하객들이 수군대기 시작했고 신부의 아버지가 딸을 찾아 나섰지만, 하녀가 말하기를 신부가 방에는 잠깐만 들렀을 뿐 얼스터코트에 보닛 모자를 쓰고 황급히 복도를 내려갔다는 것이다. 하인 한 명도 그런 차림을 한 여성이 저택을 나가는 것을 봤지만, 신부가 하객들과 조찬 중이라 생각했기 때문에 그 여자가 설마 신부라고는 생각하지 않았다고 증언했다. 딸이 사라진 것을 확인한 앨로이시어스 도런 씨는 신랑과 함께 경찰에 즉시 신고했다. 이제 활발한 수사가 이루어지고 있으므로 이 이상야릇한 사건은 빠른 시일 내에 조속히 해결될 것으로 전망된다. 그러나 어젯밤 늦은 시각까지 사라진 신부의 행방은 여전히 묘연한 상태다. 항간에는 신부가 살해됐다는 소문도 떠돌고 있다. 이에 경찰은 앞서 소동을 일으킨 여성이 질투나 기타 동기로 신부의 실종에 연루되었을 가능성이 있다고 보고 그 여성을 체포했다고 전했다.

"그게 전부야?"

"그 기사에는 없던 얘기 하나가 다른 조간신문에 소개되긴 했어. 짧지만 의미심장해."

"그게 뭔데?"

"소동을 일으킨 여성은 플로라 밀러 양이고, 실제로 이번 일로 경찰에 체포되었다는군. 알레그로 극장의 전직 발레리나였고, 신랑과 몇 년 동안 알고 지낸 사이인가 봐. 더 이상 특별한 내용은 없어. 신문에 보도된 내용은 이게 전부고 나머지는 자네 손에 달렸어."

"정말 흥미로운 사건이야. 이런 걸 푸는 재미는 세상 무엇과도 바꿀 수 없지. 그런데 초인종이 울리는군, 왓슨. 4시가 막 지난 걸 보니 귀족 의뢰인이 도착했나 봐. 나갈 생각은 꿈에도 하지 말게. 증인이 있는 편이 훨씬 좋거든. 내 기억력을 점검해주는 역할도 하고 말이야."

"로버트 세인트 사이먼 경이십니다." 사환이 방문을 열면서 알려주었다. 곧이어 한 신사가 들어왔다. 세련되고 호감 가는 얼굴에 코는 높고 안색이 희고 창백했다. 뭔가 언짢은 기색이 서려 있는 입 모양과 단호하고 야무진 눈매에서 날 때부터 명령하고 지배하는 데 익숙한 사람이라는 인상이 묻어났다. 동작은 활기찼지만, 등이 약간 구부정한 데다 걸을 때 무릎을 조금씩 구부리는 탓에 전체적으로 겉늙은 인상을 주었다. 챙 끝이 위로 휘어진 모자를 벗자 드러난 정수리에는 머리숱이 적었고, 얼굴선을 따라 희끗한 머리카락이 보였다. 의상으로 말하자면, 빳빳이 세운 칼라에 검은 프록코트, 흰색 조끼, 노란 장갑, 반짝이는 에나멜가죽 구두, 밝은색의 각반이 잘 어우러져 세심하게 멋을 부린 옷차림이라는 걸 알 수 있었다. 신사가 들어서며 왼쪽에서 오른쪽으로 고개를 찬찬히 돌리며 방 안을 살펴보았다. 오른손에는 금테 안경을 매단 줄을 쥔 채 흔들고 있었다.

"안녕하십니까, 세인트 사이먼 경." 홈즈가 일어나 인사하며 말했다. "등나무 의자에 앉으십시오. 이쪽은 내 친구이자 동료인 왓슨 의사 선생입니다. 벽난로 가까이 당겨 앉으시고 사건 얘기를 해봅시다."

"홈즈 씨, 지금 내게 가장 괴로운 일이 뭔지 당신은 짐작하고도 남을 겁니다. 마음에 크나큰 생채기가 났습니다. 이런 종류의 미묘한 사건을 다룬 경험이 있다고 들었습니다. 물론 나와 같은 신분은 아니었겠지만 말입니다."

"맞습니다, 아니었죠. 더 높았을 뿐."

"더 높다면 대체 어떤?"

"지난번 이런 일로 찾아온 분은 국왕이셨죠."

"오, 미처 몰랐군요. 어느 나라 국왕이었소?"

"스칸디나비아 국왕이셨습니다."

"아니, 그분도 부인을 잃어버리셨다는 말입니까?"

"제 입장을 이해하실 겁니다." 홈즈가 상냥하게 말했다. "비밀을 지키겠다는 약속은 경을 비롯한 어떤 의뢰인에게나 동등하게 적용되는 원칙이죠."

"물론, 그래야죠! 당연합니다! 당연하고말고요! 내가 실례를 했소. 내 일에 대해서는 어떤 것이든 알려줄 준비가 되어 있소. 그래야 당신이 문제를 판단하는 데 도움이 될 테니까."

"고맙습니다. 신문에 난 내용은 이미 알고 있습니다만, 그 이상은 모릅니다. 우선 신문 기사에 실린 내용은 정확한가요? 예를 들면 신부의 실종에 관한 이 기사는 모두 사실인가요?"

세인트 사이먼 경이 쓱 훑어보았다. "맞소. 다 사실이오."

"하지만 문제를 파악하려면 더 많은 정보가 추가로 필요합니다. 제대로 사실관계를 파악하려면 제가 직접 질문을 드리는 게 좋을 것 같군요."

"그렇게 하세요."

"해티 도런 양은 언제 처음 만나셨습니까?"

"1년 전 샌프란시스코에서였소."

"미국 여행 중이셨나요?"

"그렇소."

"약혼을 하신 상태였나요?"

"아닙니다."

"그래도 가까운 사이였겠죠?"

"도런과 어울리는 게 즐거웠죠. 도런도 눈치챘을 겁니다."

"해티 도런 양의 부친은 큰 부자죠?"

"태평양 연안에서 제일가는 부자라 하더군요."

"그분은 어떻게 부자가 되었나요?"

"광산업으로요. 몇 년 전까지만 해도 무일푼이었는데 엄청난 노다지를 캤다더군요. 한밑천 마련한 뒤 투자해서 큰 부자가 됐다고 들었소이다."

"숙녀분, 그러니까 부인은 어떤 성격인가요?"

귀족이 안경 줄을 더 빨리 흔들며 벽난로 불을 물끄러미 바라보았다. "홈즈 씨, 장인이 금광을 캤을 때 아내는 스무 살이었소. 그때까지 아내는 광산촌을 자유롭게 뛰어다니며 숲과 산을 마음껏 돌아다녔죠. 학교가 아닌 자연에서 교육이 이뤄진 셈입니다. 아내는 영국에서 흔히 말괄량이라 부르는 타입이오. 강인한 성격에 어떤 관습에도 얽매이지 않는 자유롭고 대담한 영혼을 가졌죠. 매우 격정적인 편인데, 한마디로 활화산 같다고 할까. 결정은 신속하고 행동은 거침없어요. 하지만 도런에게 내 영예로운 성을 안겨준 것은…." 귀족이 위엄을 실어 헛기침을 한 뒤 말을 이었다. "아내의 본성에 귀족적인 면모가 있다고 생각하기 때문이오. 도런에게는 숭고한 희생정신과 명예롭지 못한 일은 용납하지 않는 강인함이 있다고 믿고 있소."

"부인의 사진을 갖고 계십니까?"

"이걸 가지고 왔소." 신사가 로켓(사진이나 기념품 따위를 넣어 목걸이에 매다는 여성용 장신구―옮긴이)을 열고 아름다운 여성의 얼굴을 보여주었다. 사진이 아니라 상아로 만든 작은 조각상이었는데, 윤기 나는 검은 머리, 크고 검은 눈동자, 매혹적인 입술이 생생하게 표현되어 있었다. 홈즈는 한참 동안 열심히 살펴보더니 로켓을 닫고 세인트 사이먼 경에게 돌려주었다.

"그 후 부인이 런던에 왔고, 그래서 다시 만나게 된 건가요?"

"그렇소. 도런의 부친이 지난 런던 시즌(영국에서 초여름마다 열리는 상류층 사교 모임―옮긴이)에 데리고 왔소. 몇 번 만난 뒤 약혼하게 되었고, 이윽고 이제 결혼까지 하게 된 것이오."

"상당한 지참금을 가져왔다지요?"

"적정한 액수요. 우리 가문에 그 정도면 보통 일이지."

"결혼한 건 기정사실이니 지참금은 당연히 경께서 소유하는 것이겠군요?"

"그 문제는 아직 알아보지 않았소."

"물론 그러시겠죠. 결혼식 전날에도 도런 양을 만나셨나요?"

"그렇소."

"기분이 좋던가요?"

"더할 나위 없이 좋아 보였소. 우리의 장래 계획에 대해 끊임없이 재잘거렸소."

"과연! 참 흥미롭군요. 그럼 결혼식 날 아침에는 어땠나요?"

"더없이 밝은 표정이었소. 적어도 결혼식이 끝날 때까지는 말이오."

"그럼 그 뒤로 어떤 변화라도 보였습니까?"

"음, 사실을 말하자면, 식이 끝난 뒤 신경이 약간 날카로워졌다는 징조를 처음으로 느꼈소. 하지만 너무 사소한 일이라 언급할 가치가 있는지 모르겠군. 게다가 사건과도 무관할 거요."

"설령 그럴지라도 무슨 일인지 말씀해주세요."

"아, 좀 유치한 일이었소. 결혼식을 끝내고 교회 부속실에 가는 도중 아내가 부케를 떨어뜨렸소. 막 신도석 앞을 지나고 있었는데, 부케가 그 안으로 떨어진 것이오. 잠시 걸음이 지체

되었지만, 신도석에 앉아
있던 신사가 곧 부케를 집
어 도런에게 건네주었소.
별일도 아니었지. 그런데
나중에 그 얘기를 꺼내자
도런이 퉁명스럽게 쏘아
붙이는 것이었소. 저택으
로 가는 마차 안에서도 그
사소한 일 때문에 기분이
언짢아 보였소."

"그렇군요. 신도석에 어떤 신
사가 앉아 있었다고 하셨는데, 그럼
일반인도 식을 참관할 수 있었단 말인가요?"

"아, 그렇소. 교회가 열려 있었으니 방문객을 모두 쫓아내는
건 불가능했소."

"그 신사가 아내분의 친구는 아니었나요?"

"그럴 리가 없소. 사실 예의상 신사라고는 했지만 흔한 평민
같아 보였소. 얼굴을 자세히 보지는 않았지만 말이오. 그런데
주제에서 너무 벗어난 얘기 같구려."

"그러니까 세인트 사이먼 부인은 기쁜 마음으로 식장에 걸
어 들어갔다가 뭔가 울적해져서 식장을 나왔단 말이군요. 부
인이 부친의 저택에 돌아가자마자 제일 먼저 무엇을 하던가
요?"

"하녀와 얘기를 나누는 걸 봤소."

"하녀는 누구죠?"

"이름은 앨리스고 미국인이오. 아내와 함께 캘리포니아에서 왔소."

"가깝게 지내는 하녀였나 보군요?"

"지나칠 정도였소. 내가 보기에는 하녀가 주인 앞에서 너무 편한 대로 행동하는 것 같았소. 물론 미국 사람들이 보는 눈은 다르겠지만 말이오."

"앨리스와 얼마 동안 얘기하던가요?"

"아, 나는 그동안 딴생각을 하고 있었는데 그저 몇 분 정도였소."

"무슨 얘기인지는 듣지 못했나요?"

"부인이 '클레임 점핑'이라고 말하는 걸 언뜻 들었소. 아내는 광산촌에서 쓰는 속어를 자주 썼소. 무슨 뜻인지는 모르겠소."

"미국 속어는 표현력이 풍부하죠. 그러면 부인은 하녀와 얘기를 마친 뒤 무엇을 했나요?"

"조찬 자리에 갔소."

"경과 팔짱을 끼고 갔나요?"

"아니, 혼자 갔소. 그런 면에서 아주 독립심이 강하죠. 같이 10분 정도 앉아 있었을 거요. 그런데 아내가 황급히 일어서더니 미안하다는 말을 몇 마디 하고는 식당을 떠났죠. 그리고 다시는 돌아오지 않았소."

"그런데 앨리스라는 하녀가 증언하기를, 도런이 방에 들어와 신부 드레스 위로 긴 얼스터코트를 걸친 뒤 보닛 모자를 쓰고 나갔다고요?"

"맞소. 그 후 플로라 밀러와 함께 하이드파크를 걷는 모습이 목격되었소. 밀러는 그날 아침 도런 씨의 집에서 소동을 일으킨 여인인데 지금 경찰에 구금되어 있소."

"아, 그랬죠. 그 젊은 여인과 경과의 관계에 대해서도 알고 싶습니다."

세인트 사이먼 경이 눈썹을 추켜올리며 어깨를 으쓱해 보였다. "몇 년 동안 친하게 지냈소. 사실 우리는 아주 친밀한 사이였소. 플로라 밀러는 당시 알레그로 극장에서 일했소. 나는 플로라에게 한 번도 야박하게 군 적이 없으니, 플로라 역시 내게 불만이 없었을 거요. 하지만 홈즈 선생, 당신도 여자가 어떤지 잘 알 거요. 플로라는 사랑스러운 여인이었지만, 성미가 급한데다 내게 지나치게 집착했소. 내가 결혼한다는 소식을 듣자 끔찍한 내용이 담긴 협박 편지들을 써서 내게 보냈소. 사실 결혼식을 조용히 치른 것도 혹시 플로라 밀러 양이 교회에 쳐들어와 난동을 피우지 않을까 하는 우려 때문이었소. 식을 마치고 돌아온 직후, 도런 씨의 저택까지 쫓아와 아내에 대해 모욕적인 말을 퍼부으며 안으로 밀고 들어가려고 했죠. 심지어 아내를 가만두지 않겠다는 위협까지 했소. 그런 소동을 예상하고 미리 배치해둔 사복 경찰 둘이 저지해 쫓아냈고, 결국 법석을 떨어봐야 소용이 없다는 걸 알고서 잠잠해졌을 거요."

"부인도 그 소동을 봤나요?"

"아니오. 천만다행으로 못 봤소."

"그런데 나중에 부인이 그 여인과 함께 있는 모습이 목격되었다는 거죠?"

"맞소. 런던 경찰국의 레스트레이드 경위가 그 점에 주목했소. 경찰에서는 플로라가 아내를 밖으로 꾀어낸 뒤 무서운 함정에 빠뜨렸다고 보고 있소."

"음, 있을 법한 각본이군요."

"그럼 홈즈 씨도 그렇게 보는 것이오?"

"있을 법하다고 했을 뿐 그랬을 거라고 말하지는 않았습니다. 그런데 경께서는 그렇게 생각하지 않으시나 보군요?"

"플로라는 파리 한 마리도 죽이지 못할 여인이오."

"하지만 질투는 묘한 거죠. 인간의 본성조차 바꿔버리기도 하니까요. 경께서는 어떤 일이 일어났다고 생각하시나요?"

"허, 그게 나는 당신의 의견을 구하러 온 거지, 내 의견을 말하러 온 게 아니오. 이제 모든 사실을 말해주었소. 하지만 내게 굳이 물었으니 대답하자면, 도런이 부담을 크게 느낀 것 같소. 이 결혼을 통해 아내는 사회적 신분이 엄청나게 상승하게 될 터이니, 그 부담감을 이기지 못해 결국 정신에 어떤 문제가 생긴 게 아닐까 생각하고 있소."

"한마디로 말해서 갑자기 미쳤다는 말이군요."

"그것 말고는 달리 이유를 찾을 수 없잖소. 아내가 등을 돌려버린 건 결국 내가 아니라 수많은 사람들이 평생 원해도 가질 수 없는 그런 것들을 버리고 떠난 것 아니오."

"음, 분명 생각해볼 수 있는 가설입니다." 홈즈가 미소를 지으며 말했다. "질문도 이제 막바지에 이른 것 같군요. 조찬 자리에 앉아 있을 때 창밖이 내다보이던가요?"

"그렇소. 길 건너편과 공원이 보였소."

"그렇군요. 그럼 이제 돌아가셔도 좋습니다. 나중에 연락드리죠."

"문제를 요행히 해결한다면 말이오." 의뢰인이 자리에서 몸을 일으키며 말했다.

"이미 해결했습니다."

"에? 뭐라고 했소?"

"이미 문제를 해결했다고 말했습니다."

"그럼 대체 아내는 어디에 있소?"

"자세한 내용은 금방 알려드리겠습니다."

세인트 사이먼 경이 고개를 흔들었다. "그러려면 당신이나 나보다 더 좋은 두뇌가 필요할 거요." 신사는 이렇게 말하고는 짐짓 장엄하게 인사하고 방을 나갔다.

"내 머리가 자기 수준과 같을 거라고 추켜세워 주다니, 이것 참 영광이군." 셜록 홈즈가 웃음을 터뜨렸다. "반대 신문을 좀 했더니 목이 컬컬해서 위스키와 소다에 담배 한 대 해야겠군. 의뢰인이 방에 들어오기 전에 이미 결론이 난 사건이야."

"정말인가, 홈즈!"

"이와 비슷한 사건이 이미 몇 건 있지. 앞서 말했듯이, 신부가 이렇게 빨리 사라진 적은 없었지만 말이야. 세인트 사이먼 경에게 질문한 결과 추측이 확신으로 바뀌었어. 정황 증거도 때로 강력한 단서가 될 수 있거든. 소로가 말했듯이 '우유 속에 있는 송어'를 발견할 때처럼 말이야." (낙농업자가 우유 양을 불려 팔려고 우유에 강물을 탄 사건을 말한다. 목장 주인은 이를 부인했지만 우유 속에서 송어가 발견되어 탄로가 났다. 미국의 자연주의 사상가이자 문학가인 헨리 소로가 이 일화를 빗대어 '어떤 정황 증거는 우유 속에서 송어를 발견한 것처럼 강력하다'라고 말했다—옮긴이)

"하지만 자네가 들은 건 나도 다 들었는데."

"하지만 내게는 자네에게 없는 배경지식이 있잖나. 기존 사건에 대한 지식이 꽤 도움이 되지. 몇 년 전 애버딘에서 비슷한 사건이 있었고, 프랑스 – 프로이센 전쟁 이듬해 뮌헨에서도 아주 비슷한 사건이 있었네. 이 사건도 그런 사건 가운데 하나야. 그런데 어라, 이거 보게, 레스트레이드 아닌가! 안녕하십니까, 경위! 잔은 저 선반 위에 있어요. 상자 안에 시가도 있고요."

경위는 더블 모직 재킷을 입고 짧은 타이를 매고 있어서 영락없는 해군 선원처럼 보였다. 손에는 검은 천 가방을 들고 있었다. 레스트레이드 경위는 짤막한 인사말을 내뱉고 자리에 앉아 홈즈가 건네준 담배에 불을 붙였다.

"그런데 무슨 일인가요?" 홈즈가 눈을 반짝이며 물었다. "표정을 보니 뭔가 골치 아픈 일이 있나 보군요."

"아주 골이 다 당긴다니까요. 세인트 사이먼 경의 결혼식 사건은 이제 생각만 해도 이골이 나요. 어디가 머리고 어디가 꼬리인지 종잡을 수가 없으니 원."

"그래요? 그것참 놀랍군요."

"이런 애매한 사건을 누가 들어보기나 했겠습니까? 단서는 잡는 족족 손가락 사이로 빠져나가 버려요. 오늘도 하루 종일 이 일에 매달려 있었어요."

"그런데 푹 젖은 것 같군요." 홈즈가 경위의 재킷 소매를 만지며 말했다.

"맞아요. 서펜타인 호수 바닥을 훑고 왔거든요."

"아니 왜요?"

"세인트 사이먼 부인의 시체를 건질까 해서죠."

셜록 홈즈가 의자에 등을 기대며 한바탕 웃음을 터뜨렸다.

"트래펄가 광장 분수대 바닥도 훑어봤나요?" 홈즈가 물었다.

"네? 그게 무슨 말입니까?"

"시체를 발견할 가능성이 여기나 거기나 똑같으니 드리는 말씀입니다."

레스트레이드 경위가 내 친구를 사납게 쏘아보았다. "벌써 얘기를 전부 들은 모양이군요." 경위가 퉁명스럽게 말을 내뱉었다

"뭐, 사건 정황에 대해서 좀 들었을 뿐입니다. 결론은 이미 내렸지만요."

"아, 그래요? 그렇다면 서펜타인 호수는 이 사건과 아무 관

계가 없다고 보는 건가요?"

"그 가능성은 아주 희박하다고 봅니다."

"그럼 우리가 그 호수에서 이걸 발견한 건 대체 어떻게 된 영문인지 똑똑한 홈즈 씨가 설명 좀 해주겠소?" 레스트레이드 경위가 가방을 열어젖히더니 물결무늬 실크로 만든 웨딩드레스, 하얀 새틴 구두, 신부용 화관과 면사포를 방바닥에 쏟아놓았다. 모두 물에 흠뻑 젖어 변색되어 있었다. "자, 이것도." 경위가 무더기 위에 결혼반지를 턱 올려놓으며 말했다. "이건 좀 어려우실 겁니다, 추리 대가님."

"오, 과연!" 내 친구가 담배 연기로 파란 고리를 만들어 공중에 내뿜었다. "서펜타인 호수 바닥에서 건져 올린 겁니까?"

"아뇨. 물가에 떠 있는 걸 공원 관리인이 발견했죠. 누구 옷인지 확인됐어요. 옷이 거기에 있다면 시체도 멀지 않은 곳에 있지 않겠어요?"

"그 번뜩이는 추리에 의하면 시체를 찾으려면 옷장 근처에 가면 되겠군요. 이 분실물을 통해 뭘 알아냈나요?"

"플로라 밀러가 실종에 관련되어 있다는 거죠."

"그걸 증명하기가 쉽지 않을 겁니다."

"정말 이러깁니까?" 레스트레이트 경위가 빈정대듯 쏘아댔다. "홈즈 씨, 당신의 연역법과 추리도 이번에는 별 소용이 없는 것 같군요. 벌써 큰 실수를 두 가지나 저질렀으니까요. 이 드레스는 분명 플로라 밀러 양과 관련되어 있어요."

"어떻게요?"

"드레스에 주머니가 있었습니다. 주머니 안에는 명함 지갑이 들어 있었고, 그 지갑 안에는 쪽지가 하나 들어 있었죠. 자, 이게 바로 그 쪽지입니다." 레스트레이드 경위가 쪽지를 탁자에 떡하니 내려놓았다. "이걸 읽어보시오."

모든 준비를 끝마치는 대로 가겠소. 그때 바로 나오시오.
— F. H. M.

"플로라 밀러가 세인트 사이먼 부인을 꾀어냈다는 것, 이게 바로 내 한결같은 주장입니다. 플로라 양이 공범과 짜고 저지른 일이라는 데 의심의 여지가 없어요. 여기 플로라 밀러 양의 이니셜로 서명되어 있잖아요. 밀러 양이 이 쪽지를 문 앞에서 부인의 손에 살짝 쥐여준 게 분명해요. 이걸 미끼로 부인을 꾀어낸 거죠."

"훌륭하군요, 레스트레이드 경위." 홈즈가 웃으며 말했다. "정말 멋진 추리였어요. 어디 나도 한번 볼까요?" 홈즈가 대수롭지 않게 쪽지를 집어 들었다. 그런데 보자마자 쪽지에 시선을 고정시키며 작은 탄성을 질렀다. "정말 중요한 단서로군요."

"하! 그걸 이제 아셨어요?"

"이렇게 중요한 걸 찾아내시다니, 진심으로 축하드립니다."

레스트레이드 경위가 의기양양하게 일어서더니 고개를 숙여 쪽지를 들여다보았다. "아니, 지금까지 뒷면을 본 겁니까?"

경위가 날카롭게 외쳤다. "그 반대입니다. 이게 정면이에요."

"이게 정면이라고? 정신이 나갔군요! 이봐요, 반대편에 연필로 휘갈겨 쓴 내용이 있잖소."

"이건 호텔 계산서의 일부 같군요. 정말 흥미로워요."

"나도 봤지만 별거 아닙니다." 레스트레이드 경위가 말했다. "'10월 4일, 객실 이용료 8실링, 아침 식사 2실링 6펜스, 칵테일 1실링, 점심 식사 2실링 6펜스, 셰리 주 한 잔 8펜스.' 이게 뭐 별거요?"

"아마 아무것도 아니겠죠. 그래도 아주 중요한 단서입니다. 물론 뒤에 적힌 내용도 중요합니다. 적어도 이니셜만큼은 말이죠. 그러니 다시 한 번 축하드립니다."

"시간만 낭비했군." 레스트레이드 경위가 일어서며 말했다. "나는 발로 뛰어다니며 흘리는 땀을 믿는 사람이지 벽난로 앞에 뜨듯하게 앉아 머리나 굴리는 사람이 아닙니다. 홈즈 씨, 안녕히 계십시오. 누가 사건의 결말에 먼저 도달하는지 어디 한번 봅시다."

"힌트 하나 주지요, 레스트레이드 경위." 라이벌이 사라지기 전에 홈즈가 여유롭게 말했다. "세인트 사이먼 부인은 허구의 인물입니다. 그런 사람은 있지도 않고, 있었던 적도 없습니다."

레스트레이드 경위가 내 동료를 딱하다는 듯이 바라보았다. 그리고 나를 돌아보고 자신의 이마를 두세 번 톡톡 두들기더니 진지하게 고개를 설레설레 내저었다. 그러고는 서둘러 방을 떠났다.

방문이 채 닫히기도 전에 홈즈는 벌떡 일어나더니 오버코트를 걸쳤다. "발로 뛰어야 한다는 경위의 말도 일리가 있지. 그래서 말인데, 왓슨, 잠깐 나갔다 올 테니 자네는 신문 좀 읽고 있게나."

셜록 홈즈가 방을 나선 것은 5시가 넘어서였다. 하지만 나는 심심하게 앉아 있을 틈이 없었다. 한 시간도 지나지 않아서 요식업자가 아주 널찍한 상자를 들고 들이닥쳤기 때문이다. 사내는 같이 온 청년과 함께 상자를 풀었다. 나는 눈이 휘둥그레졌다. 하숙집의 수수한 마호가니 식탁에는 미식가들이 즐길 만한 산해진미가 놓이기 시작했다. 차가운 멧도요 요리, 꿩한 마리, 푸아그라 파이에 먼지를 뒤집어쓴 해묵은 술병이 차려졌다. 진수성찬을 차린 뒤, 두 방문객은 마치 《아라비안나이트》에 나오는 지니처럼 홀연히 사라졌다. 그들이 해준 설명이라곤 계산은 이미 끝났으며, 이 주소로 배달을 해달라는 주문을 받았다는 게 전부였다.

9시 직전 셜록 홈즈가 활기차게 들어왔다. 표정은 무거웠지만, 두 눈은 총명하게 빛나는 것으로 보아 자신이 내린 결론이 실망스럽지 않은 모양이었다.

"우리의 만찬이 준비되었군." 홈즈가 두 손을 비비며 말했다.

"손님이 올 모양이지? 5인분을 차려놓았어."

"맞아. 몇 사람이 들를 거야. 세인트 사이먼 경이 아직 오지 않았다니 의외인걸. 아하! 지금 계단을 올라오고 있는 것 같군."

부산스럽게 방 안에 들어선 사람은 정말 오후의 그 방문객이었다. 신사의 귀족적인 얼굴에는 혼란스럽다는 표정이 가득했고, 손에 쥔 안경을 전보다 더 세차게 흔들어댔다.

"제가 보낸 서신을 받으셨죠?" 홈즈가 물었다.

"그렇소. 내용을 보고 너무 놀라 정신이 혼미해질 정도였소. 그 이야기는 충분한 근거가 있는 거요?"

"물론입니다."

세인트 사이먼 경이 의자에 털썩 주저앉더니 손을 이마에 갖다 댔다. "우리 가문의 일원이 이런 수치스러운 일에 말려들었다는 걸 아시면 공작께서 뭐라 하실지." 신사가 중얼거렸다.

"뜻밖의 일이긴 하지만 수치라고 할 건 없습니다."

"아, 당신은 다른 관점에서 보는구려."

"이 일에서 비난받을 사람은 없다고 봅니다. 방법이 너무 돌발적이었다는 면에서 유감스럽기는 하지만, 그 숙녀분도 별수없었으리라 생각됩니다. 그런 위기 상황에서 조언을 해줄 만한 어머니나 가까운 사람이 아무도 없었으니까요."

"이건 모욕이오. 공개적인 모욕 말이오." 세인트 사이먼 경은 손가락으로 탁자를 두드리며 말했다.

"그 가련한 여인 또한 이제껏 겪어보지 못한 난처한 상황에 처했으니 경께서 관용을 베푸셔야 합니다."

"그럴 수 없소. 나는 진심으로 분개하고 있소. 나를 욕보인

처사요."

"초인종이 울린 것 같군요." 홈즈가 말했다. "아, 계단을 오르는 발소리가 들리는군요. 세인트 사이먼 경, 너그럽게 문제를 봐달라고 제가 아무리 설득해도 소용없을 것 같군요. 그럼 좀 더 나은 변호인을 여기로 모셔볼까 합니다." 홈즈가 문을 열고 숙녀와 신사를 맞더니 방 안으로 안내했다. "세인트 사이먼 경, 프랜시스 헤이 몰턴 부부를 소개합니다. 부인과는 이미 만난 적이 있을 겁니다."

새로 들어온 방문객을 본 의뢰인은 의자에서 튀어 오르듯 일어났다. 시선은 아래로 향하고, 손은 프록코트의 가슴 쪽에 푹 찔러 넣은 채 꼿꼿이 서 있는 게 명예에 상처를 입은 사람의 전형적인 모습이었다.

몰턴 부인이 재빨리 앞으로 나와 손을 내밀었지만, 세인트 사이먼 경은 여전히 시선을 떨군 채 부인의 눈길을 거부했다. 간절히 호소하는 듯한 부인의 표정을 봤다면 차마 내치기가 어려워서, 굳은 마음을 지키기 위해서는 차라리 그러는 편이 나았을 것이다.

"화가 많이 났군요, 로버트." 몰턴 부인이 말했다. "이해해요. 당연히 화날 거예요."

"나한테 사과하지 마시오." 세인트 사이먼 경이 차갑게 내뱉었다.

"오, 그래요. 내가 당신에게 아주 몹쓸 짓을 했다는 거 알아요. 떠나기 전에 당신에게 털어놓아야 했다는 것도 알고요. 하지만 프랭크를 여기서 다시 본 순간부터 아찔하고 아연해져서 어떻게 해야 할지, 무슨 말을 꺼내야 할지 막막했어요. 교회 제단 앞에서 기절하지 않고 버틴 게 오히려 신기할 정도예요."

"몰턴 부인, 경에게 이 일을 설명하는 동안 친구와 저는 잠시 나가 있을까요?"

"제가 한마디 해도 되겠습니까?" 낯선 신사가 입을 뗐다. "우리는 이 일에 대해 이미 오랫동안 비밀로 해왔습니다. 저로서는 이제 온 유럽과 미국에 진상을 속 시원히 밝히고 싶습니다." 남자는 작지만 체구가 다부졌다. 볕에 그을린 얼굴은 깔끔하게 면도 되어 있었고, 날카로운 얼굴선에 행동이 민첩해 보였다.

"그럼 제가 바로 사연을 말씀드리겠습니다." 숙녀가 말했다.

"여기 있는 프랭크와 저는 1884년에 로키산맥 근처의 매콰이어 광산촌에서 만났습니다. 아버지가 채굴권을 따내 일하시던 곳이었어요. 우리는 서로 결혼을 약속했습니다. 그런데 어느 날 아버지 광산에서 금맥이 터졌고 돈을 끌어모으기 시작했어요. 하지만 불쌍한 프랭크가 가진 광맥은 점차 줄어들더니 아예 사라지고 말았죠. 아버지가 부자가 될수록 프랭크는 점점 더 가난해졌어요. 마침내 아버지는 우리의 약혼을 더 이상 인정할 수 없다며, 저를 프랭크와 만나지 못하도록 캘리포니아의 프리스코로 데려갔죠. 하지만 프랭크는 포기하지 않았어요. 프리스코까지 나를 따라왔고 아버지 모르게 계속 만났죠. 아버지가 알게 되면 불같이 화를 내실 게 분명했죠. 그래서 모든 일을 우리끼리 알아서 해결하기로 했어요. 프랭크는 자신도 금광을 캐내 큰돈을 벌어오겠다고 말했어요. 아버지만큼 부자가 되어 돌아오겠다고 말이죠. 그래서 저는 언제까지라도 기다리겠다고 약속했고, 프랭크가 살아 있는 한 어느 누구와도 결혼하지 않겠다고 맹세했습니다. 그러자 프랭크가 말했어요. '지금 당장 결혼해버릴까? 그러면 나도 어디에 있든 마음이 놓일 거야. 하지만 돈을 벌어 다시 돌아올 때까지는 남편의 자리를 주장하지 않을게.' 우리는 그 일에 대해 진지하게 얘기했고, 그 뒤 프랭크가 모든 걸 멋지게 준비했죠. 목사님도 미리 와 계셨어요. 우리는 그 자리에서 결혼식을 올렸어요. 그리고 프랭크는 금광을 찾아 떠났고, 저는 아버지에게 돌아갔습니다.

얼마 후 프랭크가 몬태나 주에 있다는 소식을 들었어요. 그 뒤 금광을 찾아 애리조나로 갔고, 그 후 뉴멕시코에 갔다는 소식이 들리더군요. 그러다 어느 날 신문에서 광산 한 곳이 아파치 인디언의 습격을 받았다는 장문의 기사가 실렸어요. 사망자 명단에서 프랭크의 이름을 보았어요. 저는 정신을 잃었죠. 그 뒤로 몇 달을 앓아누워 있었어요. 아버지는 제가 무슨 병이라도 걸린 줄 알고 의사에게 데려갔습니다. 프리스코에 있는 의사 절반은 만나봤을 거예요. 1년이 넘도록 프랭크에게 아무런 소식도 들려오지 않자, 저는 정말 죽었다고 믿게 되었죠. 그때 세인트 사이먼 경이 프리스코에 오셨어요. 그 뒤 우리도 런던으로 왔고, 결혼을 약속했으며, 아버지는 무척 기뻐하셨어요. 하지만 저는 지구 상의 그 어떤 남자도 프랭크의 자리를 대신할 수 없다는 걸 알고 있었어요. 제 마음을 예전에 이미 프랭크에게 모두 내주었으니까요.

하지만 세인트 사이먼 경과 결혼했더라도 제 도리를 다했을 거예요. 사랑을 억지로 지어낼 수는 없지만, 행동은 노력하면 만들어낼 수 있으니까요. 그래서 성심을 다해 좋은 아내가 되리라고 결심하고 교회 제단 앞에 섰습니다. 그런데 제단 앞으로 나가다가 힐끔 뒤를 돌아보곤 기절할 뻔했죠. 프랭크가 신도석 맨 앞줄에 서서 저를 바라보고 있었거든요. 그때 제가 어떤 기분이었는지 상상이 되세요? 처음에는 유령을 봤다고 생각했어요. 하지만 다시 힐끗 보니 프랭크는 여전히 그 자리에 서 있었어요. 그이의 눈은 자신을 보게 되어 기쁜지 아니면 유감스러운지를 묻고 있었죠. 지금도 제가 용케 쓰러지지 않은 게 놀라울 따름이에요. 모든 것이 빙빙 돌고, 목사님 말씀은 귓전에서 벌 소리처럼 윙윙거렸거든요. 어찌해야 될지 몰랐어요. 예식을 중단시키고 교회에서 소동을 일으켜야 하는 걸까요? 프랭크를 또다시 쳐다보았습니다. 프랭크는 제가 무슨 생각을 하는지 아는 듯, 손가락을 입술에 갖다 대면서 가만히 있으라는 신호를 보냈어요. 그러고는 종잇조각에 무언가 휘갈겨 쓰는 게 보였어요. 제게 주려는 쪽지인 걸 눈치챘어요. 그래서 식이 끝나고 나가는 길에 신도석 자리를 지나칠 때 일부러 부케를 프랭크의 앞에 떨어뜨렸어요. 그이가 꽃을 돌려주면서 내 손에 쪽지를 슬그머니 쥐여주었어요. 단 한 줄이었는데, 신호를 하면 나와서 같이 떠나자는 내용이었어요. 물론 내가 충성할 남자는 프랭크라는 걸 한순간도 의심한 적이 없기 때문에 저는 무엇이든 할 각오였어요.

집에 돌아와서는 하녀에게 그이 얘기를 했어요. 그 애는 캘리포니아 시절부터 그이를 알았고 언제나 그이 편이었어요. 저는 하녀에게 아무 말도 하지 말고, 몇 가지 소지품과 함께 얼스터코트를 준비해두라고 일렀어요. 세인트 사이먼 경에게 말해야 한다는 걸 알았지만, 경의 어머니며 다른 모든 지체 높은 분들 앞에서 그런 말을 해야 한다고 생각하니 앞이 캄캄해졌어요. 일단 도망친 후 설명은 나중에 하리라고 마음먹었죠. 식탁에 앉은 지 10분도 되지 않아 창문 밖으로 프랭크가 길 건너편에 서 있는 게 내다보였습니다. 그이는 제게 손짓을 하고는 하이드파크 안으로 걸어 들어갔어요. 저는 슬며시 빠져나가 코트를 걸치고 프랭크를 뒤따라갔지요. 어떤 여성이 다가와 세인트 사이먼 경에 대해 이런저런 이야기를 늘어놓더군요. 몇 마디 듣지 못했지만 세인트 사이먼 경 역시 결혼 전에 비밀이 있었던 것 같았습니다. 저는 가까스로 그 여인을 떼어냈고, 곧 프랭크를 따라잡았어요. 우리는 함께 마차를 타고 그이가 묵고 있던 고든 광장의 숙소로 갔습니다. 오랜 시간을 기다린 끝에 진정으로 원하던 결혼을 하게 된 것입니다. 프랭크는 아파치 족에게 포로로 잡혀 있다가 탈출해서 프리스코에 왔는데, 자신이 죽은 줄만 알고 내가 포기한 채 잉글랜드로 가버렸다는 얘기를 듣고 여기까지 따라온 거였어요. 그리고 마침내 바로 두 번째 결혼식 날 아침에 제 앞에 나타난 거예요."

"결혼 기사가 신문에 났더군요." 미국인이 해명했다. "그런데 신부 이름과 교회 이름만 나왔을 뿐 신부의 주소는 없더군요."

"우리는 앞으로 어떻게 해야 할지에 대해 얘기했어요. 프랭크는 모든 걸 밝히자고 했지만, 저는 모든 일이 너무 부끄러워서 몰래 사라져서 아무도 보지 않았으면 싶었어요. 아버지께는 살아 있다는 사실을 알리기 위해 편지 한 줄 써서 보내고 말이죠. 귀족과 귀부인이 조찬 자리에 둘러앉아 내가 돌아오기를 기다리고 있다는 걸 생각하니 끔찍했어요. 그래서 프랭크는 제 행방을 추적할 수 없도록 웨딩드레스와 소지품들을 한데 묶어 아무도 찾을 수 없는 곳에 가져다 버렸어요. 내일은

파리로 떠날 참이었죠. 여기 이 친절한 홈즈 씨가 아니었다면
말이죠. 어떻게 우리를 찾아내셨는지는 모르겠지만, 홈즈 씨
가 오늘 저녁에 찾아오셔서 프랭크가 옳다는 것, 그러니까 제
생각대로 계속 숨어 있다면 나쁜 일을 하는 것과 마찬가지라
는 걸 분명하고 친절하게 설명해주셨어요. 그리고 세인트 사
이먼 경을 만나 조용히 얘기할 수 있는 자리를 마련해주겠다
고 하셔서 이곳으로 곧장 달려온 거예요. 로버트, 이제 사연을
전부 말씀드렸어요. 고통을 안겨줬다면 정말 죄송해요. 저를
너무 나쁘게만 보지는 말아주세요."

세인트 사이먼 경은 이야기를 듣는 내내 긴장을 풀지 않고
꼿꼿한 자세를 유지했다. 하지만 눈살을 찌푸리고 입은 꽉 다
문 채 긴 이야기에 귀를 기울였다.

"실례지만, 이렇게 사사로운 일을 공개적으로 이야기하는 게 익숙하지 않소." 세인트 사이먼 경이 말했다.

"그럼 저를 용서해주지 않으실 건가요? 떠나기 전에 악수도 하지 않으실 건가요?"

"아, 그러리다. 그게 위안이 된다면." 세인트 사이먼 경이 손을 내밀더니 숙녀가 내민 손을 냉랭하게 잡았다.

"생각해둔 게 있습니다만." 홈즈가 넌지시 말했다. "다 함께 오순도순 모여 저녁이나 먹는 건 어떻습니까?"

"그건 좀 지나친 요구 같소." 경이 대답했다. "이런 새로운 사실을 묵묵히 받아들일 수밖에 없을지언정 여기서 웃고 떠드는 것까지는 바랄 수야 없지 않겠소? 괜찮다면 나는 이만 여러분들에게 작별 인사를 해야겠소." 경은 우리 모두를 향해 고개를 숙여 보이더니 휑하니 나가 버렸다.

"그렇다면 적어도 남아 있는 두 분이라도 우리와 함께하는 영광을 주리라 믿습니다." 홈즈가 말했다. "미국인을 만나는 건 언제나 기쁜 일입니다, 몰턴 씨. 나는 지난날 군주의 어리석음과 대신의 실책에도 불구하고, 우리의 자손들이 언젠가 유니온 잭과 성조기를 합친 깃발 아래 세계 시민으로 한데 뭉치지 못할 이유는 없다고 봅니다."

"아주 흥미로운 사건이었네." 방문객이 모두 떠난 후 홈즈가 말했다. "처음에는 불가사의해 보이는 일이라도 얼마든지 간단하게 풀릴 수 있다는 걸 명백히 보여준 사건일세. 몰턴 부인의 얘기를 들으면 모든 일이 자연스럽게 진로대로 흘러갔을 뿐인데, 레스트레이드 경위의 눈으로 보면 이보다 더 해괴망측한 사건이 없을 거야."

"그러니까 자네는 한 번도 헷갈리지 않은 거야?"

"처음부터 두 가지 사실은 아주 명백해 보였지. 첫 번째는 부인이 기꺼이 결혼을 올리려 했다는 것이고, 두 번째는 집으로 돌아오는 그 짧은 시간 동안 결혼을 후회했다는 거지. 그렇다면 분명 심경의 변화를 일으킨 어떤 일이 그날 아침에 일어났다는 뜻이야. 그게 무엇일까? 부인은 신랑과 함께 있었기 때문에 누군가와 따로 얘기할 기회는 없었지. 그렇다면 누군가를 본 게 아닐까? 만일 그렇다면 그건 틀림없이 미국인일 거라고 생각했지. 왜냐하면 부인이 이 나라에서 지낸 시간은 워낙 짧았기 때문에, 단지 보는 것만으로 모든 계획을 송두리째 바꿀 만큼 커다란 영향력을 가진 사람을 그새 사귈 수는 없기 때문이지. 이런 식으로 가능성을 하나씩 지워나가다 보니 부인이 미국인을 보았을 거라는 결론에 도달한 걸세.

그렇다면 그 미국인은 누구일까? 어떤 사람이기에 그렇게 엄청난 영향력을 가지고 있는 걸까? 그 정도면 애인이거나 남편 정도는 되어야 하지 않을까? 부인이 거친 세계, 남다른 환경에서 처녀 시절을 보낸 것쯤은 진작 예상되었지. 여기까지가 세인트 사이먼 경의 말을 듣기 전까지 알아낸 것일세.

경은 신도석에 앉아 있던 남자 이야기, 달라진 신부의 태도, 쪽지를 건네받기 위해 빤한 수법으로 부케를 떨어뜨린 일, 믿고 지내는 하녀에게 달려가 무언가를 얘기한 것, 그리고 신부가 '클레임 점핑'이라는 말을 했다고 알려주었지. 마지막 얘기는 의미심장했지. 그건 광부들이 쓰는 속어인데, 다른 사람이 갖고 있던 채굴권을 빼앗는다는 의미지. 이런 얘기를 듣자 모든 상황이 아주 깔끔하게 정리되더군. 부인은 어떤 남자와 함께 떠난 것이고, 그 남자는 애인이거나 전 남편일 테고, 아무래도 후자일 가능성이 더 높았지."

"대체 그들은 어떻게 찾은 건가?"

"그건 어려워 보였는데, 레스트레이드 그 친구가 값진 정보를 들고 왔지 뭔가. 자신은 그게 얼마나 가치 있는 건지 몰랐지만 말이야. 물론 이니셜도 중요한 정보였지만, 그보다 더 중요한 건 쪽지를 쓴 인물이 최근 일주일 내에 런던의 최고급 호텔에서 투숙했다는 거지."

"최고급 호텔이란 건 어떻게 추리해낸 건가?"

"값비싼 요금 때문이지. 객실 하나에 8실링, 셰리 주 한 잔에 8펜스면 최고로 비싼 호텔일 수밖에. 런던에서 그런 가격을 받는 호텔은 많지 않아. 노섬벌랜드 애비뉴에서 두 번째로 찾아간 호텔에서 숙박부를 열람한 결과, 미국인 프랜시스 H. 몰턴이라는 사람이 숙박했다가 전날 떠난 걸 발견했지. 그 이름 앞에 달아놓은 청구서를 보니 계산서 사본에서 내가 봤던 항목이 그대로 적혀 있더군. 몰턴 씨 앞으로 온 편지는 고든 광장 226번지로 보내라고 되어 있었어. 그래서 그 주소로 가봤더니 다행히 사랑에 빠진 연인이 집에 있었네. 실례를 무릅쓰고 아버지 같은 충고를 해주었어. 그들의 입장을 일반 대중에

게, 특히 누구보다도 세인트 사이먼 경에게 명확히 밝히는 게
모두에게 이로울 거라고 설득했지. 이곳에 들러서 경을 만나
라고 권했고, 자네도 봤다시피 경도 이리로 오게 한 걸세."

"하지만 뒤끝이 별로 안 좋았잖아." 내가 한마디 했다. "경의
처신은 그리 우아하지 않았어."

"아, 왓슨." 홈즈가 웃으며 말했다. "자네라도 그랬을 걸세.
갖은 애를 써서 구애하고 결혼까지 했는데, 한순간에 아내와
재산을 다 빼앗긴다면 말이야. 그만하면 세인트 사이먼 경도
관대하게 넘어간 편이라고 봐줘도 될 것 같네. 우리 같은 사람
이야 그런 일을 당할 리 없을 테니 우리의 운명에 감사해야지.
의자를 가까이 끌어다 앉고 바이올린 좀 건네주게. 우리가 아
직 해결하지 못한 문제가 하나 남아 있지 않은가? 바로 이 쓸
쓸한 가을밤을 어떻게 보내느냐 하는 것 말이야."

11
녹주석 코로넷

"홈즈." 어느 날 아침, 내닫이창 옆에 서서 길가를 내다보며 내가 말했다. "웬 미친 사람이 이쪽으로 오고 있군. 가족들이 저런 사람을 홀로 거리에 나가게 두었다니 참 안타까운 일이야."

내 친구 홈즈는 안락의자에서 굼뜨게 몸을 일으키고는 실내복 주머니에 손을 꽂은 채 내 어깨 너머로 창밖을 내다보았다. 맑고 상쾌한 2월의 아침이었고, 전날 내린 눈이 아직도 땅 위에 쌓여 겨울 햇살에 눈부시게 반짝이고 있었다. 베이커 스트리트의 중앙부에는 쌓인 눈이 마차 바퀴에 갈려 갈색 이랑을 이루고 있었지만, 길 양쪽 끄트머리와 도보의 높은 가장자리는 아직도 갓 내린 것처럼 하얀 눈에 덮여 있었다. 눈을 치우고 깨끗이 청소했지만 잿빛 보도는 아직 미끄러워서 걷기 위험했기 때문에 평소보다 지나다니는 사람이 적었다. 과연 기괴한 행동으로 내 눈길을 끈 신사 한 명을 제외하면 메트로폴리탄 역 방향은 인적이 없었다.

신사는 쉰 살 정도로 보였는데, 키가 크고 살집이 있는 데다 큰직한 얼굴과 뚜렷하고 눈에 띄는 이목구비로 풍채가 당당했다. 검정 프록코트, 반들반들 윤이 나는 모자, 단정한 갈색 각반, 재단이 잘된 은회색 바지의 옷차림은 수수하지만 고급스러웠다. 그러나 신사의 행동은 품위 있는 외모와 옷차림과는 기이한 대조를 이루고 있었다. 신사는 있는 힘껏 달리고 있었고, 때로는 마치 두 다리에 부담을 주는 일이 익숙지 않아 기진맥진한 것처럼 펄쩍 뛰어올랐다. 그렇게 달리는 동시에 손을 갑자기 들어 올리기도 하고, 머리를 마구 흔들며 얼굴을 심하게 찌푸리기도 했다.

"대체 무슨 일일까?" 내가 홈즈에게 물었다. "집 번지수를 살펴보고 있는데."

"여기로 오고 있어." 홈즈가 두 손을 비비며 대답했다.

"여기로?"

"그래. 나에게 자문을 구하러 오고 있다는 말이지. 저런 증상이라면 쉽게 알아볼 수 있지. 하! 말하기가 무섭군그래!" 홈즈가 말하는 사이 신사는 숨을 헐떡이며 우리 집 문 앞으로 달려와 온 집 안이 쩌렁쩌렁 울리도록 초인종을 흔들어댔다.

잠시 후 신사는 우리 방에 들어왔다. 여전히 숨을 몰아쉬며 현란한 몸짓을 하고 있었지만, 눈빛에서는 깊은 슬픔과 절망이 느껴졌기에 우리는 깜짝 놀라 미소를 지었다. 신사가 딱하게 느껴졌기 때문이었다. 잠시 동안 신사는 말문을 열지 못했다. 마치 이성의 한계에 내몰린 사람처럼 몸을 뒤흔들어대며 머리칼을 쥐어뜯을 뿐이었다. 그러다가 갑자기 자리에서 일어나더니 굉장한 기세로 벽에 머리를 찧어대는 통에, 우리 두 사람이 달라붙어서야 겨우 벽에서 떼어내 방 한가운데로 데려올 수 있었다. 셜록 홈즈는 신사를 안락의자에 앉히고 자신도 그 옆에 앉아 신사의 손을 토닥이며 대화를 시작했다. 홈즈가 너무나도 잘 구사하는 편안하고 나긋나긋한 목소리였다.

"하고 싶은 이야기가 있어서 오신 게 아닙니까?" 홈즈가 말했다. "급히 오시느라 지치신 것 같군요. 안정을 되찾으실 때까지 조금 기다렸다가 말씀하세요. 의뢰하시려는 문제가 어떤 것이든 기꺼이 조사해보겠습니다."

신사는 가쁜 숨을 고르고, 격정을 억누르려 애쓰며 1분 넘

도록 자리에 앉아 있었다. 그러고 나서 손수건으로 이마를 닦고 입술을 앙다문 채 우리를 쳐다보았다.

"제가 제정신이 아니라고 생각하시죠?" 신사가 말했다.

"확실히 큰 고민거리가 있다는 건 알겠습니다." 홈즈가 대답했다.

"정말 그렇습니다! 정신이 쏙 빠질 정도로 지독한 문제가 갑자기 닥쳤습니다. 저는 지금껏 털어서 먼지 한 점 안 나오도록 살아왔는데, 이제 사람들 앞에서 톡톡히 망신을 당하게 생겼어요. 사람이라면 누구나 개인적인 고민은 갖고 있죠. 하지만 그 두 가지가 한꺼번에, 그것도 너무 무섭도록 닥쳐와 제 영혼을 뿌리째 흔들고 있습니다. 게다가 이건 저만의 문제가 아닙니다. 이 끔찍한 일을 어떻게든 해결하지 않으면 이 나라에서 가장 고귀하신 분께서도 고통받고 말 겁니다."

"진정하세요." 홈즈가 말했다. "우선 당신이 누구신지, 그리고 대체 무슨 일이 일어났는지 또박또박 말씀해주시기 바랍니다."

"제 이름은 아마 두 분도 들어보셨을 겁니다." 방문객이 대답했다. "저는 스레드니들 스트리트에 위치한 홀더 앤드 스티븐슨 은행의 알렉산더 홀더입니다."

런던에서 두 번째로 큰 개인 은행의 사장 이름은 우리도 잘 알고 있었다. 그런데 대관절 무슨 일이 일어났기에 런던에서 가장 저명한 시민 가운데 한 명인 이 신사가 지금처럼 비참한 지경에 이르렀단 말인가? 호기심이 동한 우리는 홀더 씨가 애써 마음을 다잡고 다시 이야기를 시작하기를 기다렸다.

"시간을 허투루 보낼 수 없는 상황입니다." 홀더 씨가 말했다. "그래서 경위로부터 홈즈 씨의 협조를 구하라는 제안을 받고 이리로 급히 달려왔습니다. 지하철을 타고 베이커 스트리트까지 와서 거기서부터는 걸었습니다. 이렇게 눈이 쌓인 날은 마차가 너무 느리니까요. 그래서 도착했을 때 숨이 차 있었던 겁니다. 평소에 운동을 거의 하지 않았거든요. 이제 한결 낫군요. 그럼 가능한 한 짧고 명료하게 제가 겪은 일을 알려드리겠습니다.

은행업에서 성공하려면 거래처와 예금자의 수를 늘리는 것만큼이나 자금 투자가 중요하다는 사실은 홈즈 씨도 물론 잘 알고 계실 겁니다. 저희 은행에서 가장 수익성 있는 사업은 확실한 자산을 담보로 한 대출입니다. 지난 몇 해 동안 대출 사업을 상당히 크게 해왔기 때문에 회화, 장서, 그릇 등을 담보로 큰 액수의 돈을 대출해간 귀족 가문도 여럿 됩니다.

어제 아침의 일입니다. 은행 사무실에 앉아 있는데 직원이 저에게 명함 하나를 건네주더군요. 명함에 적힌 이름을 보고 저는 깜짝 놀랐습니다. 그 이름은 바로… 아니, 홈즈 씨에게도 그 이름은 밝히지 않는 편이 좋겠군요. 단지 세상 사람 누구나 아는 이름, 영국에서 가장 고귀하고 존엄하며 신분이 높은 분의 이름이었다는 것 정도만 알려드리겠습니다. 저는 큰 영광을 입은 기분이었어요. 그분이 사무실에 들어왔을 때 그렇게 말씀드리려 했지만, 그분은 곧바로 본론으로 들어갔습니다.

불쾌한 임무를 당장 처리해버리려는 분위기가 물씬 풍기더군요.

'홀더 씨.' 그분이 말했습니다. '대출을 해주신다고 들었습니다만.'

'담보만 충분하면 해드립니다.' 제가 대답했어요.

'당장 5만 파운드가 꼭 필요합니다.' 그분이 말했습니다. '물론 그런 소소한 금액의 10배라도 친구들로부터 빌릴 수 있습니다만, 업무적으로 처리하고 싶어서 이렇게 직접 왔습니다. 저 같은 위치에서는 남들에게 신세를 지는 게 현명하지 않다는 것을 잘 아실 겁니다.'

'얼마 동안이나 대출을 받기 원하시는지 여쭤봐도 되겠습니까?' 제가 물었습니다.

'다음 주 월요일에 거액이 들어올 예정이니, 그때 대출받은 돈을 갚겠습니다. 당신이 정당하다고 생각하는 만큼의 이자까지 확실히 지불하죠. 하지만 지금 당장 5만 파운드를 대출받는 게 내겐 몹시 중요합니다.'

'제 지갑에서 꺼내드리는 거라면 더 논의할 필요도 없이 기꺼이 대출해드릴 수 있습니다.' 제가 말했습니다. '제 지갑 사정이 허락하기만 한다면 말입니다. 하지만 저희 은행의 이름으로 대출해드린다면, 동업자에 대한 의무가 있기 때문에 손님 같은 경우라도 모든 업무적인 조치를 취해야 합니다.'

'그렇게 해주십시오.' 그분이 의자 옆에 놓아두었던 사각형의 검은색 모로코 상자를 집어 들며 말씀하셨습니다. '녹주석

코로넷에 대한 얘기는 들어보셨겠죠?'

'대영 제국의 가장 귀중한 국가 소유물 가운데 하나죠.'

'정확히 알고 계시군요.' 그분이 상자를 열자 보들보들한 살색 벨벳 위로 그분이 말씀하신 장엄한 보물이 들어 있었습니다. '커다란 녹주석이 39개나 박혀 있습니다.' 그분이 말했습니다. '코로넷에 들어간 금의 가격만도 헤아릴 수 없을 정도죠. 이 코로넷의 가치는 적게 잡아도 내가 대출하려는 금액의 두 배는 될 겁니다. 담보로 이걸 맡기겠습니다.'

저는 귀중한 상자를 받아 들고 곤혹스러운 표정으로 코로넷을 쳐다보다가 고귀한 손님에게로 눈길을 돌렸습니다.

'설마 녹주석 코로넷의 가치를 의심하는 겁니까?'

'절대 아닙니다. 단지….'

'이걸 여기 두고 가도 괜찮은지 걱정하는 거로군요. 그 점에 대해서는 염려하지 마십시오. 나흘이면 되찾을 수 있다는 게 확실하지 않았더라면 꿈도 꾸지 않았을 일이니까요. 그저 형식적인 절차라고 생각해주십시오. 이 정도면 담보물로서 충분하겠습니까?'

'충분하고도 남습니다.'

'홀더 씨, 당신에 대해 알아보고 믿을 만한 사람이라

고 생각해 이렇게 신뢰의 증표를 드린다는 걸 알아주셨으면 합니다. 부디 신중히 행동하시고 이 일에 대해 함부로 말하지 않는 것은 물론, 무엇보다도 코로넷을 각별히 주의해 보관해 주십시오. 코로넷에 자그마한 흠집이라도 생기면 굉장한 스캔들이 일어날 거라는 건 굳이 말하지 않아도 아시겠죠? 이런 녹주석은 세상 어디에도 없는 거라서 다른 것으로 대체할 수도 없습니다. 그러니 작은 흠이라도 나면 코로넷을 통째로 잃어버리는 것이나 마찬가지로 심각한 문제가 될 겁니다. 그러나 나는 당신을 믿고 녹주석 코로넷을 맡기겠습니다. 월요일 아침에 직접 찾으러 오겠습니다.'

손님이 한시바삐 떠나고 싶어 하는 것 같아 저는 두말없이 출납원을 불러 1000파운드짜리 어음 50장을 드리라고 했습니다. 하지만 사무실에 혼자 남아 귀중한 상자 앞에 앉자마자 저는 굉장한 책임을 맡게 되었다는 걱정에 사로잡혔습니다. 국가의 소유물이기 때문에 어떤 불운이라도 닥치면 끔찍한 스캔들이 일어날 게 명백했으니까요. 저는 그때 이미 상자를 맡기로 한 것을 후회하고 있었습니다. 하지만 벌써 돌이킬 수 없는 일이 되었기 때문에 상자를 제 개인 금고에 넣어두고 다시 근무를 시작했죠.

퇴근할 때가 되자, 귀중한 보물을 사무실에 두고 나오는 게 경솔하지 않은가 하는 생각이 들었습니다. 이미 은행 금고가 털린 전적이 있는데, 제 금고라고 안전하다는 법이 없지 않습니까? 만약 그런 일이 생긴다면 저는 얼마나 끔찍한 상황에 빠지게 될까요! 그래서 저는 며칠 동안 상자를 언제나 제 수중에 지니고 다니기로 결정했습니다. 그런 생각으로 저는 마차를 불러 상자를 몸에 지닌 채 스트레텀에 있는 우리 집으로 향했습니다. 상자를 2층 옷 방의 서랍장 속에 넣고 자물쇠를 잠근 후에야 숨을 편히 쉴 수 있겠더군요.

홈즈 씨, 이제 당신이 상황을 속속들이 이해할 수 있도록 저희 식솔에 대해 말씀을 드리겠습니다. 마부와 시동은 집 밖에 자는 곳이 따로 있으니 그들에 대한 설명은 빼도록 하겠습니다. 그리고 벌써 몇 해째 저희 집에서 일하고 있는 하녀 세 명이 있는데, 이들은 확실히 신뢰할 수 있으니 의심하지 않아도 됩니다. 루시 파라는 하녀가 한 명 더 있는데, 그 아이는 저희 집에서 일한 지 몇 달밖에 되지 않았어요. 하지만 전 주인의 추천서도 워낙 훌륭했고, 일도 언제나 만족스럽게 해냅니다. 아주 예쁜 아이라서 종종 루시를 보러 온 남자들이 집 근처에서 서성대기도 하는데, 그게 유일한 단점이라고나 할까요. 하지만 저희는 루시가 어느 모로 보나 썩 괜찮은 아이라고 믿고 있습니다.

하인들에 대한 얘기는 여기까지 해두겠습니다. 저희 가족은 수가 적어서 설명할 것도 별로 없어요. 저는 홀아비고, 아서라는 아들 하나를 두고 있습니다. 홈즈 씨, 제 아들은 아주 한심한 녀석입니다. 실망 그 자체죠. 녀석이 그렇게 된 건 분명히 제 잘못이에요. 다들 제가 아들을 망쳤다고 하는데 그 말이 맞습니다. 사랑하는 아내가 세상을 뜨고 나서 저에게는 애정을 쏟을 대상이 아들밖에 없었으니까요. 잠시라도 그 애의 얼굴에서 미소가 사라지는 걸 볼 수가 없었죠. 아들이 바라는 건 무조건 다 들어줬답니다. 제가 조금 더 엄하게 구는 게 서로에게 좋았겠지만, 저는 나름대로 최선을 다했던 겁니다.

저는 당연히 아들 녀석이 사업을 물려받기를 원했지만 그 애는 사업가 체질이 아니었습니다. 성격이 거칠고 고집불통인데다, 솔직히 말하자면 큰돈을 믿고 맡길 만한 인물이 못 돼요. 녀석은 나이가 차자 귀족 클럽에 가입했고, 나름대로 사교성은 있었기 때문에 지갑이 두둑하고 돈을 흥청망청 쓰는 회원들과 가깝게 어울려 지냈습니다. 카드 놀음에 빠져들었고, 경마에 돈을 탕진하기 시작했죠. 그러다 돈이 떨어지면 몇 번이고 저에게 찾아와서 노름빚을 갚아야 한다며 용돈을 가불해달라고 애원하는 것이었습니다. 녀석도 몇 번인가는 질 나쁜 친구들에게서 벗어나려 애를 쓴 적이 있지만, 매번 친구인 조지 번웰 경의 말에 넘어가 결국은 클럽으로 되돌아가고 말더군요.

아들이 번웰 경의 말이라면 껌뻑 넘어가는 것도 이상한 일은 아닙니다. 녀석은 번웰 경을 몇 번이나 우리 집에 데려왔는데, 그때마다 저 역시도 번웰 경의 태도에 반하고 말았지요. 번웰 경은 아들 녀석보다 나이도 많고, 세상사를 아주 꿰뚫어 보고 있었습니다. 견문이 워낙 넓고, 말재간이 뛰어난 데다 외모도 몹시 준수한 젊은이죠. 하지만 매력이 넘치는 번웰 경에게서 한 발짝 떨어져서 냉정하게 생각해보면, 말투가 냉소적이고 눈빛이 수상쩍은 걸로 보아 절대 함부로 믿어서는 안 되는 사람이라는 게 확실합니다. 저 혼자만의 생각이 아니에요. 사람 보는 안목이 뛰어난 메리도 그렇게 생각하더군요.

이제 메리에 대해서만 말씀드리면 되겠군요. 메리는 제 조카입니다. 5년 전에 동생이 세상을 뜨면서 천애 고아가 된 메리를 제가 입양해 지금껏 딸처럼 보살펴왔어요. 그 애는 우리 집의 햇살과도 같은 존재예요. 상냥하고 다정하고 아름다운 메리는 관리인 역할도 주부 역할도 척척 해내며 집안일을 야무지게 돌보고 있어요. 그러면서도 여자답게 성격이 부드럽고 온화하며 차분하답니다. 제 오른팔과 같은 아이예요. 메리가 제 뜻을 거스르는 일은 단 한 가지입니다. 아들 녀석이 메리를 열렬히 사랑해 두 번이나 청혼했는데 모두 거절했지 뭡니까. 만약 아들 녀석을 옳은 길로 이끌 수 있는 사람이 있다면 분명 메리뿐이라고 저는 믿고 있습니다. 메리가 청혼을 받아들였다면 아들 녀석의 인생도 완전히 달라졌을 거고요. 하지만 신이시여, 지금은 너무 늦고 말았어요. 이미 돌이킬 수 없이 늦어버렸죠!

이제 홈즈 씨가 저희 집안사람들에 대해 대충 아셨으니 불행한 사건 이야기를 본격적으로 털어놓겠습니다.

어제저녁 식사를 마치고 응접실에서 커피를 마시면서, 저는 아서와 메리에게 낮에 있었던 이야기를 들려주었습니다. 저희 집 지붕 아래에 귀중한 보물을 보관하고 있다는 것까지 밝혔지만 고객이 누구였는지는 말하지 않았죠. 커피를 내온 하녀

루시 파는 확실히 응접실을 떠나 있었지만, 문이 닫혀 있었는지는 장담할 수 없습니다. 메리와 아서는 제 이야기에 흥미가 생겼는지 그 유명한 코로넷을 보여달라고 했습니다. 하지만 저는 코로넷을 꺼내지 않는 편이 좋겠다고 생각했죠.

'어디에 두셨어요?' 아서가 물었습니다.

'내 서랍장에 두었어.'

'음, 밤새 집에 도둑이 드는 일이 없어야 할 텐데요.' 아서가 말했습니다.

'서랍장은 잠가뒀으니 괜찮아.'

'그 서랍장은 아무 열쇠로나 열 수 있어요. 어렸을 때 저도 쪽방 찬장 열쇠로 열어본 적이 있는걸요.'

아서는 종종 엉뚱한 소리를 하곤 했으므로 저는 그 말을 귀담아듣지 않았어요. 하지만 어젯밤 녀석이 제 방까지 심각한 얼굴로 찾아왔지 뭡니까.

'아버지, 잠깐만요.' 아서가 고개를 폭 숙이고 말했습니다. '200파운드만 주시면 안 돼요?'

'안 된다. 줄 수 없어!' 저는 날카롭게 대답했습니다. '내가 지금껏 돈 문제에 너무 관대하게 군 것 같구나.'

'지금까지는 아주 잘해주셨죠.' 아서가 대답했습니다. '그런데 전 이 돈이 꼭 필요해요. 돈을 구하지 못하면 다시는 클럽에 얼굴을 내밀 수 없단 말이에요.'

'듣던 중 반가운 소리로구나!' 제가 큰 소리로 말했습니다.

'그렇죠. 하지만 제가 체면이 구겨지는 걸 정말 보고만 계실 건가요?' 아서가 말했습니다. '그런 치욕을 견딜 수는 없어요. 어떻게든 그 돈을 만들어야 해요. 아버지께서 빌려주시지 않으면 다른 방법을 찾아보겠어요.'

돈을 달라고 한 게 이번 달에만 세 번째였기 때문에 저는 화가 치밀어 올랐습니다. '나는 한 푼도 줄 생각이 없다.' 큰 소리로 말하자마자 녀석은 고개를 꾸벅 숙이더니 군말 없이 방을 나서더군요.

아들 녀석이 나가고 나서, 저는 서랍장 문을 열고 보물이 잘 있는지 확인한 후 서랍장을 다시 잠갔습니다. 그러고 나서 집 안을 돌아다니며 문단속을 시작했습니다. 원래는 메리에게 맡기는 일이지만 그날 밤만큼은 직접 하는 편이 낫겠다고 생각했죠. 그런데 계단을 내려오는 길에 메리가 홀 창문 옆에 서 있는 게 눈에 띄었습니다. 제가 다가가니 메리는 창문을 닫고 잠그더군요.

'아버지, 여쭤보고 싶은 게 있는데요.' 표정이 조금 불안해 보였습니다. '혹시 루시더러 오늘 밤에 외출해도 된다고 허락해주셨나요?'

'아니, 그런 적 없다.'

'루시가 방금 부엌문으로 들어왔어요. 잠깐 쪽문에 가서 누굴 만나고 온 것뿐이겠지만, 어쨌든 안전한 일은 아니니 그러지 못하게 해야겠어요.'

'아침에 말하려무나. 아니면 내가 말해도 되고. 문단속은 잘했니?'

'네, 확실히 했어요.'

'그럼 잘 자라.' 저는 메리에게 키스를 하고 다시 침실로 올라가 금방 잠이 들었습니다.

홈즈 씨, 저는 이 사건에 조금이라도 관계가 있을지 모르는 사실들이라면 전부 세세히 말씀드리려 애쓰고 있습니다만, 명확하지 않은 부분이 있다면 언제라도 질문해주십시오."

"걱정하지 않으셔도 됩니다. 홀더 씨의 설명은 아주 명쾌합니다."

"지금부터 말씀드릴 부분은 특히나 명쾌해야 할 텐데요. 저는 원래 잠을 얕게 자는 편인 데다 걱정거리가 있어서인지 평소보다도 깊이 잠들지 못했습니다. 새벽 2시쯤, 저는 집 안에서 무슨 소리가 나는 것을 듣고 잠에서 깼습니다. 완전히 정신이 들었을 때쯤, 그 소리는 이미 사라졌지만 어디선가 살짝 창문이 닫히는 것 같더군요. 저는 침대에 가만히 누운 채 귀를 쫑긋 세우고 있었습니다. 그때 무섭게도 바로 옆방에서 사뿐사뿐한 발소리가 또렷이 들려왔습니다. 저는 두려움에 심장이 두근거렸지만 침대를 조용히 빠져나와 문틈으로 옷 방을 들여다보았죠.

'아서!' 저는 아들의 이름을 부르짖었습니다. '이 못된 녀석아! 도둑놈 같으니! 감히 코로넷을 건드린 게냐!'

가스등은 제가 놓아둔 그대로 반쯤만 켜져 있었습니다. 그 옆에 셔츠와 바지만 입은 제 아들 녀석이 양손으로 코로넷을 든 채 서 있었어요. 코로넷을 비틀려는 건지 굽히려는 건지 용을 쓰고 있는 것 같더군요. 제 고함 소리에 녀석은 깜짝 놀라 코로넷을 떨어뜨리고는 시체처럼 창백한 얼굴로 저를 돌아봤습니다. 저는 잽싸게 코로넷을 집어 들어 살펴보았습니다. 녹주석 세 개가 박힌 금판 조각 하나가 사라졌더군요.

'이 불한당 같은 녀석!' 저는 악을 썼습니다. 분노로 제정신이 아니었어요. '코로넷을 망가뜨렸구나! 아버지에게 씻을 수 없는 불명예를 안긴 거다! 훔친 보석은 어디에 숨겼느냐?'

'훔치다뇨?' 아서가 소리쳤습니다.

'그래, 이 도둑놈아!' 저는 아서의 어깨를 잡고 마구 흔들며 소리쳤습니다.

'없어진 건 없을 텐데요. 그럴 리가 없다고요.' 아서가 말했습니다.

'보석 세 개가 없어졌어. 그게 어디 있는지는 네놈이 알 테지. 도둑놈도 모자라 거짓말쟁이 소리를 듣고 싶은 거냐? 네놈이 다른 조각도 뜯어내려는 모습을 내 두 눈으로 똑똑히 봤단 말이다!'

'이 정도면 모욕은 충분히 받은 것 같군요.' 아서가 말했습니다. '더는 못 참겠어요. 아버지가 다짜고짜 욕만 하시니, 이 일에 대해서는 한마디도 하지 않겠습니다. 날이 밝으면 집을 떠나 제 갈 길을 가겠어요.'

'그렇다면 이 일을 경찰의 손에 맡기겠다!' 저는 분노와 비탄에 반쯤 이성을 잃고 소리쳤습니다. '아주 철저히 조사할 테다.'

'저에게선 아무것도 알아내지 못하실 겁니다.' 아서가 격분해 외쳤습니다. 아들 녀석에게서 여태껏 보지 못한 모습이었어요. '경찰을 부르기로 작정하신 것 같은데, 경찰에게 한번 조사를 맡겨보시라고요.'

화가 나서 제가 목소리를 높였기 때문에 그즈음에는 온 집안 사람들이 깨어나 웅성거리고 있었습니다. 그중 가장 먼저 제 방에 달려온 것은 메리였습니다. 코로넷과 아서의 표정을 번갈아 보더니, 무슨 일이 일어났는지 알아챈 메리는 비명을 지르며 쓰러져 그만 의식을 잃고 말았습니다. 저는 하녀에게 경찰을 부르게 하고 곧바로 경찰에게 조사를 맡겼습니다. 경위와 순경이 집에 도착하자, 계속해서 팔짱을 끼고 침울한 표정으로 서 있던 아서가 절도죄로 고발할 거냐고 묻더군요. 저는 망가진 코로넷이 국가의 소유물이기 때문에 이 사건은 이미 집안일이 아니라 공적인 문제가 되었다고 잘라 말했습니다. 처음부터 끝까지 법적으로 해결해야겠다고 결심했던 거죠.

'적어도 저를 지금 당장 체포하라고 하지는 않으시겠죠.' 아서가 말했습니다. '단 5분만이라도 나갔다 오게 해주시면 서로에게 이득일 거예요.'

'그 5분 동안 도망치거나 훔친 보석을 숨기려는 속셈이로구나.' 제가 대답했습니다. 하지만 말을 마치자마자 제가 얼마나 지독한 상황에 처했는지 깨달았죠. 저는 아들 녀석에게 이 사건에는 제 명예는 물론이고 저보다 훨씬 고귀하신 분의 명예도 걸려 있다는 사실을 잊지 말아달라고 하소연했습니다. 녀석의 행동 하나로 온 나라가 발칵 뒤집힐 스캔들이 일어날 수 있다고요. 녹주석 세 개를 어떻게 했는지만 말해주면 그런 끔찍한 결과만은 피할 수 있을 거라고 사정사정했지요.

'너도 상황을 직시하려무나.' 제가 말했습니다. '절도 현장에서 걸렸으니 자백을 하지 않으면 더 무거운 벌을 받게 될 거야. 하지만 지금 네가 할 수 있는 일을 한다면, 다시 말해 녹주석이 어디 있는지 알려준다면 오늘 있었던 일은 전부 잊고 용서해주겠다.'

'그런 말씀은 용서가 필요한 사람에게나 하세요.' 아서는 냉소하며 저한테서 몸을 돌렸습니다. 녀석은 이미 마음을 단단히 먹어서 제 말에는 흔들리지 않았습니다. 이제 남은 방법은 하나밖에 없었습니다. 저는 경위를 불러 아서를 구금하게 했어요. 곧바로 그 애의 몸뿐만 아니라 방 안과 보석을 숨겼을 법한 집 안 구석구석까지 수색하기 시작했습니다. 하지만 보석은 흔적조차 없이 사라졌더군요. 못된 아들 녀석은 아무리 어르고 달래도 입을 열지 않다가 오늘 아침에 감방으로 이송되고 말았습니다. 그래서 경찰의 형식적인 절차를 밟자마자 저는 한달음에 홈즈 씨를 찾아왔습니다. 실력을 발휘하셔서 이 사건을 해결해달라고 부탁하려고요. 경찰은 지금으로서는 아무것도 알아낼 수 없다고 대놓고 말하더군요. 필요하신 비용은 얼마든지 쓰셔도 좋습니다. 이미 보상금으로 1000파운드를 걸어둔 참입니다. 세상에, 도대체 이 일을 어쩌면 좋을까요! 하룻밤에 명예도, 보석도, 아들도 전부 잃고 말았으니 저는 이제 어쩌란 말입니까!"

홀더 씨는 손으로 머리 양쪽을 감싸 쥐고, 몸을 앞뒤로 흔들며 슬퍼서 말도 제대로 하지 못하는 어린아이처럼 낮은 목소리로 중얼거렸다.

셜록 홈즈는 미간을 찌푸리고 벽난로에 시선을 고정한 채 몇 분이나 말없이 앉아 있었다.

"댁에 방문객이 많으십니까?" 홈즈가 질문했다.

"아뇨. 제 동업자와 그의 가족, 그리고 아서가 때때로 데려오는 친구를 빼면 전혀 없습니다. 최근에 조지 번웰 경이 몇 번 찾아왔어요. 그밖에는 없는 것 같습니다."

"사교 모임에는 많이 나가십니까?"

"저랑 메리는 보통 집에 있고, 아서가 많이 나가죠. 메리와 저는 모임을 좋아하지 않거든요."

"어린 아가씨인데, 의외로군요."

"천성이 조용한 아이라서요. 게다가 이제 아주 어리지도 않아요. 벌써 스물넷이니까요."

"홀더 씨 말씀을 들어보니 메리 양에게도 이번 사건이 상당히 충격적이었을 것 같습니다."

"말도 못 하죠! 저보다 메리가 더 큰 충격을 받았습니다."

"두 분 다 아드님이 범죄를 저질렀다는 사실을 의심치 않으시는 건가요?"

"아들 녀석이 두 손에 코로넷을 들고 있는 걸 제 눈으로 똑똑히 봤는데 의심의 여지가 있겠습니까?"

"그건 결정적인 증거라고 할 수 없습니다. 코로넷의 나머지 부분에도 손상이 가 있었습니까?"

"예, 뒤틀려 있었습니다."

"그렇다면 아드님이 뒤틀린 코로넷을 똑바로 펴려는 중이었을 수도 있지 않을까요?"

"이렇게 친절하실 데가! 저희 부자를 위해 그렇게 말씀해주시니 고맙습니다. 하지만 그렇게 생각하는 건 무리예요. 아들놈이 거기서 뭘 하고 있었겠습니까? 결백하다면 그렇다고 말을 했겠죠."

"맞는 말씀이십니다. 반대로 아드님이 정말로 범죄를 저질렀다면 당연히 거짓말을 지어내지 않았을까요? 제가 보기에 아드님이 침묵을 지키신 건 양쪽으로 다 해석될 수 있습니다. 이 사건에는 특이한 점이 여럿 있군요. 홀더 씨가 어떤 소리를 듣고 깨어났다고 하셨는데, 이에 대해 경찰은 뭐라고 하던가요?"

"아서가 침실 문을 닫을 때 난 소리라고 하더군요."

"말도 안 되는 소리군요! 범죄를 저지르러 가는 사람이 온 집안사람들을 깨울 정도로 문을 쾅 닫을 리가 있겠습니까. 그렇다면 보석 세 개가 사라진 것에 대해서는 뭐라던가요?"

"지금 보석을 찾으려고 온 집 안의 판자를 두드려보고 가구를 샅샅이 뒤지고 있습니다."

"집 바깥도 살펴보던가요?"

"예. 경찰은 아주 열정적으로 수색했습니다. 정원 전체를 쥐 잡듯 뒤진걸요."

"자, 홀더 씨." 홈즈가 말했다. "이제 확실히 보이지 않습니까? 이 사건은 홀더 씨나 경찰이 처음 생각한 것보다 훨씬 뿌리가 깊다는 사실 말입니다. 홀더 씨는 단순한 사건이라고 생각하셨지만, 제가 보기에 이 사건은 상당히 복잡하게 얽혀 있습니다. 홀더 씨의 추리를 한번 검토해봅시다. 홀더 씨 생각대로라면, 아드님은 침대에서 일어나 큰 위험을 무릅쓰고 옷 방으로 가서 서랍장을 열고 코로넷을 꺼냈습니다. 그리고 온 힘을 다해 코로넷의 딱 한 귀퉁이만 떼어낸 다음 다른 곳에 39개의 보석 가운데 단 세 개를 누구도 찾을 수 없을 정도로 꼭꼭 숨겨놓고 나서 나머지 36개의 보석이 박힌 코로넷을 남에게 들킬 위험이 가장 큰 옷 방으로 다시 가지고 간 겁니다. 자, 홀더 씨는 아직도 이게 그럴듯한 추리라고 생각하시나요?"

"하지만 다른 설명이 가능합니까?" 홀더 씨가 절망스러운 몸짓을 하며 외쳤다. "녀석이 결백하다면 왜 사정을 설명하지 않았겠습니까?"

"그걸 알아내는 게 저희 임무죠." 홈즈가 대답했다. "그러니 홀더 씨, 괜찮으시다면 함께 스트레텀으로 가시죠. 한 시간 정도 현장을 자세히 살펴보도록 하겠습니다."

내 친구 홈즈는 이 원정에 내가 꼭 동행해야 한다고 고집을 부렸다. 지금껏 들은 이야기로 호기심이 동한 데다 은행가에게 연민을 느끼고 있었으므로 나도 기꺼이 그들을 따라나섰다. 고백건대, 불쌍한 홀더 씨가 아들을 범인으로 생각하는 것만큼이나 나도 확실히 그렇게 생각하고 있었다. 그러나 나는 홈즈의 판단을 신뢰하고 있었기 때문에 홈즈가 홀더 씨의 아들이 범인이라는 설명에 불만족스러워하는 것을 보니 아직 희망의 여지가 있다는 생각이 들었다. 홈즈는 런던 남부 교외로 향하는 내내 거의 한마디도 하지 않고, 고개를 푹 숙이고 눈이 가릴 정도로 모자를 눌러쓴 채 깊은 생각에 빠져 있었다. 우리의 의뢰인은 한 줄기 희망의 빛을 엿본 후 마음이 가뿐해졌는지 심지어는 은행업에 대해 나와 두서없는 이야기를 나누기도 했다. 잠시 열차를 타고 역에서 내려 조금 걸으니 대은행가치고 소박한 홀더 씨의 페어뱅크 저택이 나타났다.

대로변에서 약간 떨어져 있는 페어뱅크는 하얀 석재로 지어진 커다란 정사각형의 저택이었다. 눈 덮인 정원과 마차 두 대가 다닐 수 있는 길은 커다란 철문 두 개가 달린 정문까지 뻗어 있었다. 오른쪽에는 나무로 만든 쪽문이 있었고, 그 너머로는 자그마한 덤불숲이 두 개의 울타리를 이루어 부엌문까지 길을 내고 있었다. 식품 상인들이 드나드는 길이었다. 왼쪽에는 마구간까지 이어지는 샛길이 나 있었다. 저택 부지가 아니라서 별로 사용되진 않아도 엄연한 공용 부지에 난 길이었다. 홈즈는 우리를 문 앞에 세워두고 저택을 천천히 한 바퀴 둘러보았다. 그러고는 저택 앞쪽을 가로질러 상인들이 드나드는 길을 걸어보더니 정원을 빙 둘러 마구간 길로 향했다.

홈즈가 한참이나 돌아오지 않아서 홀더 씨와 나는 식당에 들어가 난롯가에서 홈즈를 기다렸다. 우리가 말없이 앉아 있는데 문이 열리고 젊은 아가씨 하나가 들어왔다. 아가씨는 보통보다 큰 키에 날씬했고, 머리칼과 눈동자는 창백한 피부와 대조되어 더욱 어두운색으로 보였다. 그렇게 시체처럼 하얗게 질린 여자의 얼굴은 나도 처음 보았다. 입술도 핏기가 없었지만, 눈은 울어서 붉게 충혈되어 있었다. 조용히 방 안으로 들어오는 그 여자에게서 나는 아침의 홀더 씨보다 더 큰 비통함을 느낄 수 있었다. 본래 강인한 성격에 절제력이 있는 여성임에 틀림없었기 때문에 슬퍼 보이는 모습이 더욱 인상적이었다. 여자는 나를 거들떠보지도 않고 곧바로 삼촌에게 걸어가 여성스럽고 다정한 손길로 머리를 어루만졌다.

"아버지, 아서 오빠를 풀어달라고 하셨죠?"

"그러지 않았다, 얘야. 이 사건은 철저히 조사해야 한단다."

"하지만 저는 아서 오빠가 무죄라는 확신이 드는걸요. 여자
의 직감에 대해서는 아버지도 잘 아시잖아요. 오빠는 어떤 잘
못도 하지 않았어요. 아버지는 오빠를 그렇게 심하게 대한 걸
후회하게 되실 거예요."

"녀석이 결백하다면 왜 아무 말도 하지 않고 있었던 게냐?"

"그거야 모르겠어요. 아버지가 오빠를 의심하는 데 화가 나
서 그럴 수도 있고요."

"녀석이 코로넷을 손에 들고 있는 걸 분명히 봤는데 어떻게
의심하지 않겠니?"

"아, 하지만 오빠는 코로넷을 들어 살펴보고 있었을 뿐이잖
아요. 부디 오빠에게 죄가 없다는 제 말을 믿어주세요. 이번 일
은 그만 묻어두고 더는 아무 말도 하지 마세요. 사랑하는 아
서 오빠가 감옥에 있다고 생각하니 너무 끔찍해요!"

"보석을 찾을 때까지는 절대 그만둘 수 없단다, 메리! 너는
아서를 걱정하느라 내가 얼마나 지독한 처지에 놓였는지는 생
각조차 하지 않는구나. 이 일을 묻어두기는커녕 사건을 철저
히 조사해주실 신사분을 런던에서 모셔왔다."

"이분이신가요?" 메리 양이 나를 돌아보며 물었다.

"아니, 이분의 친구분이시란다. 혼자 조사하고 싶다고 하시
더구나. 지금은 마구간 샛길에 계실 거야."

"마구간 샛길이요?" 메리 양이 짙은 색의 눈썹을 치켜세웠

다. "거기서 뭘 찾을 수 있단 거죠? 아, 바로 저분이신가 보군요. 신사분께서 제가 진실이라고 믿는 걸 밝혀주실 거라 믿어요. 아서 오빠가 범인이 아니라는 사실 말예요."

"저도 아가씨의 의견에 전적으로 동의하고, 그 사실을 밝혀낼 수 있을 거라 믿습니다." 홈즈는 깔개가 있는 곳으로 돌아가 신발에 묻은 눈을 털며 대답했다. "제가 방금 대화를 나눈 분은 메리 홀더 양이신 것 같군요. 한두 가지 질문을 드려도 되겠습니까?"

"물론이죠. 이 끔찍한 사건을 해결하는 데 도움이 된다면 얼마든지요."

"간밤에 메리 양은 아무 소리도 듣지 못하셨습니까?"

"여기 계시는 저희 삼촌이 큰 소리로 말씀하시기 전까지는 아무 소리도 듣지 못했어요. 삼촌 목소리를 듣고 옷 방으로 내려왔고요."

"간밤에 메리 양이 문단속을 하셨죠? 창문을 모두 잠그셨나요?"

"네."

"오늘 아침에도 그

대로 잠겨 있던가요?"

"네."

"애인이 있는 하녀가 있죠? 어젯밤에 그 하녀가 애인을 만나러 나갔다고 삼촌에게 말씀하셨다고 들었습니다만."

"네, 그 하녀가 어제저녁에 응접실로 커피를 내온 아이예요. 삼촌이 코로넷에 대해 이야기하는 걸 들었을 수도 있어요."

"알겠습니다. 메리 양은 하녀가 나가서 애인에게 코로넷 이야기를 했고, 두 사람이 절도를 모의했다고 추측하시는군요."

"하지만 그런 막연한 생각이 무슨 소용이 있단 말이냐!" 안절부절못하고 있던 홀더 씨가 끼어들었다. "아서가 코로넷을 들고 있는 걸 내가 똑똑히 봤다고 말했잖아."

"홀더 씨, 조금만 기다려주십시오. 그 이야기는 잠시 후에 하게 될 테니까요. 메리 양, 그 하녀에 대해서 더 얘기해볼까요? 하녀가 부엌문으로 돌아오는 걸 보셨다는 거죠?"

"네. 자기 전에 문단속을 하러 갔다가 살그머니 돌아오는 하녀 아이를 봤어요. 어둠 속에서 그 애의 애인도 봤지요."

"그 남자와 안면이 있으신가 보군요?"

"그럼요! 그 사람은 저희 집에 채소를 배달해주는 채소 상인이에요. 이름은 프랜시스 프로스퍼고요."

"그 남자는 부엌문 왼쪽에 서 있었겠군요." 홈즈가 말했다. "부엌문에서 조금 떨어진 길 위쪽 말입니다."

"네, 그랬어요."

"그 남자는 다리 한쪽이 나무 의족이죠?"

표정이 풍부한 젊은 아가씨의 검은 눈동자에 두려워하는 기색이 언뜻 떠올랐다. "마치 마법사 같으시군요." 메리 양이 말했다. "그걸 어떻게 다 아셨죠?" 메리 양은 미소를 지었지만, 홈즈의 야위고 진지한 얼굴에는 화답의 미소가 떠오르지 않았다.

"이제 위층으로 올라가 보고 싶습니다." 홈즈가 말했다. "그러고 나서 집 주변을 다시 조사해야 할지도 모르겠습니다. 위층에 올라가기 전에 아래층 창문을 먼저 살펴보는 게 좋을 것 같군요."

홈즈는 빠르게 창문을 하나하나 살펴보다가 마구간 샛길이 내다보이는 커다란 홀 창문에서 발걸음을 멈췄다. 홈즈는 그 창문을 열고 성능 좋은 돋보기로 문턱을 아주 꼼꼼하게 조사했다. "이제 위층으로 올라가겠습니다." 마침내 홈즈가 말했다.

은행가의 옷 방은 소박하게 꾸며진 작은 방으로, 회색 카펫이 깔려 있고 커다란 서랍장과 긴 거울이 있었다. 홈즈는 곧바로 서랍장으로 다가가 자물쇠를 뚫어져라 쳐다보았다.

"어젯밤에 어떤 열쇠로 자물쇠를 연 겁니까?"

"아들 녀석이 말한 대로 바로 쪽방 찬장 열쇠였습니다."

"그 열쇠가 여기 있나요?"

"화장대 위에 놓여 있습니다."

셜록 홈즈는 열쇠를 집어 들고 서랍장을 열었다.

"자물쇠 열리는 소리가 전혀 나지 않는군요." 홈즈가 말했다. "어젯밤 서랍장이 열렸을 때 깨지 않으신 것도 당연합니다. 이게 코로넷이 들어 있는 상자인 것 같군요. 한번 살펴보겠습니다." 홈즈는 상자를 열고 코로넷을 꺼내 탁자 위에 올려놓았다. 모습을 드러낸 코로넷은 귀금속 세공의 걸작이라 할 수 있었다. 거기 박힌 36개의 보석은 내가 지금껏 본 적 없는 훌륭한 것이었다. 코로넷 한쪽에는 보석 세 개가 박힌 금판 조각이 떨어져 나간 자리가 비어 있었다.

"자, 홀더 씨." 홈즈가 말했다. "코로넷에서 떨어져 나간 금판 조각의 반대편 부분이 여기 있습니다. 한번 떼어내 보시겠습니까?"

홀더 씨는 흠칫 놀라 한 걸음 물러섰다. "그건 엄두도 낼 수 없는 일입니다." 홀더 씨가 말했다.

"그러면 제가 한번 해보죠." 홈즈는 갑작스럽게 힘을 주어 코로넷을 구부렸지만 코로넷은 꿈쩍도 하지 않았다. "조금 휘어지는 것 같군요." 홈즈가 말했다. "하지만 저처럼 손아귀 힘이 강한 사람도 이 코로넷을 부러뜨리려면 한참이 걸릴 것 같습니다. 홀더 씨, 만약 제가 코로넷을 정말로 부러뜨렸다면 어떤 일이 일어났을까요? 권총이라도 쏜 것처럼 요란한 소리가 났을 겁니다. 잠자리에서 몇 미터 떨어지지 않은 곳에서 이 모든 난동이 벌어졌는데도 홀더 씨가 아무것도 듣지 못하셨다니, 그게 가능한 일일까요?"

"이거 원, 갈피를 못 잡겠습니다. 머릿속이 깜깜하군요."

"조사를 계속하면 차차 진상이 밝혀질 겁니다. 자, 메리 양은 어떻게 생각하시나요?"

"저도 삼촌만큼이나 당황스럽네요."

"홀더 씨, 간밤에 아드님과 마주쳤을 때 신발이나 슬리퍼를 신지 않은 맨발이었다고 하셨죠?"

"바지와 셔츠 외에 몸에 걸친 건 없었어요."

"감사합니다. 이번 조사에서는 저희에게 상당한 운이 따르는군요. 사건을 해결하지 못한다면 전적으로 저희 책임일 겁니다. 홀더 씨, 허락해주신다면 계속해서 집 바깥을 조사하겠습니다."

홈즈는 혼자서 나갔다. 쓸데없이 발자국을 남겨 조사에 차질이 생기면 안 된다며 홈즈가 요청한 것이었다. 한 시간 남짓 지난 후 조사를 마친 홈즈가 발에 눈을 잔뜩 묻힌 채 그 어느 때보다도 수수께끼 같은 표정으로 돌아왔다.

"홀더 씨, 이제 필요한 건 다 본 것 같습니다." 홈즈가 말했다. "이제 저는 집으로 돌아가는 게 좋겠습니다."

"하지만 보석은 어떻게 됐나요? 홈즈 씨, 보석은 어디에 있단 말입니까?"

"그건 아직 알 수 없습니다."

은행가는 양손을 꼭 쥐었다. "그 보석을 다시는 볼 수가 없겠군요!" 은행가가 외쳤다. "제 아들은 어떻습니까? 희망의 여지가 있나요?"

"제 의견은 전혀 달라지지 않았습니다."

"그렇다면 지난밤 저희 집에서 도대체 어떤 일이 일어난 겁니까?"

"내일 아침 9시에서 10시 사이에 베이커 스트리트에 있는 저희 집으로 찾아오십시오. 그때 기꺼이 이 사건의 수수께끼를 풀어드리겠습니다. 홀더 씨는 보석을 되찾을 수 있다는 전제하에 저에게 백지수표를 주셨습니다. 제가 사용할 수 있는 금액에 제한이 없는 게 맞습니까?"

"보석을 되찾을 수만 있다면 전 재산이라도 내놓겠습니다."

"아주 좋습니다. 그러면 저는 내일 아침까지 이 사건을 추리해보겠습니다. 안녕히 계십시오. 저녁이 되기 전에 이곳에 한 번 더 들를지도 모르겠습니다."

내 친구 홈즈는 이 사건에 대해 결론을 내린 게 분명했다. 그러나 그 결론이 어떤 것인지 나는 짐작조차 할 수 없었다. 집으로 돌아가는 길에 나는 몇 번이나 내 친구의 추리가 무엇인지 떠보려 했으나, 홈즈가 계속 다른 주제로 말을 돌렸기 때문에 결국 체념하고 말았다. 집에 도착하니 아직 3시도 되지 않은 한낮이었다. 홈즈는 급히 자기 방으로 가더니 몇 분 후 거리에서 흔히 볼 수 있는 건달처럼 차려입고 내려왔다. 붉은 넥타이에 셔츠 깃을 세운 데다 번들거리는 지저분한 코트를 입고 낡은 부츠를 신은 홈즈는 완벽한 건달의 모습이었다.

"이만하면 충분할 것 같군." 홈즈가 벽난로 위의 거울을 들여다보며 말했다. "왓슨, 자네와 함께 가면 좋겠지만 그건 어려울 것 같네. 내가 제대로 사건의 맥을 짚었는지, 단순히 허깨비를 쫓고 있는지는 아직 모르겠어. 일단 해보고 나면 어느 쪽인지 알 수 있을 거야. 몇 시간 후에 돌아오겠네." 홈즈는 찬장의 고깃덩어리에서 얇게 한 조각을 베어내 빵 두 개 사이에 끼우고는 대충 만든 식사거리를 주머니에 쑤셔 넣고 여정을 떠났다.

내가 차를 다 마셨을 때 홈즈가 돌아왔다. 낡은 장화 한 짝을 손에 쥐고 흔들어대는 걸 보니 한눈에도 기분이 좋아 보였다. 홈즈는 장화를 구석에 던져두고 차를 한잔 마셨다.

"지나가다 들렀을 뿐이야." 홈즈가 말했다. "바로 다시 나갈 거야."

"어디로 가는데?"

"음, 웨스트엔드 반대편으로 갈 거야. 한참 후에나 돌아올 거야. 늦어도 기다리지 말고 먼저 자."

"조사에는 진척이 좀 있어?"

"아, 그저 그래. 나쁘지 않은 정도지. 아까는 스트레텀에 갔지만 저택을 방문하지는 않았어. 이 사건은 아주 흥미진진하군. 무슨 수를 써서도 놓칠 수 없는 사건이야. 하지만 여기 앉아서 수다나 떨 게 아니라 우선 이 꼴사나운 옷을 벗고 원래의 명망 있는 시민의 모습으로 돌아가야겠어."

말로는 내색하지 않았지만 굉장히 만족하고 있다는 것을 홈즈의 태도를 보고 알 수 있었다. 두 눈은 빛나고 있었고, 홀쭉한 뺨에도 홍조가 떠올라 있었다. 홈즈는 급히 위층으로 올라갔다. 몇 분 후 복도 문이 쾅 닫히는 소리가 들렸다. 홈즈가 다시 신나는 사냥에 나선 것이었다.

자정까지 기다렸지만 홈즈가 돌아오지 않아 나는 먼저 자러 갔다. 홈즈는 사건의 단서를 좇고 있을 때면 몇 날 며칠을 돌아오지 않는 일도 흔했으므로 늦더라도 놀랄 일은 아니었다. 홈즈가 몇 시에 돌아왔는지는 모르겠지만, 아침 식사를 하러 내려와 보니 한 손에는 커피를, 다른 손에는 신문을 들고 말쑥하고 생기 넘치는 모습으로 앉아 있었다.

"왓슨, 기다리지 않고 먼저 식사를 시작해서 미안하네." 홈즈가 말했다. "하지만 우리 의뢰인이 오늘 아침 일찍 오기로 하지 않았나?"

"이런, 벌써 9시가 넘었잖아." 내가 대답했다. "의뢰인이 벌써 와 있어도 놀랄 일은 아니겠군. 방금 초인종 소리가 난 것 같은데?"

찾아온 사람은 실제로 우리의 친구 은행가였다. 나는 하룻밤 사이에 변한 홀더 씨의 모습에 경악하고 말았다. 원래 넓고 큼직했던 얼굴이 퀭하니 반쪽이 되어 있었고, 머리칼도 눈에 띌 정도로 허옇게 세어 있었다. 지치고 무기력한 모습으로 집에 들어선 홀더 씨는 야단법석을 떨던 전날 아침보다도 더욱 괴로워 보였다. 홀더 씨는 내가 앞으로 밀어준 안락의자에 몸을 무겁게 파묻었다.

"제가 뭘 잘못해서 이렇게 혹독한 시련을 겪어야 하는지 모르겠습니다." 홀더 씨가 말했다. "이틀 전만 해도 저는 세상에 걱정할 것 하나 없이 유복하고 행복한 사람이었습니다. 그런데 이제 명예도 잃고, 외로운 늙은이 신세가 되어버렸어요. 슬푼 일은 꼬리를 물고 온다는 말이 사실이군요. 메리가 저를 버리고 떠나버렸어요."

"버리다니요?"

"그렇습니다. 아침에 일어나 보니, 메리의 침대에는 잔 흔적이 없고 방은 텅 비어 있더군요. 홀 탁자 위에 편지 한 장만 덩그러니 남아 있었습니다. 지난밤에 메리에게 제 아들과 결혼하기만 했더라면 일이 잘 풀렸을 거라고 하소연을 좀 했지요. 화가 나서가 아니라 슬퍼서 한 말이었어요. 그런 말을 하다니 제가 제정신이 아니었죠. 그 애가 남긴 편지는 바로 이겁니다.

사랑하는 삼촌에게

저는 삼촌에게 언제나 걱정만 안겨드리는 것 같아요. 제가 다른 선택을 했더라면 이렇게 끔찍한 불행도 저희에게 찾아오지 않았겠죠. 자꾸만 이런 생각이 들어 삼촌의 저택에서 행복하게 지낼 수 없을 것 같아요. 그래서 삼촌 곁을 영영 떠나려 합니다. 제 앞길은 준비해두었으니 걱정하지 마세요. 그리고 무엇보다도 저를 찾지 말아 주세요. 그래 봤자 헛수고일 게 뻔하고, 저에게도 도움이 되지 않을 테니까요. 살아서나 죽어서나 저는 삼촌을 사랑한답니다.

— 메리

홈즈 씨, 이 편지가 대체 무슨 뜻입니까? 혹시 목숨이라도 끊겠다는 걸까요?"

"아니요, 그런 건 아닙니다. 어쩌면 이게 최선의 해결책일 수도 있겠군요. 이제 홀더 씨의 고민거리가 해결될 때가 다가오고 있는 듯합니다."

"허! 그렇게 말씀하시다니! 무슨 얘기라도 들은 모양이군요, 홈즈 씨. 알아낸 게 있는 거죠? 보석은 대체 어디 있습니까?"

"보석 하나에 1000파운드를 지불해야 한대도 지나치다고 생각하지는 않으시겠죠?"

"1만 파운드라도 지불할 겁니다."

"그럴 필요까지는 없습니다. 3000파운드면 전부 해결될 겁니다. 현상금도 거셨던 걸로 기억하는데요. 지금 수표책을 가지고 계신가요? 여기 펜이 있습니다. 4000파운드로 해주시면 좋겠군요."

은행가는 홀린 듯한 표정으로 홈즈가 요구한 액수를 썼다. 그러자 홈즈는 책상으로 걸어가 보석 세 개가 박힌 자그마한 세모꼴 금판 조각을 꺼내 테이블 위에 놓았다.

기쁨의 환성을 지르며 우리의 의뢰인은 그 금판 조각을 움켜쥐었다.

"보석을 찾았군요!" 홀더 씨는 숨을 헐떡이며 말했다. "저는 이제 살았습니다! 겨우 살아났어요!"

홀더 씨는 기쁨의 표현도 슬픔의 표현만큼이나 격렬했다. 홀더 씨는 되찾은 보석을 가슴에 끌어안았다.

"홀더 씨가 빚진 게 한 가지 더 있습니다." 셜록 홈즈는 엄격한 말투로 말했다.

"빚이라고요!"홀더 씨는 펜을 들었다. "액수만 불러주시면 곧바로 드리겠습니다."

"아니요, 저에게 갚으실 빚이 아닙니다. 아드님에게 갚으실 빚이죠. 홀더 씨는 고귀한 젊은이인 아드님에게 진심으로 사과하셔야 합니다. 만약 제 아들이 아서 씨처럼 행동하는 걸 봤더라면 아주 자랑스러웠을 겁니다."

"그렇다면 보석을 훔친 게 아서가 아니었단 말입니까?"

"어제 이미 그렇게 말씀드렸습니다. 오늘 다시금 말씀드리건대 아서 씨는 절대 범인이 아닙니다."

"홈즈 씨 말씀이 사실이었군요! 그렇다면 당장 아들 녀석에게 달려가 진실이 밝혀졌다고 말해줘야겠습니다."

"아서 씨도 이미 알고 계십니다. 사건의 추리를 마치고 아서 씨와 만나 이야기를 나눴어요. 도통 입을 열려고 하지 않기에 제가 알아낸 사실들을 하나하나 말해주니 제 말이 맞다고 고백하더군요. 게다가 몇 개 되지 않지만 제가 확실히 알아내지 못한 사실들이 있었는데, 아서 씨가 진상을 알려주었습니다. 하지만 오늘 홀더 씨가 가져오신 소식을 들으면 아서 씨도 이제는 입을 열지 모르겠군요."

"그렇다면 이제 이 괴상한 수수께끼의 전말이 도대체 뭔지 알려주십시오!"

"그러겠습니다. 제가 진실을 밝혀낸 순서대로 차근히 알려드리죠. 하지만 우선 제가 가장 말씀드리기 어렵고, 홀더 씨도 가장 듣기 괴로울 이야기부터 하겠습니다. 조지 번웰 경과 메리 양 사이에 모종의 약속이 있었습니다. 두 사람은 함께 달아났어요."

"우리 메리가요? 그럴 리가 없습니다!"

"불행히도 그렇게 된 게 확실합니다. 홀더 씨도, 아드님도 번웰 경의 본성을 눈치채지 못하고 그 남자를 집 안에 드나들게 하신 거죠. 번웰 경은 영국에서 가장 위험한 인물 가운데 한 명입니다. 도박으로 파산한 자인데 몹시 질 나쁜 악당이죠. 인정이나 양심은 눈곱만큼도 찾아볼 수 없는 사람입니다. 메리 양은 그런 류의 남자들에 대해서는 아는 게 없었습니다. 번웰 경이 이미 수많은 여자들에게 했던 것처럼 메리 양에게 사랑을 속삭이자, 메리 양은 그만 자신이 번웰 경의 마음을 움직인 유일한 여자라고 착각하고 말았어요. 번웰 경이 정확히 뭐라고 했는지는 악마만이 알겠지만, 어쨌든 메리 양은 번웰 경의 꼭두각시가 되어 거의 매일 저녁 그자를 만났습니다."

"저는 이 이야기를 믿을 수도 없고, 믿고 싶지도 않소!" 잿빛이 된 얼굴로 은행가가 소리쳤다.

"그렇다면 지난밤에 댁에서 일어난 사건의 전모를 알려드리겠습니다. 메리 양은 홀더 씨가 잠들었다고 생각하고, 아래층으로 살그머니 내려가 마구간 샛길이 내다보이는 창문 사이로 애인과 대화를 나누었습니다. 번웰 경이 눈을 밟고 오래 서 있어서 발자국이 남아 있더군요. 메리 양은 번웰 경에게 코로넷에 대해 말했습니다. 그 이야기가 번웰 경의 몹쓸 탐욕에 불을 붙인 거죠. 번웰 경은 이미 메리 양을 쥐락펴락할 수 있었고요. 메리 양이 삼촌인 홀더 씨를 깊이 사랑한 건 확실하지만, 애인에게 한번 빠지면 다른 건 전부 잊어버리는 여자들도 있어요. 메리 양도 그랬던 모양입니다. 메리 양은 홀더 씨가 내려오는 걸 보고 황급히 창문을 닫느라 번웰 경의 지시를 제대로 듣지 못했습니다. 홀더 씨에게는 하녀와 나무 의족을 한 애인 이야기를 둘러댔죠. 그 얘기 자체는 사실이었지만요.

아서 씨는 홀더 씨와 대화를 나눈 후 잠을 청했지만, 클럽에서 생긴 빚 생각에 마음이 무거워 잠들지 못하고 뒤척이고 있었습니다. 그런데 한밤중에 문 앞으로 지나가는 조용한 발소리가 들렸죠. 아서 씨가 일어나 밖을 내다보니 놀랍게도 사촌 여동생이 살금살금 복도를 걸어 옷 방으로 들어가고 있었던 겁니다. 아서 씨는 너무 놀라 몸이 굳었지만, 곧 옷을 꿰입고는 이 기이한 사건이 어떻게 전개되는지 지켜보려고 어둠 속에서 기다렸습니다. 메리 양이 다시 옷 방에서 나오자, 복도 램프의 불빛 아래로 메리 양의 손에 귀중한 코로넷이 들려 있는 게 보였습니다. 메리 양이 계단을 내려가자 아서 씨는 두려움에 몸을 떨며 따라갔고, 홀더 씨의 방문 옆 커튼에 몸을 숨긴 채 아래층 홀에서 무슨 일이 일어나는지 지켜보았습니다. 메리 양은 살금살금 창문을 열더니 어둠 속의 누군가에게 코로넷을 건네준 다음 창문을 닫고, 아서 씨가 숨어 있는 커튼 바로 앞을 지나 자기 방으로 황급히 돌아갔죠.

메리 양이 현장에 있는 동안 아서 씨는 아무것도 할 수 없었습니다. 그랬다가는 사랑하는 여인의 끔찍한 행동을 폭로하는 꼴이 될 테니까요. 하지만 메리 양이 자기 방으로 사라지자마자, 홀더 씨가 얼마나 큰 난관에 빠질지를 깨닫고 어떻게든 이 사태를 바로잡아야 한다고 생각했죠. 그래서 아서 씨는 맨발 그대로 한달음에 아래층으로 내려갔습니다. 그러고는 창문을 열고 눈밭으로 나가 오솔길을 따라 달려갔어요. 달빛에 사람의 그림자 하나가 보였습니다. 번웰 경은 도망치려 했지만 아서 씨에게 붙잡혔고, 결국 두 사람 사이에는 실랑이가 일어났습니다. 아드님은 코로넷 한쪽을 잡아당겼고, 조지 번웰 경은 그 반대쪽을 잡아당겼죠. 몸싸움 도중 아드님은 조지 번웰 경에게 주먹을 날려 눈 위에 상처를 냈습니다. 그러다 갑자기 무언가 부러지는 소리가 났습니다. 아드님은 손에 코로넷이 들려 있는 걸 확인하고는 급히 저택으로 돌아와서 창문을 닫고 홀더 씨의 옷 방으로 향했습니다. 홀더 씨가 아드님을 목격했을 때, 아드님은 몸싸움 중에 코로넷이 뒤틀린 것을 발견하고 그걸 똑바로 되돌리려 애를 쓰고 있었던 겁니다."

"아니, 그게 정말입니까?" 은행가는 깜짝 놀란 목소리였다.

"깊은 감사의 말을 들어도 모자란 순간에 홀더 씨에게서 잔뜩 모욕을 받는 바람에 아서 씨는 화가 머리끝까지 났습니다. 게다가 메리 양을 배신하지 않고서는 사건의 진상을 설명할 수 없었죠. 배려받을 자격이 없는 여인이지만, 아서 씨는 기사도 정신을 발휘해 메리 양의 비밀을 지켜주었습니다."

"메리가 코로넷을 보고 비명을 지르며 기절한 이유가 바로 그것이었군요." 홀더 씨가 소리쳤다. "신이시여, 저는 눈먼 바보였습니다! 아서는 단 5분만 밖에 나가게 해달라고 간청했어요! 그때 우리 아들은 몸싸움을 하던 자리에 코로넷에서 떨어져 나간 금판 조각이 남아 있는지 확인하려던 것이었군요. 저는 아들 녀석을 지독히도 오해하고 말았군요!"

"홀더 씨 저택에 도착했을 때 저는 쌓인 눈 위에 도움이 될 만한 흔적이 남아 있는지 찾아보려고 집 주위를 신중히 살펴보았습니다." 홈즈가 말을 이었다. "전날 저녁부터는 눈이 내리지 않았고, 눈 위에 남은 자국은 서리로 꽁꽁 얼어붙어 잘 보존되어 있었을 테니까요. 상인들이 드나드는 샛길을 조사해 봤지만 이미 눈이 잔뜩 짓밟혀 발자국을 구별할 수 없더군요. 하지만 샛길 바로 너머, 부엌문에서 떨어진 곳에는 여자가 서서 남자와 이야기한 흔적이 있었습니다. 남자의 발자국 한쪽이 둥그런 모양인 걸 보고 나무 의족을 하고 있다는 걸 알 수 있었죠. 발자국의 발끝은 움푹 들어가고 발꿈치는 얕게 파인 것을 보니, 누군가에게 방해를 받고 여자가 급히 문으로 달려간 것 같더군요. 나무 의족을 한 남자는 조금 기다리다가 자리를 떴습니다. 이게 바로 홀더 씨가 말씀해주신 하녀와 애인의 발자국일 거라고 추측했는데, 더 조사해보니 역시 그렇더군요. 정원을 돌아봤을 땐 경찰의 것으로 보이는 어지러운 발자국밖에 찾아내지 못했습니다. 하지만 마구간 샛길로 들어서자 눈밭에 길고 복잡한 이야기 한 편이 펼쳐져 있더군요.

눈밭에는 부츠를 신고 왕복한 남자의 발자국과 반갑게도 맨

발로 왕복한 남자의 발자국이 나 있었습니다. 저는 어제 홀더 씨에게 들은 얘기로부터 맨발의 주인공이 아드님이라는 걸 확신했습니다. 부츠를 신은 남자는 걸어갔지만 아드님은 빠르게 달린 것 같더군요. 맨발 자국이 부츠 자국 위로 나 있는 걸 보니 아드님이 부츠를 신은 사람 뒤를 쫓아갔다는 걸 알 수 있었습니다. 발자국을 따라가 보니 홀 창문이 나오더군요. 남자가 그 앞에서 서성이면서 눈을 여러 번 밟은 흔적이 남아 있었습니다. 저는 그곳에서부터 반대쪽으로 발자국을 따라가 보았습니다. 100미터가량 걸으니 부츠를 신은 남자가 방향을 돌린 흔적이 보이더군요. 그 부근은 싸움이 벌어졌던 것처럼 눈밭이 어지럽게 밟혀 있었습니다. 마지막으로 피 몇 방울이 떨어져 있는 것을 발견하고 저는 제 추리가 틀리지 않았다는 걸 확인할 수 있었죠. 부츠를 신은 남자는 그러고 나서 샛길을 달려갔는데, 핏자국이 따라 나 있는 것을 보니 상처를 입은 사람은 그 남자였던 것 같습니다. 발자국을 따라 대로에 다다르자, 눈이 모두 치워져 있어서 더 이상 단서를 찾을 수 없었습니다.

하지만 기억하시다시피 저는 저택에서 돋보기로 홀 창문의 창턱과 창틀을 조사해보았습니다. 그때 저는 누군가 창문을 통해 밖으로 나갔다는 것을 알아냈습니다. 젖은 맨발이 실내로 들어오며 남긴 발자국도 눈에 띄었지요. 그때부터 저는 사건의 윤곽을 그릴 수 있었습니다. 한 남자가 창문 밖에서 기다리고 있었고, 누군가 그 남자에게 보석을 가져다주는 장면을 아드님이 목격하셨습니다. 아드님은 도둑을 쫓아가 몸싸움을 벌였고, 두 사람이 서로 코로넷을 잡아당기는 바람에 코로넷에 혼자 힘으로는 절대 가할 수 없는 손상을 입힌 겁니다. 아드님은 전리품을 갖고 돌아왔지만 떨어져 나간 조각은 상대방의 손에 있었습니다. 여기까지는 명확해졌죠. 이제 남은 의문은 바로 도둑이 누구인지, 그리고 그 도둑에게 코로넷을 가져다준 사람이 누구인지 하는 것이었습니다.

불가능한 걸 모두 제외하고 남은 것은 결국 진실이라는 게 제가 오래전부터 믿고 있는 격언입니다. 그 진실이 아무리 그럴듯하지 않아 보여도 말입니다. 코로넷을 아래층으로 가져간 사람이 홀더 씨가 아니라는 것은 알고 있었으므로 남은 사람은 메리 양과 하녀들뿐입니다. 하지만 범인이 하녀들이었다면 아드님이 그들을 대신해 죄를 뒤집어쓸 리가 없지 않습니까? 그럴 만한 이유가 없어요. 하지만 아드님은 메리 양을 사랑했으므로, 메리 양의 비밀을 지켜주려 했다면 말이 됩니다. 그게 치욕스러운 비밀이라면 더더욱 그렇겠지요. 메리 양이 그 창문 옆에 서 있었고, 코로넷을 보고는 기절해버렸다고 말씀하신 내용을 떠올리니 제 추리에 확신을 가질 수 있었습니다.

그렇다면 메리 양의 공범은 누구일까요? 메리 양이 홀더 씨에게 느끼는 애정과 감사의 마음을 전부 잊게 만들 수 있는 사람이 애인 말고 누가 또 있겠습니까? 두 분은 외출을 많이 하지 않고, 교류하는 친구들도 제한되어 있다는 걸 알고 있었습니다. 하지만 그 몇 안 되는 친구들 가운데 조지 번웰 경이 있지요. 번웰 경이 여성들 사이에서 악명이 자자하다는 이야기는 이미 들은 적이 있었습니다. 부츠를 신고 있던 남자, 잃어버린 보석을 가지고 사라진 남자는 바로 번웰 경이 틀림없었죠. 번웰 경은 아서 씨가 자기 정체를 알아낸 걸 알면서도 스스로가 안전하다고 착각하고 있었을 겁니다. 아서 씨가 한마디라도 하면 자기 가문의 이름을 더럽히게 될 테니 말입니다.

홀더 씨도 이제 제가 다음으로 어떤 행동을 했는지 짐작할 수 있으시겠죠? 저는 건달 차림으로 조지 번웰 경의 집으로 찾아가서 하인과 말문을 텄습니다. 전날 번웰 경이 얼굴에 상처를 입었다는 이야기를 해주더군요. 그리고 마지막으로 모든 것을 확실히 하기 위해 하인에게 6실링을 주고 번웰 경이 버린 신발 한 켤레를 손에 넣었습니다. 신발을 들고 저는 스트레텀으로 가서 번웰 경의 신발이 눈밭에 남아 있는 발자국과 정확히 일치하는 것을 확인했지요."

"어제저녁 옷차림이 형편없는 부랑자 하나가 마구간 샛길에 서 있는 것을 보았습니다."

"그래요. 그게 바로 저였습니다. 범인을 밝혀낸 것을 알고 저는 집으로 돌아와 옷을 갈아입었습니다. 그때부터는 신중하게 행동해야 했어요. 스캔들을 피하려면 이 사건을 법정으로 끌고 가서는 안 되니까요. 번웰 경처럼 약삭빠른 악당이라면 저희가 어떻게 손쓸 방법이 없다는 사실을 꿰뚫어 보고 있다는 것도 알았죠. 그래서 저는 직접 번웰 경을 만나러 갔습니다. 물론 처음에는 전부 잡아떼더군요. 하지만 제가 사건의 경위를 낱낱이 이야기하자, 번웰 경은 악을 쓰며 벽에서 호신용 무

기를 들어 저를 내려치려 했습니다. 그러나 저는 제가 상대하는 악당이 어떤 놈인지 잘 알고 있었어요. 번웰 경이 저를 내려치기 전에 권총을 번웰 경의 머리 옆에 들이댔습니다. 그러고 나니 대화가 좀 통하더군요. 저는 번웰 경이 갖고 있는 보석에 하나당 1000파운드를 지불하겠다고 말했습니다. 그러자 번웰 경이 처음으로 비통한 목소리를 내더군요. '이런, 제기랄!' 번웰 경이 말했습니다. '세 개 합쳐서 600파운드에 이미 팔아버렸는걸!' 저는 번웰 경에게 경찰에 고발하지 않겠다고 단단히 약속하고는 보석을 산 장물아비의 주소를 받아냈습니다. 그리고 장물아비와 한참 흥정한 끝에 한 개당 1000파운드를 지불하고 보석을 되찾아왔죠. 마지막으로 아드님을 방문해서 모든 게 해결되었다고 말해준 다음 새벽 2시에 침대에 몸을 눕혔습니다. 굉장히 고된 하루였습니다."

"홈즈 씨는 단 하루 동안 영국이 어마어마한 스캔들에 휩쓸리는 걸 막아내신 겁니다." 자리에서 일어나며 은행가가 말했다. "홈즈 씨, 뭐라고 감사의 말을 해야 할지 모르겠습니다만, 은혜는 꼭 갚겠습니다. 홈즈 씨의 능력은 과연 제가 듣던 것 이상이로군요. 저는 어서 사랑하는 아들 녀석에게 가서 제 잘못을 사과해야겠습니다. 불쌍한 메리 이야기는 마음이 아프군요. 홈즈 씨의 능력으로도 메리가 지금 어디 있는지 알 수 없는 거죠?"

"이것 하나만은 분명합니다." 홈즈가 대답했다. "메리 양은 어디든 조지 번웰 경이 있는 곳에 함께 있다는 사실 말입니다.

그리고 마찬가지로 확실한 것은, 두 사람이 머지않아 지은 죄에 대해 충분하고도 남는 벌을 받게 되리라는 겁니다."

12
너도밤나무 저택

"예술을 위한 예술을 사랑하는 사람이라면, 예술의 가장 하찮고 초라한 현현에서 오히려 아주 묵직한 감동을 느끼는 일이 비일비재하다네." 〈데일리 텔레그래프〉 신문의 광고 지면을 한쪽으로 던지며 셜록 홈즈가 말했다. "왓슨, 자네가 자세히 기록하고 때로는 그럴듯하게 윤색해준 우리의 사건 기록을 훑어보니 자네도 이런 진실을 잘 알고 있는 것 같아서 대단히 흐뭇해. 내가 활약한 사건들 중에는 악명 높은 범죄와 유명한 재판이 등장하는 것도 많은데, 자네는 그런 것들은 제쳐두고 언뜻 보기엔 사소하지만 내 전공 분야인 추론과 논리적 종합 능력이 빛났던 사건들에 주목했으니 말이야."

"하지만 내 기록이 흥미 위주라는 거센 비난을 받아왔는데, 나 역시 그걸 부정할 수 없는걸." 내가 웃으며 말했다.

"자네가 아마도 실수를 한 것 같군." 홈즈는 부젓가락으로 발갛게 달궈진 재 부스러기를 들어 올려 입에 물고 있던 기다란 벚나무 파이프에 불을 붙였다. 사색이 아니라 논쟁을 하고 싶은 기분일 때면 사기 파이프 대신 사용하는 것이었다. "문장 하나하나에 색채와 생동감을 불어넣으려 한 것 말일세. 사건에서 주목할 만한 가치가 있는 유일한 것은 바로 원인에서 결과로 이어지는 엄밀한 추론 과정인데, 자네의 기록은 그 과정에서 벗어나 있어."

"바로 그 점에서는 내가 자네를 충분히 대우해줬다고 생각하는데?" 나는 조금 쌀쌀맞게 대답했다. 내 친구의 독특한 성격에서 유독 강하게 드러나는 자기중심적인 성향을 목격한 건 이번이 처음이 아니었다.

"아니, 내가 이기심 때문에 혹은 자만해서 하는 말이라고 생각하지는 말게." 홈즈는 버릇처럼 내 말의 행간을 읽고 그에 대해 답했다. "내 추리 능력에 주목해달라는 건 그게 사실 나와는 상관없는 것, 나 자신을 넘어선 것이기 때문이야. 범죄는 흔해 빠졌지만 논리는 희귀하지. 그러니 범죄보다는 논리에 초점을 맞춰야 하는 거야. 자네는 대학에서 한 학기 동안 강연할 수 있을 내용을 단지 몇 편의 이야기로 깎아내리고 만 걸세."

이른 봄날의 쌀쌀한 아침이었다. 우리는 베이커 스트리트의 낡은 방에서 아침 식사를 마친 다음, 기분 좋게 타오르는 벽난로를 사이에 두고 앉아 있었다. 거리에 일렬로 늘어선 회갈색 집들 사이로는 짙은 안개가 자욱했으며, 누렇고 뻑뻑한 안개가 소용돌이치는 통에 맞은편 창문은 형체를 잃고 침침한 얼룩처럼 보였다. 하지만 우리 방에는 가스등을 켜둔 덕에 식탁

보가 하얗게 빛났고, 그 위로 아직 치우지 않은 아침상의 도자기와 금속 식기가 반짝이고 있었다. 셜록 홈즈는 아침 내내 말한마디 없이 온갖 신문의 광고 면을 탐독하더니, 결국 무언가 찾는 것을 포기한 모양이었다. 그러고는 기분이 가라앉아서 나의 문학적 결점에 대해 잔소리를 한바탕 늘어놓은 것이었다.

"그렇지만 자네가 오로지 흥미 위주로 글을 쓴다는 비난을 받아 마땅하다는 뜻은 아니야." 홈즈는 잠시 벽난로에서 타오르는 불을 응시하며 파이프를 뻑뻑 피우더니 말했다. "고맙게도 자네가 관심을 보여준 사건들은 엄밀히 따지면 하나같이 법적 의미에서의 범죄를 다루는 게 아니었으니까. 보헤미아 왕이 도움을 요청했던 사소한 문제라든가 메리 서덜랜드 양의 특이한 경험, 비틀린 입술의 사나이와 관련된 사건, 독신 귀족의 사건 등은 모두 법의 테두리를 벗어나 있었지. 하지만 자네가 선정적인 사건에 대해 기록하는 걸 피하려고 애쓰다가 사소한 사건의 영역에 갇혀버린 건 아닌지 모르겠군."

"결과는 그렇게 된 셈이지." 내가 대답했다. "하지만 적어도 내가 사용한 수단만큼은 신선하고 흥미로운 것이었어."

"어휴, 이 친구야. 직공 특유의 치아 모양을 보고도, 또 식자공의 왼손 엄지를 보고도 그 사람의 직업이 무엇인지 알아보지 못하는 우매한 대중들이 섬세한 분석과 추리에 대해 뭘 알겠나! 하지만 사소한 사건에만 주목하는 게 온전히 자네 탓만은 아니야. 위대한 사건의 시대는 이미 지났으니까. 인간은, 아니 적어도 범죄자들은 모험심과 독창성을 모조리 잃어버렸어. 그래서 탐정이라는 직업도 잃어버린 연필이나 찾아주고 기숙학교를 졸업한 아가씨들에게 조언이나 해주는 일로 전락하고 말았지. 나도 이미 저 밑바닥으로 떨어진 것 같아. 오늘 아침에 받은 이 편지가 내 비참한 상황을 여실히 보여주고 있어. 한번 읽어보게나!" 홈즈는 구깃구깃한 편지를 내게 던져주었다.

편지는 몬터규 플레이스에서 어제저녁에 부친 것이었고, 내용은 다음과 같았다.

친애하는 홈즈 씨에게

가정교사 일자리가 하나 났는데, 제가 받아들이는 게 좋을지 꼭 상의드리고 싶어요. 괜찮으시다면 내일 10시 30분에 방문하겠습니다.

— 바이올렛 헌터 올림

"아는 아가씨인가?"

"아니."

"지금이 10시 30분인걸."

"알고 있어. 지금 초인종을 누르는 사람이 바로 그 아가씨일 거야."

"글쎄, 뜻밖에 흥미로운 사건일지도 모르지. 혹시 푸른 석류석 사건 기억하나? 처음에는 별것 아니라고 생각했는데 조사하다 보니 제법 심각한 사건으로 발전했잖아. 이번 사건도 그럴지 몰라."

"그러길 바랄 뿐이야. 하지만 우리의 궁금증은 금방 풀릴 것 같아. 내가 잘못 본 게 아니라면 그 편지의 주인공이 이미 도착했으니까."

말문이 떨어지자마자 문이 열리고, 젊은 아가씨 한 명이 안으로 들어왔다. 수수하지만 단정한 옷차림에 생기 넘치고 화사한 얼굴에는 물떼새 알처럼 주근깨가 박혀 있었다. 거친 세상을 자기 혼자 힘으로 헤쳐나가는 여성답게 태도가 활달했다.

"폐를 끼쳐드려서 죄송해요." 내 친구 홈즈가 자리에서 일어나 맞이하자 아가씨가 말했다. "제가 아주 이상한 일을 겪었는데, 저에게는 조언을 구할 수 있는 부모님이나 친척 어른이 없거든요. 친절한 홈즈 씨라면 제가 어떻게 해야 할지 알려주실 것 같아서 이렇게 왔답니다."

"헌터 양, 우선 앉으세요. 제가 도울 수 있는 일이라면 뭐든 기꺼이 하겠습니다."

보아하니 홈즈는 새 의뢰인의 태도와 말투에 호감을 느낀 듯했다. 홈즈는 특유의 탐색하는 눈빛으로 헌터 양을 훑어보더니, 눈을 내리깔고 손가락 끝을 서로 맞대고는 헌터 양의 이야기에 귀를 기울였다.

"저는 지난 다섯 해 동안 스펜스 먼로 대령님 댁에서 가정교사로 일했어요." 헌터 양이 말했다. "그런데 두 달 전에 대령님께서 노바스코샤의 핼리팩스로 발령을 받으시면서 아이들을 데리고 미국으로 떠나시는 바람에 저는 실업자가 되었답니다. 구직 광고도 내보고, 구인 광고를 보고 연락도 해봤지만 허탕만 쳤어요. 결국은 저축해둔 몇 푼 안 되는 돈이 바닥나기 시작해서 어떻게 해야 할지 난감했죠.

웨스트엔드에는 '웨스터웨이'라는 유명한 가정교사 직업소개소가 있어요. 저는 일주일에 한 번씩 그 직업소개소를 방문해서 제게 맞는 일자리가 나오지 않았는지 확인해보곤 했답니다. 웨스터웨이는 소개소를 설립한 사람 이름이고, 실제로 그곳을 관리하고 있는 분은 스토퍼 양이에요. 스토퍼 양이 작은 사무실에 앉아 있으면 일자리를 구하는 아가씨들이 대기실에서 기다리고 있다가 차례대로 한 명씩 사무실로 들어갑니다. 그러면 스토퍼 양이 장부를 뒤져보고 아가씨에게 맞는 자리가 있는지를 찾아주는 거죠.

지난주에도 사무실을 방문해서 평소처럼 스토퍼 양을 만나러 들어갔는데, 다른 사람과 같이 있더군요. 몸집이 몹시 크고 턱살은 목 위로 겹겹이 접혀 늘어진 뚱뚱한 신사분으로, 환하게 웃는 인상이었어요. 안경까지 쓰고 스토퍼 양 바로 옆에 앉아서 들어오는 아가씨들을 하나하나 뚫어져라 훑어보더군요. 그런데 제가 들어가자마자 이 신사분이 자리에서 벌떡 일어나서 스토퍼 양을 쳐다보며 말하는 거예요.

'저 아가씨면 되겠어요. 이보다 더 괜찮은 아가씨는 찾을 수도 없겠는데요. 훌륭해요! 최고입니다!' 신사분은 굉장히 감격한 것처럼 보였고, 흡족한 듯 양손을 비벼댔죠. 보고만 있어도

기분이 좋아질 정도로 인상이 편안한 신사분이었어요.

'아가씨, 일자리를 구하고 있죠?' 그분이 저에게 물었어요.

'네.'

'가정교사로?'

'네.'

'급료는 얼마나 받았으면 하나요?'

'전에 스펜스 먼로 대령님 댁에 있을 때는 한 달에 4파운드를 받았어요.'

'이런, 쯧쯧! 그건 착취 수준인데. 제대로 착취당했군요!' 그분은 끓어오르는 감정을 주체하지 못하는 것처럼 통통한 두 손을 공중에서 내저으며 외쳤어요. '이렇게 매력적이고 능력 있는 아가씨에게 급료를 그만큼밖에 안 줬다니 말이 됩니까?'

'선생님께서 상상하시는 것만큼 능력이 뛰어나지는 못할 거예요.' 제가 말했어요. '제가 할 줄 아는 건 프랑스어 조금, 독일어 조금, 음악과 미술 정도….'

'쯧쯧!' 신사분이 외쳤습니다. '그런 건 중요한 게 아니오. 아가씨의 태도와 행동이 숙녀다운가 그렇지 못한가, 그게 핵심이지. 뭐, 간단히 말하자면 그렇다는 말이죠. 숙녀로서의 자질이 없다면 언젠가 이 나라의 역사에서 큰일을 하게 될 아이를 가르칠 자격이 없어요. 하지만 만약 아가씨에게 그런 자질이 있다면, 세상에 어떤 신사가 세 자릿수 이하의 급료를 제시하는 무례를 범하겠습니까? 아가씨가 저를 위해 일해주신다면 초봉을 100파운드로 해드리죠.'

홈즈 씨도 짐작하시겠지만, 형편이 워낙 어려웠던 저에게는 이 제안이 말도 안 될 정도로 훌륭하게 들렸습니다. 하지만 그 신사분은 제 얼굴에 순간 믿지 못하는 표정이 스치는 걸 알아차렸는지 지갑을 열어 어음을 한 장 꺼내더군요.

'또한 저는 젊은 아가씨들에게 급료의 절반을 선불로 드리는 습관이 있소.' 신사분은 두 눈이 허연 살에 파묻혀 가느다란 구멍처럼 보일 정도로 만족스럽게 웃으며 말했어요. '여행 경비로도 하고, 옷도 좀 사 입을 수 있겠죠.'

그렇게 사려 깊고 매력적인 신사분은 제 인생에서 처음이었습니다. 저는 이미 여기저기 외상을 달아두고 있었던 처지라 급료를 선불로 받는다면 더할 나위 없이 좋았죠. 하지만 그런 계약은 아무래도 이상하게 느껴져서 대뜸 받아들이기 전에 조금 더 알아봐야겠다는 마음이 들었습니다.

'실례지만 선생님 댁은 어디세요?' 제가 물었어요.

'우리 집은 햄프셔의 근사한 저택이라오. 윈체스터에서 8킬로미터 거리에 있는 너도밤나무 저택이지. 그림처럼 아름다운 전원에 둘러싸인 운치 있고 정겨운 시골 저택이랍니다.'

'제가 할 일은 뭐죠, 선생님? 미리 알려주시면 좋겠는데요.'

'아들이 하나 있소. 갓 여섯 살이 된 사랑스러운 아이죠. 그 애가 슬리퍼로 바퀴벌레를 잡는 걸 아가씨가 보셔야 하는데! 찰싹! 찰싹! 찰싹! 눈 깜짝할 사이에 세 마리나 잡아버린다니까요!' 신사분은 의자에 몸을 푹 기대고 또다시 눈이 없어질 정도로 크게 웃어댔죠.

저는 아이가 그런 행동을 하며 즐거워한다는 말을 듣고 마음이 조금 불편해졌지만, 그 아이의 아버지가 껄껄 웃는 걸 보고 그저 농담을 한 것이려니 생각했어요.

'그렇다면 아드님을 돌보는 게 제가 할 일의 전부인가요?' 제가 물었어요.

'아니. 그건 아니에요.' 그분이 외쳤어요. '분별력 있는 아가씨라면 이해하겠지만, 내 아내가 시키는 사소한 심부름들을 좀 해야 할 거요. 물론 점잖은 숙녀가 해서는 안 되는 일은 아니랍니다. 자, 어려울 거 없죠?'

'제가 도움이 될 수 있기를 바랄 뿐이에요.'

'큰 도움이 될 거요. 예를 들어 옷차림 말인데, 우리 부부는 취향이 좀 별나서요. 아, 유난스럽긴 해도 못된 사람들은 아니랍니다. 아가씨, 우리가 옷을 주면서 입어달라고 하면 그 정도 변덕은 들어줄 수 있겠죠?'

'네.' 대답은 그렇게 했지만 저는 속으로 깜짝 놀랐어요.

'혹은 여기 앉으라든지 저기 앉으라든지, 그런 지시를 해도 불쾌하게 여기지는 않겠죠?'

'그럼요.'

'만약 우리 집에 오기 전에 머리칼을 짧게 잘라야 한다면?'

저는 순간 귀를 의심했습니다. 홈즈 씨가 지금 보시다시피, 제 머리칼은 상당히 풍성하고 아주 독특한 밤색 빛을 띠고 있어요. 사람들이 정말 아름다운 머리칼이라고들 하더군요. 그런데 느닷없이 머리를 자르라니, 상상할 수도 없는 일이었죠.

'죄송합니다만 그건 절대 안 될 것 같아요.' 제가 말했죠. 그러자 작은 두 눈으로 저에게 간절한 눈길을 보내던 신사분의 얼굴이 어두워졌어요.

'하지만 그건 절대적으로 필수예요.' 신사분이 말했어요. '우리 아내가 고집하는 거라서요. 아가씨도 알다시피 여자가 고집하는 건 꼭 들어줘야 하지 않습니까? 자, 그래도 머리카락을 자르지 않겠다는 건가요?'

'네, 선생님. 머리카락은 절대 자를 수 없어요.' 제가 잘라 말했어요.

'아, 알겠어요. 그렇다면 결론이 났군요. 그것만 빼면 아가씨가 딱 좋은데 안타까울 따름입니다. 자, 스토퍼 양, 그럼 다른 아가씨들을 더 보겠습니다.'

스토퍼 양은 저희가 대화를 나누는 내내 한마디도 하지 않고 바쁘게 서류에만 몰두해 있었죠. 하지만 그때 저를 바라보는 얼굴에 짜증의 빛이 떠오른 것을 보니 제가 신사분의 제안을 거절하는 바람에 거액의 수수료를 날린 게 분명하더군요.

'장부에 이 아가씨의 이름은 그대로 올려둘까요?' 스토퍼 양이 물었습니다.

'네, 그렇게 해주세요.'

'이런 식으로 최고의 일자리를 걷어차는 걸 보니 이름을 올려둬도 헛수고일 게 뻔한데요.' 스토퍼 양이 날카로운 목소리로 말했어요. '이렇게 좋은 자리를 또 찾아줄 수 있다고 생각한다면 착각이에요. 그럼 좋은 하루 되세요, 헌터 양.' 스토퍼 양이 책상 위의 종을 치자 조수가 들어와서 저를 밖으로 안내했어요.

홈즈 씨, 하지만 소개소를 나와서 제 셋방에 돌아와 보니 찬장은 텅텅 비어 있는 데다 탁자에는 청구서 몇 장이 놓여 있는 거예요. 그때서야 제가 바보 같은 짓을 한 게 아닌가 하는 생각이 들더군요. 신사분의 취향이 상당히 별스럽고 또 워낙 기이한 요구를 하긴 했지만, 어쨌든 그분은 그런 기벽에 따라주는 대가로 돈을 줄 생각이었을 거예요. 잉글랜드에서 한 해에 100파운드나 받을 수 있는 가정교사가 얼마나 되겠어요? 게다가 이 긴 머리칼이 지금 저에게 무슨 소용이 있나요? 사실 머리칼을 단발로 잘라서 더 예뻐진 사람들도 많은데, 제가 그중 하나일지도 모르잖아요. 다음 날 저는 전날의 결정이 실수가 아니었나 고민하기 시작했어요. 하루가 더 지나자 실수였다는 확신이 들었고요. 그래서 자존심 따위는 다 버리고 다시 소개소로 가서 그 일자리를 아직 얻을 수 있는지 물어보자고 결심했죠. 그런데 바로 그 찰나에 문제의 신사분으로부터 편지가 한 통 도착했어요. 여기 편지를 가져왔으니 바로 읽어드릴게요.

헌터 양에게
스토퍼 양이 친절하게도 주소를 알려주셔서, 혹시 기존의 결정을 다시 생각해보셨는지 여쭤보려고 이렇게 편지를 쓰고 있습니다. 우리 아내에게 헌터 양에 대해 이야기해주었더니 벌써 아가씨가 마음에 드는지 얼른 데려오라고 성화더군요. 우리는 봉급으로 분기마다 30파운드, 그러니까 1년에 120파운드를 기꺼이 드릴 의향이 있습니다. 우리 부부의 기벽 때문에 조금이라도 불편하실 것들에 대한 보상 차원이죠. 사실 우리가 부탁드리는 것은 그다지 어려운 일도 아니에요. 아내는 아주 밝은 파란색을 특히 좋아해서, 헌터 양이 매일 아침 실내에서 그런 색깔의 옷을 입어주었으면 하더군요. 그렇다고 해서 헌터 양이 수고스럽게 옷을 새로 살 필요는 없습니다. 지금 필라델피아에 가 있는 우리 딸 앨리스가 입던 옷이 있는데, 제가 보기에는 헌터 양에게 딱 맞을 것 같아요. 그다음으로는 우리가 시키는 대로 여기저기 앉아 있거나 마음껏 웃으며 시간을 보내면 되는데, 절대 헌터 양에게 불편하지는 않을 겁니다. 아가씨의 머리칼에 대해서는 정말 안타까운 일이라고밖엔 못 하겠군요. 면접을 보던 그 짧은 시간에도 눈에 들어올 정도로 몹시 아름다운 머리칼이었으니 말이에요. 하지만 이 점에 대해서는 나도 더 물러설 수 없고, 단지 인상해드린 봉급이 머리칼을 짧게 자르는 것에 대한 보상이 되기를 바랄 뿐입니다. 아이를 돌보는 일은 대수롭지 않을 겁니다. 자, 그럼 우리 저택으로 오시지 않겠어요? 이륜마차를 끌고 윈체스터 역으로 마중을 나갈 테니 기차 시간을 알려주세요.

윈체스터 근교 너도밤나무 저택에서

— 제프로 러캐슬

홈즈 씨, 바로 이게 제가 받은 편지랍니다. 저는 이 신사분의 제안을 받아들이기로 마음을 굳혔어요. 하지만 너도밤나무 저택에 가기 전에 마지막으로 이 문제에 대해 홈즈 씨의 의견을 들어보는 게 좋겠다고 생각했어요."

"글쎄요, 헌터 양. 이미 마음을 정하셨다면 문제랄 게 더 있나요?" 홈즈가 웃으며 말했다.

"이 제안을 거절하라는 말씀은 안 하실 건가요?"

"솔직히 헌터 양이 제 여동생이라면 이 일자리를 받아들이지 말라고 할 겁니다."

"홈즈 씨, 이 모든 게 대관절 무슨 의미일까요?"

"아, 저에게는 정보가 없습니다. 그래서 아직 모르겠어요. 하지만 헌터 양은 나름의 생각이 있으시겠지요?"

"제가 보기에 가능한 설명은 하나뿐이에요. 러캐슬 씨는 매우 친절하고 상냥한 신사분 같았어요. 하지만 혹시 그분의 아내는 정신병을 앓고 있는 게 아닐까요? 그래서 그분은 아내의 문제를 덮으려고 노력하고 있는 거예요. 발작을 일으켜 정신병원에 끌려가는 걸 막으려고 온갖 변덕을 들어주면서 말이에요."

"그거 말이 되는군요. 사실 아가씨에게 들은 내용을 바탕으로 생각해보면 현재로서는 가장 가능성이 높은 이야기입니다. 하지만 어찌 되었든 젊은 아가씨가 지내기에 적합한 가정으로 보이지는 않아요."

"하지만 홈즈 씨, 돈이 얼만데요!"

"아, 그래요. 물론 봉급이 훌륭하죠. 지나치게 훌륭하다고나 할까요. 바로 그 점이 마음에 걸리는군요. 1년에 40파운드면 훌륭한 가정교사를 고를 수 있는데, 120파운드나 지불하려는 의도가 대체 뭘까요? 분명히 그럴 수밖에 없는 이유가 있을 겁니다."

"홈즈 씨에게 상황을 설명해두면 나중에 혹시 도움을 청하더라도 쉽게 이해해주시리라 생각했어요. 홈즈 씨가 뒤를 봐주고 있다고 생각하면 마음이 든든할 것 같았고요."

"아, 그렇게 생각하고 떠나셔도 될 것 같습니다. 지난 몇 달간 제게 들어온 사건 의뢰 중 아가씨의 깜찍한 문제가 가장 흥미로워요. 이 사건에는 몹시 독창적인 부분이 한두 가지가 아닙니다. 혹시 뭔가 의심스럽거나 위험하다는 생각이 들면…."

"위험이라니요! 어떤 위험을 말씀하시는 건가요?"

홈즈는 무겁게 고개를 저었다. "위험한 게 뭔지 알면 이미 위험이라 할 수 없죠." 홈즈가 말했다. "하지만 낮이든 밤이든 제게 전보 한 통만 치면 당장 도와주러 가겠습니다."

"그거면 충분해요." 헌터 양은 근심이 싹 가신 얼굴로 활기차게 일어섰다. "이제 마음 편히 햄프셔로 갈 수 있겠어요. 당장 러캐슬 씨에게 답장을 쓰고, 저녁에는 슬프지만 머리칼을 자르고, 내일 윈체스터로 출발할 거예요." 홈즈에게 감사의 말을 몇 마디 건넨 헌터 양은 우리 둘에게 작별 인사를 하고 기운 넘치는 걸음으로 나갔다.

"저 아가씨는 적어도 자기 몸은 추스를 수 있을 것 같군." 빠르고 단호하게 계단을 내려가는 발소리를 듣고 내가 말했다.

"그래야만 할 테지." 홈즈가 진중하게 말했다. "내가 잘못 생각한 게 아니라면, 며칠 지나지 않아 소식이 올 테니까."

내 친구의 예언이 맞아떨어지는 데는 오랜 시간이 걸리지 않았다. 보름 동안 나는 종종 헌터 양을 생각했다. 의지할 곳하나 없는 아가씨가 인간사의 얄궂은 뒷골목을 얼마나 헤매고 있을지 걱정되었다. 봉급은 이상할 정도로 많고, 이런저런 조건들도 수상쩍은데 정작 가정교사로서의 일은 많지 않다니, 그 모든 것이 이면에 비정상적인 무언가가 있다는 것을 암시하고 있었다. 단지 그 신사의 취향이 별난 것인지, 어떤 음모가 깔려 있는지는 알 수 없었다. 그 신사가 박애주의자인지 아니면 악당인지도 내 능력으로는 판단할 수 없었다. 헌터 양이 떠난 후 보름 동안 홈즈는 종종 미간을 찌푸린 채 30분씩 멍하니 앉아 있곤 했다. 하지만 내가 헌터 양 이야기를 꺼내면 홈즈는 손을 내저으며 말을 막았다. "정보! 정보! 정보가 필요해!" 홈즈가 성마르게 외쳤다. "흙도 없이 흙벽돌을 만들 수는 없어." 그러다 홈즈는 자기 여동생이라면 절대 그런 제안을 받아들이지 않게 했을 거라고 중얼거리곤 했다.

마침내 전보가 도착했다. 그때 나는 잠자리에 들려고 하던 중이었고, 홈즈는 화학 연구에 막 착수한 참이었다. 홈즈는 한번 밤샘 연구에 빠지면 다음 날 아침 내가 아침 식사를 하러 내려올 때까지 똑같은 자세로 증류기와 시험관을 들여다보고 있곤 했다. 홈즈가 노란색 봉투를 열고 내용을 쓱 훑어보더니 내게 건네주었다.

"기차 시간표를 좀 알아봐 줘." 홈즈는 다시 실험 기구로 몸을 돌렸다.

전보의 내용은 간단하지만 다급했다.

내일 정오까지 윈체스터의 블랙 스완 호텔로 와주세요. 꼭 와주셔야 해요! 도저히 어찌해야 할지 모르겠어요.

— 헌터

"같이 갈 거지?" 홈즈가 고개를 들고 물었다.

"당연하지."

"그럼 차편 좀 알아봐 줘."

"9시 30분에 기차가 있어." 나는 시간표를 살펴보며 말했다. "윈체스터에는 11시 30분에 도착해."

"그걸 타면 딱 좋겠군. 그러면 아세톤 분석은 다음으로 미루고 자러 가야겠어. 내일 아침에는 최고의 컨디션을 유지해야 하니까."

이튿날 오전 11시에 우리는 아무 문제 없이 잉글랜드의 옛 수도로 향하고 있었다. 기차를 탄 이후 내내 조간신문에 얼굴을 파묻고 있던 홈즈는 햄프셔에 들어서자 신문은 내팽개치고 경치를 감상하기 시작했다. 이상적인 봄날이었다. 연한 푸른빛 하늘에는 작고 하얀 양떼구름이 서쪽에서 동쪽으로 둥둥 떠가고 있었다. 태양이 눈부시게 빛나고 있었지만, 공기 중에는 정신을 바짝 차리게 하는 차가운 기운이 감돌았다. 앨더

숲을 둘러싼 완만한 구릉지까지 펼쳐진 전원 곳곳에 빨간색과 회색의 농가 지붕들이 연둣빛 새순 사이로 고개를 내밀고 있었다.

"정말 상쾌하고 아름답지 않아?" 나는 베이커 스트리트의 안개에서 갓 해방된 사람답게 열띤 목소리로 외쳤다.

하지만 홈즈는 무겁게 고개를 저었다.

"왓슨, 자네는 모르겠지. 나 같은 능력을 가진 사람은 모든 걸 전공 분야와 관련해 봐야 하는 저주를 받았다는 걸 말이야. 자네는 드문드문 자리 잡은 집들을 보며 아름다움에 감탄하지. 하지만 내 눈에 띄는 건 저 집들이 모두 극도로 고립되어 있다는 사실이야. 저기서 범죄가 일어난다면 쥐도 새도 모르게 덮어버릴 수 있겠다는 생각밖에 들지 않는다네."

"맙소사!" 내가 외쳤다. "저렇게 아름다운 시골집을 보고 범죄를 떠올리다니!"

"시골집을 보면 나는 언제나 겁이 나. 왓슨, 내가 경험을 통해 알게 된 사실이 하나 있어. 런던의 가장 부도덕하고 저급한 뒷골목보다도 저렇게 사랑스럽고 명랑해 보이는 시골 마을에서 더 끔찍한 범죄가 일어난다네."

"이거 겁나는 얘기로군!"

"하지만 그 이유는 명백해. 도시에서는 법이 할 수 없는 일을 사람들의 입소문이 대신해주거든. 아무리 부도덕한 골목이라도 학대당하는 아이의 비명 소리나 술주정뱅이의 주먹질 소리가 들리면 이웃들은 동정하고 분개하기 마련이지. 게다가 온갖 사법 기관이 가까이 있으니 한마디만 찔러줘도 곧바로 경찰이 출동할 수 있어. 다시 말해 죄를 지으면 곧장 철창행이란 말일세. 하지만 저렇게 널따란 땅에 한 채씩 떨어져 있는 외딴집들을 보게나. 저기 사는 불쌍한 사람들은 대부분 무지해서 법도 잘 모를 걸세. 저런 집에서 1년이고 2년이고 해를 거듭해서 사악하고 잔인한 행동들이 몰래 일어나고 있다고 상상해봐. 개선될 여지조차 없이 말이야. 우리에게 도움을 청한 아가씨가 윈체스터에 살러 갔다면 애초에 걱정도 하지 않았을 거야. 윈체스터에서 8킬로미터나 떨어진 시골이기 때문에 위험하다고 생각한 거지. 어쨌든 아직 신변에 위험이 닥친 건 아닌 게 분명하군."

"그렇지. 우리를 만나러 윈체스터까지 올 수 있다면 도망칠 수도 있다는 거니까."

"바로 그거야. 헌터 양은 자유롭게 행동할 수 있어."

"그렇다면 대체 문제가 뭘까? 설명 좀 해줄 수 없어?"

"우리가 알고 있는 정보를 기반으로 일곱 가지 가능성을 생각해봤어. 하지만 그중 무엇이 옳은지는 새로운 정보를 들어봐야 판단할 수 있을 거야. 저기 성당 탑이 보이는 걸 보니 거의 다 온 것 같군. 잠시 후면 헌터 양을 만나 이야기를 들어볼 수 있겠군."

블랙 스완 호텔은 하이 스트리트에 위치한 명성 높은 호텔로 역에서 멀지 않았다. 헌터 양은 이미 도착해서 우리를 기다리고 있었다. 응접실 하나가 예약되어 있었고, 탁자 위에는 점심 식사가 차려져 있었다.

"와주셔서 너무나 기뻐요." 헌터 양이 진심 어린 목소리로 말했다. "두 분께 몹시 감사드려요. 정말이지 저는 어찌해야 할지 모르겠어요. 홈즈 씨의 조언이 꼭 필요해요."

"무슨 일이 일어났는지부터 말씀해주세요."

"네, 그럴게요. 하지만 러캐슬 씨에게 3시 전에 돌아오겠다고 약속했으니 서둘러야 해요. 오늘 아침에 윈체스터에 다녀오겠다고 허락을 받았어요. 물론 두 분을 만나러 간다는 건 모르시지만요."

"차근차근 무슨 일인지 설명해주세요." 홈즈는 길고 늘씬한 다리를 난롯가 쪽으로 쭉 뻗고 헌터 양의 이야기에 귀를 기울였다.

"우선, 어느 모로 보나 러캐슬 씨 부부에게서 나쁜 대우를 받은 건 아니라는 걸 말씀드리고 싶어요. 그렇게 말하는 게 공정하겠죠. 하지만 저는 도무지 그분들을 이해할 수 없고, 그래서 마음이 불편해요."

"어떤 점에서 이해할 수 없다는 말인가요?"

"그분들이 왜 그런 행동을 하는지 모르겠어요. 하지만 우선 어떤 일들이 있었는지 차례대로 말씀드릴게요. 윈체스터 역에 도착하니 러캐슬 씨가 마중을 나와 계셔서 함께 이륜마차를 타고 너도밤나무 저택으로 갔어요. 그분 말씀대로 저택 주변은 참 아름다웠지만, 저택 자체는 아름답지 않더군요. 커다랗고 네모난 저택은 흰색으로 칠한 외관이 온통 곰팡이로 얼룩지고 비바람에 낡아서 세로줄이 죽죽 가 있었으니까요. 저택은 마당에 둘러싸여 있고, 숲이 삼면을 에워싸고 있었죠. 집 앞쪽으로는 경사진 들판이 펼쳐져 있는데, 100미터 거리에 사우샘프턴 대로가 굽어져 지나가고 있었어요. 저택 앞마당은 러캐슬 씨 소유지만 숲은 전부 서더튼 경의 영지라더군요. 현관문 바로 앞에 너도밤나무 숲이 있어서 너도밤나무 저택이라는 이름이 붙은 거죠.

저택으로 가는 길 내내 러캐슬 씨는 언제나처럼 친절했고, 저택에 도착하자 아내와 아들을 소개해주었어요. 홈즈 씨, 우리가 베이커 스트리트에서 추리했던 건 사실이 아니었어요. 러캐슬 부인은 정신병을 앓고 있지 않았어요. 부인은 조용하고 얼굴이 파리한 편인데, 남편보다는 훨씬 어렸어요. 러캐슬 씨는 적어도 마흔다섯은 되었을 텐데, 부인은 채 서른도 안 된 것처럼 보였거든요. 두 분의 대화를 들어보니 결혼한 지 7년이 된 것 같았어요. 러캐슬 씨는 첫 번째 부인과 사별한 뒤 재혼한 것인데, 필라델피아에 갔다는 그 딸이 첫 결혼에서 얻은 유일한 자식이었어요. 딸이 새엄마를 까닭 없이 싫어해서 멀리 떠나버린 거라고 러캐슬 씨가 저에게 몰래 귀띔해주더군요. 딸은 아마 스무 살을 넘긴 것 같은데, 아버지의 젊은 새 아내와 한지붕 아래 사는 게 꽤나 불편했을 만도 하죠.

러캐슬 부인은 성격도 외모만큼이나 아무런 특색이 없는 사람처럼 보였어요. 저는 부인에게 딱히 호감도 반감도 느끼지 못했죠. 정말이지 별다를 것 없는 사람이었으니까요. 러캐슬 부인은 언뜻 봐도 남편과 어린 아들에게 대단히 헌신적이더군요. 연회색의 두 눈동자로 항상 남편과 아들을 주시하다가, 두 사람이 원하는 게 있는 눈치면 알아서 가져다주곤 했어요. 러캐슬 씨도 특유의 솔직하고 야단스러운 방식으로 아내에게 자상한 남편 노릇을 해주더군요. 전반적으로 두 사람은 행복한 부부처럼 보였어요. 하지만 러캐슬 부인에게는 남모르는 슬픔이 있었어요. 저는 그분이 세상에서 가장 슬픈 얼굴로 골똘한 생각에 잠겨 있는 모습을 종종 보았답니다. 몰래 눈물을 흘리는 모습을 본 것도 한두 번이 아니에요. 가끔 저는 부인이 그렇게 슬퍼하는 이유가 아이의 성질 때문이 아닌가 생각했습니다. 그렇게 제멋대로에 못 돼먹은 꼬마는 처음 봤으니까요. 그 아이는 또래보다 체구가 작지만 머리는 유난히 커요. 야만스럽게 날뛰며 난리를 치거나, 그게 아니면 시무룩해져 심통을 부리거나 하면서 하루를 보내죠. 자기보다 약한 생물을 괴롭히는 게 그 아이의 낙이에요. 쥐나 작은 새, 곤충을 잡는 데 일가견이 있더군요. 하지만 꼬마에 대해서는 이 정도만 얘기하는 게 낫겠어요. 제 이야기와 별로 상관이 없으니까요."

"무엇이든 자세히 말씀해주세요." 내 친구가 말했다. "헌터 양이 보시기에 관련이 없다고 생각되더라도 말이죠."

"중요한 건 하나도 빼놓지 않을게요. 제가 저택에 가자마자 불쾌하게 여긴 것 중 하나는 바로 하인들의 생김새와 행동이었어요. 하인은 남자 하나와 그 부인으로 두 명뿐이었죠. 남자의 이름은 톨러로, 거칠고 무례한 노인이에요. 머리와 구레나

롯은 잿빛이고, 언제나 술에 절어 있죠. 제가 너도밤나무 저택에서 지내면서 그 영감이 고주망태가 된 걸 본 것만도 두 번인데, 러캐슬 씨는 신경도 쓰지 않는 것 같더군요. 톨러 영감의 부인은 키가 몹시 크고 골격이 튼튼한 여자로, 한결같이 인상을 찌푸리고 있는 데다 러캐슬 부인만큼이나 말이 없어요. 참 무뚝뚝한 여자예요. 여하간 이렇게 기분 나쁜 부부도 드물 거예요. 하지만 다행히도 저는 대부분의 시간을 그들과 떨어져 건물 구석에 나란히 붙어 있는 아이 방이나 제 방에서 보낸답니다.

너도밤나무 저택에 도착하고 이틀 동안은 아주 조용히 지냈어요. 그런데 사흘째 되는 날, 아침 식사를 마치자마자 러캐슬 부인이 남편에게 뭐라고 속삭이더군요.

'아, 그렇지.' 러캐슬 씨가 제게로 몸을 돌리며 말했습니다. '헌터 양, 우리 부부의 별스러운 요구에 맞춰 머리칼까지 잘라줘서 정말 고마워요. 머리칼을 잘라도 아가씨의 외모는 여전하니 걱정할 것 없어요. 자, 이제 헌터 양에게 새파란색 드레스가 얼마나 잘 어울리는지 볼까요? 방에 돌아가면 침대 위에 드레스가 놓여 있을 거예요. 그걸 입고 와주면 우리 두 사람은 너무나 기쁠 겁니다.'

제 방에 놓인 드레스는 독특한 빛깔의 파란색이었어요. 고급 모직물로 만든 것이었지만, 언뜻 봐도 전에 누가 입었던 흔적이 있었지요. 그런데 드레스를 입어보니 제 몸에 맞춰 만들었다고 해도 이상하지 않을 만큼 딱 맞는 게 아니겠어요? 그

드레스를 입고 내려가자 러캐슬 씨 부부는 열렬히 기뻐했어요. 일부러 과장하는 게 아닐까 하는 정도였어요. 두 사람은 응접실에서 저를 맞이했어요. 저택의 앞면 전체를 차지하는 커다란 응접실에는 바닥까지 닿는 커다란 창문이 세 개나 있는데, 가운데 창문 바로 앞에 창문을 등지고 의자를 하나 놓아두었더군요. 시키는 대로 제가 그 의자에 앉자, 러캐슬 씨는 제 맞은편에서 방 안을 왔다 갔다 걸어 다니면서 배꼽이 빠질 정도로 웃긴 이야기들을 들려주기 시작했어요. 정말이지 그렇게 웃긴 이야기는 살면서 처음 들어봤어요. 게다가 러캐슬 씨의 말투가 어찌나 익살스러웠는지 저는 지칠 때까지 마음껏 웃었어요. 하지만 유머 감각이라고는 찾아볼 수 없는 러캐슬 부인은 여전히 슬프고 염려스러운 표정으로 손을 무릎 위에 얹은 채 가만히 앉아 있었죠. 그렇게 한 시간쯤 지났을 때 러캐슬 씨가 느닷없이 이야기를 멈추더군요. 그러고는 이제 일을 시작해야겠다며 옷을 갈아입고 에드워드를 돌보러 가라는 것이었어요.

이틀 후에 완전히 똑같은 상황이 반복되었습니다. 저는 또다시 드레스로 갈아입고, 전과 똑같이 창문 옆에 앉아서 제 고용주가 들려주는 우스운 이야기를 들으면서 깔깔댔어요. 러캐슬 씨는 우스운 이야기를 수도 없이 알고 있는 데다 말솜씨는 남들이 감히 흉내조차 못 낼 정도거든요. 그러다가 갑자기 그분이 저에게 노란색 표지의 소설책을 한 권 건네주더니, 제 그림자가 책장 위로 어른거리지 않도록 의자를 살짝 옆으로 돌리고는 책을 소리 내어 읽어달라지 뭐예요? 10분 정도나 읽었을까. 이제 막 재미있어지려는 찰나였어요. 느닷없이 러캐슬 씨가 문장 중간에서 제 말을 끊더니 책을 그만 읽고 옷을 갈아입으라고 하더군요.

홈즈 씨도 짐작하겠지만, 저는 이렇게 기이한 행동을 하는 까닭이 무엇인지 궁금해서 견딜 수가 없었어요. 가만 보니 두 사람은 제가 창문을 꼭 등지게 하려고 철저히 신경을 쓰더군요. 대체 제 등 뒤에서 무슨 일이 벌어지고 있기에 그렇게 주의하는지 호기심이 일었어요. 처음에는 딱히 방법이 없다고 생각했지만, 곧 좋은 수가 떠올랐죠. 저에게는 깨진 손거울이 하나 있었는데, 손수건 속에 거울 조각을 숨겨서 등 뒤를 보면 되겠다는 생각이 들었죠. 다음번에 러캐슬 씨가 저에게 이야기를 들려주고 있을 때, 저는 깔깔 웃다가 손수건을 눈가에 가져갔어요. 손을 이리저리 움직이자 등 뒤가 보이더군요. 하지만 솔직히 말해 그때는 실망했어요. 아무것도 없었으니까요. 아니, 적어도 처음에는 그런 줄 알았어요. 그런데 다시 한 번 보니 사우샘프턴 대로에 웬 남자가 서 있더군요. 회색 양복을 입고 수염을 기른 키 작은 남자가 길가에 서서 제 쪽을 보고 있지 않겠어요? 그 도로는 사람들의 왕래가 잦은 길이어서 사람이 있다 해도 이상한 일은 아니었죠. 하지만 그 남자는 저택 울타리에 기대 이쪽을 뚫어져라 처다보고 있었어요. 손수건을 다시 아래로 내리고 러캐슬 부인을 보니 탐색하는 듯한 눈빛으로 저를 살펴보고 있더군요. 아무 말도 하지 않았지만, 제가 거울을 숨겨 등 뒤를 본 걸 눈치챈 게 확실했어요. 부인이 느닷없이 자리에서 일어나더군요.

'여보, 길가에서 웬 뻔뻔스러운 남자 하나가 헌터 양을 쳐다보고 있어요.'

'헌터 양의 친구인가요?'

'아니에요. 저는 이 지역에 아는 사람이 없는걸요.'

'그렇구먼! 저런 무례한 녀석 같으니! 헌터 양, 미안하지만 몸을 돌려서 저리 가라고 손짓을 좀 해요!'

'모르는 척하는 게 나을 것 같은데요.'

'아니, 아니에요. 그랬다가는 허구한 날 이 주변을 맴돌 게 뻔해요. 자, 몸을 돌려서 이렇게 손짓을 해줘요.'

제가 시키는 대로 하자마자 러캐슬 부인이 블라인드를 내리더군요. 그게 벌써 한 주 전 일이에요. 그 후로는 전처럼 창문가에 앉아 있으라는 지시도, 문제의 푸른 드레스를 입으라는 지시도 하지 않았어요. 길가에 서 있던 그 남자도 다시 본 적이 없고요."

"계속 말씀하세요." 홈즈가 말했다. "이야기가 몹시 흥미롭군요."

"제가 아무 상관 없는 이야기만 늘어놓고 있는 건 아닌지 모르겠네요. 제가 너도밤나무 저택에 도착한 당일에 러캐슬 씨는 저를 부엌문 바로 밖에 위치한 작은 창고로 데려갔어요. 가까이 가자 금속 사슬이 날카롭게 쨀그랑거리는 소리와 커다란 짐승이 돌아다니는 것 같은 소리가 들렸죠.

'이 안을 좀 봐요!' 러캐슬 씨는 창고 벽의 판자 사이로 벌어진 틈을 가리켰습니다. '정말 멋진 놈 아니요?'

틈 안쪽을 들여다보니, 어둠 속에서 광채를 내는 두 눈과 몸통을 도사리고 있는 놈의 흐릿한 형체가 보였어요.

'겁먹을 거 없어요.' 화들짝 놀라는 저를 보고 러캐슬 씨가 웃으며 말했어요. '마스티프 종 개예요. 이름은 카를로라고 하죠. 내가 주인이긴 하지만, 하인인 톨러 영감 말고는 이 녀석을 다룰 수 있는 사람이 없소. 하루에 한 번 밥을 주지만 배부르게 주지는 않아요. 그래야 항상 예리함을 유지할 테니 말이오. 톨러 영감은 밤마다 녀석을 풀어놓아요. 이 저택에 침입하려는 사람은 여지없이 저 녀석의 이빨에 물어뜯기고 말 겁니다. 그러니 헌터 양도 목숨이 소중하다면 밤에 저택 밖으로 나갈 생각일랑 말아요.'

그 경고는 빈말이 아니었어요. 이틀 후 새벽 2시쯤 우연히 침실 창밖을 내다보았어요. 달이 환하게 뜬 아름다운 밤이었고, 저택 앞 잔디밭은 은빛으로 물들어 한낮만큼이나 밝았죠. 눈 앞에 펼쳐진 아름답고 고요한 정경에 사로잡혀 한참을 서 있다가, 순간 너도밤나무 숲 그늘 아래로 무언가 움직이는 것을 눈치챘어요. 그게 달빛 아래로 들어오자 정체를 알 수 있었어요. 바로 송아지만큼이나 몸집이 커다란 황갈색 개였죠. 턱 밑 살은 아래로 축 늘어지고, 주둥이는 시커멓고, 커다란 뼈들이 거죽 밖으로 툭툭 불거져 나와 있더군요. 녀석은 천천히 잔디밭을 가로질러 반대편 그늘 속으로 사라졌어요. 그 끔찍한 감시견을 보고 저는 등골이 서늘해졌답니다. 도둑을 봤어도 그보다 놀라지는 않았을 거예요.

이제 정말 괴상하기 짝이 없는 일을 말씀드릴 차례예요. 아시다시피 저는 런던에서 머리칼을 잘랐고, 잘라낸 머리칼은 돌돌 감아 제 트렁크의 가장 안쪽에 간직해두었어요. 하루는 저녁에 아이가 잠들고 나서 소일거리로 방 안의 가구를 살펴보고 소지품을 정리하기 시작했어요. 방 안에는 낡은 서랍장이 하나 있었는데, 열어보니 위쪽 두 칸은 텅 비어 있었고 가장 아래 칸은 잠겨 있더군요. 그런데 옷을 서랍 두 칸 가득 담았는데도 공간이 부족한 거예요. 당연히 세 번째 서랍을 쓸 수 없다는 게 짜증스러웠죠. 그러다 서랍이 단순한 실수로 잠겨 있을지도 모르겠다는 생각이 들었어요. 그래서 제 열쇠 꾸러미를 꺼내 서랍 열쇠 구멍에 맞춰보기 시작했는데, 처음으로 넣은 열쇠가 딱 들어맞아 바로 서랍을 열 수 있었죠. 그 안에 들어 있는 것은 단 하나였는데, 그게 뭐였는지 홈즈 씨는 상상도 못 하실 거예요. 그건 바로 제가 잘라낸 머리 타래였어요.

저는 머리 타래를 집어 들어 살펴보았어요. 독특한 밤색 빛을 띤 것하며 머리카락 굵기까지 모두 제 머리칼과 똑같았죠. 하지만 그럴 리가 없다는 생각이 들었어요. 제 머리 타래가 이 서랍 안에 들어 있다니 말도 안 되잖아요? 저는 떨리는 손으로 트렁크를 열어 안에 들어 있던 것을 모두 꺼내고, 가장 바닥에서 제 머리 타래를 꺼냈어요. 두 머리 타래를 나란히 놓고 봐도 단언컨대 똑같아 보이더군요. 정말 황당무계한 일 아닌가

요? 아무리 궁리해봐도 이 모든 상황이 어떤 의미인지 이해할 수 없었어요. 저는 문제의 머리 타래를 서랍 안에 다시 넣어두고, 러캐슬 씨 부부에게는 일언반구도 하지 않았죠. 그분들이 잠가둔 서랍을 제가 연 것부터가 잘못된 행동이었다는 생각이 들었거든요.

홈즈 씨도 알아차리셨겠지만, 저는 원래 관찰력이 예리한 편이라 곧 너도밤나무 저택 전체의 구조를 머릿속에 제법 자세히 그릴 수 있게 되었습니다. 그런데 저택 2층에 아무도 살지 않는 듯한 공간이 하나 있었어요. 톨러 부부가 사는 방 맞은편에 그곳으로 통하는 문이 있었지만 항상 잠겨 있더군요. 그런데 하루는 계단을 올라가던 도중에 한 손에 열쇠를 들고 그 문에서 나오는 러캐슬 씨와 마주쳤어요. 그 순간의 러캐슬 씨는 제가 알던 둥근 얼굴의 유쾌한 남자와는 전혀 딴사람 같았어요. 두 뺨은 붉게 상기되어 있었고, 화가 나서 이마를 잔뜩 찌푸린 데다 흥분했는지 관자놀이에 핏줄이 다 불거져 나와 있더군요. 러캐슬 씨는 문을 잠그더니 저에게는 눈길 한번 주지 않고, 말 한마디 없이 자리를 떠났어요.

그 후로 저는 더욱 호기심이 생겼죠. 그래서 아이를 데리고 정원으로 산책을 나갔을 때, 일부러 그쪽 창문이 보이는 방향으로 가봤어요. 창문은 총 네 개가 있었는데, 세 개는 아주 지저분했고 하나는 덧문이 내려져 있었어요. 그 방에는 아무도 살지 않는 게 분명했죠. 그렇게 정원을 거닐다가 때때로 창문을 쳐다보고 있는데, 러캐슬 씨가 정원으로 나왔어요. 언제나처럼 즐겁고 유쾌한 표정이었죠.

'아! 인사 한마디 없이 지나쳤다고 해서 나를 무례하다고 생각하지는 않겠죠, 아가씨. 사업 문제에 정신이 팔려 있었어요.' 러캐슬 씨가 말을 걸었어요.

저는 기분이 상하지 않았다고 말했어요. '그건 그렇고, 저기 2층에는 안 쓰는 방이 몇 개 있나 봐요? 창문 하나에는 덧문까지 닫혀 있고 말예요.'

러캐슬 씨는 흠칫 놀라더군요. 제 말에 조금 불안해하는 것 같았어요.

'내 취미 가운데 하나가 사진이거든요.' 러캐슬 씨가 대답했어요. '그래서 2층에 암실을 꾸며놓았죠. 그런데 아가씨는 관찰력이 몹시 뛰어나군요! 아주 훌륭해요. 정말 대단한 아가씨라니까요.' 러캐슬 씨는 놀리는 투로 말했지만, 눈빛에서 장난기라곤 찾아볼 수 없었어요. 의심하고 언짢아하는 기색뿐이었죠.

홈즈 씨, 그 방에 제가 알아서는 안 되는 비밀이 있다는 걸 알고 나니 그곳을 조사해보고 싶다는 호기심이 더 일더군요. 제가 워낙 호기심이 많긴 하지만, 단지 그 때문만은 아니었어요. 어떤 의무감 같은 걸 느꼈죠. 제가 그곳에 가보는 게 좋을 것 같은 느낌 말이에요. 여자에게는 직감이 있다고들 하는데, 저도 그런 걸 느낀 건지도 모르겠어요. 어쨌든 문제의 방은 그 자리에 그대로 있었고, 저는 금지된 문으로 들어갈 수 있는 기회만 엿보고 있었어요.

그 기회가 찾아온 건 바로 어제였어요. 참, 러캐슬 씨 말고 톨러 부부도 그 방에 드나드는 것 같더군요. 톨러 영감이 커다란 검은색 천 가방을 들고 문으로 들어가는 걸 봤거든요. 톨러 영감은 근래에 술을 달고 살다시피 했고, 어제저녁에는 거나하게 취해 있었어요. 제가 2층에 올라가 보니 문에 열쇠가 그대로 꽂혀 있더군요. 영감이 놓고 간 게 뻔했죠. 러캐슬 씨 부부와 아이는 모두 아래층에 있었기 때문에 말 그대로 더할 나위 없는 기회였어요. 저는 열쇠를 조용히 돌려 문을 열고 살그머니 안으로 들어갔어요.

문을 열자 제 눈앞에 나타난 건 벽지도 붙이지 않고 카펫도 깔지 않은 복도였어요. 복도 끝에서 직각으로 꺾여 들어간 모퉁이를 돌자 문 세 개가 나란히 나 있었는데, 첫 번째와 세 번째 문은 열려 있었어요. 열린 문 안쪽의 널찍하고 텅 빈 방은 먼지만 가득 쌓여 음산하기가 이루 말할 수 없더군요. 첫 번째 방에는 창문이 두 개, 세 번째 방에는 창문이 하나 나 있었는데, 창문에 먼지가 어찌나 두껍게 끼어 있던지 창문을 통해 비치는 저녁 햇살이 뿌옇게 보일 정도였어요. 가운데 방문은 닫혀 있었어요. 철제 침대에서 뽑아낸 굵은 쇠막대로 빗장을 질러놓았는데, 한쪽 끝은 벽에 붙은 고리에 맹꽁이자물쇠로 잠가두고 다른 쪽 끝은 단단한 밧줄로 묶어두었더군요. 문도 잠겨 있었고 열쇠는 꽂혀 있지 않았어요. 문을 막아둔 그 방이 바로 창문에 덧문을 내려놓은 방임에 분명했지만, 방문 안쪽으로부터 빛이 새어 나오는 걸 보니 방 안은 어둡지 않았어요. 천장에 빛이 들어오는 채광창이 붙어 있는 게 확실했죠. 제가 복도에 서서 불길하기 짝이 없는 그 문을 바라보며 방 안에 숨겨진 비밀이 무엇일까 골똘히 궁리하고 있는데, 갑자기 방 안에서 발소리가 들리더니 방문 밑에서 새어 나오던 어렴풋한 빛을 가리며 그림자가 왔다 갔다 하는 게 보이지 않겠어요? 홈즈 씨, 저는 그 순간 이유를 알 수 없는 미칠 듯한 공포에 사로잡히고 말았어요. 그때까지 극도로 신경을 곤두세우고 있던 저는 순식간에 용기를 죄다 잃어버리고, 몸을 돌려 달리기 시작했어요. 마치 어떤 무시무시한 손길이 제 뒤를 따라오며 치맛자락을 잡아당기기라도 할 듯이 말이에요. 복도를 지나 문밖으로 나오자, 저는 밖에서 기다리고 있던 러캐슬 씨와 곧장 맞닥뜨리고 말았죠.

'그래요.' 러캐슬 씨가 웃으며 말했어요. '바로 아가씨였군. 문이 열린 걸 보고 아가씨일 거라고 생각했어요.'

'아, 너무 무서웠어요!' 제가 숨을 헐떡이며 말했어요.

'아이고, 우리 아가씨! 무서웠군요!' 러캐슬 씨는 너무나 다정하고 나긋나긋한 태도로 말했어요. '뭘 보고 그렇게 겁을 먹었나요?'

하지만 그분의 목소리는 지나칠 정도로 상냥했어요. 과했다고나 할까요? 저는 러캐슬 씨에 대한 경계를 늦추지 않았어요.

'제가 멍청하게도 이쪽 건물의 비어 있는 공간에 들어가 버렸어요.' 제가 대답했어요. '하지만 햇빛이 어슴푸레하게 드는 게 너무 쓸쓸하고 으스스해서 겁을 먹고 돌아 나온 거예요. 저 안은 무서울 정도로 고요하더군요!'

'그게 다인가요?' 러캐슬 씨가 날카로운 눈으로 저를 훑어보며 말했어요.

'그럼요, 선생님은 뭐라고 생각하셨는데요?' 제가 물었어요.

'내가 이 문을 왜 잠가두었을 것 같나요?'

'전혀 모르겠어요.'

'저 안에서 볼일이 없는 사람들은 들어가지 말라고 잠가둔 겁니다. 알겠어요?' 러캐슬 씨는 여전히 몹시 상냥한 미소를 머금고 있었어요.

'제가 그걸 알았더라면….'

'자, 이제는 알겠죠. 다시는 저 문턱을 넘어가지 말아요.' 순간 러캐슬 씨의 얼굴에 떠올라 있던 미소가 이를 악문 분노의 표정으로 바뀌었고, 그분은 악마 같은 얼굴로 저를 굽어보며 말했어요. '그랬다가는 아가씨를 마스티프에게 던져줄 겁니다.'

저는 너무나 겁에 질려서 다음에 뭘 했는지 기억도 나지 않아요. 아마도 러캐슬 씨를 지나쳐 제 방으로 달려갔던 것 같아요. 정신을 차려보니 침대 위에 누워 몸을 사시나무처럼 떨고 있었죠. 그 순간 홈즈 씨가 떠올랐어요. 홈즈 씨의 조언을 듣지 않고서 그 저택에서 더는 지낼 수 없었어요. 저택도, 러캐슬 씨도, 부인도, 하인들도, 심지어는 아이도 전부 무섭기만 했어요. 그 집에는 온통 무서운 것뿐이었어요. 그래도 홈즈 씨만 오시면 괜찮아질 것 같았죠. 물론 그 저택에서 그냥 달아나 버릴 수도 있었겠지만, 저는 두려움 못지않게 엄청난 호기심을 느끼고 있었어요. 그래서 홈즈 씨에게 전보를 치기로 결심한 거죠.

저는 모자를 쓰고 외투를 걸치고, 저택에서 1킬로미터도 안 되는 곳에 있는 우체국에 가서 전보를 치고 돌아왔어요. 그것만으로도 마음이 훨씬 가벼워지더군요. 그런데 저택 문 앞에 이르자 혹시 개를 풀어놓지 않았을까 하는 무시무시한 생각이 드는 거예요. 하지만 곧 톨러 영감이 그날 저녁에 인사불성이 될 지경으로 술을 마셨다는 게 기억났죠. 그 야만스러운 짐승을 다룰 수 있는 사람도, 감히 풀어놓을 생각을 할 사람도 오직 톨러 영감밖에 없으니까요. 저는 무사히 제 방으로 돌아가 자리에 누웠어요. 그러고는 홈즈 씨를 만날 생각에 잠을 설쳤어요. 오늘 아침 윈체스터에 다녀오겠다는 허락을 받는 건 어렵지 않았지만, 3시까지는 돌아가야 해요. 러캐슬 씨 부부가 외출로 저녁 내내 저택을 비울 계획이라 제가 아이를 돌봐야 하거든요. 자, 이제 제가 겪은 모험에 대해서는 전부 말씀드렸어요. 이 모든 것이 어떤 의미인지, 그리고 무엇보다도 제가 이제 어떻게 해야 하는지 제발 말씀해주세요."

홈즈와 나는 넋을 놓고 이 기이한 이야기에 심취해 있었다. 홈즈는 자리에서 일어나, 주머니에 손을 찔러 넣고 심각하게 굳은 표정으로 방 안을 이리저리 서성이고 있었다.

"톨러 영감은 아직도 취해 있나요?" 홈즈가 물었다.

"네. 톨러 부인이 러캐슬 부인더러 남편이 오늘은 아무것도 하지 못할 거라고 말하는 걸 들었어요."

"잘됐군요. 러캐슬 씨 부부는 오늘 저녁에 외출한다고요?"

"네."

"혹시 그 저택에 자물쇠를 단단히 채울 수 있는 지하실이 있나요?"

"네, 지하에 와인 창고가 있어요."

"헌터 양, 지금까지 아주 용감하고 분별력 있는 여성답게 이 일을 헤치고 오신 것 같습니다. 그런데 한 가지만 더 부탁드려도 될까요? 헌터 양이 뛰어난 여성이라고 생각하지 않았더라면 이런 부탁은 드리지도 않았을 겁니다."

"해볼게요. 어떤 일인가요?"

"여기 제 친구와 함께 7시까지 너도밤나무 저택으로 가겠습니다. 그때쯤이면 러캐슬 씨 부부는 이미 외출했을 테고, 톨러 영감은 우리가 바라는 대로 만취해 있겠죠. 그러니 우리가 무슨 일을 하려는지 알아채고 경계할 사람은 톨러 부인밖에 없어요. 톨러 부인에게 심부름이라도 시켜서 지하 창고에 보낸 다음 자물쇠를 잠가버리면, 일은 훨씬 쉬워질 겁니다."

"그렇게 하겠어요."

"훌륭해요! 그럼 이제 사건을 낱낱이 따져봅시다. 물론 가능한 설명은 한 가지밖에 없어요. 헌터 양은 누군가의 대역을 하기 위해 너도밤나무 저택에 불려간 겁니다. 그 누군가는 방에 갇혀 있고요. 보나 마나 그럴 거예요. 갇힌 사람이 누군가 하면, 자신하건대 미국에 갔다던 러캐슬 씨의 딸 앨리스 러캐슬 양일 겁니다. 헌터 양은 키와 외모, 머리색이 비슷하기 때문에 앨리스 양의 대역으로 선택된 거죠. 앨리스 러캐슬 양은 모종의 이유로 머리를 단발로 잘라야 했는데, 아마도 질병 때문이 아닐까 싶군요. 아무튼 그래서 헌터 양도 머리카락을 잘라야 했어요. 그리고 기가 막힌 우연으로 헌터 양이 앨리스 양의 잘라낸 머리 타래를 발견한 거죠. 길가에 서 있던 남자는 앨리스 양의 친구였거나, 어쩌면 약혼자였을 거예요. 헌터 양이 앨리스 양의 드레스를 입고 있었고 용모가 너무나 비슷했기 때문에 그 남자는 착각을 했을 겁니다. 그리고 헌터 양이 언제나 웃고 있는 것을 보고, 그리고 자신에게 가버리라고 손짓하는 것을 보고 앨리스 양이 지극히 행복해 더는 자신의 애정을 필요로 하지 않는다고 생각하게 된 거죠. 밤마다 개를 풀어놓은 건 그 남자가 앨리스 양과 어떤 연락을 취하는 걸 막기 위해서였습니다. 여기까지는 아주 명백해요. 이 사건에서 가장 눈여겨볼 부분은 바로 아이의 성격입니다."

"그게 대체 사건과 무슨 관련이 있단 말인가?" 내가 끼어들었다.

"친애하는 왓슨, 자네는 의사로서 부모를 보고 아이의 기질을 파악하는 데 익숙하잖아. 그 역도 마찬가지로 타당하다는 걸 모르겠어? 나는 아이를 보고 부모의 성격에 대해 제대로 간파한 경우가 여러 번 있었어. 러캐슬 씨네 아들은 성격이 비정상적일 정도로 잔인하지. 말하자면 오로지 잔인하기 위해서 잔인하다고나 할까? 나는 이 성격이 항상 미소를 띠고 있는 아버지를 닮아 그런 거라고 생각하네만, 반대로 어머니를 닮았을 수도 있지. 어느 쪽이든 그들 손아귀에 잡혀 있는 가여운 아가씨에게는 나쁜 소식이야."

"홈즈 씨 말씀이 맞아요!" 우리의 의뢰인이 외쳤다. "홈즈 씨 이야기를 듣고 나니, 거기 꼭 들어맞는 증거들이 수도 없이 떠오르는군요. 아, 불쌍한 앨리스 양을 한시라도 빨리 도우러 가고 싶어요."

"우리는 지금 교활하기 그지없는 남자를 상대하고 있어요. 그러니 우리도 용의주도해져야 합니다. 7시까지는 아무것도 할 수 없어요. 7시 정각에 헌터 양을 찾아가겠습니다. 이 사건을 해결하는 것도 머지않았어요."

우리는 약속을 정확히 지켰다. 길가의 여인숙에 이륜마차를 대고 너도밤나무 저택에 도착하니 7시 정각이었다. 헌터 양은 미소를 머금은 얼굴로 현관 앞에 나와 있었다. 만약 헌터 양이 나오지 않았다 해도, 너도밤나무 숲의 무성한 나뭇잎이 석양에 비쳐 마치 윤을 낸 금속처럼 번질거리고 있는 모양새로 그 저택을 쉽게 알아볼 수 있을 터였다.

"부탁드린 일은 잘됐나요?" 홈즈가 물었다.

지하 어디선가 커다랗게 쾅쾅대는 소리가 들려왔다. "지하 창고에 갇힌 톨러 부인이 내는 소리예요." 헌터 양이 말했다. "톨러 영감은 부엌 러그 위에 대자로 뻗어 코를 골고 있고요. 여기 톨러 영감의 열쇠가 있어요. 러캐슬 씨의 열쇠와 똑같은 거예요."

"역시, 아주 잘했어요!" 홈즈가 들뜬 목소리로 외쳤다. "이제 길을 안내해주세요. 곧 이 수상쩍은 사건도 해결될 겁니다."

계단을 올라가서 잠긴 문을 열고 복도를 지나자, 헌터 양이 묘사했던 대로 단단히 막아둔 문이 나타났다. 홈즈는 밧줄을 자르고 빗장을 열었다. 그러고 나서 자물쇠에 열쇠 꾸러미의 열쇠를 하나하나 꽂아보았다. 하지만 문은 열리지 않았고, 방 안에서는 아무런 소리도 들리지 않았다. 홈즈는 얼굴이 어두워졌다.

"우리가 너무 늦은 게 아니어야 할 텐데." 홈즈가 말했다. "헌터 양, 저와 제 친구만 들어갈 테니 잠시 물러나 계시는 게 좋겠습니다. 자, 왓슨, 어깨로 문을 좀 밀어볼까? 문을 열 수 있을지 한번 보자고."

낡아빠진 문은 우리가 힘을 모아 밀자 순식간에 나가떨어졌다. 우리는 단숨에 문 안으로 뛰어들어 갔지만 방 안은 텅 비어 있었다. 간이침대 하나와 작은 탁자, 옷이 가득 담긴 바구니 하나가 놓여 있을 뿐이었다. 천장의 채광창은 열려 있었고, 갇혀 있던 여자는 사라지고 없었다.

"여기서 비열한 음모가 벌어졌던 것 같군." 홈즈가 말했다. "이 형편없는 작자가 헌터 양의 계획을 눈치채고 희생양을 빼돌렸어."

"하지만 어떻게 그랬단 말인가?"

"채광창을 통해서. 정확한 방법은 이제부터 살펴보도록 하지." 홈즈는 지붕 위로 뛰어올랐다. "아, 바로 이거였군." 홈즈가 외쳤다. "처마 끝에 긴 사다리 끝이 대어져 있는 게 보여. 놈은 사다리를 사용해 앨리스 양을 빼돌린 거야."

"하지만 그럴 리가 없어요." 헌터 양이 말했다. "러캐슬 씨가 집을 나설 때만 해도 그 자리에는 사다리가 놓여 있지 않았는걸요."

"다시 집으로 돌아와서 사다리를 세운 겁니다. 그 작자는 교활하고 위험해요. 자, 지금 누군가 계단을 올라오는 발소리가 들리는데 분명 러캐슬 씨일 겁니다. 왓슨, 자네는 권총을 꺼내 두는 게 좋겠군."

말이 떨어지기가 무섭게 남자 한 명이 문 앞에 모습을 드러냈다. 몹시 뚱뚱하고 건장한 남자로, 손에는 묵직한 몽둥이를 들고 있었다. 헌터 양은 남자를 보자마자 비명을 지르며 벽에 몸을 붙였다. 그러나 셜록 홈즈는 잽싸게 앞으로 나서 남자와 맞섰다.

"이 악당 녀석!" 홈즈가 말했다. "네 딸은 어디 있지?"

뚱뚱한 남자는 주위를 이리저리 두리번거리다가 활짝 열린 채광창으로 시선을 돌렸다.

"그건 내가 할 말이다!" 남자가 악을 썼다. "도둑놈들 같으니! 염탐이나 하고 다니는 도둑놈들! 이제 내 손에 제대로 걸렸군! 본때를 보여주겠다!" 남자는 몸을 돌리더니 있는 힘껏 발을 구르며 계단을 내려갔다.

"개를 풀러 간 거예요!" 헌터 양이 비명을 질렀다.

"나한테는 권총이 있습니다." 내가 말했다.

"현관문을 닫는 게 좋겠군." 홈즈가 외치자 우리는 함께 계단을 내려가 아래층으로 달려갔다. 홀에 도착하자마자 사냥개가 으르렁대는 소리가 들리더니, 이윽고 고통에 찬 비명 소리가 울려 퍼졌고, 이어서 개가 무언가를 물고 마구 흔들어대는 듣기 괴로운 소리가 연달아 들려왔다. 그때 얼굴이 불콰한 영감 하나가 사지를 덜덜 떨고 몸을 비틀거리며 쪽문을 열고 나왔다.

"아이고, 세상에나!" 영감이 소리쳤다. "누가 개를 푼 모양이군! 이틀이나 굶겼는데. 어서, 어서들 오시오. 더 늦기 전에요!"

홈즈와 나는 밖으로 달려나가 집 모퉁이를 돌아 달음박질쳤다. 톨러 영감도 급히 우리 뒤를 따랐다. 굶주린 커다란 짐승이

검은 주둥이로 러캐슬 씨의 목을 물어뜯고 있었고, 러캐슬 씨
는 땅에 쓰러져 몸부림을 치며 비명을 질러대고 있었다. 나는
단박에 뛰어가서 사냥개의 머리에 총알을 박아 넣었다. 그러
자 사냥개는 그 자리에 쓰러졌다. 그러나 희고 날카로운 이빨
은 여전히 러캐슬 씨의 살이 겹겹이 늘어진 목에 박힌 채였다.
우리는 한참이나 애를 써서 사냥개를 러캐슬 씨로부터 떼어놓
고, 아직 숨은 끊어지지 않았지만 살이 너덜거리도록 물어뜯
긴 러캐슬 씨를 집 안으로 옮겼다. 응접실 소파에 러캐슬 씨를
옮기고 나서, 우리는 그제야 술이 깬 톨러 영감을 보내 아내에
게 소식을 전하게 했다. 나는 러캐슬 씨의 고통을 덜어주기 위
해 할 수 있는 조치를 취했다. 우리가 모두 러캐슬 씨를 둘러
싸고 있을 때, 문이 열리더니 큰 키에 수척한 여인 하나가 방

안으로 들어왔다.

"톨러 부인!" 헌터 양이 외쳤다.

"그래요, 헌터 양. 러캐슬 씨가 나갔다가 집으로 돌아왔을 때, 2층으로 올라가기 전에 우선 저를 풀어주었어요. 헌터 양이 이런 계획을 저에게 알려주지 않았던 게 참 유감이네요. 그러면 헛수고를 하지 않아도 된다고 미리 알려주었을 텐데요."

"허!" 홈즈는 톨러 부인을 날카로운 눈으로 쏘아보았다. "톨러 부인은 이 사건에 대해 누구보다도 잘 알고 있는 게 분명하군요."

"그래요. 이제 제가 아는 걸 말씀드리겠어요."

"그럼 일단 앉아서 들어봅시다. 솔직히 말하자면 아직도 잘 모르는 게 몇 가지 있어서 말입니다."

"곧 모든 게 명백해질 거예요." 톨러 부인이 말했다. "제가 지하 창고에 갇혀 있지만 않았더라면 진작 말씀드렸을 거예요. 만약 이 사건으로 즉결심판이라도 열린다면, 제가 여러분의 편이 되어드렸다는 것, 그리고 제가 앨리스 아가씨의 친구이기도 했다는 걸 꼭 기억해주세요.

앨리스 아가씨는 집에서 결코 행복한 적이 없었어요. 아버지가 재혼하고 나서부터는 말이에요. 새로 온 부인에게 대놓고 무시를 당했고, 집에서는 입도 벙긋할 수 없었으니까요. 하지만 일이 심각해진 건 아가씨가 친구의 집에서 파울러 씨를 만났을 때부터예요. 제가 알기로 아가씨에게 남겨질 유산이 좀 있었는데, 워낙 조용하고 얌전한 분이다 보니 유산에 대해서는 별 의견을 내세우지 않고 그저 아버지의 손에 모든 걸 맡겨두었죠. 러캐슬 씨는 아가씨를 옆에 붙잡아 두기만 하면 아무런 걱정이 없다는 걸 알고 있었어요. 하지만 아가씨가 결혼을 할 가능성이 생기자 얘기가 달라졌죠. 아가씨의 남편은 가능한 모든 법적 권리를 누리려 할 테니까요. 러캐슬 씨는 그런 일이 절대 일어나지 않도록 확실히 단속해야 할 때가 되었다고 생각했어요. 그래서 아가씨에게 결혼을 하든 안 하든 아가씨의 돈을 자기가 쓸 수 있다는 내용의 각서에 서명을 하라고 했죠. 아가씨가 서명을 하지 않으려 하자, 러캐슬 씨가 심하게 을러댔고 결국 아가씨는 그만 뇌막염에 걸려버렸어요. 무려 6주 동안이나 사경을 헤맸죠. 결국 회복하긴 했지만, 아가씨는 굉장히 수척해졌고 아름다운 머리카락도 잘라내야 했어요. 하지만 그러는 내내 아가씨의 애인은 아랑곳하지 않고 진짜 사나이답게 진심으로 아가씨의 곁을 지켰죠."

"아." 홈즈가 말했다. "여기까지 친절히 해주신 얘기를 듣고 나니 이제 모든 게 명료해지는군요. 나머지는 제가 추리할 수 있을 것 같습니다. 그렇다면 러캐슬 씨가 아가씨를 가둬놓은 거로군요?"

"네, 맞아요."

"그러고 나서는 런던에서 헌터 양을 데리고 와서, 꼴 보기 싫게도 일편단심인 파울러 씨를 떼놓으려 한 거고 말이죠."

"네, 그랬어요."

"하지만 훌륭한 뱃사람답게 끈기 있는 파울러 씨는 계속해서 저택 주변을 지키다가 톨러 부인을 만났죠. 그러고는 금전적인 수단이었는지 다른 것이었는지는 모르겠지만, 어쨌든 모종의 수단을 써서 톨러 부인을 설득했어요. 톨러 부인을 자기편으로 끌어들인 거죠."

"파울러 씨는 몹시 상냥하고 손도 큰 신사였어요." 톨러 부인이 차분한 말투로 말했다.

"이렇게 해서 파울러 씨는 필요한 준비를 한 겁니다. 톨러 부인을 시켜 톨러 영감이 술을 양껏 마시게 하고, 러캐슬 씨가 외출했을 때 사다리를 놓도록 한 거죠."

"말씀하신 그대로예요."

"이런, 톨러 부인에게 저희가 사과해야겠군요." 홈즈가 말했다. "혼란스러웠던 것을 말끔히 정리해주셨어요. 자, 저기 시골 의사와 러캐슬 부인이 오는 것 같습니다. 왓슨, 우리는 헌터 양을 모시고 윈체스터로 가는 게 좋겠어. 우리에게 아직도 고소권이 있는지 확실치 않으니 말이야."

그리하여 현관 앞에 너도밤나무 숲이 있는 불길한 저택의 수수께끼는 풀렸다. 러캐슬 씨는 목숨을 구했지만 불구가 되어 헌신적인 아내의 간호를 받아야만 겨우 살아갈 수 있게 되었다. 러캐슬 부부는 아직도 전과 같은 하인들과 지내고 있다. 러캐슬 씨의 과거를 너무나 속속들이 잘 알고 있는 하인들이니 내쫓기 어려웠을 만도 하다. 파울러 씨와 앨리스 양은 도망친 다음 날 사우샘프턴에서 결혼 특별 허가를 받아 식을 올렸다. 파울러 씨는 식민지인 모리셔스 섬에서 관리로 일하고 있다. 바이올렛 헌터 양으로 말하자면, 나로서는 실망스럽게도 내 친구 홈즈는 사건이 해결되자마자 헌터 양에 대한 관심을 접었다. 헌터 양은 지금 월솔 사립학교 교장으로 상당한 성공을 거둔 모양이다.